Thilo Falk

White Zero

THILO FALK

WHITE ZERO

Die Kälte ist dein Tod

THRILLER

dtv

MIX
Papier | Fördert gute Waldnutzung
FSC® C083411
FSC www.fsc.org

Originalausgabe 2023

Umschlaggestaltung: ZERO Werbeagentur GmbH
Umschlagmotive: shutterstock.com / Andrey Pozharskiy
Satz: Fotosatz Amann, Memmingen
Gesetzt aus der Minion, Trade Gothic und der Gill Sans
Druck und Bindung: CPI books GmbH, Leck
Printed in Germany · ISBN 978-3-423-21895-5

Ich sehe seit einer Zeit,
wie alles sich verwandelt.
Etwas steht auf und handelt
und tötet und tut Leid.

(Rainer Maria Rilke, ›Ende des Herbstes‹)

FÜNF JAHRE SPÄTER

»Mama, erzähl noch mal die Geschichte, wie du mit Papa in einer Woche die Welt gerettet hast!«

Emily kuschelte sich dichter an ihre Mutter. Im Kamin knisterte das Feuer.

»Ach, die Welt gerettet haben wir nicht«, sagte Jana. »Deutschland vielleicht. Möglicherweise Europa. Aber nicht die ganze Welt.«

»Du sollst die Geschichte erzählen!«, drängte Emily.

Jana seufzte lächelnd. Sie zog eine Decke über ihre und Emilys Beine. »Na gut. Wenn du unbedingt willst …«

Die Wissenschaft ist der Verstand
der Welt, die Kunst ihre Seele. –
Maxim Gorki

Mittwoch, 02. März

Leipzig, 09:47 Uhr, -28,2 Grad

»Ja, ja, wenn ich fertig bin, hole ich dich gleich ab!«, sagte Jana und kraulte Alexandra hinter den Schlappohren. Nach einem Knalltrauma war die ehemalige Polizeihündin taub, doch Jana sprach trotzdem mit ihr. Sie ließ dabei ihre Hände auf dem Rücken des Beagles liegen, sodass die Hündin die Schwingungen ihrer Stimme spüren konnte. Alexandra stupste mit ihrer Nase gegen Janas Bein.

»Genau, dann machen wir es uns im Zug gemütlich, und heute Abend sehen wir Clemens wieder«, fuhr Jana fort. »Aber jetzt muss ich hoch. Du weißt ja, gleich halte ich den Vortrag.«

Sie gab Alexandra das Handzeichen für »Platz«: die ausgestreckte flache Hand, Handfläche nach unten. Alexandra legte sich platt auf den Bauch. Jana richtete sich auf und nahm zum Abschied einige Leckerlis aus der Tüte in ihrem Rucksack. Die Hündin kannte das Ritual. Sie schnappte Jana die Snacks aus der Hand, dann trottete sie seelenruhig in den Zwinger.

Nach dem Kälteeinbruch Anfang Oktober waren der Polizei drei Tiere ihrer Hundestaffel erfroren, weil die Räume nicht ausreichend isoliert waren. Die Bundeswehr hatte kurzfristig Hilfe angeboten. Damals dachten noch alle, das Wetter würde sich bald wieder normalisieren. Seitdem hausten 20 Polizeihunde im Keller der Kaserne. Dreimal täglich wurden sie in Gruppen ins Freie geführt.

Der Leiter der Hundestaffel hatte sich bereit erklärt, Alexandra in Ausnahmesituationen hundezusitten. Er war knurrig und wortkarg, aber Jana wusste, dass er sich in Wahrheit freute, die Hündin wiederzusehen.

Ihren kleinen Overnight-Rollkoffer hatte sie bereits beim Pförtner am Eingang zur späteren Abholung deponiert. Durch einen von wenigen Neonröhren nur mäßig erhellten Flur ging sie zum Fahrstuhl. Im dritten Stock stieg sie aus. Am anderen Ende des langen Gebäudes befanden sich die Räume des Bundeswehr-Forschungszentrums für Geophysik. Dr. Jana Hollmer war seit der Gründung vor 18 Monaten die stellvertretende Leiterin. Ursprünglich hatten Jana und ihr kleines Team einen reinen Forschungsauftrag erhalten: Ermittlung und Bewertung militärisch relevanter geophysikalischer Faktoren. Bodenschätze, die Drittstaaten möglicherweise erobern wollen würden. Geologische Formationen, die bestimmte Manöver erleichterten oder erschwerten, beispielsweise Bergketten oder Wasserstraßen. Sie hatten geopolitische Zukunftsforschung betreiben sollen: Welche Macht könnte aus welchen Gründen mit welcher Wahrscheinlichkeit welche Begehrlichkeiten entwickeln?

Doch seit Oktober gab es nur noch ein Thema im Institut: die Eiszeit, die Deutschland unerwartet heimgesucht hatte.

Die Temperaturen lagen um fast neun Grad unter den Temperaturen des vorindustriellen Zeitalters, mehr als zwölf Grad unter dem langjährigen Durchschnitt. Die Heizkosten waren ins Unvorstellbare gestiegen. Nur Rhein und die Elbe wurden von Eisbrechern notdürftig freigehalten. Die übrigen Flüsse waren schon seit Monaten nicht mehr befahrbar. Harz, Schwarzwald und Erzgebirge waren tief verschneit. Viele Unternehmen hatten die Produktion einstellen müssen, weil die Maschinen dem Temperatursturz nicht gewachsen waren. Die Bundeswehr hatte aus Sicherheitsgründen das gemeinsame Wintermanöver mit Polen und Österreich abgesagt. Gerüchteweise hieß es, ein Panzerfahrer sei erfroren, weil seine Kabine nicht ausreichend beheizt werden konnte.

Sie betrat ihr Büro, startete den Rechner. Gestern hatte der Frühling kalendarisch angefangen, aber davon war noch nichts zu spüren. In zwei Wochen würde auch meteorologisch das Frühjahr beginnen, und darauf hofften alle.

Heute würde Jana zahlreichen Militärexpertinnen und -experten die Forschungsergebnisse ihres Teams vorstellen. Eigentlich hielt sie gern Vorträge. Sogar die Verteidigung ihrer Dissertation hatte sie gern absolviert. Doch diesmal graute ihr vor dem Termin. Denn sie hatte nichts von Wert zu berichten.

Handelte es sich bei dem brutalen Kälteeinbruch um den unerwarteten Beginn einer kleinen Eiszeit oder um einen zufälligen Ausreißer, dem zum Ausgleich ein heißer Sommer folgen würde? Darüber ließ sich aktuell schlicht keine Aussage treffen – sie würden es erst in einigen Jahren wissen.

Wieso war es so kalt geworden in Deutschland und Mitteleuropa, hatte überhaupt etwas Bestimmtes den Temperatursturz ausgelöst? Auf diese Fragen gab es keine Antworten.

Doch »wir wissen es nicht« sagte man nicht bei der Bundeswehr. Auf der Basis von Unkenntnis konnte niemand zu belastbaren Entscheidungen gelangen. Von Hollmer wurde zumindest erwartet, dass sie mit Wahrscheinlichkeiten um sich warf und Prognosen über die nächsten 18 Monate anstellte.

Wissenschaftlich vollkommen unseriös, aber taktisch notwendig.

Sie überflog die Papiere im Eingangskorb in der heimlichen Hoffnung auf ein revolutionäres Forschungsergebnis, das ihr nachher den Hintern retten würde.

Nichts.

Sie schaltete den Rechner ein, mied bewusst das Mailprogramm, klickte noch einmal durch ihre Präsentation. Daten, Statistiken, Durchschnittswerte. Sah gut aus, und doch wurde ihr flau im Magen, weil sie wusste, dass sie in Wahrheit nichts zu sagen hatte. Und heute bestand ihr Publikum nicht aus wohlwollenden Akademikern, sondern aus frustrierten Militärs.

Jana ließ den Atem langsam ausströmen. Sie war im Leben noch nie ohnmächtig geworden, aber vor jedem wichtigen Termin fürchtete sie, auf dem Podium könnte ihr schwarz vor Augen werden.

Zehn Minuten vor elf betrat sie den Konferenzraum am Ende des Ganges. Sie nickte den Besuchern zu, die kaum von ihren Handys aufschauten. Jana rief die Präsentation vom internen Server auf, schaltete Beamer und Smartboard ein. Eine Minute vor elf stürmte ihr Boss und ehemaliger Doktorvater in den Raum, Prof. Günther. Er blieb vor den zu einem U angeordneten Tischen stehen. »Schön, dass Sie da sind. Begrüßen Sie mit mir Dr. Hollmer«, sagte er, warf seinen Block und einige Stifte auf einen freien Platz und setzte sich. »Sie wird uns auf den aktuellen Stand bringen.«

Die Blicke wandten sich ihr zu. Manche der Besucher kannte sie – Müller von der Infanterie, Faber-Gosling von der Logistik, Sandra Wagner von der Aufklärung. Schmitt-Lang von der Marine, Pohl von der Luftwaffe. Die meisten waren angereist: aus Berlin, Hamburg, München, Karlsruhe, Köln. In diesem Raum waren momentan die wichtigsten Strategen der Truppe versammelt.

Jana hatte sich entschlossen, mit der Tür ins Haus zu fallen. »Ich werde Sie heute enttäuschen«, begann sie den Vortrag.

»Sie erwarten von mir Fakten, Thesen, Vorhersagen. Ich habe nur Vermutungen, Möglichkeiten, Spekulationen.«

Sie hatte die Sätze vor dem Spiegel geübt, hatte sie Clemens am Telefon vorgetragen und heute Morgen noch Alexandra in die Augen gesehen und sie aufgesagt, wohl wissend, dass die Hündin sie nicht hören konnte.

»Die wissen nicht, was du nicht weißt«, hatte Clemens gesagt. »Du bist die Expertin. Sie werden dir aus der Hand fressen. Weil sie dich brauchen. Wissenschaftlich sind eure Erkenntnisse vielleicht mangelhaft. Aber etwas Besseres kriegen sie nirgends, und das wissen sie.«

Er hatte recht, und trotzdem hörte sie sich in ihren Ohren an wie ein kleines Mädchen, das die Hausaufgaben nicht gemacht hatte.

Jana räusperte sich. Im Saal herrschte erwartungsvolle Stille. Wahrscheinlich konnten sie sich nicht zwischen Lachen und Buhen entscheiden.

»Im Herbst des vergangenen Jahres begann in Deutschland eine massive Kältewelle«, fasste sie die Ereignisse der letzten Monate zusammen. »Erst waren die Menschen nach einem Hitzesommer erleichtert, doch schnell schlug die Stimmung um. Das Land, die Infrastruktur – nichts ist für derart lang anhaltende niedrige Temperaturen gemacht.«

Sie begleitete die Einleitung mit einigen Bildern, die alle ohnehin aus den Nachrichten kannten. Dass ein Land wie die Bundesrepublik Deutschland von einem Temperatursturz derart überrascht worden war und wie umfassend die Schäden ausfielen, erschien ihr immer noch kaum vorstellbar.

»Wir wollten wissen – *Sie* wollen wissen –, welche geopolitischen Veränderungen die Großwetterlage mit sich bringt und welche militärstrategischen Konsequenzen das hat.«

Jana atmete tief durch. »Was hat die Kältewelle ausgelöst? Ist sie Teil der Klimakrise – und wenn ja, in welchem Zusammenhang steht sie zum übermäßigen Ausstoß der Treibhausgase? Wann wird es endlich wieder wärmer – und kann sich eine solche Katastrophe im kommenden Winter wiederholen?«

Sie sah von einem zum anderen, wie sie es geübt hatte. Den Anwesenden in die Augen zu schauen vermittelte ihre Glaubwürdigkeit und Ernsthaftigkeit.

»Auf diese Fragen benötigen Sie Antworten. Sie erwarten diese von uns, von mir, von meinem Institut. Doch wir müssen Ihnen diese Antworten schuldig bleiben.«

Unruhe und ein leises Murmeln flossen wie eine Welle durch den Raum.

»Was ich Ihnen hingegen sagen kann, ist Folgendes.«

Es wurde wieder ruhig.

Gerade als sie fortfahren wollte, öffnete sich die hintere Tür. Generalleutnant Krause, dessen unermüdlichem Einsatz Günther und Hollmer ihre Positionen verdankten, kam herein. Er hatte auf der Gründung des Bundeswehr-Forschungszentrums für geopolitische und geophysikalische Entwicklungen und der Unterbringung in der Leipziger Bundeswehrkaserne bestanden. Krause würde in zwei Jahren pensioniert – dass er keine ruhige Kugel schob, sondern sich aktiv für eine sichere Zukunft engagierte, war bemerkenswert.

Er war es auch gewesen, der Jana und Alexandra miteinander bekannt gemacht hatte. Ohne ihn würde Jana noch immer allein wohnen, und Alexandra wäre vermutlich eingeschläfert worden.

Krause nickte ihr mit einem Lächeln zu und bedeutete mit

einer Handbewegung, sie möge weitersprechen. Er ging an der Querseite des Raumes an der Wand entlang zur Fensterfront. Der Generalleutnant trug über der Uniform einen dicken Wintermantel und lehnte sich an die Mauer zwischen zwei Fenstern.

»Solange die Regierung die Bevölkerungssicherheit aufrechterhalten kann, und davon ist aktuell auszugehen«, fuhr sie fort, »ist nicht mit Unruhen zu rechnen. Weder im Land noch über Landesgrenzen hinweg. Es sind derzeit nur sehr geringe Reisetätigkeiten auszumachen. Zu Hause, scheinen sich die Menschen zu denken, ist es vielleicht nicht am schönsten, aber zumindest am wärmsten.«

Einige Anwesende lachten leise.

»Aktuell gehen wir, und darin sind wir uns mit den Kolleginnen und Kollegen des DWD, des PiK und des DKK einig, davon aus, dass es sich um eine zeitlich begrenzte Extremwetterlage handelt. Wie Sie wissen, führt die Verlangsamung des Jetstreams zu einem längeren Andauern sämtlicher Wetterlagen – egal ob gut oder schlecht, Hochdruck oder Tiefdruck. Wir vermuten derzeit, dass mit Einsetzen des Frühjahrs auch wieder wortwörtlich Bewegung in die Sache kommt und es zügig taut. Ein weiterer ›Jahrhundert-Hitzesommer‹ ist insofern nicht auszuschließen, obwohl wir es uns aktuell kaum vorstellen können.«

Die Zuschauer nickten.

»Somit gehen wir davon aus, dass keine militärischen oder paramilitärischen Konsequenzen in den verbleibenden Tagen der Kältewelle zu erwarten sind. Unsere Nachbarn werden, genau wie wir, die Sache aussitzen und hoffen, dass es eine einmalige Problematik war.

»Aber« – Jana machte eine dramatische Pause – »Sie bekommen dennoch Hausaufgaben von uns.« Sie ging einige Schritte nach rechts, bis sie vor der Außenwand stand. »Als wissenschaftlich gesichert kann gelten, dass unser Wetter in den kommenden Jahren erheblich mehr Extreme zeigen wird. Selbst wenn es sich also nicht um den Beginn einer neuen Kleinen Eiszeit handelt« – sie klopfte mit den Knöcheln ihrer rechten Hand dreimal gegen den Fensterrahmen –, »so ist dennoch damit zu rechnen, dass es heißer, feuchter, aber zumindest an einzelnen Tagen auch trockener oder eben deutlich kälter als im Durchschnitt werden kann. Sie müssen daher unbedingt ihr gesamtes Material und alle Bauten überprü...«

Jana schlug mit der flachen Hand gegen die Innenseite der Außenwand.

Sie hatte sagen wollen: »... überprüfen auf ihre dauerhafte Wetterbeständigkeit.«

Doch ihre Worte gingen in einem lauten Knirschen unter, das in ein tiefes Knarren und krachendes Grummeln überging. Und mit einem Mal traf ein kalter Luftschwall sie wie ein Schlag. Die Wand neben ihr hatte sich gelöst, war nach außen gebrochen und drei Stockwerke in die Tiefe gestürzt. Schlimmer noch: Erst folgte ein Fenster, dann ein weiteres Stück Mauer, und innerhalb von Sekunden brachen große Teile der Außenwand des dritten Stocks der Kaserne in sich zusammen.

Manche der Besucher im Konferenzraum starrten entsetzt auf das Geschehen, andere reagierten spontan, sprangen auf, packten ihre Nachbarinnen oder Nachbarn, zerrten sie weg von der Unglücksstelle in Richtung der Gebäudemitte.

Jana warf sich reflexhaft auf den Boden. Sie riss die Augen auf und sah, wie die Mauer hinter Generalleutnant Krause nachgab, nach außen wegkippte, und er hinterher. Im einen

Moment war er noch da, im nächsten verschwunden. Sie schrie entsetzt auf.

Das Krachen und Rumpeln des zerberstenden Mauerwerks wurde auf einmal übertönt durch die Warnsirene. WIU-WIU-WIU-WIU schrillte es in maximaler Lautstärke. »Dies ist keine Übung! Dies ist keine Übung!« WIU-WIU-WIU-WIU. »Dies ist keine Übung!«

Panisch rannten die Anwesenden zur Tür, drängten in den Flur. Jana folgte ihnen auf allen vieren. Auf halber Strecke wandte sie sich um. Hatte sie gerade wirklich mit einem Schlag ihrer flachen Hand die Frontseite der Kaserne zerstört? Andererseits war nur eingetreten, was sie hatte demonstrieren wollen: Das noch zu DDR-Zeiten errichtete Bauwerk war der dauerhaften Kälte nicht gewachsen.

WIU-WIU-WIU-WIU kreischte die Sirene. Jana krabbelte weiter. Vor ihrem geistigen Auge sah sie die Mauer nach außen kippen, sah … Krause an der Wand lehnen, zwei Jahre vor der Pensionierung, ihren größten Förderer, sah die Wand hinter ihm verschwinden, sah ihn das Gleichgewicht verlieren und rücklings ins Nichts stürzen.

Wie wahrscheinlich war es, dass jemand einen Fall aus dem dritten Stock überstand?

Sie erreichte den Flur, links führte die Nottreppe nach unten. WIU-WIU-WIU. »Bitte verlassen Sie das Gebäude. Dies ist keine Übung. Bitte verlassen Sie das Gebäude.« WIU-WIU-WIU.

Jana zog sich an der Wand hoch, hörte hinter sich weitere Mauerteile brechen, in die Tiefe stürzen. Ein Beben durchfuhr den gesamten Boden. Hastig schloss sie sich dem Menschenstrom an, der aus den Büroräumen in den Flur und die Treppe hinunter zum Ausgang flutete.

Jana stolperte, fing sich, schrammte mit den Fingerknöcheln über den rauen Putz. Wurde mitgerissen von den anderen, kam einmal beinahe aus dem Gleichgewicht, stürzte fast, jemand packte sie am Oberarm, zog sie, hielt sie, ihr wurde schwindelig. Dann die Eiseskälte wie eine Ohrfeige, leichter Schneegries in der Luft, sie trug keine Jacke, begann zu zittern.

WIU-WIU-WIU, heulte die Sirene. Jana sah sich um, taumelte ein paar Schritte in Richtung Straße. Blieb wie angewurzelt stehen. Fast die gesamte obere Hälfte der Vorderfront der Kaserne war verschwunden. Eine riesige Wunde klaffte im Gebäude, es sah aus wie nach einer Explosion, einem terroristischen Angriff. Immer wieder lösten sich knirschend, krachend weitere Brocken aus der Mauer und stürzten in die Tiefe. Schreie und Rufe der Menschen hallten durch die Luft.

Und auf einmal kam ein Bellen dazu, Kläffen, die Hunde, die Hunde, Jana sah ein, zwei, drei schwarze Bündel über den Rasen fliegen, sie bellten, sie knurrten, sie fielen in ihrer Panik Menschen an, die frierend zwischen den Trümmern standen. Panische Schreie brandeten auf, ein schrilles Wimmern war zu hören, dann ein Knall.

Die Hunde kläfften immer wilder, ballten sich zu einem Knäuel. Der Hundeführer musste versucht haben, sie aus der Gefahrenzone zu bringen, oder vielleicht war auch der Zwinger beschädigt worden. Doch die Tiere waren abgerichtet auf den kontrollierten Einsatz unter direkter Aufsicht – kein Wunder, dass sie auf das Bersten der Mauern, das Schrillen der Sirenen und die hektisch rennenden Menschen ihrerseits mit Panik und Aggression reagierten.

Jana tastete nach dem Sender in ihrer Tasche. Vor wenigen Wochen hatte sie auf Anraten der Trainerin für Alexandra ein

Vibrationshalsband gekauft, das der Hündin mithilfe unterschiedlicher Signalmuster Befehle übermitteln konnte.

Ein weiterer Knall hallte durch die eisige Luft, und auf einmal wechselte Janas Wahrnehmung von Zeitlupe in Zeitraffer. Sie begriff, was das Geräusch bedeutete: Jemand schoss. Die Hunde kläfften, Menschen schrien und rannten, die Tiere bissen, ihr Jagdinstinkt setzte ein, immer noch brachen Teilstücke der Kasernenfront heraus, und über allem schrillte nach wie vor die Alarmsirene. Alles schien gleichzeitig zu geschehen, bis plötzlich ein hektisches Tak-tak-tak-tak-tak alle anderen Geräusche auslöschte. Jana sah ein zerbissenes Bein, einen zum Schrei geöffneten Mund. Die Hunde stoben auseinander, Fellleiber stürzten zu Boden.

Sie rief laut: »Alexandra! Alexandra!«, und begann ihrerseits zu laufen, nicht weg von den Hunden und dem Maschinengewehrfeuer, sondern darauf zu, sie hatte die Hündin einmal durch die Adoption gerettet, sie würde sie wieder retten. »Alexandra, Alex!«, rief sie, ohne auf die irritierten Blicke derjenigen zu achten, die ihr entgegenkamen, und obwohl sie doch eigentlich wusste, dass die Hündin sie nicht hören konnte.

Jana entdeckte den jungen Mann, der seine Maschinenpistole weiter schussbereit hielt. »Feuer einstellen!«, blaffte sie ihn an. »Feuer einstellen!« Oft genug hatte sie gehört, wie die ranghöheren Soldaten ihre Befehle schnauzten und Gehorsam verlangten. Der junge Soldat sah sie an, schaute danach auf seine Waffe, als sähe er sie zum ersten Mal, und dann wirbelte er um die eigene Achse, ein dunkler Schatten flog auf ihn zu, er riss die Waffe hoch, und eine weitere Salve durchschnitt die Luft. Blut spritzte, und mitten aus dem Sprung stürzte ein Schäferhund zu Boden.

Jana sah sich panisch um. »Alex, Alexandra!«, rief sie erneut, dann zog sie den Sender aus der Tasche, drückte auf einen der Knöpfe. Mitten im Durcheinander der umherrennenden Menschen und Tiere entdeckte sie eine kleine Hündin, die abrupt stehen blieb und sich suchend umsah. »Hier! Alexandra! Hier bin ich!«, rief Jana und winkte. Der Beagle kam zu ihr gelaufen, presste sich an Janas Hosenbein. »Ja, da bist du ja, brave Alexandra«, murmelte Jana. »Brave Alex. Guter Hund.«

Sie hatte gerade – wenn auch unbeabsichtigt – mindestens einen Menschen in den fast sicheren Tod stürzen lassen und die Bundeswehrkaserne Leipzig vollkommen zerstört. Hätte sie darüber nachgedacht, wäre ihr bewusst geworden, wie unangemessen ihre Freude über das Wiedersehen mit der unversehrten Hündin war. So aber ging sie einfach nur in die Knie und vergrub ihr Gesicht im Fell der Hündin. Jana weinte los.

Hinter ihr jaulte die Sirene weiter, nun gesellten sich die Polizei, die Feuerwehr und die Rettungswagen hinzu. Die roten und blauen Lichter zuckten über den Schnee und das Eis, die den Boden bedeckten. Auf einmal fuhr Jana vor Kälte zusammen. »Komm«, sagte sie und erhob sich. »Komm, wir müssen hier weg.« Sie klopfte gegen ihren Oberschenkel.

Mehrere Polizei-, Feuerwehr- und Krankenwagen waren bereits eingetroffen. Immer noch rannten Menschen aus dem in sich zusammenstürzenden Gebäude, und immer noch fielen Mauerstücke auf den verschneiten Rasen.

Es war der nackte Horror.

Berlin, 10:35 Uhr, -19,7 Grad

Traumhaft langsam segelten die Flocken zu Boden. Über der Hauptstadt spannte sich heute ein zartgrauer Wolkenteppich, aus dem es sanft schneite.

Clemens ließ einige weiße Tupfer auf seinem Fäustling landen. Sie glitzerten und streckten ihre Kristallästchen in alle Richtungen.

Er zog die Tür hinter sich zu und schloss ab. Stieg auf die Langlaufskier, griff nach den Stöcken. Die Hauptstraßen wurden täglich geräumt, aber Nebenstraßen und Parks lagen seit Monaten unter Schnee und Eis. Clemens war froh, dass er die Skier noch auf dem Dachboden gehabt hatte. Er stieß sich ab und glitt auf den Bürgersteig, die Straße hinunter. Es waren nur wenige Menschen unterwegs. Wer konnte, blieb zu Hause, wer musste, war bereits bei der Arbeit. Eine Nanny mit einem altmodischen Kinderwagen mühte sich den Gehweg entlang. Die schmalen Räder blieben ständig stecken. Wie reich und eitel musste man sein, das Kindermädchen im härtesten Winter seit Menschengedenken mit einem solchen Wagen auf die Straße zu schicken?

»Stalingrad-Winter« nannten die Berliner das gnadenlose Wetter. Selbst Clemens, der eigentlich gern im Freien war, hatte langsam die Nase voll.

Zahlreiche bunte Punkte tanzten über das Eis der Spree – Schlittschuhläufer. Clemens blieb am Geländer stehen, genoss einen Moment den Ausblick. Einige Jugendliche hatten mit Schneehäufchen ein Feld markiert und spielten Hockey. Eine ältere Dame zog eine ruhige Bahn am Rand des Flusses Richtung Osten. Zwei Mädchen übten Pirouetten. Drei

Jungs standen mit überkreuzten Armen daneben und schauten zu.

Es tat Clemens gut, zu sehen, dass es mehr gab als nur Kälte und Dunkelheit. Die letzten Tage hatte er das Haus nicht verlassen, und seine Stimmung war gesunken. Er freute sich auf das Treffen mit Bakir.

Auf einmal bemerkte Clemens, wie kalt ihm geworden war. Er schüttelte sich, strich die Schneeflocken von seinem Ärmel. Er stampfte einige Male auf, dann wollte er sich abstoßen, doch seine Skier schienen am Boden festgefroren zu sein. Er knickte um und fiel. Mit den Händen konnte er den Sturz abfangen, dennoch landete er mit dem Hintern im Schnee. Er versuchte, sich zurück in den Stand zu stemmen, aber nun rutschten seine Skier weg.

»Verdammt, ich bin zu alt für solches Wetter«, murmelte er lachend und stemmte die Kanten der Skier in den Schnee. Diesmal gelang es ihm, sich hochzudrücken. Er klopfte seine Hose ab, spürte jedoch bereits die feuchte Kälte am Po. Seine Jacke war wasserdicht, die Jeans nicht. Er trug zumindest eine lange Unterhose. Die wasserfeste Schneehose hatte er für den kurzen Weg nicht für nötig gehalten.

Sollte er Bakir absagen und nach Hause zurückkehren? Dort war es warm und gemütlich. Aber er wusste, es würde ihm guttun, jemanden zu sehen. Unter Normalbedingungen hatte er im Büro genug Sozialkontakte, nur aktuell eben nicht.

Er glitt in den Großen Tiergarten hinein, folgte dem Weg Richtung Siegessäule, umrundete den Großen Stern. Vorbei am Neuen See, am Zoo. An der Budapester Straße schnallte er die Skier ab und nahm sie auf die Schulter. Der Rest des Weges war geräumt und – schlimmer noch – gestreut. Hier würde er die Beläge der Skier komplett ruinieren.

Wie ein riesiger toter Wal lag das Gebäude des Europa-Centers da. Die Geschäfte hatten darin schon vor Monaten geschlossen – es gab kaum Waren und kaum Kunden. Zudem hatten Obdachlose und all diejenigen, die ihre Strom- oder Gasrechnung nicht mehr bezahlen konnten, das Einkaufszentrum genutzt, um sich vor der Kälte zu schützen. Am Ende musste es in einem der größten und umstrittensten Einsätze der Berliner Polizei gewaltsam geräumt werden. Seitdem waren die Türen mit Ketten und Brettern gesichert.

Der Platz vor der Kaiser-Wilhelm-Gedächtniskirche war nahezu menschenleer, der Goldene Riss, der an die Opfer des Attentats auf dem Weihnachtsmarkt erinnerte, von einer weißen Kruste verdeckt. Touristen kamen seit Monaten nicht mehr in die Stadt. Viele deutsche Flughäfen hatten den Betrieb gänzlich eingestellt, der BER als einer der ersten schon bei minus 3 Grad. Ein spezielles Schmiermittel in der Lüftungsanlage hatte den Temperaturen nicht standgehalten und sich verhärtet. Der auftraggebende Architekt war verstorben, ob gegen die Erben ein Schadenersatzverfahren eingeleitet werden sollte, würde der Senat diskutieren, sobald die Tagesordnung nicht mehr vollständig durch Notstandsentscheidungen blockiert wurde.

Das Kranzler war eines der wenigen Cafés, die geöffnet hatten. Kleinere Anbieter konnten die Anhebung der Energiepreise nicht bewältigen. Vor allem aber bekamen sie keine Backwaren mehr, keinen Kaffee, keine Milchprodukte, und sowohl Mitarbeitende wie Gäste blieben ohnehin lieber zu Hause.

Clemens steckte seine Skier zu den vielen anderen in den Schneehaufen neben der Tür. Seit die BVG den Busbetrieb komplett ausgesetzt hatte und die Bahnen nur noch tagsüber alle 30 Minuten fuhren, waren viele Berliner dazu übergegangen, nicht mehr ohne Skier oder Schneeschuhe vor die Tür zu gehen.

Er nahm die Mütze ab, zog die Handschuhe aus, zupfte sich vor der Glasscheibe ein paar braune Haarsträhnen zurück in die Stirn. Die meisten Menschen, denen er begegnete, schätzten ihn auf Anfang dreißig, er wirkte freundlich und offen.

Bakir wartete bereits im Foyer. »Hey, Mann, schön, dich zu sehen«, sagte er und umarmte seinen Freund. Sie hielten einander länger, als man es früher getan hatte.

Aufgrund des Konkurrenzsterbens musste man im Kranzler jetzt Wochen vorher einen Tisch buchen, und den gab es für maximal eine Stunde. »Kapitalismus«, murmelte Bakir, nachdem er einen Blick in die Karte geworfen hatte. »Irgendwer profitiert immer.«

»Wie kommst du klar?«, fragte Clemens seinen besten Freund aus Schulzeiten. Bakir war Makler.

Der zuckte mit den Achseln. »Wir halten durch. Wie so viele. Aber wenn es nicht bald wärmer wird, kriegen wir ein Problem. Die Leute drehen einfach langsam durch.«

Clemens nickte. »Ja. Das Ausgangsverbot im Januar war für euch bestimmt hart. Wir konnten uns trotzdem sehen, weil Jana im Fachbeirat der Regierung ist und eine Sondererlaubnis hatte.«

»Ja, bei uns lief es nicht so gut …« Er wackelte mit der Hand.

»Ist Denise immer noch nicht zurück?« Bakirs Lebensgefährtin war im November zu ihren Eltern auf ein Dorf in der Nähe von Paderborn gezogen. Ihre Eltern kamen mit der extremen Kälte und den außerordentlichen Umständen allein nicht klar.

Der schüttelte den Kopf. »Und sie sagt …« Er unterbrach sich. Schwieg einen Moment, betrachtete seine Hände, griff nach seiner Kaffeetasse, ließ sie wieder los. »Sie sagt, sie würde mich gar nicht so vermissen, wie sie dachte. Sie ist sich nicht sicher, ob sie …« Er schluckte, wischte sich mit dem Handrücken über das rechte Auge. Zog die Nase hoch. »Frauen!«

»Wird schon«, sagte Clemens. »Ihr habt euch doch immer … wie lange seid ihr jetzt zusammen?«

»Ja, eben. Vielleicht ist einfach die Luft raus. Für sie. Und ich weiß nicht …« Bakir zog ein Taschentuch hervor und putzte sich die Nase. »Na ja. Momentan kann ich sowieso nichts machen. Ich wüsste nicht, wie ich auf dieses Kuhkaff komme, in dem sie wohnt, und sie kann ihre Eltern nicht allein lassen. Das verstehe ich ja sogar.« Er presste die Lippen aufeinander.

Clemens' Handy vibrierte. Er zögerte kurz, dann zog er es aus der Tasche und las die Nachricht. Er runzelte die Stirn und schüttelte den Kopf. »Amelie«, sagte er nur.

»Dein One-Night-Stand?«

»Ja, und von vor zwei Jahren. Verrückt, wenn man so zurückdenkt. Wie sich das Leben verändert hat. Das mit Amelie war im Sommer, es lief Fußball auf großen Leinwänden, die Stimmung war top, ich hatte gerade drei neue Leute eingestellt im Verlag. Es herrschte Frieden in Europa und damals dachten wir sogar, die Regierung würde was gegen die Klimakatastrophe tun. Das Leben war gut.«

»Was will sie denn?«

»Sie schickt mir einfach ab und zu so Nachrichten. Mal ein Bild, mal ein paar Sätze. Ich antworte fast nie drauf, aber …«

»Du *antwortest* ihr?«

»Ich antworte ihr fast nie, habe ich gesagt.«

»Aber du antwortest ihr überhaupt? Clemens, du musst die blockieren, sonst macht sie sich ewig Hoffnung.«

Clemens sah sein Handy an. »Du hast wahrscheinlich recht, aber …«

»Gib mal.« Bakir streckte die Hand aus.

»Nee. Ich bin schon groß«, sagte Clemens und steckte das Handy ein.

»Du Player«, sagte Bakir. »Und ich dachte, es wäre was Ernstes mit Jana.«

Clemens nickte, zuckte mit den Achseln. »Sie will Karriere machen, so richtig. In der Forschung. Das kostet natürlich Zeit. Neulich habe ich vorgeschlagen, wir könnten mal gemeinsam in Urlaub fahren, wenn das wieder geht.« Er deutete in Richtung der Fensterscheiben.

Bakir klopfte dreimal auf den Tisch.

»Aber sie sagt, sie weiß nicht, ob sie dann dafür Zeit hat. Forschungsprojekte. Sag mal, hast du was von Stefan gehört?«

Stefan war mit ihnen zur Schule gegangen. Später hatte er sich als Surflehrer durchgejobbt. Im November, als es noch ging, war er kurz entschlossen nach Bali ausgewandert.

Bakir nickte. »Er hat eine Freundin. Das ist gut. Aber keine Arbeit. Das ist schlecht. Keine Touristen heißt: keine Surfstunden. Immerhin hat er keine Heizkosten und muss trotzdem nicht frieren.« Er rief ein Bild auf dem Handy auf. »Hier.«

Stefan und eine junge Frau mit einem netten Lächeln schauten in die Kamera. Er trug nur eine kurze Hose, sie T-Shirt und Shorts. Hinter ihnen standen Palmen.

»Puh, da bin ich schon ein bisschen neidisch«, sagte Clemens.

Der Kellner kam, um zu kassieren. Ihre Stunde war um, die nächsten Kunden warteten.

Clemens kaufte am Tresen noch eine Tüte Aufbackbrötchen.

Sie umarmten einander zum Abschied, dann schnallte Clemens die Skier an und machte sich auf den Rückweg. Es war erst früher Nachmittag, aber schon deutlich dunkler als zuvor. Aus Energiespargründen brannte nur jede zweite Laterne. Es hatte gutgetan, Bakir wiederzusehen, aber nun war er froh, zurück nach Hause zu kommen.

Jana musste jetzt auch fertig sein mit ihrem Vortrag. »Alles gut gegangen?«, schrieb er.

Minuten später die Antwort: »Hätte besser laufen können. Erzähl ich dir heute Abend.«

Kiel, 14:10 Uhr, -17,9 Grad

Lulu – eigentlich »Luisa«, aber niemand nannte sie so – warf ihren Rucksack auf den Boden, schälte sich aus der dicken Winterjacke, der dünneren Winterjacke und dem Sweatshirt, das sie über dem Langarmshirt und dem Langarm-Unterhemd trug. »Hallo? Hal-lo?! Ist da jemand?«, rief sie.

Sie streifte die klobigen Winterschuhe ab, in deren Profil noch jede Menge dreckiger Schnee klebte. Kurz meinte sie, ihre Väter im Chor zu hören: »Bitte abtreten, das Holz verträgt die Nässe nicht.« Lulu, 15, hatte nicht das geringste Problem damit, die Stimmen zu ignorieren.

»Hallo! Wo seid ihr denn?«, rief sie. Die Schneehose landete ebenfalls auf dem Klamottenhaufen.

Einen kurzen Augenblick blieb Lulu jetzt im Flur stehen und genoss die Wärme. Sie wusste, wie gut es ihr und ihrer Familie ging. Sie gehörten zu den wenigen Leuten, die sie kannte, die es sich noch leisteten, das gesamte Haus zu heizen. Andererseits gingen in der alten Villa die meisten Räume offen ineinander über, es ließ sich also kaum vermeiden.

Sie ging in die Küche, nahm sich eine Scheibe Käse aus dem Kühlschrank, rollte sie auf und aß sie im Gehen. Wohnzimmer, Arbeitszimmer, niemand da, kein Geräusch. Sie trat an die Terrassentür. Ah! Im Gewächshaus bewegte sich etwas.

Lulu winkte, erhielt aber keine Reaktion. Sie zog ihr Handy heraus, startete einen Gruppen-Voice-Chat. Eric nahm ihren Anruf auf seiner Smartwatch an, das Klingeln von Antons Handy war im Hintergrund zu hören. »Ja?«

»Wo seid ihr?«

»Im Gewächshaus.« Etwas rumpelte. Dann: »Ich kann dich sehen.«

»Ja, ich euch auch. Wie lange braucht ihr noch?«

»Eine Weile. Ist es wichtig? Du kannst uns helfen.«

»Aber es ist so kalt draußen.«

»Auf dem Weg? Die paar Schritte hier rüber?«

»Ich bin gerade erst reingekommen.«

»Pff. Also wirklich. Als wir so alt waren wie du …«

Lulu konnte das Grinsen in seiner Stimme hören. »Ich komm ja schon, ich komm ja schon«, rief sie. »Bloß keine Geschichten aus deiner Jugend, bitte!«

Sie legte auf, steckte das Handy ein und schlüpfte in ihre Chucks, die neben der Terrassentür standen. Sie wusste, was ihr bevorstand, wenn sie die Tür öffnete, und dennoch war die Kälte ohne die dicke Bekleidung ein Schock. Gern wäre sie gerannt, aber seitdem sie sich vor ein paar Wochen auf dem vereisten Weg gemein hingepackt hatte, tippselte sie die zwanzig Meter in kleinen Schrittchen.

Anton hielt ihr bereits die Tür auf. Im Gewächshaus war es

kühler als im Haus, aber immerhin deutlich wärmer als im Freien. Vor einigen Wochen hatten sie die Tagestemperatur im Gewächshaus auf zehn und die Nachttemperatur sogar auf sechs Grad abgesenkt. Als »Bromelien-Triage« hatten sie die Diskussion bezeichnet: Welche ihrer kleinen Schätze waren so wertvoll oder so schwer wiederzubeschaffen, dass sie unbedingt überleben mussten? Und welche waren ersetzbar, irgendwann, wenn das Leben wieder auftaute?

Lulu spürte einen kalten Hauch.

»Eine weitere Scheibe ist gesprungen«, sagte Anton. »Wir versetzen gerade die Bienenstöcke, um eine Plane anbringen zu können.«

Seit Wochen gab es keine Ersatzteile mehr für das Gewächshaus, weder vor Ort noch online. Die nahe gelegenen Gärtnereien hatten den Betrieb eingestellt, die Baumärkte waren nahezu leer gekauft und bekamen keine neuen Lieferungen.

Es war bereits die dritte Scheibe, die in der anhaltenden Kälte brach. Die ersten beiden hatten sie mit einer doppelten Lage Folie und reichlich Klebeband einigermaßen gut ersetzen können.

»Halt mal.« Eric drückte ihr einen Topf mit einer rotgrünen *Billbergia amoena* in die Hand.

Anton kehrte zurück zu den Bienenständen und zog die Schutzplane zurecht.

Lulu stellte die Bromelie auf einen Tisch und trat neben Eric. Sie hielt die Folie, er klebte sie fest. Darüber befestigte er eine zweite Lage.

Der kalte Luftstrom, der das Gewächshaus durchzogen hatte, nahm ab.

»Es kann so nicht weitergehen«, sagte Lulu, als sie fertig waren. »Heute sind Tim und Anna nicht gekommen. Ihr Weg ist zu weit. Die Busse fahren nicht, die Wege sind zu glatt, um mit dem Rad zu kommen. Die Eltern haben keine Autos mehr. Und zu Fuß … da können sie auch gleich nachts das Fenster auflassen und dem Elend ein Ende bereiten! Wir müssen etwas tun!«

»*Wir?*«, fragte Eric. »Wer ist *wir*?«

»Na, wir!« Lulu hob den Zeigefinger und fuhr damit einmal im Kreis durch die Luft. »Du, Anton und ich.«

»Und wieso wir? Wieso nicht die Schulbehörde?«

»Weil die nix machen. Denen ist alles egal. Hast du selbst tausend Mal gesagt. Vielleicht finden sie es sogar besser, wenn immer weniger Schüler_innen« – Lulu genderte beim Sprechen mit einer kurzen Pause vor der zweiten Wortendung – »kommen. Dann können sie Klassen zusammenlegen, das spart Heizkosten und Lehrkräfte.«

»Ich hab schon gesagt, denen ist alles egal, als du noch in der Grundschule warst und wir in irgendein Formular ›Mutter‹ und ›Vater‹ eintragen sollten!«

»Na ja, und auch, als die Klassenlehrerin beim ersten Elternabend in der Fünften angeboten hat, dass Lulu sich jederzeit bei ›Mädchenfragen‹ an sie wenden kann«, sagte Anton.

Lulu grunzte lachend, als sie daran zurückdachte, wie empört Eric von der Begegnung berichtet hatte. »Und was war mit den drei Klassenarbeiten in einer Woche in der Sieben?«, fragte sie dann.

»Okay. Gut. Ich bin kein Fan der Schulbehörde. Aber ganz ehrlich, wir *können* doch gar nichts machen. Wie stellst du dir das vor? Wir sind schließlich kein Busunternehmen. Und der öffentliche Nahverkehr ruht aus gutem Grund – da kämen wir mit unserem Kombi nicht besser durch«, hielt Anton dagegen.

»Vielleicht könnten sie bei uns wohnen?«, überlegte Lulu. »Von hier ist es ja nicht so weit.«

»Klar. Du kannst gern dein Zimmer mit vier Mitschülern teilen«, sagte Eric und schüttelte den Kopf.

Lulu presste die Lippen aufeinander. »Und die Klassenreise nach Ostern wurde auch abgesagt«, wechselte sie das Thema.

»Wohin sollte die noch mal gehen?«, fragte Anton.

»Berlin.«

»Da verpasst du nix.«

Lulu schnaufte. »Es geht doch nicht um die Stadt. Sondern um das Erlebnis. Wir werden um unsere Jugend betrogen. Um all die tollen Erlebnisse, die sie euch in den Hintern geschoben haben.«

»Nee, mit 15 noch nicht«, entgegnete Eric trocken. »Aber ich weiß schon, was du meinst. Nicht nur lernen, sondern gemeinsam etwas erleben. Regeln brechen, auf die Jungszimmer schleichen, heimlich Bier trinken. Wir haben schon Kondome gekauft, die wir dir heimlich ins Gepäck stecken wollten.«

»Argh!« Lulu stöhnte und presste sich die Hände auf die Ohren. »Du bist doof! Ihr seid beide doof!«

Eric legte seiner Tochter die Hand auf die Schulter. »War nur ein Spaß«, sagte er.

»Ach, lass mich in Ruhe!« Sie stieß die Tür des Gewächshauses auf und lief zurück ins Haus.

Eric und Anton sahen ihr nach. »Von mir hat sie diese Empfindlichkeit nicht«, sagte Eric irgendwo zwischen amüsiert und genervt.

»Wir werden es nie erfahren. Das war ja der Sinn der Sache«, sagte Anton.

Die Männer hatten, um Lulu zu zeugen, ihre Samenproben

mischen lassen, damit offenblieb, wer der biologische Vater war – und wer nicht.

»Wollen wir die Bienen zurückstellen?«, fragte Eric.

Anton zuckte mit den Achseln. »Geht doch so auch«, sagte er. »Und ist vielleicht sogar einen Hauch wärmer vor einer echten Glasscheibe.«

»Okay.« Eric begann, die Töpfe und Ständer, die sie beiseitegeschoben hatten, wieder zurechtzurücken. Bromelien mussten nicht unbedingt in Erde wachsen – viele von ihnen fühlten sich deutlich wohler auf Aststücken oder in kleinen Moosbetten.

»Ich freu mich ja, dass sie gern zur Schule geht«, nahm Anton den Faden auf. »Anders als ich damals. Ich hätte gar nicht schnell genug ›Glatteis‹ rufen können bei so einem Wetter wie jetzt. Es macht mir Sorgen, dass sie so gestresst ist. Sie fühlt sich verantwortlich. Für die anderen, aber auch für ihre eigenen Erlebnisse. Dabei wäre das die Aufgabe der Lehrer – oder eben unsere. Ich wünschte, sie wäre unbeschwerter.« Er begann dabei zu helfen, die *Vrieseae* wieder in den notwendigen Abständen zu positionieren. »Meinst du, wir müssten etwas tun? Mit Lulu reden, oder mit der Klassenlehrerin?«

Eric arbeitete eine Weile wortlos weiter. Es fiel Anton schwer, abzuwarten und das Schweigen auszuhalten. Aber er hatte mit den Jahren gelernt, dass sein Mann oft etwas Zeit brauchte, um seine Position zu finden. Drängte Anton ihn, führte das höchstens zu einem Streit.

Eric rückte das letzte der vielfältigen Ananasgewächse an seinen Platz. Dann klopfte er sich zufrieden einige Erdkrümel von den Händen. »Vielleicht wird es bald besser«, sagte er. »Ewig kann diese Kälte ja nicht mehr anhalten. Wir haben schon Anfang März. Gut möglich, dass wir in einem Monat ohne Jacke draußen rumlaufen. Dann klärt sich das mit dem Schulweg von selbst. Und die Klassenreise lässt sich ja nachholen. Selbst wenn sie jetzt stornieren, in Berlin gibt es genug Hostels, da kriegen die kurzfristig was. Und so lieb ich sie habe – es ist nicht gut für Lulu, wenn wir immer alle ihre Probleme *für sie* lösen. Das haben wir doch auch so besprochen.«

Anton strich über die quergestreiften Blätter einer *Neoregalie.* »Ich weiß. Deswegen frage ich dich ja. Und hab nicht gleich was gesagt.«

Eric nickte. »Gut.«

»In Ordnung. Wir warten erst mal ab. Und sonst … Wir könnten ja mit ihr und ein paar Freundinnen oder Freunden für ein langes Wochenende nach Berlin fahren, wenn es mit der Klassenreise gar nicht klappt«, schlug er vor.

Eric lachte. »Genau. Weil mit deinen Vätern und zwei anderen Kindern in ein Ferienhaus am Stadtrand zu fahren, ja so ungefähr dasselbe ist wie eine Woche in der Jugendherberge mit 30 Kindern und zwei Lehrern, die im Idealfall die ganze Zeit weggucken.« Er bemerkte Antons Blick, trat einen Schritt auf ihn zu und nahm seine Hand. »Es ist ein netter Gedanke! Lass uns abwarten. Wir können ja immer noch darauf zurückkommen.«

Er lächelte und küsste Anton. Der entspannte sich mit einem Seufzen. »Es heißt immer, mit der Zeit würde das Elternsein einfacher, aber ich merke davon bisher nichts«, murmelte er.

»Weil du es von Anfang an so gut machst, dass da nichts mehr besser oder einfacher werden kann«, sagte Eric.

Anton löste sich aus der Umarmung, boxte seinem Mann

spielerisch gegen die Schulter und sagte mit einem Lächeln: »Danke schön! Du aber auch.«

Hand in Hand gingen sie zum Haus zurück.

Lulu war ins Bett gekrochen, um ein wenig am Handy zu sein. Wenn sie sich unter die Decke legte, konnte sie die Heizung deutlich runterdrehen – gut für die Umwelt, gut für die Stromrechnung.

Sie öffnete TikTok. Das war immer eine gute Ablenkung. Auf diese Weise bekam sie mit, was in der Welt los war – aber in leicht verdaulichen Bruchstücken. Hitzewelle in Zentralafrika. Katzenvideo aus der Mongolei. Ein Muskelaufbau-Challenge aus den USA, ein Mädchen aus Chile sang »Let it go«, das Tierheim Kiel suchte Ehrenamtliche. In Leipzig hatte es eine Explosion gegeben. Der Kälterekord der letzten 24 Stunden war -37,8 Grad nachts um zwei auf dem Brocken. Ein Mädchen aus den USA berichtete von ihrem Autounfall und bat um Spenden. Lulu scrollte weiter und weiter, um die frustrierenden Gedanken zu vertreiben. Bloß klappte das nicht so recht.

Wie sollte es weitergehen – mit ihr, mit der Welt? Wie hatten Anton und Eric es überhaupt rechtfertigen können, ein Kind in diese Welt zu setzen? Lulu hatte keine Suizidgedanken, aber wie würde ihre Zukunft denn bitte aussehen? Entweder verglühte und verdorrte die Erde. Oder irgendwer fing Krieg an. Große Teile der Welt würden unbewohnbar werden und die Menschen von dort mussten auch irgendwohin. Bildung ist der Schlüssel zum Glück, hieß es immer, nur wer brauchte schon Mechatroniker_innen oder Ernäherungswissenschaftler_innen, wenn sowieso alles vor die Hunde ging?

Ihre Geo-Lehrerin hatte ein aktuelles Thema eingeschoben

in der Hoffnung, dass die Schüler_innen dann besser aufpassten. Aber Lulu hatte es komplett gefreakt. Möglich, dass der aktuelle Megawinter kein Ausreißer war, sondern der Beginn einer echten Eiszeit. Gletscher-Forschungen zeigten, dass so was in der Vergangenheit schon mal innerhalb von nur zehn Jahren passiert war. Also nicht auszuschließen, dass es dank der Klimakatastrophe schneller ging.

Erfrieren, verbrennen, verdursten, verhungern … so, wie sie es sah, war der Tod nur eine Frage des *Wie*, nicht des *Ob*. Und jetzt, wo sie hier war, hatte sie darauf gar keinen Bock. Aber was sollte sie tun? Was brachte ein verdammtes Gewächshaus im Garten, in dem sie hundert Bromelien und drei Bienenvölker vor Kältestress schützten, wenn die ganze Welt unterging?

Eine Nachricht poppte auf. »Hey, was machst du?«

Noah.

Lulu lächelte und begann zu überlegen, was sie antworten sollte.

Berlin, 15:32 Uhr, -16,3 Grad

Janas Zug brauchte nur gut eine Stunde länger als früher, das war nicht immer so. Kurz vor der Einfahrt in den Hauptbahnhof schickte sie Clemens eine SMS: »Bin gleich da.« Ein Fahrer wartete auf dem Parkplatz, weil sie im Auftrag der Bundesregierung reiste.

Zu Clemens' Haus, der ehemaligen Feuerwache Moabit, war es nicht weit. Es war dicht bewölkt und wurde bereits dunkel. Als Jana vor drei Jahren nach Leipzig gezogen war, verließ sie eine lebendige, internationale Stadt. Heute wirkte

Berlin genauso provinziell und mutlos wie alle anderen Orte in Deutschland.

Ihr Handy klingelte. »Ja. Ja, das ist richtig. Ich verstehe. Natürlich müssen Sie das.«

Ihr Vorgesetzter Günther hatte ihre Nummer an die Polizei weitergegeben. Es würde eine offizielle Untersuchung geben, was zum Einsturz der Kaserne geführt hatte. Das war gut, denn nur so ließ sich eindeutig klären, dass sie nicht hatte wissen können, was passieren würde, und dass es weder Absicht noch ein Anschlag gewesen war. Und auch kein besonders genialer multimedialer Präsentationseffekt: Genau in dem Moment, in dem sie vor Materialermüdung durch Kälte warnte, führte diese zu einem Großschaden mit zahlreichen Verletzten.

Müde ließ sie den Kopf sinken. Alexandra lag quer über ihren Schuhen. Jana beugte sich vor und kraulte die Hündin.

»Sind wa da, oda wat?«, raunzte der Fahrer.

»Ja, natürlich, danke.« Sie stieg aus.

Ein paar Meter entfernt öffnete Clemens bereits die Haustür. Jana kam sich ein bisschen vor wie ein einem Weihnachtswerbespot, als sie über das brockige Eis auf das warme Licht zustakste.

»Komm rein«, sagte er. »Schön, dass du da bist. Ich hab was für dich.« Er nahm sie bei der Hand.

Alexandra schnupperte an dem Hundekörbchen im Flur, dann trottete sie hinter ihnen her.

Clemens war barfuß und trug eine Stretch-Cargohose und ein Kurzarmhemd. Im Sommer lief er meist drinnen wie draußen ohne Schuhe herum, für Regentage hatte er hässliche Barfußschuhe. Jana mochte Clemens' bodenständige Art, aber manchmal war er ihr ein wenig zu naturburschig.

»Wieso frierst du eigentlich nie? Kann ich meine Schuhe noch kurz …«, begann Jana. Ihr war, wie immer, auf dem Weg aus dem Zug zum Auto und dann auf der Fahrt unangenehm kalt geworden.

»Nee, zieh die ruhig mal aus«, sagte Clemens lächelnd und deutete auf einen Küchenstuhl, vor dem eine Plastikwanne stand, aus der Dampf aufstieg.

»Für mich?«, fragte Jana.

»Klar. Du hast mir geschrieben, dass du gleich da bist.«

»Wow«, entgegnete sie mit einem Lächeln.

Clemens nahm Jana ihren Mantel ab. Sie zog Schuhe und Strümpfe aus, krempelte ihre Hose hoch und setzte sich auf den Stuhl. Einen Moment lang hielt sie ihre Füße einfach in den warmen Wasserdampf, dann ließ sie sie langsam in die kleine Wanne gleiten. »Ah! Du bist der Beste!«

Vielleicht war seine lebenspraktisch-rustikale Weltsicht doch nicht so verkehrt.

In dem Kachelofen, den Clemens in die geräumige Wohnküche hatte einbauen lassen, knisterte ein Holzscheit. Erst als sie tief ausatmete und die Arme hängen ließ, bemerkte Jana, wie angespannt sie war. Aufstehen, packen, der Vortrag und dann …

Tränen schossen ihr in die Augen. Ihr, der nüchternen Naturwissenschaftlerin!

»Ist das Wasser zu heiß?«, fragte Clemens. Dieser gute Geist, dieser Idealist, für den immer alles ganz einfach erschien.

Jana lächelte und wischte sich über die Wangen. »Nein, es ist wunderbar. Es ist nur … es war …« Sie setzte neu an, verschluckte sich beinahe, begann zu husten. Clemens trat neben sie und klopfte ihr leicht auf den Rücken. »Ganz ruhig, ist gleich vorbei«, sagte er.

»Es war so schlimm«, sagte Jana dann.

»Der Vortrag? Das kann ich mir nicht …«

»Nein. Es gab ein Unglück. Die Kaserne ist … sag mal, guckst du keine Nachrichten?«

Er schüttelte den Kopf. »Nicht, wenn ich es vermeiden kann. Zieht einen zu sehr runter, und mein Job ist es, das Licht der Hoffnung am Leben zu halten.«

Jana lachte auf. »Schön gesagt. Nein, ich habe meinen Vortrag begonnen, und dann habe ich mit der flachen Hand gegen die Außenwand des Kasernengebäudes geschlagen, so ›patsch‹, als ich sagen wollte, es besteht eine große Gefahr der Materialermüdung. Und dann ist die ganze Wand einfach … ich meine, da ist erst ein Stück rausgebrochen, und dann noch eins, und dann die ganze Wand des Konferenzraums. Mit Generalleutnant Krause, der ist einfach rausgestürzt.« Sie hob beide Hände vor den Mund, schluchzte einmal, fuhr sich dann über die Haare, zupfte nervös an ihrem kranzförmig geflochtenen Zopf. »Er hat mich damals eingestellt, hat das ganze Institut überhaupt erst ins Leben gerufen.«

Clemens war dazu übergegangen, sanft ihre Schultern zu massieren. Er fragte nicht, hörte zu, ließ ihr Raum.

»Dann gingen die Sirenen an, das Gebäude wurde evakuiert, immer mehr Mauerstücke brachen heraus, und aus irgendeinem Grund waren plötzlich die Hunde los, und sie hatten solche Angst, sie bellten und bissen, und dann hat jemand die meisten von ihnen einfach erschossen. Abgeknallt, einfach so. Mit einer Maschinenpistole.« Sie schüttelte den Kopf. »Völlig unnötig. Es wäre doch … es war alles schon schlimm genug, aber dann auch noch das, und man hätte doch … irgendwo hätte man jemand von der Hundestaffel finden können.«

Sie sah hinunter zu Alexandra. Die Hündin hatte es sich neben ihrem Stuhl gemütlich gemacht. Gerade hob sie den Kopf und trank ein wenig Fußbadwasser.

»Ihh!«, machte Jana, dann griff sie in die Tasche nach dem Sender für das Halsband und drückte die Taste für unerwünschtes Verhalten. Alexandra hielt inne, schaute zu Jana auf, zog fast schuldbewusst den Kopf zurück und legte ihn auf den Vorderpfoten ab. Jana streckte die Hand aus und kraulte die Hündin. »Kannst du ja nicht wissen«, sagte sie. »Aber Fußbadessenz ist bestimmt nicht gut für kleine Beagles.«

»Alles biologisch abbaubar«, sagte Clemens.

»Na dann.«

»Das ist ja wirklich … es tut mir leid. Was für eine Geschichte. Vor ein paar Monaten hätte dir das noch kein Mensch geglaubt.«

»Ich habe die halbe Bahnfahrt darüber nachgedacht. Vielleicht hängt es auch mit dem Material zusammen. Die Kaserne in Leipzig ist der letzte große soldatische Funktionsbau aus der DDR-Zeit. Keine Ahnung, möglicherweise der Mörtel, die Ziegel … an irgendwas muss es ja gelegen haben. Ich kann nur …« Sie schloss wieder die Augen.

Clemens küsste sie auf den Scheitel.

»Ich sehe immer wieder vor mir, wie Krause ins Nichts stürzt, und der nächste Wandbrocken gleich hinterher. Er hat mir den Weg geebnet, und ich … Hoffentlich ist er okay.«

Freiburg, 17:30 Uhr, -17,4 Grad

»Ach, was würde ich nur ohne dich machen!« Die alte Dame tätschelte Amelies Hand. »Ich freue mich immer, wenn du kommst.« Sie senkte die Stimme. »Du bist die Netteste von allen. So geduldig. Hast immer Zeit. Und du schneidest das Fleisch in kleinere Stückchen, das kann ich leichter essen.« Sie lächelte zahnlos.

»Das mache ich wirklich gerne«, sagte Amelie und strich sich die langen braunen Haare hinter die Ohren. Die Bezahlung in der Pflege war mies, aber an manchen Tagen machten die Komplimente es wett. An anderen nicht.

Sie zog ihr Handy heraus. Clemens hatte noch nicht geantwortet. Er ließ sich manchmal Monate Zeit, aber irgendwann schrieb er ihr dann doch zurück.

»Meine Tochter hat auch solche Tätowierungen«, sagte Frau Zimmermann und betrachtete Amelies Unterarme. »Aber ich finde das nicht schlimm. Wir hätten uns so etwas natürlich nie getraut. Wie gut, dass die Zeiten sich geändert haben. Manchmal erinnerst du mich an sie.« Ihre Stimme verdunkelte sich. »Leider besucht sie mich so selten.«

Amelie wusste, warum das so war. Frau Zimmermanns Tochter war vor Jahrzehnten nach Australien ausgewandert. Sie meldete sich regelmäßig per Videochat auf der Station und holte Schwiegersohn und zwei Enkel vor die Kamera. Die alte Dame plauderte freundlich mit allen und fragte hinterher Amelie: »Die junge Frau, die mich angerufen hat, war sehr nett – wer ist denn das?«

Amelie kannte Frau Zimmermanns Geschichte ebenso wie die aller anderen Bewohner des Pflegeheims. Ebenso kannte sie die Geschichten ihrer Kolleginnen und Kollegen: Sprücheklopfer Lars, den sein Vater bei schlechten Noten hart geohrfeigt hatte, obwohl das damals schon verboten gewesen war. Die hektische, aber ausgesprochen liebenswerte Stationsleiterin, die bei jedem Dienstplan dieselben Flüchtigkeitsfehler machte. Die muffelige Stellvertreterin mit dem Herz aus Gold. Die geschwätzige und faule Hannah, mit der niemand arbeiten wollte – auch so eine gab es in jedem Team. Brigitte, eine fleißige, leise und zarte Elsässerin, die aus Straßburg pendelte. Sie brachte zwei Kinder allein durch, weil der Mann – immerhin Zahnarzt – keinen Unterhalt zahlte.

Das Geld stimmte hinten und vorne nicht, davon abgesehen war es für Amelie ein Traumjob. Sie wusste, was zu tun war, und sie wusste, warum sie es tat. Sie mochte ihr Team, die meisten jedenfalls, und sie mochte die alten Menschen, um die sie sich kümmerten. Es gab keine Aufgabe, für die sie sich zu fein war, und nach zehn Berufsjahren nichts mehr, was ihr Angst machte oder wovor sie sich ekelte. Das führte dazu, dass Amelie eine große Ruhe und Zuversicht ausstrahlte.

Zudem brauchte sie den Job als Ausgleich, denn ihr Privatleben war völlig auf der Strecke geblieben. Ihren letzten festen Freund hatte sie mit 23 gehabt, den letzten One-Night-Stand vor über zwei Jahren. Bei der Arbeit nahm sie Feiertagsschichten und Überstunden nicht nur aus finanziellen Gründen mit, sondern auch, weil es ihr guttat, beschäftigt zu sein.

Die übrige Zeit kümmerte sie sich um ihre Mutter Ulrike, und wenn sie abends nicht sofort einschlief, fantasierte sie von Clemens.

Amelie zog gerade die Wohnungstür hinter sich ins Schloss und wollte ihre Schuhe abstreifen, da klingelte ihr Handy.

»Wo warst du denn so lange?«, fragte ihre Mutter ohne Vorrede.

Amelie verdrehte die Augen. Sie hängte ihren Rucksack an die Garderobe, die Jacke dazu.

»Ich kann gleich zu dir hochkommen.«

»Das wäre schön.« Aufgelegt.

Amelie ließ den Atem langsam und tief ausströmen, so, wie die Lehrerin im Entspannungskurs es ihr beigebracht hatte.

Sie öffnete die Tür zum Treppenhaus, das ihre Einliegerwohnung mit dem Wohnbereich ihrer Eltern verband. Das Haus war nach dem Tod ihres Vaters viel zu groß für die Mutter, doch Ulrike wollte auf keinen Fall umziehen. Und Amelie hatte auf diese Weise eine kostengünstige – kostenlose – Unterkunft.

Ihre Mutter lag auf dem Sofa. Der Fernseher lief, eine Shopping-Show. Auf dem Couchtisch eine Flasche Wodka. Daneben ein leeres Glas.

»Guck nicht so missbilligend«, mahnte Ulrike streng. »Warte mal ab, bis es dir so geht wie mir. Was du dann sagst.«

Ihre Aussprache war etwas verwaschen. Amelie konnte nicht sagen, ob es am Alkohol lag oder an der Krankheit. Ihre Mutter litt an Arthrose und an starkem Rheuma. Manchmal hatte sie schlimme Schmerzen. An anderen Tagen konnte sie einzelne Gelenke kaum bewegen, mal die Knie, mal die Ellenbogen oder die Finger. Auch die Muskeln, die für ihre früher stets messerscharfe Aussprache zuständig waren, hatte sie nicht mehr ganz unter Kontrolle.

Hundert Mal hatte Amelie vorgeschlagen, ihr einen Platz

in einer betreuten Wohnanlage zu besorgen: »Du musst unter Menschen, musst interagieren, brauchst die Anregung.«

Doch ihre Mutter lehnte kategorisch ab. »Niemand möchte mich so sehen. Ich bin ein Wrack!«

Dabei ließ sie sich keineswegs gehen. Jeden Tag kleidete sie sich sorgfältig an, schminkte und frisierte sich. Bei Arztbesuchen trug sie stets eines ihrer alten Kostüme. Wer sie dort sah, konnte sie für eine Steuerberaterin in der Blüte ihres Lebens halten. Höchstens an den leicht verkrümmten Fingern – und an dem bitteren Blick – sah man ihr Leid.

»Was brauchst du denn?«, fragte Amelie.

»Findest du es hier auch so kalt?«

Ulrike lag unter einer dünnen Decke auf dem Sofa, vermutlich schon seit Stunden. Im Raum war es kühl, aber nicht kalt.

Amelie setzte sich auf die Kante des Couchtisches und griff nach der Hand ihrer Mutter, um diese etwas zu massieren.

»Man sitzt nicht auf Tischen!«, sagte die jedoch und reckte den Hals, um an ihrer Tochter vorbei den Bildschirm zu sehen.

Amelie seufzte. »Soll ich die Heizung höher drehen?«

»Bin ich etwa ein Goldesel?«

Sie zuckte mit den Schultern. »Dann bleibt es, wie es ist.«

»Ich werd's überleben«, entgegnete die Mutter. »Obwohl ich manchmal hoffe, lieber nicht. Wann gibt es Essen?«

Amelie schloss die Augen. Zu Hause war es genau wie bei der Arbeit, nur wurde sie hier nicht bezahlt und nicht gelobt.

Sie kann nichts dafür, dass es ihr so geht, sagte Amelie sich. Die Schmerzen machen sie so schlecht gelaunt. Sie hat es sich nicht ausgesucht. Sie meint es nicht böse.

Peking, 0:41 Uhr Ortszeit
(Zeitzone Berlin: 17:41 Uhr), +2 Grad

Min Zhu Huang ließ sich in das Polster sinken. Er liebte den Geruch frischen Leders, weshalb er den Wagen alle sechs Monate durch einen neuen ersetzte.

»Ist es bequem für dich?«, fragte er Shiyan, seine Nichte, über die Schulter.

»Ja, Onkel«, antwortete diese mit einem Lächeln.

Es war spät. Da sie beide an unerträglicher Schlaflosigkeit litten, hatten sie sich den Abend absichtlich mit anregenden Gesprächen beim Essen vertrieben.

»Das Gong Bao Ji Ding war delikat, nicht wahr?«, fragte er, während sich die Limousine in Bewegung setzte. Hühnchen *Kung Pao*, wie das Gericht von Touristen genannt wurde, war in der authentischen Zubereitungsart sein Lieblingsgericht.

»Ja, Onkel, ganz ausgezeichnet«, entgegnete Shiyan.

Huang wusste die Essen mit seiner Nichte zu schätzen. Der Austausch mit ihr war stets ein Vergnügen. Ihre Themen waren weit gefächert: klassische Musik, moderne Literatur, wissenschaftliche Fortschritte. Den Bereich der Politik mieden sie, wie alle klugen Chinesen, bei Gesprächen in der Öffentlichkeit.

Die Treffen waren ein Ausgleich für ihn, den er dringend brauchte. Sein Hausarzt mahnte bereits, er müsse auf seinen Blutdruck achten, auf das Cholesterin und das Gewicht. Quacksalber!

Huang musterte sich im Spiegel der Sonnenblende. Ein markantes Kinn, um den Mund ein entschlossener Zug, noch wenig Falten um die Augen und schwarzes, volles Haar.

In der chinesischen Presse galt er als »der begehrteste Junggeselle des Landes«, und das war sicher richtig. Wobei Huang kein Interesse daran hatte, eine feste Beziehung einzugehen. Er hatte es einmal versucht – hatte haben wollen, was seine Eltern gehabt hatten, und was hatte es ihm gebracht? Nichts als Schmerz und Unglück! Nein, da war es besser, dann und wann für Entlastung zu sorgen, sich aber sonst von der Liebe fernzuhalten!

Seine Bindung zu Shiyan, die Wärme, die er für sie empfand, waren mehr als ausreichend für ihn.

Er dachte an seine Herkunft und dass er es bis ganz nach oben geschafft hatte. »Der reichste Mann Chinas« hatte ein internationales Wirtschaftsmagazin ihn genannt, und er hatte sich nicht die Mühe gemacht, zu dementieren. »Der mächtigste Mann im Reich der Mitte« hatte ein anderes geschrieben: Dem hatte er öffentlich und offiziell widersprechen müssen, denn so etwas lasen die Parteiobersten gar nicht gerne.

»Onkel, glaubst du wirklich, bald werden Menschen auf dem Mars leben?«, nahm Shiyan ihr Gespräch aus dem Restaurant noch einmal auf.

Huang nickte. »Sicher. Die Menschen werden alles tun, was technisch möglich ist. Sie werden den Mond besiedeln, den Mars. Sie werden Unterwasserstädte bauen und Luftreinigungskuppeln über Peking, Mumbai und São Paulo errichten. Jedenfalls über den gut situierten Vierteln. Es wird immer jemanden geben, der den Willen und die Mittel mitbringt, die bisherigen Grenzen nicht anzuerkennen. Das ist die menschliche Natur: Wir wollen mehr, immer mehr! Egal, ob du es Kommunismus nennst, Kapitalismus oder wie auch immer.« Er warf einen Blick hinüber zu seinem Chauffeur. Der hielt den Blick auf die Straße gerichtet und verzog keine Miene.

Mit einer Aussage wie dieser konnte selbst jemand wie Huang sich heutzutage schon der Partei gegenüber in Misskredit bringen. »Die Menschen sind gierig. Das hat die Natur so angelegt. Diejenigen, die einst am meisten Beeren sammelten, am meisten Tiere erlegten, hatten die besten Überlebenschancen. Es ist in unserem Blut. In dieser Hinsicht sind alle Menschen gleich, glaub mir. Ich arbeite mit Menschen aus allen Kontinenten, aus allen Ländern. Sie alle wollen nur eines: *mehr*! Also, wenn du mich fragst, meine Kleine: Ja, der Mensch wird den Mars besiedeln, und zwar bald schon. Und er wird viele weitere technische Wunder vollbringen, davon bin ich überzeugt.«

Er schaute über die Schulter nach hinten zu Shiyan, lächelte sie an.

Dann sah er zum Fenster hinaus. Der Business District zog vorbei: das China World Hotel, der CCTV New Office Tower und die Chang'An Avenue, auf der es auch jetzt noch, nach Mitternacht, sehr betriebsam zuging.

Huang hatte längst mehr verdient, als ein Mensch je ausgeben konnte. Warum setzte er sich nicht zur Ruhe? Warum ordnete er nicht mit 62 seine Angelegenheiten und genoss das Leben? Warum flog er um die Welt, setzte sich Zeitverschiebungen und unterschiedlichsten klimatischen Bedingungen aus? Warum überließ er nicht zumindest die Führung seiner Unternehmen den Männern vor Ort, die er handverlesen mit den entsprechenden Aufgaben betraut und auf die er sich unter allen Umständen verlassen konnte?

Die Antwort war genau das, was er eben schon Shiyan gesagt hatte: Gier! Mehr zu haben als zuvor, mehr als andere, mehr als alle, mehr als jeder vor ihm – das war sein Ziel. Warum? Weil er die Möglichkeiten dazu hatte!

Für ihn waren Geld und Besitz kein Selbstzweck. Sie bedeuteten Macht. Sie brachten Möglichkeiten mit sich, die ihm sonst nicht zur Verfügung standen. Je reicher und mächtiger er wurde, desto mehr Menschen waren ihm zu Willen. Desto mehr Menschen taten, was er wollte. Wofür er sie bezahlte.

Je reicher er war, desto weniger Regeln galten für ihn. Und bald wäre es so weit. Wenn der Plan im Tschad aufging und die Mine dort sich als so ergiebig erwies, wie Huang und Gabriel Mamoun, sein Mann vor Ort, es vermuteten – dann käme niemand mehr an ihm vorbei! Alle brauchten, was er hatte. Sie würden ihm alle aus der Hand fressen. Sie würden endlich aufhören, seine »zweifelhaften Methoden« zu kritisieren, sondern einfach zahlen, was er forderte, weil ihnen nichts anderes übrig blieb. Cer, Lanthan, Neodym und Praseodym wurden immer dringender gebraucht für Computerchips und Akkus, und für diesen rasant steigenden Bedarf war es egal, ob man links stand oder rechts, ob man konservativ war oder sozial, grün oder nicht. Alle brauchten seine Rohstoffe, weil sonst ihr lächerliches Leben vor dem Untergang stand. Ohne Seltene Erden keine ausreichenden Stromspeicher für Wind- und Solarenergie, keine Smartphones, keine E-Autos. Dann drohte, was sie alle so sehr fürchteten und was niemand offen aussprach: der Absturz ins Elend, der Kampf aller gegen alle. Eine hochtechnisierte Welt konnte acht, neun, zehn Milliarden Menschen ernähren. Eine Welt ohne Huangs Rohstoffe nicht.

Sie würden ihn nicht lieben, aber sie würden so tun, als ob. Das war eigentlich sogar besser, weil echte Liebe versiegen konnte, gekaufte Liebe nie.

Sie erreichten die *Tiantan Residence*. Sanft bremste der Chauffeur die Limousine ab. Huang ließ den Blick schweifen bis zum Himmelstempel am Eingang des weitläufigen und bei den Bürgern Pekings äußerst beliebten Parks.

Der Chauffeur stieg aus. Ein kühler Lufthauch zog in den Wagen, doch die Heizung löschte ihn sofort aus.

»Onkel, vielen Dank für den schönen Abend und bis bald. Ich freue mich auf unser Wiedersehen«, sagte Shiyan.

»Es war auch mir ein Vergnügen, meine Kleine«, sagte er.

Für den Bruchteil einer Sekunde brannten Tränen in seinen Augen. Als wäre Shiyan mit seinem Innersten verbunden, sagte sie mit leiser Stimme: »Ich vermisse sie genau so sehr wie du. Jeden Tag, aber heute besonders.«

Am heutigen Tag hatte sich der Unfalltod von Huangs Schwester Lien zum zehnten Mal gejährt. Hätte sie nur für ihn gearbeitet, statt einen schäbigen Lieferdienst aufzuziehen, für den sie selbst noch auf die Straße musste … mit ihrer minderjährigen Tochter im Wagen …

Huang starrte geradeaus und presste die Lippen aufeinander.

Der Chauffeur öffnete Shiyans Tür. »Sind Sie bereit?«, fragte er höflich.

»Ja, das bin ich«, entgegnete Shiyan.

Der Chauffeur schob den rechten Arm unter ihre Oberschenkel, den linken legte er um ihre Schultern. Er hob sie in den Rollstuhl, den er in der Zwischenzeit aus dem Kofferraum gehoben und aufgeklappt hatte.

Huang konnte es nicht ertragen, dabei zuzusehen. Nicht heute.

Wenn er mit Shiyan essen ging und sie sich unterhielten, gelang es ihm, ihre Behinderung zu übersehen, zu verdrängen. Aber dieser verdammte Rollstuhl …

Der Chauffeur schloss die Tür, begleitete Shiyan in das exklusive Wohnheim mit angeschlossener Forschungseinrichtung. Huang blieb allein mit seinen Gedanken zurück. Mit seiner grenzenlosen Wut und Enttäuschung, der unerträglichen Hoffnung, den überzogenen Ansprüchen, der allmächtigen Gier.

Berlin, 22:34 Uhr, -21,2 Grad

Clemens sah gern abends im Bett die neuesten Vorschläge seiner Redakteurinnen und Redakteure durch. Jana fand es unterhaltsam, wenn er ihr daraus vorlas.

Am frühen Abend hatte sie von ihrem Chef die Nachricht erhalten, dass ihr gemeinsamer Vorgesetzter zu Tode gekommen war. Seitdem wirkte Jana wie erstarrt.

Etwas gewollt bemühte sich Clemens um ein wenig belanglose Normalität. »Hör mal«, sagte er. »Wie findest du das:

Wo Worte nicht reichen, lass Musik sprechen.

Und dann klappt man die Karte auf und es spielt … na?«

Jana zuckte mit den Achseln. »Der Hochzeitsmarsch. Oder … was spielt man auf Beerdigungen?«

»Nee«, sagte Clemens. »Happy Birthday!«

»Nicht dein Ernst.«

»Doch. Manche Autoren haben echt kein gutes Gefühl für Feinheiten. Aber die Idee an sich ist ganz nett, oder? Nur nicht zum Geburtstag, sondern als Trauerkarte.«

Jana nickte.

Clemens las weiter. »Oh, der ist auch nicht schlecht:

Abenteuer beginnen da, wo Pläne enden.

Soll in die Rubrik ›Reisen‹. Genau das wünschen Eltern ihren Kindern nach dem Abi, dass sie planlos um die Welt tingeln und Abenteuer erleben. Klar.« Er schüttelte den Kopf.

»Aber an dem Spruch ist was dran«, sagte Jana. Sie schaltete ihr Handy aus und legte es beiseite. Sie hatte alles gelesen, was über Leipzig veröffentlicht wurde, doch es gab einfach keine neuen Infos mehr.

Eigentlich mochte sie es, wenn Clemens ihr die Kartentext-Vorschläge seines Redaktionsteams vorlas. Manchmal war es lustig, manchmal anregend, ein- oder zweimal hatte sie mit ihm zusammen dann sogar neue Ideen entwickelt. Auf alle Fälle war es immer unterhaltsam. Und zugleich total beruhigend. In ihrem Alltag ging es immer gleich ums Ganze: Leben und Tod, Krieg oder Frieden, Sieg oder Niederlage. Das war die Währung der Bundeswehr. Und in der Forschung war es nicht viel anders: »publish or die« lautete ein berühmter Stoßseufzer, also: »Veröffentliche oder stirb.« Wer nicht ein Paper nach dem anderen raushaute und wessen Paper nicht häufig zitiert wurden, konnte seine Karriere nach ein paar Jahren vergessen.

Bei Clemens stand leichte Kost im Vordergrund. Zu traurigen Anlässen brauchte er beruhigende oder aufmunternde Aussagen. Zu positiven oder freudigen Anlässen fröhliche, lebensbejahende Sprüche. Zu manchen Anlässen – runden Geburtstagen der zweiten Lebenshälfte, der zweiten oder gar dritten Hochzeit, zum Renteneintritt – wollte er beides im Angebot haben: kratzbürstigen Humor sowie ehrliches Mitgefühl.

Der Verkauf von Grußkarten stand und fiel mit dem Gesamtlook, Ausstattung und Gestaltung waren mindestens ebenso wichtig wie der Text. Aber alles begann, wie Clemens nicht müde wurde zu betonen, mit einer guten Idee.

Clemens lachte. »Nicht schlecht:

Man sieht nicht mit dem Herzen gut,
sondern mit der richtigen Brille.

Zum Fünfzigsten. Warum nicht? Kann man sicher lustig bebildern.«

Er gab sich wirklich alle Mühe.

Seine Autorinnen und Autoren schlugen ihm jede Woche haufenweise neue Ideen vor. Die meisten kannte er schon, hatte sie entweder verworfen oder selbst bereits veröffentlicht. Und manche Evergreens hatten ohnehin alle Grußkartenverlage im Angebot.

»Oh Gott, wer will denn so was lesen:

Ein schweres Leben mit dir ist immer noch besser
als ein leichtes mit jemand anders.«

»›Ein schweres Leben‹? Willst du etwa sagen, dass ich dick bin?«, murmelte Jana.

»Auf keinen Fall. Ich bin doch nicht lebensmüde.« Clemens grinste und las weiter. Jana fielen die Augen zu. Das Letzte, was sie hörte, war: »Den hier mag ich:

Glücklich ist da, wo du bist.«

Clemens legte sein Tablet weg, löschte das Licht, hauchte ihr einen Kuss auf die Stirn. Er rückte dichter an sie heran, schlang seinen Arm um ihre Taille.

Alexandra, die natürlich nicht in ihrem Hundebett in der Küche schlief, sondern auf einer Decke vor Janas Bettseite, winselte leise im Schlaf, dann beruhigten sich ihre Atemzüge wieder.

Ob sie im Traum wohl hören konnte?

Der Tag hatte so beschissen begonnen und endete nun so schön. Sie lag geborgen in Clemens Armen.

Tagesschau

»Am heutigen Tage kam es aus noch ungeklärten Gründen zu einem massiven Zwischenfall auf dem Gelände der Bundeswehr Leipzig. Das Hauptgebäude, errichtet in der damaligen DDR, wurde dabei schwer beschädigt. Zudem sind zwei Todesfälle zu beklagen sowie zahlreiche Verletzte, einige davon schwer. Die Ursache des Unglücks ist bislang unklar. Ein Anschlag wird ausgeschlossen.«

FAZ

Selbst der gehobene Mittelstand stöhnt mittlerweile über die Strom- und Gasrechnungen. Einerseits steigen die Kosten durch den deutlich höheren Energiebedarf in den letzten Monaten, andererseits nutzen einige Energieanbieter die Gelegenheit, um ihre Preise erheblich anzuheben. Deutschlandweit sind mehrere Hundert Todesfälle zu beklagen, weil Einzelpersonen oder auch Familien mit geringem Einkommen die Heizung abgestellt wurde. Viele Tausend beklagen bauliche Schäden an ihren Wohnungen durch die anhaltende Kälte. Nun solle eine »Frostprämie« der Regierung es richten: Für jedes Grad unter dem Temperaturdurchschnitt des letzten Jahrzehnts soll rückwirkend für die vergangenen vier Monate pro Person eine einmalige Zahlung von je 33,76 Euro vorgenommen werden. Nach Berechnungen dieser Zeitung wären das für den Januar beispielsweise 303,84 Euro. Die Hilfe muss online über ELSTER beantragt werden und wird mit der nächstfälligen Einkommenssteuerzahlung verrechnet.

Die Opposition bezeichnet das Hilfspaket als »bewusst unklar, unzureichend, unbefriedigend«.

Der Kanzler nannte die »Frostprämie« einen »Flammenwerfer gegen Not und Armut«.

1Live

»Hallo, wir sind hier live mit unserer Call-in-Show, heute zum Thema ›Hilfe, ich kann nicht mehr!‹. Am Telefon ist diesmal als Expertin Professorin Inga Huber, Psychiaterin und Leiterin der Klinik für Affektive Erkrankungen in Köln-Ehrenfeld. Wir haben Frau Professorin Huber eingeladen, weil die letzten dunklen Monate viele von uns richtig fertiggemacht und an die Grenzen gebracht haben. Die Zahl der Suizide ist in den vergangenen Monaten steil und stetig gestiegen – nach aktuellen Schätzungen im Februar um fast fünfzig Prozent gegenüber dem Vorjahr! Wenn du daran denkst, dir das Leben zu nehmen, hol dir Hilfe. Ruf jetzt sofort an bei der Telefonseelsorge: null achthundert, dreimal die Eins, null, dreimal die Eins.

Noch dramatischer fällt die Steigerung bei Depressionen aus: Sie liegen aktuell, gemäß Schätzungen der Deutschen Depressionsliga, knapp 45 % über dem Vorjahr. Das heißt, statt fünf Millionen Menschen sind derzeit 22,5 Millionen Deutsche und Deutschinnen betroffen! Das ist mehr als jede und jeder Fünfte! Wartezeiten auf einen Therapieplatz haben sich dementsprechend verlängert auf teilweise über sieben Jahre. Der Verband der Krankenkassen kündigte erst letzte Woche eine Erleichterung der Anerkennung von nicht kassenärztlich zugelassenen Therapeuten an. Bevor wir unsere erste Anruferin oder den ersten Anrufer ins Studio schalten, wollen wir von unserer Gästin wissen: Erlebt Deutschland derzeit die schlimmste Zeit aller Zeiten – und rechnen Sie damit, dass es bald besser oder noch viel schlimmer wird?«

Instagram
@deutscherwetterdienst
Anzahl Eistage im Februar
27 Tage Berlin
27 Tage Dresden
27 Tage Frankfurt/Main
27 Tage Hamburg
27 Tage Köln
27 Tage München
Ein Eistag ist ein Tag, an dem das Maximum der Lufttemperatur unterhalb des Gefrierpunktes (unter 0 °C) liegt, d. h., es herrscht durchgehend Frost.

Taff, das Lifestylemagazin
Einblendung: »Szene nachgestellt«

Eine Frau tritt in einem leichten Nachthemd und Puschen an die Doppeltür zum Balkon. Am Rand des Balkons liegt Schnee. An der Wand hängt ein Vogelhäuschen. Ein hungriger Spatz piept.

Die Frau öffnet die Balkontür, eine Tüte mit Vogelfutter in der Hand.

Sie macht einen Schritt ins Freie, dann bliebt sie stehen, stößt einen lauten Schrei aus, lässt das Vogelfutter fallen und hält sich mit beiden Händen die rechte Brust.

Moderator: »Sonja Patzke ist kein Einzelfall. Immer mehr Menschen in Deutschland müssen sich aufgrund der anhaltenden Tiefsttemperaturen Sorgen um ihre Gesundheit machen.«

Einblendung: Prof. Dr. Korbinian Le Fèvre, Schönheitsklinik Bodensee.

Experte: »Brustimplantate sind nicht für Minusgrade gemacht. Unter ungünstigen Bedingungen kann es dazu kommen, dass die Implantate beschädigt werden. Daher empfehlen wir Frauen mit einer Brustvergrößerung, sich bis auf Weiteres besonders warm anzuziehen. Das Problem betrifft übrigens nicht nur Frauen, sondern auch Männer mit aufgespritzten Schwellkörpern – einer ambulanten OP, die immer beliebter wird.«

Alles hängt mit allem zusammen. –
Alexander von Humboldt

Donnerstag, 03. März

Amsterdam, 07:30 Uhr, -16,8 Grad

»In den über 32 Jahren, die ich diese Reederei führe, und in den gesamten mehr als 74 Jahren, welche die Firma bereits besteht, hat es so eine katastrophale Situation noch nicht gegeben«, knarzte Johannes van Dijk. Er schüttelte mürrisch den Kopf, schob die Berichte hin und her, die vor ihm auf dem Tisch lagen.

Titus konnte verstehen, dass sein Schwiegervater in den letzten Wochen stark gealtert war. Menschlich konnte er das sehr gut nachvollziehen. Aber die Firma brauchte jetzt einen starken Mann an der Spitze.

Die Anwesenden musterten Johannes. Die Rederij van Dijk gehörte zu den kleinsten internationalen Akteuren. Seit Monaten stand der Schiffsverkehr in Mitteleuropa nahezu still. Rhein und Elbe wurden zwar von Eisbrechern notdürftig freigehalten, doch für einen umfassenden Frachtverkehr fehlte nicht nur Strombreite, sondern vor allem auch Ware. Van Dijks Heimathafen Amsterdam war meist eisfrei, aber der Ärmelkanal und die Ostsee waren schwer zu befahren.

Wenn es in zwei, drei Wochen taute, würden die Geschäfte wieder anlaufen. Noch so ein Quartal konnte die familiengeführte Firma allerdings nicht verkraften. Schon jetzt musste van Dijk senior Zahlungen aus seinem Privatvermögen vornehmen, um sämtliche Rechnungen und Löhne pünktlich zu begleichen. Es traf keinen Armen, aber dauerhaft war ein solches Vorgehen nicht zu vertreten.

»Wir müssen sichergehen, dass der nächste Winter nicht wieder so – oder noch schlimmer – wird«, schnaufte der Alte.

»Aber wie …«, meldete sich Marieke Visser zu Wort, die leitende Disponentin.

»Wenn ich darf«, übernahm Titus. Er rückte seine Brille zurecht. Ein dicker, eckiger Rahmen. Die Imageberaterin hatte gesagt, das lasse ihn entschlossener erscheinen. Zumal alle wussten, dass er mit einem Bachelor in BWL nicht so sehr aus fachlichen, sondern in erster Linie aus familiären Gründen Juniorchef war.

»Selbstverständlich haben wir im Sinne der Due Diligence bereits in den letzten Jahren die Veränderungen durch den Klimawandel sowie die Chancen und Risiken, die sich daraus für unsere Branche ergeben, sehr genau ins Auge gefasst. Wobei, wie Sie wissen, niemand mit der aktuellen Entwicklung gerechnet hat. Niemand. Es gibt, ich habe es noch einmal überprüfen lassen, nicht eine einzige seriöse Vorhersage, die einen derartigen Temperatursturz beinhaltet. Nur drei Paper insgesamt weisen auf das mögliche Eintreten von kühleren, vielleicht sogar massiven Kälteperioden hin.

Wir werden nun in einem organischen nächsten Schritt direkten Kontakt aufnehmen zu den wichtigsten Forschungszentren, -einrichtungen und -persönlichkeiten. Ziel dieser Maßnahme ist es, eine Einschätzung aus erster Hand über die möglichen Ursachen der aktuellen Situation sowie vor allem eine seriöse und belastbare Projektion für die kommenden Jahre zu erhalten. Alle sich daraus ergebenden Maßnahmen werden sehr zeitnah kommuniziert und umgesetzt. Johannes« – er deutete in Richtung seines Schwiegervaters – »steht persönlich dafür ein, dass die nächsten Monate finanziell gesichert sind. Es muss sich also keiner von Ihnen und euch zu diesem Zeitpunkt Sorgen machen, dass sein Job auf dem Spiel stünde.«

Titus konnte geradezu die kollektive Erleichterung spüren, ein unhörbares Seufzen. Der Druck im Raum sank.

Sein Handydisplay leuchtete auf. »Moment, bitte entschuldigen Sie.« Er nahm das Telefonat an, stand auf, verließ den Konferenzraum.

Es war ihr wichtigster Handelspartner Chen aus Hongkong. Titus führte das Gespräch auf Mandarin. Er hatte die Sprache bereits aus dem Internet erlernt, dann bei seinem Praktikum in Shanghai gefestigt und gegen den dortigen Wu-Dialekt verteidigt. Außerdem sprach er fließend Englisch und Französisch sowie leidlich Spanisch, Portugiesisch, Russisch und einige Brocken Hindi und Bengali.

Chen versuchte immer, alle Probleme auf seine ausländischen Partner abzuwälzen. Gern ließ er Schiffe mit unvollständigen Papieren ablegen oder – in diesem Fall – ohne dass geklärt wäre, wie die Ware nach der Ankunft in Amsterdam weitertransportiert werden konnte. »Aber dann fallen Lagerkosten an«, unterbrach Titus den Kollegen, »wem soll ich denn die …« – »Ja, ich verstehe, das Schiff ist bereits unterwegs, aber wessen Entscheidung …?« – »Dann müssen wir dafür wohl eine Lösung finden, wenn es so weit kommt.« Verärgert legte er auf. Chen wusste genau, dass er sich Titus gegenüber viel erlauben konnte. Die beiden hatten sich im Praktikum kennengelernt und damals auch angefreundet. Doch mittlerweile nutzte Chen das Machtgefälle zwischen ihnen zu häufig aus.

Titus hatte sich schon mehrfach bei Johannes über Chen beschwert, aber der alte Herr wollte nichts davon hören. »Wir können froh sein, einen derart etablierten Unternehmenspartner dort zu haben«, schnaubte er.

Wenn Titus erst einmal am Ruder säße, würde sich das

schnell ändern. Missmutig kehrte er in den Konferenzraum zurück.

»… ein Minus von über 78 Prozent gegenüber dem Vorjahr«, sagte gerade Daan Smits, der Controller.

»Dann lösen Sie Rückstellungen auf!«, blaffte van Dijk senior. »Seien Sie nicht so unflexibel.«

»Das haben wir bereits getan. Sämtliche Rückstellungen sind in flüssige Mittel umgewandelt worden«, entgegnete Smits.

Titus warf Daan einen wütenden Blick zu. Dann wandte er sich direkt an seinen Schwiegervater. »Daan und ich werden das Vorgehen nachher im Detail besprechen. Damit müssen wir uns jetzt hier nicht aufhalten.« Warum hatte dieser Idiot nicht seinen Mund halten oder wenigstens irgendetwas Unverfängliches sagen können? Wenn Johannes begriff, wie es um die Firma stand – und dass im Grunde sein gesamtes persönliches Vermögen auf dem Spiel stand –, würde er ihnen ganz schnell den Hahn zudrehen. Und was wäre dann? Nein, Titus musste den Laden noch ein paar Monate am Laufen halten, bis sie wieder ausreichend Cashflow hatten und auf dessen Grundlage einen Kredit für »Investitionsmaßnahmen« aufnehmen konnten, die sie nie durchführen würden. Anders war die Rederij van Dijk nicht zu retten.

Berlin, 08:12 Uhr, -17,1 Grad

Clemens saß mit seinem Kaffeebecher auf dem Badewannenrand und sah Jana beim Frisieren zu. »Jeden Morgen so ein Aufwand!«, sagte er bewundernd. »Sieht schon toll aus, aber macht echt Arbeit.«

Sie hatte gerade ihre langen blonden Haare gewaschen und geföhnt, nun zog sie einen Seitenscheitel und flocht dann von der Stirn aus bis in ihren Nacken im Halbkreis einen Zopf, der über dem Ohr hinwegging und eng an ihrem Kopf anlag. Anschließend wiederholte sie das Ganze auf der anderen Seite.

»Na ja, die Frisur hält meist ein paar Tage. Und der Fachbeirat trifft sich erst um zehn, insofern sind die Morgende bei dir ideal, um neu zu flechten.«

»Obwohl, ich wüsste da schon noch Alternativen«, sagte Clemens mit einem Lächeln, und seine braunen Augen blitzten. »Wir können es ja übernächste Woche mal mit länger schlafen versuchen.«

»Schlafen« sprach er aus, als stünde das Wort in Anführungszeichen.

Jana steckte die letzte Strähne mit einer Haarnadel fest, dann ging sie ins Schlafzimmer und zog sich an. Für die Sitzungstage in Berlin hatte sie bei Clemens einige neutrale, klassische Looks deponiert. Es war nicht leicht, eine dreifach männerdominierte Welt zu navigieren: Forschung, Politik, Militär. Alles auf einmal.

Clemens ging vor in die Küche, schenkte sich einen zweiten und Jana den ersten Becher Kaffee ein. Ihren schwarz, in seinen kam ein guter Schluck Hafermilch.

Mit einem Sprachbefehl schaltete er das Radiostreaming des Smart-Home-Lautsprechers auf der Fensterbank ein.

Jana kam die Treppe herunter, Alexandra im Schlepptau. Sie hielt eine kleine Fernbedienung in der Hand. »Damit steuerst du das Vibrationshalsband«, erklärte sie. »Der oberste Knopf bedeutet: Komm her. Der links: Sitz! Der rechts: Weiter. Und der rote hier: Stopp!« Sie legte das Gerät auf den

Küchentresen. »Super, dass sie heute wieder bei dir bleiben kann.«

»Kein Problem. Ein bisschen Gesellschaft im Homeoffice ist ja ganz nett. Aber wir sind die letzten Male auch ohne dieses Hightechhalsband gut klargekommen.«

»Sie soll sich daran gewöhnen. Die Trainerin sagt, die Vibrationshalsbänder wären die beste Möglichkeit für taube Hunde, Befehle zu erhalten.«

»Ich find's komisch. Wie so ein Elektroschockgerät«, sagte Clemens.

Der Timer des Backofens piepte. Jana nahm die frisch aufgebackenen Brötchen heraus, legte sie in einen Brotkörbchen und stellte sie auf den Tisch. Dann ging sie Butter, Marmelade und Käse aus dem Kühlschrank holen.

Clemens nahm in jede Hand einen Kaffeebecher, um sie auf den Tisch zu stellen. »Alexandra!«, rief er empört.

Jana hatte die Hündin nach Alexandra Navrotsky benannt, einer der berühmtesten Geologinnen der Welt. Clemens wäre bei ihrem vorigen Namen geblieben, Whiskey. Der gefiel ihm schon deswegen, weil er als Hobby Schnaps brannte. Aber Alex war auch ein schöner Name. Er konnte Janas Wahl nachvollziehen.

Die Hündin war auf einen Stuhl gesprungen, hatte die Vorderpfoten auf den Tisch gelegt und schnupperte an den warmen Brötchen. Clemens stellte die Becher zur Seite, griff nach der Fernbedienung, drückte den roten Knopf. Alexandra, die mit dem süßen Splitterbrötchen im Maul schon halb im Flur stand, erstarrte augenblicklich und ließ das Brötchen fallen.

»Nicht noch mal, meine liebe Alex!«, sagte Clemens streng. Erst als er den Blickkontakt beendete, wandte sich auch die Hündin ab und zog sich in ihr Körbchen im Flur zurück.

Clemens sammelte das Brötchen auf, legte es neben die Kaffeemaschine auf den Tresen. »Okay«, sagte er und steckte die Fernbedienung in die Außentasche seiner Cargohose. »Überzeugt.«

Jana nahm das Brötchen, betrachtete es kritisch, setzte sich dann damit an den Tisch. »Sie isst ja auch meine Reste.«

Clemens schüttelte lächelnd den Kopf. Ganz so weit ging seine Tierliebe nicht.

Sie nahm einen Schluck Kaffee, wärmte sich die Hände am Becher. Zog die Strickjacke an, die sie für später über die Stuhllehne gehängt hatte. »Findest du eigentlich auch, es ist schon wieder kälter geworden?«, fragte sie.

Clemens nickte. Er schaute zum Fenster. Der Himmel schimmerte bläulicher als an den letzten Tagen. »Kann eigentlich nicht sein«, sagte er, »aber mir geht es genauso.«

Er schnitt eine Schrippe auf. Im Radio verklang der Song, und ein Moderator verkündete: »Wa et bei euch heute Nacht ooch uf eenmal so kalt? Und ihr dachtet – kann ja nich sein, is doch bald Frühling, muss ja jetzt ma wärmer wer'n? Kann aba wohl sein, es wa nämlich wirklich kälta. Dat Wetta macht Fisimatenten, sach ich nur. Und dazu hat der DWD – der Deutsche Wettadienst – jrade eene schöne Ad-hoc-Studie veröffentlicht. Also 'ne Art wüssenschaftlichen Schnellschuss. Da drin steht, dass es in janz Deutschland jestern und ooch schon vorjestern Nacht im Durchschnitt via Komma zwo Jrad kälta wa als in den Nächten davoa. Tagsüber wa die Abkühlung nich janz so stark, ›nua‹ weitere eins Komma achte. In Süddeutschland lagen die Werte höha beziehungsweise die Temperaturen tiefa – bis zu zwo Komma sechse Jrad unta dem Durchschnitt der letzten Woche! Was die Veränderung verursacht hat, und wann nu endlich der Frühling kommt, is noch unklar.« Er wandte sich an seine Studiokollegin. »Maike, watt wirst du als Erstes tun, wenn allet wieda paletti is und die Temperaturen steigen?«

»Raus an den Wannsee! Darauf freu ich mich schon seit Monaten!«

Und mit diesen ganz offensichtlich unspontanen Worten starteten sie den Ärzte-Oldie »Westerland«.

Janas Handy klingelte. Sie legte ihr Brötchen weg und nahm das Gespräch an.

Clemens rief dem Lautsprecher zu, er solle die Musik stoppen.

»Ja. Ja. Ja. Oh. Alles klar«, sagte Jana und legte auf. Sie sah Clemens an. »Aus dem Fachbeirat ist gerade ein Krisenstab geworden. Die Temperaturen von gestern und heute geben Anlass zur Sorge, wir bekommen Verstärkung. Wegen der nötigen Anreisen ist der Beginn um eine Stunde verschoben worden auf elf.«

»Dann sollten wir uns sicherheitshalber noch mal aufwärmen«, schlug Clemens vor und streckte Jana die Hand entgegen. Aber die schüttelte nur abwehrend den Kopf.

»Ich muss mir die aktuellen Daten runterladen und mögliche geophysikalische Ursachen und Konsequenzen überprüfen«, sagte sie und stand auf. »Kann ich deinen Rechner benutzen?«

Peking, 16:00 Uhr Ortszeit
(Zeitzone Berlin: 09:00 Uhr), +14 Grad

Bo hielt seinem Vater die Tür auf. Huang trat ein und sah sich angewidert in der Ein-Zimmer-Wohnung um. Sie war sauber und ordentlich, aber von äußerster Einfachheit. Ein Brett auf zwei Böcken als Schreibtisch, eine Matratze auf dem Boden als Bett. Über dem Schreibtisch hing das Hochzeitsfoto von Huang und Bos Mutter. Daneben ein Plakat der Occupy-Bewegung.

Eine schlichte Wohnung in Guanzhuang im Nordosten der Stadt.

»Du müsstest nicht so leben!«, sagte Huang streng.

»Wir werden bald alle so leben müssen«, entgegnete sein Sohn.

»Das ist nicht wahr. Der technische Fortschritt wird es möglich machen, dass …«

»Der ›technische Fortschritt‹, wie du und deinesgleichen es nennen«, unterbrach Bo seinen Vater, »ist unser Untergang. Je mehr sogenannter Fortschritt, desto schlimmer wird die Lage. Desto schwieriger wird es, noch Lösungen zu finden!«

»Es ist respektlos, seinen Vater nicht ausreden zu lassen.«

»Es ist respektlos, sich aus Geldgier dumm zu stellen.«

Vater und Sohn starrten einander an.

Huang holte tief Luft, schloss die Augen, ließ den Atem langsam ausströmen, wie er es nach dem Infarkt hatte üben müssen. »Ich bin nicht gekommen, um mich mit dir zu streiten«, sagte er.

»Dann lass es«, entgegnete Bo und legte die Arme über Kreuz.

Huang hob das kleine Paket, das seine Assistentin sorgfältig verpackt und mit einer Schleife verziert hatte. »Hier«, sagte er und streckte es Bo hin. »Herzlichen Glückwunsch zum Geburtstag.«

Bo presste die Lippen aufeinander. Er zögerte, dann nahm er das Päckchen, öffnete die Schleife, entfernte das Papier.

In einer tiefschwarzen Schachtel lag auf Samt ein edler Füllfederhalter.

Bo starrte das Geschenk an, schüttelte den Kopf. »Was soll das? Was willst du?« Er hob die Stimme. »Was willst du von mir? Lass mich doch einfach in Ruhe! Aber nein, du kommst hierher, mit deinen teuren Schuhen und teuren Geschenken! Wozu? Glaubst du, du kannst mich kaufen? Mich korrumpieren?« Bo wandte sich schließlich ab. Er ging einige Schritte zum Fenster, öffnete den Vorhang, schaute hinaus. Vor dem Bau ein begrünter Platz, dahinter graue Wohnblöcke, dicht befahrene Straßen, einige ältere Gewerbebauten mit Neonschildern an der Front.

»Du …«, setzte Huang an.

Bo wirbelte herum. »Ich! Als wäre *ich* es, der etwas verstehen muss!«, zischte er. »Du und deinesgleichen – *ihr* müsst verstehen. Ihr müsst verstehen, dass die Ressourcen der Welt endlich sind. Dass Geld nicht glücklich macht. Ihr müsst verstehen, dass wir die Umwelt schützen müssen, die uns ernährt. Dass wir eine andere Gesellschaft brauchen, in der die Menschen nicht gegeneinander agieren, sondern miteinander.«

Beim Wort »Gesellschaft« zuckte Huang zusammen und sah sich intuitiv um. Man konnte nie sicher sein, wer mithörte. Selbst ein Mann seines Ranges konnte niemals sicher sein. »Die chinesische Regierung hat nur das Wohl des Volkes im Sinn!«, sagte er.

Bo wurde lauter. »Was für ein verdammter Bullshit!«, rief er. »Und du glaubst das doch im Leben nicht! Du bist ein verdammter Profiteur, du bereicherst dich an einem kranken System! Menschen wie dich müsste man …« Bo war auf seinen Vater zugekommen.

»Ja?«, fragte er dann und sah seinem Sohn in die Augen. »Was müsste man machen mit Menschen wie mir?« Er schnaubte. »Ihr seid doch alle nicht besser. Eure Worte verraten euch. Ihr wollt nur unterdrücken und an die Macht kommen. Herrschen! Aber was wäre dann besser? Alle leben im Dreck, und jeder bekommt so viele Kinder, wie er will? Ist das die Welt, in der du und deine Freunde leben wollen?« Er deutete auf das Hochzeitsfoto. »Wenn deine Mutter …«

»Wag es nicht, ihren Namen zu sagen!«, brüllte Bo. »Wag es ja nicht! Du hast kein Recht dazu! Lass sie in Ruhe! Und mich auch!«

Er warf den Füllfederhalter samt Schachtel nach Huang.

Der rührte sich nicht. Das Schreibgerät und die Pappen fielen zu Boden.

Wie hatte Bo sich nur so in diese Ideologien verrennen können? Umweltschutz, Systemsturz. Ye Jianyings strenge Ein-Kind-Politik, die hatte der Gesellschaft genutzt. Sie hatte zu Wohlstand geführt, weil weniger Münder gestopft werden mussten.

Bo hatte begonnen, neben dem Bett auf- und abzulaufen, wie ein in die Enge getriebenes Tier. Drei Schritte vor, drei Schritte zurück. »Ich bin jetzt bei Last Generation«, schleuderte er Huang schließlich entgegen. »Wir engagieren uns für den Schutz der Erde und eine neue, hierarchiefreie Gesellschaft.«

»Last Generation ist in China verboten.«

»Du kannst mich ja verpfeifen, wenn du willst. Und wenn nicht, dann denk an mich, wenn du von unserer Aktion gegen die Batteriefabrik von BYD hörst.«

Huang runzelte die Stirn. »Der E-Auto-Bauer? Warum das denn? Ich denke, du bist *für* die Umwelt.«

»Bist du wirklich so blöd? Benziner, E-Autos, jeder Individualverkehr ist Teil des Problems. Allein die Herstellung der Karosserien und Batterien verbraucht wahnsinnige Ressourcen. Das müssen die Leute endlich verstehen! Sie müssen begreifen, dass Typen wie du Millionen dafür ausgeben, dass ihre Lobbyisten Lügengeschichten erzählen, die sie dann am Ende sogar selbst glauben!« Bo boxte sich aufgeregt in die Hand.

»Erwarte nicht, dass ich dich da raushole, wenn du in Schwierigkeiten gerätst.«

»Von dir erwarte ich schon lange nichts mehr.«

Kiel, 10:20 Uhr, -19,8 Grad

»Kommst du mit?«, fragte Anton. Er stand in Boots und Winterjacke in der Tür zu Erics Arbeitszimmer.

»Nach *draußen*?«

»Seh ich aus, als würde ich ins Bad wollen?« Anton schüttelte den Kopf. »Ich hab dir doch heute Morgen erzählt, dass Lulu ein Vokabelheft braucht.«

»Die Drogerie hat offen?«

»Weiß nicht. Aber es wird ja empfohlen, trotz der Kälte regelmäßig ins Freie zu gehen.«

»Okay. Viel Spaß.« Eric wandte sich wieder seinem Bildschirm zu.

»Du kommst also nicht mit?«

»Brr«, machte Eric und schüttelte sich.

Vor der Tür zog Anton die Schnüre seiner Kapuze enger und schlüpfte in seine Handschuhe. Als Kapitän der Fördefährlinie war er schlechtes Wetter gewohnt. Doch seit Wochen schon war die Förde komplett zugefroren und der Betrieb eingestellt. Das gesamte Personal, außer einigen Schreibtischtätern, befand sich in Kurzarbeit.

Anfangs waren die Kieler noch mit Schlittschuhen auf dem Eis gewesen. Sie hatten die Förde vom Sandhafen zum Ostuferhafen gequert, was sonst mit dem Auto eine knappe halbe Stunde dauerte. Ein paarmal war sogar irgendein Verrückter mit einem Schneemobil über das Eis gefegt.

Mittlerweile hatte die anhaltende Kälte die Menschen aus dem Freien vertrieben. Wer konnte, kuschelte sich zu Hause ein, zog sich warm an, heizte viel, lüftete wenig und ließ Lebensmittel liefern.

Ein eisiger Gries knirschte unter Antons Sohlen. Er zog seine Mütze tiefer in die Stirn. Ein diesiger Nebel hatte sich über die Stadt gelegt. Die darüber stehende Sonne ließ die Feuchtigkeit in der Luft schimmern und glitzern.

Langsam kam er in Gang. Die Kiellinie führte als Promenade vom Stadtteil Wik über Düsternbrook bis in die Innenstadt. Vorbei am Innenministerium, dem Sporthafen, dem schon vor Monaten schwer beschädigten Aquarium und der Kunsthalle bis zum Alten Markt und schließlich der Quer Passage – dem einzigen Einkaufszentrum in der Stadt, das noch geöffnet hatte.

Die Kälte brannte in Antons Augen, und er musste sich zwingen, langsam durch die Nase zu atmen. Wer die eiskalte Luft durch den Mund direkt in die Lungen fließen ließ, musste mit schweren Kälteschäden an den Bronchien rechnen. Dennoch tat ihm die Bewegung gut, und er musste auch einfach mal raus. Er liebte Eric und Lulu, aber den ganzen Tag tatenlos zu Hause zu sitzen war nicht auszuhalten.

»Moin, Anton!«, kam eine tiefe Stimme von links.

Anton schaute auf. »Jasper. Moin«, entgegnete er. »Wie geht's?«

»Muss ja«, entgegnete Jasper. »Meine Beste macht mir Stress, das Geld reicht vorne und hinten nicht, woher soll ich's nehmen und nicht stehlen? Würd ja gern arbeiten, wenn ich könnte.« Jasper war Servicekraft auf den Fördefähren, also im Grunde die gute Seele des Arbeitsalltags.

»Ach, das tut mir leid«, sagte Anton. »Es ist wirklich eine schwierige Zeit.« Er begann, auf der Stelle zu gehen, weil ihm kalt wurde.

»Dat kannst du laut sag'n. Und es könn' sich ja nicht alle das schön gemütlich mach'n auf'm Schoß von so'm Banker.« Jasper lachte, aber Anton spürte seine Sorgen und den Neid auf Antons Situation. Er hatte einmal den Fehler gemacht, zu erzählen, dass Eric als Daytrader arbeitete, seitdem glaubten die Kollegen, sie wären Millionäre.

Es stimmte, sie hatten keine Geldsorgen, und das war erfreulich. So gut, wie die anderen glaubten, ging es ihnen allerdings nicht.

Außerdem war es ja Erics Geld. Anton arbeitete nicht nur aus Langeweile, sondern auch für das Selbstbewusstsein.

Aber die Sache ließ sich einfach nicht mehr geraderücken.

»Hahaha«, stimmte er daher in Jaspers Lachen ein. »Na ja, wird ja bald Frühjahr. Es kann ja nicht ewig so eiskalt bleiben. Und dann, du wirst schon sehen, dann können wir uns nicht mehr retten vor Arbeit. Kaum scheint die Sonne, geht das wieder richtig los – dann machen alle frei, und wir müssen schuften.«

»Jo«, sagte Jasper. »Das kannst' haben.« Er streckte Anton die Faust hin, der mit seiner dagegentippte..

»Na dann. Mach's gut.«

»Mach's besser.«

Berlin, 11:00 Uhr, -16,8 Grad

»Wie Sie mittlerweile sicher alle den Medien entnommen haben«, eröffnete Kanzleramtsminister Fischer die Sitzung im Konferenzraum *Neuschwanstein*, »ist die Durchschnittstemperatur in Deutschland im Verlauf der vergangenen 48 Stunden um 3,8 Grad gefallen. Sie hätte jedoch jahreszeitengemäß um 0,13 Grad steigen müssen. Die Ursachen für die unerwartete Veränderung sind derzeit unklar. Prognosen für die kommenden Tage gehen davon aus, dass der Temperatursturz stabil bleibt.«

Fischer war auch schon Ansprechpartner des bisherigen Fachbeirats gewesen, dem Jana angehört hatte. Bisher hatte er auf sie den Eindruck eines erfahrenen und in der Tendenz eher sachorientierten Politikers gemacht.

Fischer fuhr fort. »Ich danke Ihnen, dass Sie Ihre Teilnahme so kurzfristig möglich machen konnten. Wir wollen Wissen interdisziplinär so schnell und so umfangreich wie möglich zusammentragen und auswerten. Ich möchte Sie bitten, sich der Reihe nach unter Angabe Ihres Fachbereiches kurz vorzustellen. Mein Name, da wir einige Teilnehmerinnen und Teilnehmer begrüßen, die nicht aus dem politischen Betrieb stammen, lautet Dominic Fischer. Ich bin Kanzleramtsminister und Interimsleiter dieses Krisenstabs. Ich stelle Ihre direkte Verbindung zur Regierung dar: Ich leite das Bundeskanzleramt, koordiniere die Arbeit der Bundesministerien und stimme das Vorgehen der Bundesregierung mit den Staatskanzleien der Länder ab. Herr Hildebrandt?«

Fischer saß am Kopfende des Konferenztisches. Er wandte sich an den Mann direkt links von ihm.

Der schaute von seinen Unterlagen auf, rückte seine Brille zurecht, strich dann mit beiden Händen seine Locken flacher. »Hallo. Benjamin Hildebrandt, Leiter der Koordinierungsstelle im Verkehrsministerium. Unser Augenmerk richtet sich aktuell vor allem auf zwei Faktoren: Erstens sind weder die automobile Infrastruktur noch die von Bahn oder Luftfahrt auf dauerhafte Niedrigtemperaturen ausgerichtet. Zweitens behindern die Tieftemperaturen schon seit Monaten eine reibungslose Logistik, privat wie vor allem gesamtwirtschaftlich. All das gilt es zu berücksichtigen bei möglichen Prognosen der Versorgungssicherheit sowie der Gewährleistung der Freizügigkeit des Individualverkehrs.«

Als Erster dranzukommen, dachte Jana, *hatte seine Vorteile. Man konnte einfach beliebige Politsprech-Plattitüden raushauen.*

»Danke«, sagte Kanzleramtsminister Fischer. »Dr. Weizenegger?«

»Antje Weizenegger, Referentin BMG«, stellte die Ärztin sich vor. »Bundesgesundheitsministerium«, schob sie dann nach. »Ich war bereits Mitglied des Fachbeirates, aus dem dieser Krisenstab hervorgegangen ist. Manche von Ihnen kennen mich noch als Autorin der Gesundheitskampagne ›Hör auf dein Herz‹. Aus Sicht meiner Behörde liegt die größte Problematik der aktuellen Entwicklung in dem nachvollziehbaren Bemühen der Menschen, die Energiekosten möglichst gering zu halten. Doch das führt teilweise zu gesundheitsgefährdenden Tieftemperaturen in Innenräumen, die vor allem in den Nachtstunden unbemerkt bleiben können. Und das Vermeiden von regelmäßigem Lüften, gekoppelt mit niedrigen Innentemperaturen, begünstigt die Entstehung von gesundheitsgefährdendem Schimmel. Ein weiterer Faktor, der im Auge zu behalten sein wird, ist die Sicherung der umfassenden Grundversorgung: frisches Obst und Gemüse sind derzeit Mangelware, viele Menschen ernähren sich von kalorienreichen und preiswerten, aber äußerst ungesunden Snacks und Fertigmahlzeiten.«

Sie gab Fischer mit einem routinierten Nicken das Wort zurück.

»Professor Vinzenz Schmid?«, las Fischer von einem Zettel ab.

»Vinzent. Mit T, wie Tierwelt. Passiert dauernd«, sagte ein Mann von vielleicht Mitte vierzig, der aussah, als hätte er auf seiner Expedition nur kurz hereingeschaut und müsste auch gleich wieder los. Er trug eine Cargohose mit ausgebeulten Taschen, ein kariertes Flanellhemd und darüber eine dunkelblaue Steppweste. Auf dem Tisch vor ihm stand eine verbeulte Thermosflasche. »Im Gegensatz zu den meisten von Ihnen komme ich tatsächlich nicht aus der Politik. Ich bin am Fachbereich für Biologie, Chemie und Pharmazie der FU Berlin Professor für Biodiversität und Evolution. Mit anderen Worten: Ich bin Experte für das Artensterben. Wie Sie alle sicher wissen, wurde die Relevanz der Biodiversität nicht nur für die Menschheit, sondern als ein Qualitätsmerkmal für sich im Rahmen der Klimaveränderungen der letzten Jahre vielfach diskutiert. Man könnte nun denken, eine Kälteperiode käme da gerade recht. Leider ist es nicht so. Ohnehin geschwächten Populationen kann durch die extreme Kälte der Gnadenstoß versetzt werden. Mit anderen Worten: *Ihre* Aufgabe besteht darin, das Leid der Menschen zu verringern. *Meine* besteht darin, dabei nicht versehentlich Arten auszulöschen.«

»Sie werden also alle unsere Bemühungen blockieren, damit Sie die seltene Fisch-Amsel retten!«, blaffte ein Mann in einem unmodischen Anzug über den Tisch.

Schmid wiegte den Kopf von einer Seite zur anderen. »Ich werde jedenfalls versuchen, Ihnen deutlich zu machen, welche Relevanz die seltene Fisch-Amsel für die Menschheit hat«, sagte er dann mit einem feinen Lächeln.

Respekt, dachte Jana. Von dem konnte sie sich noch was abgucken.

»Vielen Dank, Herr Professor Schmid. Vinzent. Mit T«, sagte Fischer vom Kopfende. »Herr Franke?«

Neben Schmid saß ein Mann mit kurzen dunklen Haaren und einem deutlichen Bartschatten. Er trug einen anthrazitfarbenen Anzug. Er hätte alles sein können: Unternehmensberater, Türsteher vor dem Berghain, Kunstlehrer. »Ingo Franke«, stellte er sich vor. »Leiter der Abteilung E des Auswärtigen Amtes. Die Europaabteilung. Unser Ziel besteht darin, gerade in der schwierigen aktuellen Lage den europäischen Gedanken nicht zu schwächen. Wir setzen auf Gemeinschaft statt Konkurrenz. Erstmals in der Geschichte der Europäischen Union sind die Länder der Mitte – allen voran unseres – herausgefordert. Wir sind froh und stolz, dass insbesondere unsere südeuropäischen Kollegen ihre uneingeschränkte Solidarität zugesichert haben.«

»Danke. Frau Dr. Hollmer?« Fischer sah Jana an.

»Natürlich. Jana Hollmer, Bundeswehr-Forschungszentrum

für geopolitische und geophysikalische Entwicklungen, Leipzig. Wie Frau Dr. Weizenegger war auch ich bereits Mitglied in der bisherigen Expertenkommission.«

»Sie sind diejenige, die die Kaserne zerstört hat!«, rief der Mann, der eben schon den Diversitätsprofessor unterbrochen hatte.

»Ich ... Es kam gestern während meines Vortrags in Leipzig zu einem Zwischenfall, das ist richtig. Die Ursachen werden derzeit ermittelt. Darf ich fragen, wer Sie sind?«

»Bitte! Der Reihe nach!«, rief Dominic Fischer. »Ich bitte Sie um einen respektvollen Umgang miteinander«, setzte er mit Blick auf den Störenfried hinzu. »Frau Dr. Hollmer.«

»Mehr habe ich momentan nicht. Wir sind auf der Suche nach der Ursache – wenn es eine gibt – der anhaltenden Kälteperiode und der vorgestrigen Verschärfung.«

»Vielen Dank. Herr Senwald?«

Der Mann auf dem Platz neben Jana räusperte sich. »Selbstverständlich. Gern. Robin Senwald. Ich bin Kommunikationsexperte der TU München. Also ebenfalls kein politischer Player. Mein Forschungsgebiet ist die Erarbeitung von erfolgreichen kommunikativen Mustern. Für den Anfang möchte ich gleich anregen, ein neues Wording anstelle von ›Kälteeinbruch‹ zu finden – sowohl ›Kälte‹ als auch ›Einbruch‹ sind negativ konnotiert. Besser wäre, nur mal in die Tüte gesprochen und als Beitrag zur vorurteilslosen Diskussion, eine Bezeichnung wie ›besonders frische Luft‹ oder ›das neue deutsche Klima‹.«

»Frau Neubaur?«, wandte sich Fischer unbeeindruckt an Senwalds Sitznachbarin.

»Ich bin stellvertretende Leiterin des Umweltausschusses im Bundestag. Paulina Neubaur. Wie Sie wissen, haben die bisherigen Bundesregierungen allesamt ökologisch versagt. Obwohl der negative Einfluss der Industrie auf die Umwelt seit *Jahrzehnten* bekannt war, hat niemand etwas unternommen. Das ist ein Skandal, eine …«

»Frau Neubaur«, unterbrach Fischer die Abgeordnete. »Dies ist keine Wahlveranstaltung. Bitte bleiben Sie beim Thema.«

Neubaur riss sich zusammen. »Wir müssen die Ursachen für die Kältekatastrophe finden und beheben. Wir schulden den Bürger_innen dieses Landes Rechenschaft, mehr noch, wir schulden ihnen die Hoffnung auf eine lebenswürdige Zukunft. Okay, das war's.«

»Danke. Herr Riemann-Dittmar?«

»Ja. Riemann-Dittmar, Moritz. Abteilungsleiter beim Deutschen Institut für Wirtschaftsforschung, dem DIW, hier in Berlin. Im Auftrag des BMWK haben wir eine Studie erstellt, in der die Ergebnisse des bisherigen Beirates – *no offense* – kritisch eingeordnet wurden. Denn selbst wenn die Ursachen der aktuellen Kälteepisode unbekannt sind, so folgt daraus doch unseres Erachtens keineswegs eine Handlungsunfähigkeit. Im Gegenteil: Gerade wenn die Lage uneindeutig ist, wünschen sich die Bürger Orientierung. Wir haben daher vier einfache Maßnahmen vorgeschlagen: eine temporäre Absenkung der Gewerbesteuer, eine temporäre Senkung des Spitzensteuersatzes, was aufgrund der zu erwartenden *Trickle-down*-Effekte zu maßgeblichen Entlastungen auch in unteren Einkommensbereichen führen wird, wodurch mittelfristig eine Stärkung der Konjunktur zu erwarten ist, eine drastische Vereinfachung der Ein- und Ausfuhrbedingungen, um den Anschluss an die globale Wirtschaft zu sichern, sowie eine Amnesie für die Selbstanzeige von Steuerhinterziehung, um eine weitere Abwanderung einkommensstarker Unternehmerpersönlichkeiten zu verhindern.«

Jana starrte den Mann entgeistert an. Keiner dieser Vorschläge hatte im mindesten etwas mit den Ergebnissen der Kommissionsarbeit zu tun. Und es half auch keiner davon gegen Minusgrade. Musste man eigentlich fürs BWL-Studium beim Intelligenztest durchgefallen sein?

»Darüber hinaus werden wir …«, setzte Riemann-Dittmar an, doch Fischer unterbrach. »Danke. Ich glaube, das Prinzip haben wir verstanden. Sie sind hier, damit wir vor lauter Sorge um die Bürger die Industrie nicht aus den Augen verlieren.« Er sah auf die Uhr. »Lassen Sie uns eine kurze Pause einlegen. Im Nebenraum finden Sie Getränke und belegte Brötchen. Wir sehen uns in fünfzehn Minuten.«

20 km südlich von Kourouadi (Tschad), 11:45 Uhr, +41 Grad

»So! So tief muss das Loch sein. Nicht tiefer. Nicht flacher.« Kito Dallami stieß seinen abgenutzten Spaten in ein Erdloch, das er soeben ausgehoben hatte. Für einen alten Mann war er noch außergewöhnlich fit, aber lange konnte er die Arbeit nicht mehr selbst durchführen. Deshalb hatte er begonnen, seine Nachfolger auszubilden. Junge Männer, die bereit waren, in ihrer Freizeit unbezahlte Arbeit zu leisten. Er wäre auch bereit gewesen, Frauen auszubilden, doch es kamen keine.

Heute standen drei Männer um ihn herum und sahen zu, wie er ein Loch grub. Der jüngste von ihnen mochte gerade zwanzig geworden sein, er trug Turnschuhe, ein Käppi, eine Sonnenbrille. Die beiden anderen waren mittleren Alters, vielleicht vierzig. Einer war dünn wie eine Rankstange. Der zweite hatte breite Schultern und einen deutlichen Bauchansatz. Der Dünne war groß, sogar größer als Dallami, und hatte einen kahl geschorenen Kopf. Der Kräftige trug eine Brille, bei der ein Glas fehlte, und seine Locken quollen unter einem Sonnenhut hervor, wie ihn sonst nur die Mitarbeiter der internationalen Hilfsorganisationen trugen.

Dallami reichte dem Brillenträger den Spaten. Er selbst trug eine Jalabia aus derbem grauem Stoff, das traditionelle Gewand der Männer auf dem Land. Mit ruhigem Schritt ging er in einfachen Sandalen zu dem Van, mit dem sie hergefahren waren. Im Laderaum standen zwanzig Schirmakazien: immergrüne, schnellwachsende und trockenheitsresistente Bäumchen. Ihre Ballen wurden geschützt durch dünne Jutesäckchen.

Er hob eines der Bäumchen aus dem Wagen, trug es zu dem Pflanzplatz, stellte es vorsichtig neben dem Loch ab.

»Hol mal einen der Wasserkanister«, bat er den jungen Mann. Sie hatten acht Fünf-Liter-Behälter im Wagen, magere zwei Liter pro Baum.

»Jetzt etwas Wasser in das Loch, nicht zu viel, höchstens eine kleine Flasche.« Der junge Mann öffnete den Kanister und ließ vorsichtig etwas Wasser in das Pflanzloch plätschern. Es war so heiß, dass das Wasser sofort zu verdunsten schien. Aber der Weg hierher war weit – wenn sie später pflanzten, kamen sie erst in der Nacht zurück.

Dallami senkte da Bäumchen vorsichtig an den vorgesehenen Ort. »Jetzt etwas Erde darauf«, wies er den Mann mit dem Spaten an.

Der schaufelte ein wenig von dem staubigen Haufen wieder zurück auf den Wurzelballen.

»Noch etwas Wasser, diesmal etwa doppelt so viel wie eben.«

Dallami hielt das Bäumchen gerade, der junge Mann goss es behutsam.

»Sehr gut. Nun die Erde feststampfen, aber nicht zu fest.« Der Brillenträger machte sich an die Arbeit.

»Gut. Noch ein wenig mehr Erde«, sagte Dallami zu dem Mann mit dem Spaten, »dann noch ein wenig Wasser. Genau. Sehr gut.«

Zufrieden trat er einen Schritt zurück.

»Sehr gut. Sehr gut.« Er strich über seinen grauen Kinnbart. »Die übrigen Bäume kommen jetzt im gleichmäßigen Abstand in zwei Reihen dorthin. Bis der letzte fast an die vorhandenen anschließt.«

Die Männer machten sich an die Arbeit.

Dallami stellte einen einfachen Klappstuhl in den Schatten des Vans und setzte sich.

Das gnadenlose Wachstum der Wüste gefährdete die Existenz von über hundert Millionen Menschen. Die Klimakatastrophe hatte die Lage in den letzten Jahren verschlimmert: Der Wechsel zwischen Trockenheit und Regen war unberechenbar geworden. 2007 hatte die Afrikanische Union daher einen Entschluss gefasst, um die Ausbreitung der Sahelzone aufzuhalten. In elf Staaten sollte eine 8000 Kilometer lange »Grüne Mauer« gepflanzt werden, 15 Kilometer breit. Millionen von Bäumen!

Die UN unterstützte das Projekt. Es sollten zehn Millionen Jobs entstehen, eine Million Quadratkilometer Land begrünt und 250 Millionen Tonnen Kohlendioxid gebunden werden. Doch bislang war nur ein Flickenteppich aus grünen Inseln entstanden, das Megaprojekt war in Gefahr. Viele Regierungen verwendeten die Gelder anderweitig. Auch Dallami, Polytechniker für Wald, Fisch und Aquakultur der Université de N'Djamena, bekam seit Monaten kein Gehalt mehr. Dennoch widmete er seine Zeit dem Erhalt und Ausbau der Grünen Mauer. Über das Internet bat er um Spenden, mit deren Hilfe er Setzlinge und Bewässerungsanlagen kaufte.

Sein Heimatort Kourouadi war einst von fruchtbarem Land umgeben gewesen. Die Bewohner hatten anbauen können, was sie zum Leben brauchten. Mittlerweile war der Boden größtenteils verdorrt, die Sahelzone hatte sich ausgebreitet. Acht Kilometer südlich des Ortes sollte die Grüne Mauer verlaufen, eigentlich hätten hier schon Tausende von Bäumen stehen müssen, doch es waren bislang nur wenige Hundert.

»Gut, das ist gut so«, sagte er, als die Männer, die sich heute zur Freiwilligenarbeit bereit erklärt hatten, alle Bäume in die Erde gebracht hatten. »Nun müssen wir ihre Überlebenschancen vergrößern.«

Kara faltou lautete in Dallamis Muttersprache Kanembou der Begriff für Klimawandel: »wechselnder Wind«. Passend, denn der Wüstenwind stellte, neben der Bewässerung, die größte Herausforderung für die frisch gepflanzten Bäume dar.

»Hier, nimm ein Palmblatt« – er erhob sich und nahm eines der Blätter, die sie ebenfalls mitgebracht hatten. »Steck es vor dem Bäumchen in die Erde. So!« Er machte es vor. »Der Sand sammelt sich davor und bildet eine Barriere gegen den Wind. Seht ihr?«

Die Männer taten es ihm nach.

Zufrieden fertigte Dallami am Ende noch ein Foto des Arbeitsergebnisses an. Er würde es in den sozialen Medien veröffentlichen. Internationale Spender reagierten stets besonders positiv auf Neuanpflanzungen.

Auf der Rückfahrt nach Kourouadi döste er ein, obwohl der Weg voller Unebenheiten war. Der Dicke mit der Brille schüttelte ihn wach, als sie vor seinem Haus standen, einem einfachen Bau am Stadtrand. Kito Dallami bedankte sich bei den Männern. Er fürchtete, langsam zu alt zu werden für diese Arbeit, und fragte sich, wer seine Aufgabe übernehmen würde.

Berlin, 12:07 Uhr, -16,4 Grad

Mit einigen Minuten Verspätung hatten sich alle Krisenstabsmitglieder nach der kurzen Kaffeepause wieder eingefunden. Jana fragte sich, wie sie je etwas erreichen wollten, wenn sie in diesem Tempo weitermachten.

Fischer wandte sich dem Mann zu, der sowohl den Artenschützer Schmid als auch Jana Hollmer unterbrochen hatte. »Herr Admiral Bösing?«

»Leonhard Bösing, Vizeadmiral der Marine, stationiert in Rostock. Ich verfüge über eine Ausbildung als Politologe und bin tätig im Bereich der Militärstrategie. Meine Tätigkeit ist insofern wohl verschwistert mit Ihrem Aufgabenbereich« – er nickte in Janas Richtung –, »nur mit dem Unterschied, dass meine Einschätzungen nicht nur die physiologischen, sondern zudem die psychologischen und vor allem natürlich die soziologischen und politologischen Gegebenheiten miteinbeziehen. Aus meiner Sicht, das muss ich leider so deutlich sagen, hat die Eiszeit Deutschland zu einer *sitting duck* gemacht, einer lahmen Ente, einem leichten Ziel. Es ist geradezu ein Wunder, dass Russland – oder auch Polen oder Ungarn – nicht schon lange bei uns einmarschiert sind und die Macht an sich gerissen haben.«

»Aus welchem Jahrhundert kommen Sie denn bitte?«, unterbrach EU-Stratege Franke.

Bösing presste die Lippen aufeinander und schnaubte abschätzig durch die Nase.

»Meine Herren! Mäßigen Sie sich!«, fuhr Fischer die beiden Männer an und schlug mit der flachen Hand auf den Tisch. »Es geht hier nicht um Sie, nicht um Ihre Institute und schon gar nicht um Ihre Privatmeinungen.« Er sah Bösing und Franke noch einmal streng an, dann setzte er die Vorstellungsrunde fort. »Frau Esch, bitte.«

»Hallo. Mein Name ist Catharina Esch, ich bin Gruppenleiterin im Referat römisch drei B fünf, Produktsicherheit, im Bundesministerium für Arbeit und Soziales. Allerdings bin ich hier nicht so sehr in dieser Rolle, sondern vielmehr als Vertreterin meines Ministeriums allgemein. Denn selbstverständlich haben die Entwicklungen der letzten Wochen Auswirkungen auf die Arbeitnehmer und die soziale Sicherheit. So nachvollziehbar die Sorgen – und Forderungen – der Arbeitgeber und des Mittelstandes sind, so sollten wir doch nicht vergessen, wer die Schwächsten und Schutzbedürftigsten sind. Nämlich genau diejenigen, die das Rad am Laufen halten, die den Motor befeuern, die tagtäglich ihre Arbeit zum Nutzen aller verrichten. Gerade in dieser kalten und, so möchte ich hinzufügen,« – sie warf Riemann-Dittmar einen vorwurfsvollen Blick zu, der jeder Schüler-Theatergruppe zur Ehre gereicht hätte – »auch kalt*herzigen* Zeit dürfen wir nicht vergessen, was unser Land so lebenswert macht: der Arbeitnehmerschutz!«

Da wären Jana jetzt vielleicht noch ein paar andere Dinge eingefallen, Gummibärchen oder der Schwarzwald, aber gut. Das konnte ja ein schönes Wettpinkeln werden, mit diesen dreizehn zerstrittenen Aposteln am Tisch.

»Danke, Frau Esch. Professor Waas bitte.«

Der angesprochene Mann schaute dermaßen überrascht auf, als er seinen Namen hörte, als säße er versehentlich im falschen Raum und hätte für diese Prüfung auch leider nicht gelernt. Er schob allerhand Zettel und Blöcke hin und her, dann steckte er sie in seine Aktentasche. »Ja, äh«, sagte er schließlich. »Mein Name ist Thomas Waas? Ich bin Professor für regenerative und fossile Energien? In Duisburg?« Am Ende jedes Satzes bewegte sich seine Stimme in die Höhe, als stellte er eine Frage nach der anderen. »Wir forschen zu Fragestellungen der Energiesicherheit, gegenwärtig wie zukünftig?«

Waas nahm seine Unterlagen wieder aus der Tasche und breitete sie vor sich aus. »Ja. So«, sagte er dann noch zum Abschluss.

Bösing, der streitlustige Marinevizeadmiral, starrte Waas entgeistert an. Und Jana konnte es durchaus verstehen. Die Zusammenarbeit zwischen Politik, Wissenschaft und Wirtschaft war immer schwierig, aber die Persönlichkeit dieses ganz speziellen Experten würde es nicht einfacher machen.

»Mein Name ist Edgar Rieve«, fuhr Waas' Sitznachbar routiniert fort, ohne auf Fischers Aufforderung zu warten. Hollmer kannte Rieve bereits aus den vorigen Sitzungen. Er war stets perfekt vorbereitet, klug, schnell, ungeduldig, arrogant. »Ministerialdirektor Abteilung Z hier im Haus. Unsere absolute Priorität gilt demgemäß der Sicherheit des Landes und der Bevölkerung. Danke.«

Knapp, pompös und auf den Punkt. Langsam gingen den versammelten Herrschaften die noch unbenutzten Phrasen aus. Rieve hatte einen geschickten Ausweg gefunden.

»Vielen Dank, Herr Rieve. Herr Martius?«, grätschte Fischer wieder ins Gespräch, bevor sich einbürgerte, dass niemand auf ihn wartete.

»Dirk Martius, ich bin Verwaltungsfachmann aus dem Bereich Verwaltungsmodernisierung des Bundesverwaltungsamtes«, sagte ein Mann, der aussah wie seine eigene Parodie: grauer Anzug, weißes Hemd, graue Krawatte mit einem dezenten Muster, hellblondes Haar mit strengem Seitenscheitel. »Ich werde Sie dabei unterstützen, sämtliche Ergebnisse in vorschriftenkonforme Verwaltungsakte umzusetzen«, sagte Martius.

Neben Martius saß der einzige Teilnehmer des Krisenstabs, der keiner Vorstellung bedurfte. Was ihn nicht davon abhielt, sie vorzunehmen.

»Herr Tichelo-«, brachte Fischer hervor, da übernahm Frank Ticheloven bereits. »Frank Ticheloven. Soziologe. Manche sagen: Menschenkenner! Aber lassen Sie sich nichts vorgaukeln, bilden Sie sich selbst ein Urteil! Einige von Ihnen kennen mich vielleicht aus dem Fernsehen.« Was nach bescheidenem Understatement klingen sollte, war nur peinlich: ›Ticheloven live‹ war die erfolgreichste Talkshow der letzten Jahre, Montag bis Donnerstag zur Primetime. Tichelovens Gästeauswahl bestimmte die Themen der nächsten Tage in allen anderen Medien – er konnte politische Karrieren befördern, aber auch beenden.

Zudem sah er noch sehr gut aus. Und wusste das. Er trug die Haare für einen Mann seines Alters geradezu unverschämt lang, verfügte über die messerscharfen Wangenknochen und das kantige Kinn eines Models und trat stets einen Tag zu unrasiert auf. Er vertrat steile Thesen in einer faszinierenden Mischung aus wilder Wissenschaft und Bodenständigkeit. Ticheloven erweckte den Eindruck, ein Mann des Geistes im Dienste des Volkes zu sein, und hatte daraus seine eigene Marke geschaffen. Seine Bücher wurden regelmäßig zu Bestsellern, obwohl sie vermutlich niemand las und erst recht niemand verstand.

»Sie fragen sich sicher«, fuhr Ticheloven nun fort und strich sich eitel das Haar aus der Stirn, »warum ich hier bin. Nicht als *embedded* Berichterstatter. Nein! Sondern, um das zu tun, was mich einst erst an die Uni, dann in die Medien trieb – zu helfen! Ich möchte Ihnen mein Wissen zur Verfügung stellen, meine Intuition. Denn es gilt ja zu berücksichtigen, dass die Menschen nicht unbedingt wollen, was sie brauchen, und nicht unbedingt brauchen, was sie wollen. Verstehen Sie?«

Nein, Jana verstand kein Wort, doch das hinderte Ticheloven nicht, sich im imaginierten Applaus zu sonnen.

Warum war der Mann hier? Entweder Rieve oder Fischer mussten ihn eingeladen haben – versprachen sie sich davon gute Presse oder vielleicht wenigstens weniger medialen Gegenwind? Dass die Heißluft-Tröte Ticheloven etwas Nützliches zu den Überlegungen beisteuerte, war auszuschließen. Denn seine Rolle war die des Zweiflers. Auch im Fernsehen machte er es sich leicht, indem er einfach alles infrage stellte, was kluge Leute sagten.

»Wunderbar. Dann haben wir's«, sagte Fischer. »Das BMI hat jeder und jedem von Ihnen Büros auf dieser Etage zur Verfügung gestellt. Dort finden Sie sämtliche uns vorliegende aktuelle Unterlagen sowie einen Kantinenausweis. Wir treffen uns um« – er sah auf die Uhr an der Stirnseite des Raumes – »sechzehn Uhr dreißig wieder hier.«

Freiburg, 15:15 Uhr, -16,1 Grad

Amelie nahm den Deckel von der Aufbewahrungsbox für die Muffins, die sie zum Abschied gebacken hatte. Sie atmete tief das süße Aroma ein, das sich in der Luft ausbreitete.

Wenige Minuten später standen sämtliche Kollegen im Aufenthaltsraum und krümelten vor sich hin.

»Ich werde dich vermissen«, sagte Niko.

»Wir werden dich alle vermissen«, sagte Małgorzata, die sie alle nur Malgo nannten.

»Ja, schon gut.« Amelie winkte ab. »Ihr werdet schon eine andere Dumme finden, die eure Vertretung übernimmt.«

Niko zuckte mit den Achseln. »Da hast du auch wieder recht«, sagte er. »Aber trotzdem. Wir mögen dich ja nicht nur deswegen. Und die Bewohner werden dich vermissen.«

»Ich bin doch nur zwei Wochen weg.«

»Zwei Wochen sind eine kleine Ewigkeit.«

Amelie schüttelte den Kopf und lachte. »Wenn du meinst.«

»Wie wollt ihr eigentlich nach Marseille kommen? Hoffentlich nicht mit dem Zug? Das ist lebensgefährlich!«, warnte Niko.

Ende letzten Jahres war ein Zug wegen eines technischen Defekts auf halber Strecke stehen geblieben und einige Insassen waren sogar erfroren. Wochenlang hatte es kaum ein anderes Thema in den Nachrichten gegeben.

Die Deutsche Bahn führte seitdem keine Abfahrten nach vierzehn Uhr mehr durch, um sicherstellen zu können, dass in einem weiteren Notfall noch Rettungsmaßnahmen möglich waren.

»Nein«, sagte Amelie. »Das war uns zu riskant. Ein Onkel von mir arbeitet bei einem großen Lebensmittelkonzern. Der hat uns eine Mitfahrgelegenheit organisiert. Die Lkws fahren im Konvoi, und weil die Lieferketten sichergestellt werden müssen, werden ihre Fahrtzeiten mit den Räumungsarbeiten der Autobahnmeistereien koordiniert.«

»Und ihr bezahlt dafür mit 'ner Stange Zigaretten?«, scherzte Malgo.

»Drei«, entgegnete Amelie. »Und eine Kiste Wodka. Ist echt noch teurer als die Bahn. Ich hoffe, es hilft meiner Mum.«

»Zu was für einem Arzt fahrt ihr noch mal? Oder nur, weil es dort wärmer ist.«

»Nee, das habe ich auch überlegt. Ibiza, Marokko … Aber das hilft nur, solange man dort ist. Und irgendwann muss ich ja wieder arbeiten. Für zwei reicht die Pension meiner Mutter nicht. Schulmedizinisch ist meine Mum austherapiert. Sie kriegt nur noch Schmerzmittel. Die helfen nicht mehr richtig, und außerdem – soll das jetzt die nächsten Jahre so weitergehen? Deswegen gehen wir in Marseille zu einem Schamanen.«

»Ein *Schamane*? In *Marseille*?« Malgo starrte sie entgeistert an.

Amelie nickte. »Ich habe in einem Forum von ihm gelesen. Viele Rheumakranke ziehen nach Südfrankreich, wegen des milden Klimas. Und traditionell gibt es eine enge Verbindung zwischen Frankreich und Afrika. Durch die Kolonien. In Marseille ist die Szene besonders aktiv, weil es eine alte Hafenstadt ist.

Die Leute erzählen die wildesten Geschichten über diesen Typen. Entweder hilft er ihnen wirklich, oder sie glauben es jedenfalls – auf alle Fälle fühlen sie sich besser. Und nicht ein oder zwei, sondern über zehn. Auf unterschiedlichen Seiten.«

»Das ist doch garantiert ein Betrüger«, wandte Malgo ein, immer die Stimme der Vernunft. »Der hat die Bewertungen selbst geschrieben. Oder gekauft. Das ist mit Sicherheit alles gelogen. Und dem willst du …«

»Nee, ich hab mit den meisten Leuten geschrieben, die von ihm berichtet haben. Und mit dreien sogar gevideochattet. Die waren echt, und es waren auch verschiedene. Also, kann natürlich sein, dass es alles irgendwie Beschiss ist, aber dann wäre es schon sehr viel Aufwand.«

»Der ist bestimmt nicht billig.«

»Das stimmt. Aber die anderen haben gesagt: ›Er war jeden Euro wert.‹ Wenn irgendwas an der Sache stinkt, gehen wir wieder. Ehrlich: Wir wissen nicht mehr weiter. Meine Mum leidet. Ich leide. Der Winter kennt kein Ende. Akupunktur und TCM haben nichts gebracht. Vorhin kam im Radio, dass es angeblich noch mal kälter geworden ist statt wärmer. Wir können nicht mehr. Sie hat solche Schmerzen. Ich weiß auch nicht, wie er ihr helfen könnte, aber in ihrem Zustand lässt man sich auf alles ein.«

Niko schüttelte den Kopf. »Ich hätte nie gedacht, dass du auf sowas reinfällst.« Er nahm einen weiteren Muffin. »Aber weißt du was?«, sagte er dann mit vollem Mund. »Ich wünsche dir trotzdem, dass es hilft. Klar, das wäre dann reine Einbildung.« Er kaute und schluckte. »Ich wünsche es dir wirklich. Es wird halt bloß leider nicht passieren.« Niko schaute in Richtung Fenster. »Ich glaub, du solltest los, wenn du es noch heil nach Hause schaffen willst«, sagte er.

Für den späten Nachmittag war ein schlimmer Wintersturm in ganz Süddeutschland angesagt.

Amelie wickelte die letzten Muffins in Alufolie und stellte sie in den Kühlschrank. Den Behälter schob sie in ihren Rucksack. Sie zog die dünne Thermojacke an, darüber eine dicke Daunenjacke, die sie bei ihrer Mutter ihm Schrank gefunden hatte. Nicht gerade der neueste Schrei, aber warm.

Schal, Mütze, Handschuhe.

Kaum hatte sie einen Schritt ins Freie getan, kniff sie die Augen zu und betete, zu überleben. Der Wind warf sie beinahe um, der frisch gefallene Schnee lag kniehoch auf dem Weg.

Auf der Straße rutschte jemand in Zeitlupe mit einem dicken Geländewagen in eine meterhohe Schneewehe, in der die Karosse halb verschwand.

Amelie lehnte sich in den Wind, fand Halt. Schritt für Schritt kam sie voran. Die Tram würde sicher nicht fahren. Sie streckte den Arm aus. Im Schneegestöber konnte sie gerade noch ihre Hand sehen.

Sie erreichte den Straßenrand, stützte sich für einen Moment an einem geparkten Auto ab. Durch ihre Fäustlinge spürte sie eine dumpfe Vibration. Sie wischte den Schnee von der Seitenscheibe. Der Motor des Wagens lief, ein Mann saß am Steuer. Er hatte gegen die Scheibe geklopft, um auf sich aufmerksam zu machen.

Hastig wischte Amelie den Schnee beiseite, mit den Füßen befreite sie auch den unteren Bereich. Der Mann öffnete die Tür und taumelte heraus. »Danke«, schnaufte er. »Danke. Ich dachte schon, ich würde da drin erfrieren.«

Unglaublich. Wie war es möglich, dass das Wetter so schnell umschlug? Amelie war geschockt. Wäre sie nicht zufällig in diesem Moment vor die Tür getreten, hätte der Mann vielleicht nicht überlebt. Der Kältetod war allen momentan näher, als ihr bisher klar gewesen war.

Sollten Ulrike und sie die Reise nach Marseille vielleicht doch vorsichtshalber verschieben?

Bis nach Hause benötigte Amelie unter normalen Umständen fünfzehn Minuten zu Fuß – oder sie fuhr drei Stationen mit der Stadtbahn. Diesmal war sie fast eine Stunde unterwegs. Mehrfach musste sie stehen bleiben und den Schnee von ihrer Jacke und Kapuze klopfen. Am Schluss konnte sie kaum mehr die Füße heben. Sie war schweißnass, als sie ihre Tür öffnete.

In den Nachrichten und sozialen Medien war der Sturm als »White Out«-Unwetter angekündigt worden. Sie hatte ihn total unterschätzt.

Amelie zog sich aus, ging ins Bad, schaltete das Radio ein, dann stieg sie unter die Dusche. »Der schlimmste Sturm des Jahrhunderts hat Süddeutschland fest im Griff«, hörte sie. »Auch für die Rettungsdienste gibt es aufgrund der Schneemassen kein Durchkommen. Schon jetzt sind die ersten Todesopfer zu beklagen – Menschen, die zu Fuß oder in ihren Autos unterwegs waren und von der Kälte überrascht wurden. Hunderte von Pkw sind auf den Autobahnen eingeschneit.«

Der Wind heulte um das Haus, zerrte an den Ziegeln, ließ die Rollläden beben.

So würde es noch mindestens die halbe Nacht weitergehen. Ob sie morgen früh, wie geplant, aufbrechen könnten, war völlig offen.

Berlin, 16:00 Uhr, -17,4 Grad

Am Vormittag hatte Jana die kurzfristige Einrichtung des Krisenstabs für eine gute Idee gehalten. Jetzt war sie da nicht mehr sicher. Ein interdisziplinärer Ansatz war natürlich sinnvoll, zumindest im Hinblick auf die Maßnahmen zur Bevölkerungssicherheit. Andererseits: Viele Köche verdarben den Brei, und bei derart unterschiedlichen Hintergründen war eine konstruktive Zusammenarbeit nicht zu erwarten.

Ihr schwirrte der Kopf. Die Bürger, die Wirtschaft, die Natur, die staatliche Sicherheit – alles wichtige Faktoren. Doch wie sollte eine so heterogene Gruppe nun zu einheitlichen, umsetzbaren Empfehlungen kommen?

Und was genau war eigentlich ihr Ziel? War die Aufgabe des Krisenstabs in erster Linie *politisch*, ging es also darum, Proteste zu vermeiden und die Menschen im Land ruhig zu halten? Oder war ihr Ziel *fürsorglich*: Dann müssten sie Solidarität und Sicherheit in den Mittelpunkt stellen. Auch eine *wissenschaftliche* Auslegung war denkbar: Welche Ursachen hatten die Eiszeit ausgelöst und wie bekam man sie wieder weg? Das schien nach Jahrzehnten, in denen Forscher vor dem Steigen der Temperaturen warnten, zwar kontraintuitiv. Aber aktuell war eben nicht die Erderwärmung, sondern der verdammte Dauerfrost das größte Problem.

Jana hatte sich entschlossen, nicht in den Bereichen der anderen zu wildern. Sie würde ganz einfach ihren Job so gut wie möglich machen. Und der bestand darin, noch einmal ganz von vorn zu überlegen, welche Gründe es für eine Kaltzeit in Mitteleuropa geben konnte.

Auf Hollmers Bildschirm schimmerte nun eine Liste, die sie zu dem bevorstehenden Meeting mitnehmen wollte. Jede Option war durch Infos und Quellen ergänzt, sodass ihre Gedanken auch für Fachfremde nachvollziehbar und überprüfbar waren.

Zu Anfang des Dokuments hatte sie kurz die entscheidenden Beobachtungen der vergangenen Monate zusammengefasst:

Juli: neue Allzeit-Hitzerekorde in Wasserkuppe, Eschwege, Genthin, Kirchdorf/Poehl.

August: neue Allzeit-Hitzerekorde in Martinroda, Neuhaus am Rennweg, Sontra, Bamberg, Elzach-Fisnacht.

September: erste Septemberhälfte – höchste Spätsommerdurchschnittstemperaturen seit Aufzeichnungsbeginn der Wetterdaten; zweite Septemberhälfte – größte Regenmengen im Frühherbst seit zwanzig Jahren sowie größter Temperaturabfall innerhalb von zwei Wochen seit mehr als dreißig Jahren.

Mitte bis Ende Oktober: Tagesdurchschnittstemperaturen regelmäßig und deutschlandweit um >6 Grad geringer als seit Aufzeichnungsbeginn der Wetterdaten.

November: Tagesdurchschnittstemperaturen deutschlandweit um >4,3 Grad geringer als seit Aufzeichnungsbeginn der Wetterdaten, Nachttemperaturen um >7 Grad geringer. Höchste Niederschlagsmengen seit vierzig Jahren. Schneestürme, Nachtfrost.

Dezember: Den gesamten Monat über wurden in ganz Deutschland ausschließlich Minustemperaturen registriert – erstmals in der Geschichte der Wetteraufzeichnungen.

Januar: Sämtliche Gewässer bis auf Rhein und Elbe, die künstlich eisfrei gehalten werden, sind gem. Ultraschallmessungen sowie Eisbohrungen bis zum Grund gefroren. Durchschnittstemperaturen >6,7 Grad unter dem langjährigen Mittel.

Februar: Bildung stabiler Eisfelder an Hängen im Harz, im Erzgebirge sowie im Schwarzwald.

Ende Februar: Durchschnittstemperatur >6,1 Grad unter langjährigem Mittel, aber höher als im Januar.

2. März: Nachttemperatur >8 Grad unter langjährigem Mittel. Tagtemperatur >5 Grad unter langjährigem Mittel.

Was hatte zu dieser überraschenden Eiszeit in Deutschland führen können? Hollmer und ihre Kolleginnen und Kollegen in Leipzig waren schon zigmal alle Möglichkeiten durchgegangen.

Der Treibhauseffekt ließ die Erde – das war bekannt – insgesamt wärmer werden. Das verursachte jedoch nicht nur Hitzewellen wie im vergangenen Sommer, immer häufigere Starkwetterereignisse und ein Ansteigen des Meeresspiegels. Sondern auch Veränderungen von Luft- und Wasserströmungen, die in noch unbekanntem Maße Einfluss auf die Dynamik des Wetters nahmen. Wenn der Golfstrom zusammenbräche – und das war nur eine Frage der Zeit –, würde das Wetter in Europa instabiler werden. Nahm hingegen der Polarfrontjetstream ab, jener Starkwindstrom, der sich über die nördliche Hälfte der Nordhalbkugel zog, dann blieben Wetterlagen länger konstant – Hoch- und Tiefdruckgebiete wechselten seltener. Es blieb dann wochenlang heiß und trocken oder regnete ewig.

Was passieren würde, wenn *beide* Faktoren sich veränderten, also der Golfstrom und der Jetstream sich verlangsamten, wusste niemand. Es war nicht undenkbar, dass es sich bei dem aktuellen Winter um eine derartige Konsequenz handelte. Dann würde die Kälte irgendwann – bald – von allein abnehmen.

Möglich auch, dass die umfassenden Aufforstungen in Deutschland die aktuelle Kaltzeit ausgelöst hatten. Der Paläoklimatologe William Ruddiman hatte Anfang des Jahrtausends die Hypothese entwickelt, die Wiederbewaldung Amerikas aufgrund des Bevölkerungsrückgangs durch die Pest hätte dermaßen viel Kohlendioxid gebunden, dass es zur damaligen Kleinen Eiszeit kam. Warum sollte so etwas nicht auch in Europa denkbar sein?

Ohnehin hatten Klimatologen für die nahe Zukunft eine Kleine Eiszeit vorhergesagt. Die Grundlage dafür stellte die Sonnenaktivität dar. Sonnenflecken, Einflüsse des Magnetismus, Veränderung der Erdumlaufbahn um die Sonne. Das Problem: Diese Elemente veränderten die Temperatur weltweit um nicht mehr als 0,1 Grad Kelvin pro Jahrtausend. Das reichte vorne und hinten nicht, um den erfolgten Temperatursturz zu erklären.

War es vielleicht eine Kombination aus diesen und noch unbekannten Einflüssen? So wie sich die Erderwärmung mit dem Erreichen gewisser Kipppunkte beschleunigen würde, kamen möglicherweise in diesem Eis-Winter mehrere an sich unabhängige Faktoren zusammen und sorgten für die dramatische Kaltzeit?

Ein Vulkanausbruch fiel aus, denn das wäre nicht zu übersehen gewesen.

Jana suchte nach den neuesten glaziologischen Veröffentlichungen. Die Deutung und Bewertung der Spuren aus Eisbohrkernen war in den letzten Monaten von der Orchideenwissenschaft zum Mainstream geworden. Kälteforscher informierten in Fernsehen und Internet über Schnee und

Eis. Sie demonstrierten, wie sich aus Gletschereis Schlüsse über die Niederschlagsmengen und damit die Luftfeuchtigkeit von vor Zehntausenden von Jahren ziehen ließen. Sie zeigten Aufnahmen von Pollen und Ascheresten, die sich im Eis fanden – daher war bekannt, wann es Vulkanausbrüche gegeben hatte und welche Bäume oder Blumen zu welcher Zeit wo wuchsen.

Sie überflog das Abstract eines vorgestern veröffentlichten Papers: Eine saarländische Forschungsgruppe hatte eine Metastudie aller Eis-Untersuchungen der letzten Monate durchgeführt und war zu dem Schluss gekommen, dass ein ungewöhnlich hoher Teil der Niederschläge nicht schon in den Wolken gefror, sondern erst am Boden. »Üblicherweise ist im Winter mit kalten Winden zu rechnen«, hieß es, »und über die Niederschläge erreicht die Abkühlung den Boden, was zu einer Senkung der bodennahen Durchschnittstemperaturen führt. Aktuell deuten Auswertungen der Kristallstruktur von Schneeflocken und Eisflächen darauf hin, dass es sich um eine *bottom-up*-Ausbreitung handeln könnte.«

Sie klickte weiter. Ein internationales Forscherteam hatte den Pollenmix über Grönland im vergangenen Sommer mit allen vorhandenen geschichtlichen Daten verglichen und stellte fest, dass die Winter nach Sommern mit ähnlichen Pollenzusammenstellungen im Schnitt 0,02 Grad kälter waren als der Durchschnitt. Und im Teilchenbeschleuniger des CERN hatten sie festgestellt, dass sich Berliner Eisproben aus diesem Winter nach dem Auftauen quantenphysikalisch nicht anders verhielten als reguläres Genfer Leitungswasser. Somit ließe sich eine Verursachung des Kälteeinbruchs durch eine chemische Beeinflussung der Niederschläge ausschließen.

Jana vergrub den Kopf in den Händen.

Die Temperaturen lagen seit Herbst deutlich tiefer als sonst. Vor zwei Tagen war es zu einem weiteren Kälteeinbruch gekommen.

Wo sich eine Wirkung zeigte, musste es auch eine Ursache geben. Es war zum Verrücktwerden.

Änderung der Allgemeinen Geschäftsbedingungen für Amazon Prime
Hiermit informieren wir Sie über eine aktuelle, kurzfristige Änderung der Allgemeinen Geschäftsbedingungen für Amazon Prime. Sofern Sie die Dienstleistung weiterhin nutzen, stimmen Sie dieser Änderung zu. Sie haben die Möglichkeit, Ihren Vertrag fristlos zu kündigen. Bitte beachten Sie, dass Sie zu einem späteren Zeitpunkt nur zu den aktuellen, höheren Preisen erneut Mitglied werden können.

Amazon Prime ist eine Dienstleistung des Onlinehändlers Amazon. Der Zweck dieser Dienstleistung besteht in der zeitnahen, zuverlässigen Zustellung bestellter Waren. Darüber hinaus werden weitere Dienstleistungen (wie u. a. Amazon Prime Video, Amazon Music, Amazon Prime Reading) angeboten.

Im Rahmen der Einzelhandelskampagne »Für Kälte ist kein Platz in Deutschland« erhöhen wir befristet auf vorläufig sechs Monate die Versandgebühren. Bislang kostenlose Lieferungen werden ab sofort mit 3,99 Euro berechnet. Amazon möchte hiermit die Transportunternehmen entlasten und leistet einen Beitrag zur Sicherung der Grundversorgung der Bevölkerung.

Lieferungen von haushaltsüblichen Mengen von Grundgütern (ab sofort gekennzeichnet durch das Logo »Grundgut«) in ausgewiesene Notstandsgebiete bleiben versandkostenfrei. Die entsprechende Gutschrift erfolgt im Bestellvorgang auf Grundlage der Versandadresse. Auf diese Weise soll der kommerzielle Weiterverkauf von Grundgütern erschwert werden.

Amazon zeichnet sich durch verantwortungsvolles Handeln auf allen Ebenen und in allen Schritten des Produktionsablaufs aus. Wie alle Bürger hoffen auch wir, dass die durch den unerwarteten Kälteeinbruch ausgelöste Notlage bald endet. Wenn Sie Hilfe benötigen, wählen Sie bitte 112.

Hitradio FFH

»Ja Leute, das war wieder unser beliebtes Gewinnspiel: Wir zahlen deine Rechnung! Ja, ihr glaubt es kaum, aber so ist es: Wir zahlen deine Rechnung! Jeden Tag zahlen wir eine Rechnung. Alles, was du tun musst, ist, uns in unserer kostenfreien App ein Foto deiner Rechnung zu schicken. Der Zufallsgenerator wählt dann eine Einsendung aus und, das ist echt der Hammer: Wir! Zahlen! Deine! Rechnung! Heute gingen 57 Euro raus an Sascha für Sushi vom Lieferdienst. Alter! Kalter Fisch, bei dem Wetter! Der hat sich bestimmt verklickt beim Bestellen.

Na ja, so ist das Leben, Leute. Ihr habt's sicher schon in den News gehört, der Frühling ist abgesagt, es soll noch mindestens vier Wochen lang unter null bleiben. Sushi für alle, sag ich nur! Und jetzt der nächste Hit von heute, die Benefizsingle ›Arschkalt‹ von Cool Kids für Germany. Sämtliche Einnahmen kommen durch die Schließung von Konzertsälen in Not geratenen Musikern zugute.«

Pressemitteilung der Bundesregierung anlässlich aktueller Entwicklungen der Wetterdaten

Mit der unverzüglichen Einsetzung eines hochkarätigen, interdisziplinären Krisenstabs reagierte die Bundesregierung heute unmittelbar auf die neuesten Wetterdaten. An zahlreichen Messpunkten in ganz Deutschland wurde unerwartet ein weiterer Temperatursturz um mehrere Grad festgestellt.

Seit Monaten befindet sich das Land im Griff einer Kältewelle. Vielfach sind Menschen unverschuldet in Not geraten. Der Bundeskanzler betont, dass die Regierung mit einem deutlichen Hauruck gegen die Lage vorgeht.

Ein erster Zwischenbericht des Krisenstabs wird für morgen Vormittag erwartet.

Tagesschau

»Der Mobilfunk- und Internetanbieter Talk Talk stellte heute Mittag den Betrieb ein. Talk Talk ist das größte private Telekommunikationsunternehmen Deutschlands mit einem Umsatz von neun Milliarden Euro. Aufgrund der starken Kältewelle der vergangenen Wochen und des zeitweiligen Lockdowns zur Aufrechterhaltung der öffentlichen Sicherheit verbringen die Kunden von Talk Talk weit mehr Zeit als je zuvor zu Hause. Sie nutzten die Dienstleistungen des Unternehmens, insbesondere Mobilfunkverbindungen und Streamingdienste, knapp vier Mal so intensiv wie prognostiziert. Talk Talk kauft Leitungskapazitäten seinerseits bei Netzbetreibern ein. Die unerwartete Mehrnutzung führt zu Nachzahlungen in Milliardenhöhe. Diese kann das Unternehmen aktuell nicht aufbringen.

Der Regierungssprecher versicherte auf Nachfrage, die Regierung arbeite an einem Notfallpaket, um die Teilhabe aller Bürger an der Informationsgesellschaft zu gewährleisten. Es werde eine Maßnahme ›mit Wumms‹, sagte der Kanzler selbst.«

Ausgewählte Preisveränderungen an den internationalen Warenbörsen

Getreide +122 % ^
Milch (Handel ausgesetzt)
Kaffee +249 % ^
Erdöl −4 % v
Erdgas +28 % ^

Ausgewählte Aktienkurse (Börse Frankfurt)

Postbank −8 % ˅

Lufthansa −64 % ˅

Deutsche Bahn −2 % ˅

Flixbus +3 % ˄

Apple +2,3 % ˄

Allianz −19 % ˅

Amazon +45 % ˄

Jede Wirkung ist ein von ihrer Ursache verschiedenes Ereignis. – David Hume

Freitag, 04. März

Berlin, 07:15 Uhr, -24,7 Grad

Es war noch dunkel, als sie das Haus verließen. Clemens trug eine Jeans, T-Shirt, Sweatshirt, Allwetterjacke und Wanderschuhe. Seine einzigen Zugeständnisse an das Wetter waren Handschuhe und eine Mütze.

Jana hatte sich an seinem Kleiderschrank bedient. Über ihrer eigenen Thermo-Strumpfhose trug sie eine Leggins, darüber eine Jogginghose von Clemens. Oben BH, Top, Langarm-T-Shirt, Strickjacke, Steppweste, Winterjacke. Wollsocken, Wanderschuhe, Mütze, Schal, Handschuhe.

Alexandra hatte sie gepolsterte Thermo-Füßlinge angelegt, dazu eine wärmende Hundeweste unter dem Geschirr mit der Aufschrift DEAF. Am liebsten hätte Jana der Beagle-Hündin auch noch Stulpen über die dünnen Ohren gezogen oder ihr eine Mütze aufgesetzt.

Jana zog ihren Schal höher und die Mütze tiefer. Die kalte Luft brannte auf ihren Wangen.

Windstöße ließen die Bäume neben dem Haus zittern. Schnee plumpste von den kahlen Zweigen auf den Boden. Alexandra bellte.

»Ruhig, ganz ruhig«, sagte Jana. Sie versuchte, die Hand mitsamt Handschuh in die Jackentasche zu stecken, um die Fernbedienung für das Vibrationshalsband herauszuholen. Doch die Tasche war zu schmal geschnitten und sie bekam das kleine Ding nicht zu fassen. Genervt zog sie den Handschuh aus, fischte die Fernbedienung heraus und drückte die Taste für »Platz«. Alexandra hörte auf zu bellen und setzte sich.

»Braves Mädchen.« Clemens zog ebenfalls einen Handschuh aus und nahm zwei Leckerlis aus der Tüte in seiner Manteltasche.

»Okay, komm!« Jana ging los, drückte die entsprechende Taste. Alexandra schloss zu ihr auf. Die Füßlinge erzeugten auf dem eisigen Grund ein merkwürdiges Tapsen. Die Hündin lief vorsichtig, wie auf Zehenspitzen. Offenbar war ihr das Fußwerk nicht ganz geheuer.

»Hier, nimm den, da kannst du deine Hand mitsamt der Fernbedienung reinstecken«, sagte Clemens und hielt Jana einen seiner Fäustlinge hin.

»Und du?«

»Ich stecke die Hand in die Manteltasche.«

Neben Clemens' Haus – einer renovierten Feuerwache – standen zwei neuere, kastenförmige Häuser, dann begann ein kleiner Stadtwald. Ein wackelnder Lichtpunkt kam ihnen entgegen: ein Jogger mit Stirnlampe. Davon abgesehen waren sie allein. Alle fünfzig Meter funzelte eine Laterne. Es reichte gerade eben, um den Weg zu finden. Die Stimmung war düster, hinter jedem Baumstamm hätte sich ein Serienmörder verstecken können.

Der Schnee knirschte unter ihren Schuhen, die Kälte fand trotz der zahlreichen Kleidungsschichten einen Weg zum Körper: an den Knöcheln, an den Handgelenken, am Po und natürlich im Gesicht. Alexandra tippelte dicht neben Jana.

»Es ist wirklich kälter geworden«, sagte Jana. »Ich verstehe das einfach nicht.«

»Ich find's ganz schön«, sagte Clemens.

»Die Kälte? Im Ernst?«

»Nein. Sondern dass du jetzt ein paar Tage bleibst. Das hatten wir lange nicht. Darüber freu ich mich.«

»Du weißt schon, dass wir alle mit dem Rücken an der

Wand stehen, oder? Der Kanzler will Antworten, hat Fischer gestern gesagt.«

»Klar. Würde ich an seiner Stelle auch wollen. Aber vielleicht gibt es keine. Oder vielleicht muss sie einer von den anderen finden. Jedenfalls bist du nicht gestern Abend schon wieder gefahren. Und außerdem wolltest du doch Spuren hinterlassen in der Wissenschaft. Hast du selbst gesagt. Es hat eben alles eine gute Seite, oder zwei.«

Jana schüttelte den Kopf. »Nein. Nein, es hat nicht alles eine gute Seite, und zwei schon gar nicht. Krebs, Obdachlosigkeit, minus zehn Grad im März, wo soll denn da die gute Seite sein? ›Krise als Chance‹, das ist Schwachsinn! Weißt du, deine Grußkarten-Weltsicht nervt mich manchmal. Das Kasernenunglück in Leipzig, und jetzt der Krisenstab – manche Sachen haben keinen guten Kern, sondern sind einfach beknackt. Ich hab die halbe Nacht wachgelegen.«

»Ja, verstehe ich alles. Trotzdem freue ich mich, dass du da bist. Lass mich doch.«

Jana stieß missmutig den Atem aus. Im Licht der Laterne, an der sie gerade vorbeigingen, gefror die Feuchtigkeit sofort zu einer länglichen Wolke. Fasziniert betrachtete Jana die winzigen Eiskristalle, die sanft zu Boden sanken.

»Und es muss ja nicht immer alles deine Aufgabe sein«, setzte Clemens hinzu. »Vielleicht gibt es gar keine Erklärung für die Kälte. Keine Ursache.«

Jana blieb stehen. »Es gibt immer eine Ursache«, sagte sie. »Ursache, Wirkung. So funktioniert die Welt. Und wie soll mir denn sonst ein wissenschaftlicher Durchbruch gelingen?«

Clemens lächelte. »Und was ist mit Liebe? Funktioniert sich zu verlieben auch so, Ursache, Wirkung? Echt?«

»Machst du dich über mich lustig?«

»Nein, ich gucke freundlich.«

»Du lachst mich aus.«

»Ich lächle dich an.«

»Mir reicht's. Ich geh zurück.« Jana sah sich um. »Alexandra?«, rief sie.

»›Am Ende wird alles gut. Und wenn noch nicht alles gut ist, ist es nicht das Ende‹«, sagte Clemens. »Oscar Wilde.«

»Urgh«, machte Jana. »Echt. Alexandra! Alexandra, wo steckst du denn?«

Clemens streifte den zweiten Fäustling ab, zog sein Handy hervor, schaltete die Taschenlampe ein. Zahlreiche Spuren führten durch den vereisten Schnee.

»Sie mag es nicht, wenn wir streiten«, sagte Jana ärgerlich.

»Sie kann es doch gar nicht hören. Und wir haben nicht gestritten, wir sind nur nicht einer Meinung.«

»Und wo ist Alexandra jetzt?«

Auf einmal hörten sie ein Bellen aus einiger Entfernung. Clemens richtete den Lichtkegel in die entsprechende Richtung. Der Beagle starrte an einem Baumstamm hoch.

Auf einem der unteren Äste einer Eiche saß ein Eichhörnchen und keckerte.

Jana tastete über die Fernbedienung, war ohne hinzuschauen allerdings nicht sicher genug, welcher Knopf welcher war, und zog daher den Fäustling aus. Die kalte Luft traf ihren Handrücken wie ein Schlag mit dem Lineal. Sie drückte den oberen Knopf für »Komm!«.

Alexandra hörte auf zu bellen, starrte aber weiter hoch zu dem Eichhörnchen. Das lief den Ast entlang und ließ dabei einige Schneeflocken nach unten segeln.

Jana betätigte erneut den Knopf der Fernbedienung für

Alexandras Halsband. Diesmal hielt sie den Druck, statt gleich wieder loszulassen. Die Hündin schnaubte einmal, dann sah sie sich um und setzte sich schließlich in Bewegung.

»Ja, brave Alexandra, guter Hund«, sagte Clemens, klopfte ihr auf die Seite und hielt ihr wieder ein paar Leckerlis hin. Knackend und knirschend zermalmte Alexandra das Trockenfutter.

Wortlos drehten sie um und gingen zum Haus zurück. Sie klopften ihre Schuhe ab, zogen Alexandra die Füßlinge und die Weste aus, hängten Schals und Jacken an die Garderobe. Dann ging Jana duschen, Clemens setzte Kaffee auf.

Alexandra schaute irritiert hinter beiden her: Jana verschwand die Treppe hinauf, Clemens in der Küche. Sie winselte einmal leise, dann rollte sie sich in dem Korb neben der Garderobe zusammen.

Jana genoss das warme Wasser. Sie lehnte die Stirn gegen die Fliesen und ließ es über ihren Rücken fluten.

Wie lange ein solcher Luxus wohl noch möglich wäre? Schon jetzt hatte sie ein schlechtes Gewissen: Wasser sparen, Energie sparen!

Clemens hatte ja recht. Abgesehen vom Grund ihres Aufenthalts war es eigentlich wirklich ganz nett, dass sie länger bleiben »musste«, ohne sich aktiv dafür zu entscheiden. Sie mochte Clemens. Er war immer locker und gut gelaunt, selbst in den letzten Monaten, in denen allen die Nerven durchgingen. Ein echter Gegenpol zur Ernsthaftigkeit und Aggressivität ihres Arbeitsalltags an einem Bundeswehr-Forschungsinstitut.

Und er freute sich ehrlich, dass sie blieb. Andere Frauen wünschten sich solche Männer. Jana hingegen schnürte es beinahe die Luft ab, nicht zu wissen, wann die Lage sich entspannte und sie in ihre eigene Wohnung zurückkehren konnte. Aus deren sicherer Entfernung sie sich dann wieder auf Clemens freuen konnte.

Wenn sie wirklich in ihn *verliebt* wäre, würde es sich doch wohl eindeutiger anfühlen. Wäre er der Richtige für sie, würde sie alles stehen und liegen lassen und immer bei ihm sein wollen – oder?

Warum war sie nur so verkorkst?

Wütend drehte sie das warme Wasser ab und ließ kaltes auf ihren Körper prasseln. Sie musste jetzt wach werden, sich zusammenreißen, sich konzentrieren und verdammt noch mal herausfinden, warum draußen eine Eiszeit herrschte und wann sie endlich vorbei sein würde.

Freiburg, 08:25 Uhr, -19,6 Grad

»Wie sieht es denn hier aus?« Amelie blieb abrupt stehen.

Das Schlafzimmer ihrer Mutter wirkte, als hätten ihre noch ungeborenen Enkelkinder »verkleiden« gespielt. Oder als wäre die Schrankwand explodiert.

Auf dem Bett lag ein offener Hartschalenkoffer. Darin lagen ein Fön, ein Stapel Strumpfhosen in ungeöffneten Verpackungen, ein pinkfarbener Hausanzug sowie etliche Make-up-Utensilien: Lippenstifte, Mascara, Nagellack, Trockenshampoo, reguläres Shampoo, Haarspülung, ein Nagel-Etui.

Auf dem Fußboden vor dem Schrank lagen Oberteile, Blusen, Hosen, Blazer, einige in Knallfarben, die meisten gedeckt in Dunkelgrau, Dunkelblau, Braun, Dunkelgrün. Die Schubladen der Kommode waren herausgezogen, auf der Oberseite stapelten sich BHs, Slips, Tanktops – die Ulrike immer noch ganz altmodisch als Unterhemden bezeichnete –, langärmlige Tops. Dazu ein besonders hoher und bedenklich schiefer Turm Pullover.

»Mama, wo bist du?«, rief Amelie besorgt. Sie sah auf die Uhr. In einer halben Stunde wurden sie abgeholt. Sie mussten die Mitfahrgelegenheit nutzen. Mit der Bahn oder gar einem Auto konnte sie den Transport ihrer Mutter nicht riskieren.

Aus dem Bad hörte sie ein Rascheln. »Mama, bist du im Bad?«, rief Amelie.

Keine Antwort, aber wieder ein Geräusch.

»Mama, ich komme rein!«

Amelie öffnete die Tür zum Badezimmer. Ihre Mutter saß auf dem Toilettendeckel. Sie hielt eine Waschtasche auf den Knien, die viel zu klein war für das, was sie hineingestopft hatte.

Immer wieder versuchte sie, den Reißverschluss zu schließen. Tränen liefen ihr über die Wangen, tropften auf die Oberschenkel. Ihre Hände waren zu Klauen verkrampft. Sie zitterte am ganzen Körper. »Ich schaff's nicht … ich schaff's nicht … ich schaff's einfach nicht …«, flüsterte sie vor sich hin.

»Mama, was …«, setzte Amelie an.

Ihre Mutter schreckte zusammen, schaute auf, dann schleuderte sie die Waschtasche voller Wut quer durch das Bad. Wattestäbchen, Rasierklingen und allerhand Tuben und Röhrchen flogen durch den Raum.

»Lass mich!«, kreischte sie. »Lass mich endlich in Ruhe! Ich schaff's nicht, bist du jetzt zufrieden? Ich schaff's nicht alleine, so, du hattest recht! Ich bin ein Wrack! Lass mich doch einfach endlich in Ruhe!«

Sie ließ den Kopf sinken und begann laut zu schluchzen.

Amelie schloss für einen Atemzug die Augen, dann kniete sie sich vor ihrer Mutter auf die Fliesen. Ganz langsam, um sie nicht zu erschrecken, nahm sie sie in den Arm.

»Schon gut, Mama, wir schaffen das. Ich weiß, es ist schwer. Ich kann verstehen, warum du alleine packen wolltest. Ich bin nicht wütend. Es ist alles okay. Wir schaffen das, du und ich. Okay?«

Sie spürte, wie die Fingerspitzen ihrer Mutter ihren Rücken berührten. Amelie hatte Mühe zu atmen, denn das Bad war völlig überheizt. Vorsichtig schob sie den linken Arm etwas höher, schielte über die Schulter ihrer Mutter hinweg auf die Uhr. Noch zwanzig Minuten.

Jetzt galt es, den Mittelweg zwischen Notwendigkeit und Fürsorge zu treffen.

»Mama, ist es in Ordnung, wenn ich jetzt packe? Sonst fahren sie ohne uns, und …«

Ulrikes Schluchzen intensivierte sich. Sie klammerte sich fester an Amelie.

»Mama, ich muss jetzt deinen Koffer packen, sonst kommen wir nicht nach Marseille. Und das war es doch, was du wolltest. *Du* willst zu diesem Schamanen. *Ich* glaube sowieso nicht, dass er … aber darum geht es jetzt nicht.« Sie fuhr ihrer Mutter noch einmal mit der Hand über den Rücken, löste sich dann ein wenig, schob ihr eine Haarsträhne hinter das Ohr, rollte ein paar Blätter Klopapier ab und tupfte die Wangen trocken. »Es ist überhaupt nicht schlimm, dass du manchmal Hilfe brauchst – *deswegen* fahren wir nach Frankreich, damit es dir dann besser geht. Okay? Darf ich dir helfen und zu Ende packen?«

Ulrike schloss die Augen, zog die Nase hoch, nickte.

»Gut.« Amelie nahm die Hände ihrer Mutter in ihre. »Komm. Du setzt dich ins Wohnzimmer und ich packe schnell deinen Koffer, in Ordnung?« Sie führe ihre Mutter zu deren Fernsehsessel, angelte die Fernbedienung vom Tisch, legte sie Ulrike in den Schoß. »Hier. Ich komme gleich wieder.«

Dann hastete sie zurück ins Schlafzimmer, ließ den Blick einmal über das Durcheinander wandern, schaute dann auf die Uhr. Noch vierzehn Minuten.

Sie kippte den Hartschalenkoffer aus, klappte ihn zu, schob ihn vom Bett. Viel zu groß, jede von ihnen konnte nur eine Reisetasche mitnehmen. Gestern hatte sie Ulrike extra eine gebracht. Wo … ah, begraben unter den Klamotten vor dem Schrank.

Hektisch schaufelte sie irgendwas zum Anziehen in die Tasche, Hose, Oberteil, Pullover, sie fuhren nicht auf einen Schönheitswettbewerb und notfalls konnten sie in Marseille sicher kaufen, was fehlte. Aber zu kalt dürfte es Ulrike unterwegs nicht werden, das war wichtig.

Aus dem Wohnzimmer dröhnte auf einmal Gelächter und Beifall. Ulrike hatte den Fernseher eingeschaltet – Frühstücks-TV.

Amelie lief mit der Reisetasche ins Bad, sammelte einige der Dinge vom Fußboden in die Waschtasche, stopfte sie in die größere Tasche. Zurück ins Schlafzimmer, der Fön war wichtig, sonst würde Ulrike ausrasten. Kurz verweilte Amelies Blick auf der Lippenstiftsammlung, da klingelte es an der Haustür.

Jetzt schnell! Sie ließ alles liegen, zerrte am Reißverschluss der Tasche, blieb mit dem Fingernagel hängen, egal, dann eben nicht. »Sie sind da! Wir müssen los!«, rief sie ihrer Mutter zu, während sie, die offene Reisetasche in der Hand, zur Tür lief.

Peking, 16:00 Ortszeit
(Zeitzone Berlin: 09:00 Uhr), +11,2 Grad

Min Zhu Huang nahm den Videocall an. Auf dem Monitor erschien das Bild seines Leutnants Gabriel Mamoun, der sich um den Betrieb der Mine im Tschad kümmerte.

»Direktor!« Mamoun trug eine Camouflage-Uniform und eine rote Baskenmütze. Seine Kleidung war der Ausstattung der Armee des Landes nachempfunden. Mamoun war ein Bastard – sein Großvater ein französischer Besatzungssoldat, die Großmutter eine Hure. Die Mutter wuchs auf der Straße auf, heiratete einen Bauern. Mamoun war das jüngste ihrer vier Kinder.

Seine Haut war von einem schokoladigen Braun. Er war sehnig-schlank und, wenn man ihn ließ, grausamer, als Huang je gewesen war. Mit seinem schmalen Schnauzer im Stil eines längst vergangenen Hollywood hielt er sich für unwiderstehlich.

Huang hatte Mamouns Vater dessen unfruchtbares Land samt der baufälligen Hütte abgekauft. Mamoun hatte seine Chance gesehen und war geblieben. Mit einigen Männern, die er kannte, hatte er das Land geräumt und den Beginn der Schürfarbeiten geleitet.

Die Arbeiter der Mine in Schach zu halten, kam Mamouns sadistischer Persönlichkeit entgegen. Huang ließ ihn gewähren, solange die Ergebnisse stimmten. Er selbst schaute nur alle paar Monate vor Ort nach dem Rechten.

»Was ist?«, fragte Huang unwirsch. Er erwartete von seinen Leuten, dass sie ihre Probleme selbst lösten. Dafür bezahlte er sie schließlich.

»Die Männer planen einen Aufstand«, berichtete Mamoun.

»Und?«

»Wir haben drei von ihnen dabei erwischt, wie sie Alkohol auf das Gelände brachten, und Waffen. Schnellfeuergewehre.«

»Und?«, wiederholte Huang. Was Mamoun beschrieb, war Alltag im Betrieb einer Mine. Die Männer mussten unter entsetzlichen Bedingungen arbeiten, natürlich planten sie Aufstände und schmuggelten Drogen in die Baracken. Es war die Aufgabe von Mamoun und seinen Leuten, das zu unterbinden.

»Wir haben uns darum gekümmert. Die anderen haben begriffen, dass ein solches Verhalten nicht zulässig ist. Trotzdem habe ich den Eindruck, es wäre gut, wenn Sie bald einmal wieder persönlich hier sind, Herr Direktor«, sagte Mamoun. »Nur, wenn es Ihnen möglich ist, natürlich.«

»Hm.«

»Und das Ergebnis der Untersuchung der neuen Freilegung ist eingetroffen.«

»Ja, und?«

»Unsere bisherigen Messungen sind eindeutig korrekt. Das geschätzte Gesamtvorkommen beträgt etwa 45 000 Tonnen. Davon die Hälfte Yttrium, außerdem Erbium und Promethium. Aber wir sind noch nicht am Ziel. In sechs Tagen werden wir die nächste Sprengung vornehmen.«

Huang nickte. »Das könnte ich mir ja mal ansehen«, sagte er schließlich.

»Wir sind jederzeit bereit für Ihre geschätzte Gesellschaft, Herr Direktor.«

»Gut. Mal sehen. Sorg weiter dafür, dass die Männer nicht auf dumme Gedanken kommen.«

Mit einem Klick beendete Huang die Verbindung.

Berlin, 9:30 Uhr, -20,4 Grad

Der wissenschaftliche Mitarbeiter hatte einen großen Stapel Ausdrucke und Kopien auf Janas Schreibtisch hinterlassen. Wunderbar, die Diss hinter sich zu haben und das nicht mehr selbst machen zu müssen.

Für elf war eine kurze Konferenz anberaumt, damit alle über etwaige neue Entwicklungen informiert werden konnten. Der heutige Tag war für Recherchen vorgesehen, morgen – am Samstag – sollten die Erkenntnisse gemeinsam evaluiert und gegebenenfalls am Sonntag der Öffentlichkeit vorgestellt werden.

Sie breitete die Unterlagen aus, sortierte sie thematisch, Klimatologie, Geopolitik, Mineralogie, Seismik, Marine Geophysik. »Ich glaube, ich bin gestern ein wenig über das Ziel hinausgeschossen«, murmelte sie. Sie hatte einfach alles bestellt, was ihr einfiel.

Jana überflog die Abstracts. Sie hatte die Suche auf Paper und Datenreihen der letzten sechs Monate eingegrenzt.

Veröffentlichungen, die eindeutig nichts mit ihrer Fragestellung zu tun hatten, warf sie direkt in die blaue Altpapiertonne. Was infrage kam, ordnete sie nach Relevanz.

Dann versank sie in den Texten, Diagrammen, Argumentationen und Schlüssen. Um halb elf kam einer der HiWis und fragte, ob sie einen Beitrag für das Meeting hätte. Hollmer schüttelte, ohne aufzusehen, den Kopf.

Um fünf vor elf verkündete ein anderer HiWi mit Berliner Schnauze: »Konferenz fällt aus Mangels is nich.«

Jana las und las. Sie las beim Mittagessen, sie las am Nachmittag. Sie las im Stehen, im Sitzen, kurz überlegte sie sogar, sich auf den Teppichboden zu legen, doch so sauber sah der auch nicht aus.

Sie zog ihr Springseil aus der Tasche. Fenster auf, Frischluft rein, dabei 100 Sprünge. Fenster wieder zu, weiterlesen. Die Buchstaben verschwammen vor ihren Augen, aber die Inhalte verbanden sich langsam zu einer möglichen Erklärung.

Amsterdam, 12:15 Uhr, -18,7 Grad

Titus warf seine Brille auf den Schreibtisch und rieb sich die Augen. Seit dem frühen Morgen telefonierte er durchgehend.

Niemand war zuständig. Er hatte den niederländischen Verband der Reedereien angerufen. Die Stadtverwaltung Amsterdam. Die Geschäftsführung des Hafens Amsterdam. Den Verband der niederländischen Häfen. Den Verband der Binnenschifffahrt. Die niederländische Geschäftsstelle des Verbands der internationalen Schifffahrt. Das Rathaus. Die Provinzregierung Noord-Holland, wozu auch Amsterdam zählte.

Alle konnten sein Anliegen nachvollziehen. Aber niemand konnte ihm weiterhelfen.

Danach hatte er die Ansprechpartner gewechselt. Uni Amsterdam, Uni Rotterdam, Utrecht, Groningen, Leiden.

Anschließend versuchte er es bei der EU in den Nachbarländern. Die Arbeitsgruppe Verkehrs- und Sicherheitspolitik des EU-Parlaments in Straßburg. Dann die Generaldirektion

Umwelt sowie die Taskforce Aufbau und Resilienz der Europäischen Kommission in Brüssel.

Überall war man mit ihm einer Meinung: So konnte es nicht weitergehen. Die Ursachen der Kältewelle mussten ermittelt und Gegenmaßnahmen ergriffen werden. Doch wer war schon zuständig für eine unerwartete Wetterveränderung?

Gehörte die Fragestellung, die Titus van Dijk aufwarf, zu »Klima«, »Wirtschaft«, »Verkehr«, »Forschung«, »internationale Zusammenarbeit«, »Umweltschutz«, »Gesundheit« oder »Bevölkerungssicherheit«? Statt das Thema einfach *irgendwo* zu verorten oder eine übergreifende Arbeitsgruppe zu bilden, warteten alle auf den Frühling.

Es war zum Verrücktwerden.

Auch seine Kontakte in den naheliegenden Hafenstädten – Bremen, Hamburg, Köln, Kopenhagen, Dover, Calais – wussten nicht, wer auf einer grundsätzlichen Ebene Untersuchungen zu der aktuellen Entwicklung anstellte.

Er drückte auf den Knopf der Gegensprechanlage. »Ein Slammers bitte«, sagte er erschöpft.

Sekunden später stellte die Assistentin ihm ein Tablett auf den Tisch, auf dem eine Dose des Energydrinks und ein Kristallglas standen. »Ich habe noch einen *Koetjesreep* dazugelegt«, sagte sie.

Titus griff nach dem Schokoriegel. »Schokolade mit Traubenzucker zum Aufputschdrink. Yeah. Mein Kardiologe wäre anderer Meinung, aber ich bin begeistert.«

Er aß, trank, dachte nach.

Wenn die EU schon nichts unternahm – welches Land hatte die größten Probleme durch die Eiszeit? Und welches Land war am besten darin, Probleme mit viel Geld und Manpower zu bewältigen?

Genau!

Titus schlug die Nummer der deutschen Botschaft nach. Er hätte auch direkt in Berlin anrufen können, vielleicht beim Bundespresseamt oder dem Verkehrsministerium. Aber in Den Haag hatte der Name van Dijk mehr Klang.

Aus Den Haag leitete man ihn, wie vermutet, nach Berlin weiter, ins Innenministerium. Dort musste eine Mitarbeiterin intern nachfragen, dann stellte sie ihn durch.

Titus malte Kringel auf seinen Block, um die er anschließend Quadrate zeichnete.

»Da geht keiner ran. Moment bitte, ich versuche es noch einmal.«

Wieder landete er in der Warteschleife, malte Kringel, dann Quadrate.

»Tut mir leid. Augenblick, ich habe hier eine zweite Nummer.« Klick. Warteschleife.

»Hollmer?«

Zuerst reagierte Titus gar nicht, sondern malte einfach weiter.

»Hallo? Ist da jemand?«, fragte eine Frauenstimme.

»Oh! Entschuldigung!« Er hatte gar nicht mehr damit gerechnet, dass ein Mensch abnahm. Schon gar nicht zur Mittagszeit. Kurz umriss Titus sein Anliegen: »Ich bin Geschäftsführer der zweitgrößten Reederei Europas, für uns ist die aktuelle Wetterlage natürlich eine Katastrophe. Wir möchten daher einerseits unsere Unterstützung und Ressourcen bei der Suche nach Ursachen und Lösungen anbieten. Andererseits haben wir natürlich großes Interesse daran, möglichst schnell über belastbare Informationen zu verfügen. Sind Sie dafür meine Ansprechpartnerin?«

»Ja, das kann gut sein. Wir haben hier im Innenministerium gerade einen Krisenstab einberufen, um das Problem interdisziplinär anzugehen. Sie können sich ja vorstellen, dass wir gerade sehr viel um die Ohren haben. Am besten schicken Sie uns eine Mail mit Ihren Vorschlägen«, sagte die Frauenstimme. Im Hintergrund war das Rascheln von Papier zu hören. Sie rasselte eine Internetadresse herunter, dann legte sie auf.

Titus starrte entgeistert den Hörer an.

Dann gab er die Internetadresse in die Suchmaschine ein, so gut er sich erinnern konnte. Aha. »… zu gewährleisten, dass alle Bedürfnisse sämtlicher Bevölkerungsschichten sowie des Einzelhandels, des Mittelstands und der Industrie … zwölf engagierte, fachkundige Teilnehmende aus den unterschiedlichsten Bereichen …« Es folgte eine Liste der Krisenstabsmitglieder. Vier Frauen. Beim Lesen erkannte er den Namen wieder, den seine Gesprächspartnerin genannt hatte: Hollmer, Jana. Doktorin der Geophysik. Daneben ein Foto. *Zag er heel goed uit* – im Gegensatz zu den anderen tat sie den Augen nicht weh.

Unten auf der Seite fand er ein Mailformular. Er trug seine Kontaktdaten und sein Angebot ein, drückte auf »senden«. *Woosch.*

Es folgte ein Ping, eine Fehlermeldung: *The email account you tried to reach does not exist.*

Im Impressum war nur die zentrale Rufnummer des Ministeriums des Innern und für Heimat sowie dessen Straßenadresse angegeben. Er wählte die Nummer. Besetzt.

Kiel, 15:20 Uhr, -18,4 Grad

»Anton! Eric! Anton! Kommt mal! Kommt mal in die Küche!« Lulus Stimme hallte durchs Haus. Doch sie klang keineswegs alarmiert, sondern so fröhlich und kraftvoll wie lange nicht. »Anton! Eric!«

Anton hatte auf dem Sofa im Wohnzimmer auf seinem Tablet die neuesten Nachrichten gelesen. »Doom-Scrolling« nannte Lulu es, wenn sich eine negative Schlagzeile an die nächste reihte. Und trotzdem konnte man nicht aufhören. Je länger es so ging, desto größer die Hoffnung auf einen Lichtblick.

Eric rief aus seinem Büro: »Ist es wichtig?«

Lulu rief zurück: »Ja! Du musst sofort kommen!«

Anton schlug die Decke zurück, schlüpfte in die Pantoffeln und schlappte in die Küche.

Lulu stand strahlend am Küchentisch. Vor ihr auf der Tischplatte lag eine Papiertüte.

»Eric!«, rief sie noch einmal lauter. »Eric!«

»Ich komm ja schon. Ich komme.«

Eric kam zur Küchentür herein. Im Vorbeigehen wuschelte er Anton durch die kurzen Haare. »Ist der Herr auch wieder aufgewacht?«, stichelte er.

»Blödmann«, knurrte Anton. »Ich hab nicht geschlafen, ich hab gelesen.«

»Natürlich. Mit geschlossenen Augen und offenem …«

»Ruhe! Ruhe, alle beide!«, rief Lulu. Vor lauter Aufregung hopste sie von einem Fuß auf den anderen. »Hier, fasst mal an«, sagte sie dann und deutete auf die Tüte, die vor ihr lag.

Eric legte seine Hand darauf, dann schloss er unwillkürlich

die Augen. Von einem Moment zum anderen änderte sich die Stimmung im Raum. Anton trag näher, legte seine Hand neben Erics.

In der Tüte war etwas Warmes mit einer festen, unebenen Kruste.

»Es ist noch warm! Es ist noch ganz warm!«, sprudelte Lulu aufgeregt. »Frisch aus dem Ofen.«

»Wo hast du das denn her?«, fragte Anton.

Seit Monaten schon hatten die Bäckereien in Kiel geschlossen. Brot gab es nur noch abgepackt im Supermarkt.

»Die Fördebäckerei hatte auf, einfach so. Es gab eine lange Schlange, aber der Sohn der Besitzer geht in meine Stufe. Er hat mich hinten reingewunken, und …« Mit beiden Händen deutete sie auf die Brottüte, die vor ihnen auf dem Tisch lag.

Tränen traten Lulu in die Augen. Sie zeigte nur selten, wie sehr die Situation sie belastete. Welche Ängste sie ausstand, welche Sorgen sie sich machte.

Anton warf Eric einen Blick zu. Beide traten näher an ihre Tochter heran und legten ihr die Hände auf die Schultern.

Ungeduldig wischte sich Lulu die Tränen aus dem Gesicht, dann riss sie die Tüte auf. »Los, wir essen das jetzt, jetzt gleich«, sagte sie trotzig.

Anton ging zum Kühlschrank, holte Butter und Käse heraus.

»Moment, ich hab da noch was«, sagte Eric und verschwand in der Speisekammer.

Lulu stellte Teller auf den Tisch. Dann nahm sie das Brotmesser, legte das Krustenbrot auf ein Holzbrett und begann, dicke Scheiben zu schneiden.

»Hier, wusste ich's doch!« Eric kehrte mit einem Glas

selbstgekochter Himbeermarmelade zurück. »Das letzte. Zur Feier des Tages.«

Mit einem Ploppen öffnete er das Glas, stellte es auf den Tisch.

Anton verteilte Messer. Schweigend schmierten sie ihre Brote, strichen Marmelade darauf, bissen ab. Das Krachen der Kruste, die sanfte Wärme des Teigs, dazu die intensiv-sommerliche Fruchtigkeit der Marmelade … Anton schloss die Augen. »Mmhm«, machte er und kaute langsam.

Lulu schniefte. »Ich wünschte, alles wäre wieder wie früher«, sagte sie. »Normal und so.«

Eric seufzte. »Es wird bestimmt bald wieder besser.«

»Das sagst du immer. Aber wann ist bald? Und selbst wenn endlich das Eis schmilzt – dann geht die Welt trotzdem unter.«

Anton legte sein angebissenes Brot zurück auf den Teller. Ihm war der Appetit vergangen.

Amsterdam Centraal, 16:04 Uhr, -19,2 Grad

Weiter im Büro rumzusitzen brachte sowieso nichts. Also hatte sich Titus entschieden, nach Berlin zu reisen. Unternehmer hießen so, weil sie etwas unternahmen.

Passagierflüge wurden schon seit Längerem nicht mehr durchgeführt. KLM hatte sämtliche Mitarbeiter in Kurzarbeit geschickt.

Mit dem Auto würde er wenige Kilometer nach Verlassen der Stadt stecken bleiben.

Also war der Zug seine beste Option. Eigentlich hätte der ICE International nach Duisburg bereits vor zehn Minuten abfahren sollen. Doch in diesen Zeiten konnte er froh sein, dass überhaupt ein Zug am Gleis stand.

Titus steckte das Ladegerät seines Laptops ein, aber natürlich blieb das Lämpchen aus. Bei Stillstand des Zuges waren vermutlich sämtliche Verbraucher gesperrt.

Der Zugbegleiter brachte ihm den bestellten Cognac an seinen Platz in der ersten Klasse. »Gleich geht es los«, behauptete er.

Durch das Wagenfenster konnte Titus zahlreiche Mitarbeiter auf dem Bahnsteig sehen. Sie besprühten den unteren Teil der Waggons sowie die Räder und Gleise mit Enteiser. Durch die Klimaanlage zog ein süßlicher Geruch herein.

Titus schnupperte am Cognac. Nicht der beste, aber für eine Bahnfahrt nicht schlecht. Er nippte, genoss die Wärme, die sich in seiner Mundhöhle ausbreitete, dann kippte er mit einem Ruck das ganze Glas hinterher. Ah! Wenn es so etwas wie ein sanftes Brennen gab, dann entstand es beim Herabrinnen eines Cognacs durch die Speiseröhre.

Mit einem Summen erwachte der Zug zum Leben. Es folgte ein leichtes Zucken, doch noch standen sie. Das Summen nahm zu, eine Vibration schien Boden, Wände, Sitzreihen zu erfassen.

»Bitte nehmen Sie Ihre Plätze ein oder halten Sie sich fest, bei der Anfahrt kann ein Ruck entstehen«, donnerte plötzlich viel zu laut eine Ansage durch den Raum.

Und dann ging es auch schon los. Der Antrieb begann zu heulen, zerrte spürbar am Zug, und dann setzten sich abrupt die Räder in Bewegung, die vermutlich festgefroren gewesen waren. Es knirschte und krachte.

Titus' Tasche rutschte vom Sitz und fiel zu Boden. Überraschend schnell schossen sie aus dem Bahnhof, beschleunigten weiter, dann normalisierte sich das Tempo. Über das Oosterdokseiland, an der Dijksgracht entlang, das *Havengebied* blieb links zurück, dann ging es zwischen Amsteldorp und dem Amstelkwartier hindurch. Auf der folgenden Geraden Richtung Utrecht legte der Zug wieder stetig an Tempo zu.

Die Welt draußen schien wie erstarrt. Kein Auto, kein Mensch, kein Tier. Nicht mal eine Möwe. Über Arnheim ging es Richtung Deutschland. Kurz hinter Babberich querten sie die Grenze, von hier war es noch etwa eine halbe Stunde bis Duisburg.

»Sagen Sie«, stoppte Titus den Zugbegleiter, »werde ich meinen Anschluss in Duisburg bekommen?«

»Ja, der Anschlusszug wartet dort. Aber beeilen Sie sich sicherheitshalber mit dem Umsteigen.«

»Okay, danke.« Titus klappte seinen Laptop wieder zu. Er hatte ohnehin nicht gearbeitet, sondern nur zum Fenster hinausgestarrt. Er war froh, in den Zug gestiegen zu sein. Endlich war er aus der Schockstarre ins Tun gekommen.

Er hatte es satt, handlungsunfähig am Schreibtisch zu sitzen. Deshalb hatte er beschlossen, dieser Jana Hollmer in Berlin einen Besuch abzustatten. Wenn er erst mal dort war, würden sie ihn schon nicht gleich rauswerfen, sondern wenigstens mit ihm reden. Er konnte den Stand der Dinge in Erfahrung bringen und mit welchen Maßnahmen zu rechnen war. Allein damit würde er sich und der Reederei einen massiven Vorteil verschaffen können, weil er direkt an der Quelle saß. Und vielleicht könnte er sich irgendwie weiter in die Untersuchung einbringen, zum Beispiel mit internationalen Kontakten. Das wäre optimal.

Nach einem solchen Erfolg würde ihm Johannes eine angemessene Position nicht mehr vorenthalten können.

Er steckte den Laptop und die Unterlagen in die Tasche, hängte sie über den Griff des Rollkoffers, schlüpfte in Pullover und Mantel, legte seinen Schal um, zog die Handschuhe an und ging zur Tür. »Ausstieg in Fahrtrichtung links!«

Der leuchtend rote Regionalexpress nach Hamm wartete bereits auf dem Gleis gegenüber. Die kalte Luft biss in seine Wangen, ließ seine Augen tränen, da war er auch schon wieder eingestiegen und suchte sich einen Platz. Nach Hamm dauerte es eine Stunde, dort würde er dann wieder in einen ICE wechseln, der kurz vor Mitternacht Berlin erreichte.

Es war nicht die komfortabelste, aber mit Abstand die schnellste Verbindung in die deutsche Hauptstadt. Und die Sitze waren weniger unbequem, als er befürchtet hatte.

Allerdings war es im deutschen RE deutlich kälter als im niederländischen ICE. Vor den Wagen der zweiten Klasse standen etliche Passagiere, in die erste waren außer ihm nur ein weiterer Geschäftsmann und eine ältere Dame eingestiegen. Titus wählte einen Fensterplatz in der Wagenmitte des oberen Bereichs, behielt aber seinen Mantel vorläufig an.

Auch dieser Zug musste enteist werden, erst dann fuhr er los. Draußen wurde es mittlerweile dunkel. Mülheim, Essen, Wattenscheid, Bochum … alle fünf bis zehn Minute hielt der Bummelzug, die Türen öffneten sich, eisige Luft drang hinein.

Sie erreichten Dortmund, dann Kamen. Titus warf einen Blick auf seinen Ausdruck. Noch zwei Stationen, dann käme Hamm.

Doch auf einmal quietschten die Bremsen, Titus wurde in seinen Sitz gepresst, der Zug blieb stehen, das Licht erlosch.

Er zog sein Handy heraus, schaltete die Taschenlampe ein.

Das Fenster war mit einer dünnen Eisschicht überzogen, die den Blick behinderte. In der Ferne funkelten einige Lichtpunkte.

Er schaltete die Taschenlampe wieder aus, um Akku zu sparen.

»… -fall. Wir bemühen uns … -kräfte!«, schepperte es aus den Lautsprechern.

Titus tastete nach seiner Laptoptasche und dem Rollkoffer. Beide noch da. Er stand auf, zog den Mantel enger um die Schultern, setzte sich wieder.

Plötzlich erwachten einige Lichtstreifen an der Decke wieder zum Leben, gleichzeitig öffneten sich mit einem Zischen die Türen. Dann erlosch das Licht wieder. Ein kalter Hauch zog zu ihm empor.

Er schaltete die Taschenlampe wieder ein, ging Richtung Waggon-Ende. Tatsächlich: Beide Türen standen offen.

Der Lautsprecher knisterte und rauschte, aber es war kein Wort zu verstehen.

Was sollte er nun tun? Er ging die Treppe hinunter, schaute in das untere Zugabteil. Kein Mensch. Er zog am Griff der Tür zum nächsten Waggon, doch die rührte sich nicht.

Sollte er aussteigen oder lieber nicht? Was, wenn sich die Türen dann wieder schlossen und der Zug ohne ihn abfuhr?

Titus kehrte an seinem Platz zurück. Hatte es einen Unfall gegeben, würde der Zug sich bald wieder in Bewegung setzen? Sollte er seine Frau anrufen?

Wieder flackerte das Licht, dann blieb es an. Der Zug begann deutlich zu vibrieren, setzte sich aber nicht in Fahrt. Die Türen schlossen sich, dann öffneten sie sich wieder. Sie schlossen sich, öffneten sich wieder. Das Licht erlosch, die Vibration verklang.

Titus umklammerte mit der einen Hand den Griff seines Rollkoffers, mit der anderen seine Sitzlehne.

Es wurde immer kälter. Er konnte spüren, wie die Kälte seine Beine erreichte. Seine Waden erstarrten, die Knie schmerzten. Es fühlte sich an, als würden die Wände des Zuges sich auf ihn zubewegen, ihn erdrücken.

Berlin, 19:45 Uhr, -22,3 Grad

»Oh mein Gott, ja!« Jana griff begeistert nach dem Löffel. Ihre grünen Augen funkelten begeistert.

»Chili sin Carne mit Seitanschnetzeln, Schmand und geriebenem Käse«, verkündete Clemens mit einem zufriedenen Lächeln.

»Kannst du Gedanken lesen? Mir ist schon den ganzen Tag sowas von kalt!«

»Das habe ich tatsächlich vorhergesehen«, sagte Clemens. »Möchtest du ein Bier dazu?«

»Nein, auf keinen Fall. Vielleicht einen Tee. Aber hinterher reicht.«

»Okay, dann guten Appetit.«

Jana schaute schuldbewusst auf. Sie hatte ihren Teller bereits halb leer gegessen. »Dir auch. Wie lief's denn bei dir heute?«

Er zuckte mit den Achseln. »Ich hab versucht, Holz zu bestellen. Zum Heizen. Die Wache wurde ja früher komplett mit Öfen beheizt. Letzten Winter, während der Gasknappheit, ging das sehr gut. Da habe ich bestimmt knapp zweitausend Euro Heizkosten gespart. Aber jetzt ist der Markt wie leergefegt. Es gibt keinen Scheit mehr. Weder in Berlin noch im

Umland. Ich habe mit einem befreundeten Förster telefoniert. Dem haben sie schon die ersten Bäume geklaut. Mitten in der Nacht kommen einfach Leute mit Kettensägen und ’nem Kleinlaster, fällen eine Eiche, zersägen sie, und am nächsten Morgen ist nur ein Baumstumpf übrig. Irre. Dabei kannst du mit dem frischen Holz nicht mal vernünftig heizen.«

Er stand auf und holte ein Bier aus dem Kühlschrank. »Doch eins?«, fragte er Jana.

Die schüttelte den Kopf. »Ich nehm gern noch eine halbe Portion Chili. Das schmeckt echt lecker.«

»Gerne. Das liegt am Kalaharisalz.« Clemens ging mit ihrem Teller zum Herd.

»Am was?«

»Kalaharisalz. Aus der Wüste. Schmeckt besonders intensiv und aromatisch.« Er kehrte zum Tisch zurück. »Na ja, dann habe ich jedenfalls mit meinem Gaslieferanten telefoniert. So fing das nämlich eigentlich heute alles an, dass die mir eine außerordentliche Preiserhöhung geschickt haben. Obwohl mein Vertrag noch sechs Monate läuft. Sie behaupten, das ginge, weil die Regierung den Notstand erklärt hat. Dabei soll das doch die Menschen *ent*lasten – statt dass Großfirmen, auf die man angewiesen ist, jetzt noch mehr Kasse machen.

Jetzt überlege ich ernsthaft, wenn ich dafür keine Lösung finde, das Obergeschoss unbeheizt zu lassen und im Wohnzimmer zu schlafen. Sonst bin ich in zwei Monaten pleite, wenn es nicht mal langsam wärmer wird. Apropos: Habt ihr nun heute eine gute Idee gehabt, wie ihr den Winter aus Deutschland vertreibt?«

Jana zuckte mit den Achseln. »Ich glaube, ich habe ein paar interessante Daten gefunden, die erklären könnten, warum es kälter ist als erwartet. Aber ich weiß nicht, warum die Daten so sind, wie sie sind. In Deutschland ist die Erdkruste – die oberste Schicht der Erde, also der Boden unter unseren Füßen« – sie stampfte einmal auf – »etwa 30 bis 35 Kilometer dick. Ganz knapp zusammengefasst, sind es aktuell 38 bis 41 Kilometer, also etwa zehn Prozent mehr.«

»Hätte es dann nicht in den letzten Jahren auch immer schon so kalt sein müssen?«

»Genau«, sagte Jana. »Aber wenn es sich um eine *Veränderung* handelt, kommt es hin. Es ist zehn Prozent kälter und die Erdkruste ist zehn Prozent dicker. Nur: Warum würde sich eine Schicht 3500 Meter unter der Erdoberfläche auf einmal derart verändern?« Sie schüttelte den Kopf. »Ich kann es mir nicht erklären. Vermutlich sind die neuen Daten einfach nicht korrekt – oder die alten waren ungenau und die neuen sind genauer. So oder so beweist und erklärt es gar nichts.«

»Wie wird das überhaupt gemessen?«, fragte Clemens. »Man kann ja schlecht hinfahren und nachsehen.«

»Du sagst es. Die tiefste Bohrung in Deutschland wurde bis 1994 durchgeführt. Neun Kilometer. Dort unten ist es normalerweise 280 Grad heiß. Oh!«

Sie zog ihr Handy aus der Tasche, loggte sich in die Datenbank des Helmholz-Zentrums ein. »Interessant«, sagte sie. »Aktuell wurden nur 276 Grad gemessen. Also, ›nur‹ in Anführungszeichen.«

Sie legte das Smartphone wieder weg. »Die Russen haben es noch etwas tiefer geschafft, sie kamen auf gut zwölf Kilometer. Aus dem Loch stieg aber zu viel Hitze auf, deshalb ist es jetzt wieder versiegelt. Jedenfalls weiß man beispielsweise durch solche Bohrungen, wie die Erdkruste aufgebaut ist. Und natürlich durch viele andere Untersuchungen. Außerdem kann die ESA, die Europäische Raumfahrtbehörde, aus dem Weltraum das Gewicht der Erdkruste messen. Und da man die Dichte ungefähr kennt, kann man aus dem Gewicht die Dicke berechnen.«

»Also trotz Hightech keine besonders exakte Wissenschaft«, kommentierte Clemens. »Nachtisch? Ich habe Milchreis gekocht, wenn auch nicht bei 270 Grad. Mir war heute Mittag schon nach einer warmen Wohlfühlmahlzeit.«

Jana lächelte. »Ich sag's doch, du kannst meine Gedanken lesen.«

Peking, 02:35 Ortszeit,
(Zeitzone Berlin: 20:35 Uhr), +6,2 Grad

»Im vierten Quartal betrug der Umsatz der Digitalsparte 28,4 Milliarden Dollar bei einem Gewinn von 3,6 Milliarden Dollar«, erläuterte Wei Gao, der CFO von Huangs Beteiligungsgesellschaften. Huang wollte sich vor seinem Abflug am nächsten Morgen einen aktuellen Überblick über die gegenwärtige Geschäftslage verschaffen.

Gao trug einen schwarzen Anzug. Darunter ein frisches Hemd, doch sein Haar stand etwas widerspenstig ab. Der Blick zuckte unruhig. Sicher hatte der seit Huangs Anruf am frühen Nachmittag durchgearbeitet. Huang war das egal. Er erwartete von allen anderen dasselbe wie von sich selbst: jederzeit die Bereitschaft zu Höchstleistungen.

»Der Umsatz der Automobilsparte betrug 17,2 Milliarden Dollar bei einem Gewinn von 1,4 Milliarden Dollar. Commerce – ohne den digitalen Handel – lag bei 8,9 Milliarden bzw. 2,6 Milliarden Dollar. Immobilien und weitere Anlagen brachten es auf einen Umsatz von 2,8 Milliarden Dollar und lösten dabei einen Verlust von 0,6 Milliarden aus.«

Huang schaute auf. »Für das laufende Quartal wurden bereits die entsprechenden Umschichtungen ausgelöst«, versicherte der Chief Financial Officer – der kaufmännische Geschäftsführer – hektisch.

Huang grunzte.

»Die Umsätze aus dem Rohstoffhandel belaufen sich auf 41,2 Milliarden Dollar, der Gewinn beträgt 9,7 Milliarden«, fuhr Gao fort. »Die Entnahmen für die Tiantan Residence betrugen 0,04 Milliarden, für Tiantan Science 18,6 Milliarden.«

Gao schaute auf seinen Ausdruck. »Für das laufende Quartal rechnen wir …«, begann er.

»Ja. Gut. *Xièxiè*«, sagte Huang. *Danke.*

Wei Gao verneigte sich hastig und entfernte sich im Rückwärtsgang.

Berlin, 21:27 Uhr, -22,4 Grad

Jana warf einen Blick auf das Display, dann nahm sie den Anruf an. »Hallo, Pia.«

Sie deckte das Mikrofon ihres Handys mit der Hand ab und flüsterte: »Meine Schwester!« Dann deutete sie in Richtung Treppe.

Clemens blieb in der Küche sitzen, er schnupperte gerade an einigen selbstgebrannten Schnäpsen und versorgte nebenbei Alexandra mit Leckerlis.

»Warte, ich geh kurz hoch. Moment«, sagte Jana.

»Hoch? Wohin?«

»Ich bin noch bei Clemens.«

»Wieso denn das? Ich dachte, du wärst schon wieder zurück in Leipzig.«

»Das dachte ich auch. Aber sie haben aus unserer kompetenten kleinen Kommission einen großen Krisenstab gemacht. Wir sind jetzt zwölf Leute aus den unterschiedlichsten Fachbereichen, die alle keine Ahnung haben, warum es so verflucht kalt ist oder was man dagegen tun könnte. Außer den Wirtschaftsfuzzis natürlich, die sind für eine Senkung des Spitzensteuersatzes und mehr Investitionen der öffentlichen Hand, um die Nachfrage anzukurbeln. Wie geht's dir? Und Charlotte, und Till?«

»Letztes Wochenende ist die Heizung ausgefallen, da mussten wir spontan zu Tills Eltern. Und in der Eile haben wir nicht dran gedacht, wie schnell das Haus auskühlt, und dann ist Lottis Goldfisch erfroren. Also, genau genommen ist das ganze Aquarium vereist und dann natürlich schön geplatzt. Das war Mist. Heizung ist jetzt wieder repariert. Es dauert ganz schön lang, so ein Haus wieder durchzuwärmen, wenn es einmal ausgekühlt ist. Bist du jetzt allein?«

Jana hatte die Schlafzimmertür hinter sich zugezogen und ließ sich rücklings aufs Bett sinken. »Ja, bin ich.«

»Du wohnst also bei ihm? Bist nicht ins Hotel gegangen?«, fragte ihre Schwester erstaunt.

»Ja. Es war gar keine Zeit, darüber nachzudenken. Sie haben uns gestern Morgen informiert, heute war ich den ganzen Tag im Büro und habe recherchiert.«

»Das hört sich nicht anders an als sonst.«

»Mach dich nur lustig. Aber ich … es ist komisch. Clemens ist ein super Typ. Bisschen rustikal manchmal, aber total korrekt. Er versteht sich gut mit Alexandra, kann kochen …«

»… ist gut im Bett.«

»Ich erzähl dir nie wieder was!«

»Ach, komm schon, als wäre das unwichtig.«

»Es ist mir nur … Heute Abend bin ich nach Hause gekommen, es gab Chili sin Carne, alles prima, schmeckte klasse, war genau das, wonach mir war – aber es war eben auch ein bisschen, als wären wir ein echtes Paar. Wie Till und du. Also, nichts gegen euch, aber mir ist das zu eng. Noch.«

»Das sagst du jetzt. Vielleicht müsstest du dich nur mal darauf einlassen.«

»Ja. Nee. Ach, was weiß ich.« Sie drehte sich auf den Bauch, starrte aus dem Fenster. Leise kratzten die Äste eines Baumes über die dünne Eisschicht. »Ich sag ja gar nichts. Er freut sich voll. Aber ich fürchte, irgendwann raste ich einfach aus. Weißt du, es war doch gut so, wie es war. Einmal alle zwei Wochen, ab und zu auch zwischendurch, und davon abgesehen hat jeder sein eigenes Leben. Jetzt hocken wir hier so aufeinander und … ich meine, ist es nicht komisch, dass ich mich zum Telefonieren verstecken muss? Und nicht sitzen bleiben kann?«

»Das ist deine Entscheidung. Du hättest sitzen bleiben können.«

»Klar, dann würden wir jetzt immer noch über das Wetter und eure Heizung reden.«

»Weiß er eigentlich, dass du eine Schwester hast?«, fragte Pia.

»Klar«, sagte Jana. »Es geht doch nicht darum, absichtlich Geheimnisse voreinander zu haben.«

»Worum geht es dir denn dann?«

Das war eine sehr gute Frage. Jana wusste es selbst nicht genau. Vielleicht hatte die Antwort damit zu tun, dass ihre Eltern sich hatten scheiden lassen, als Pia und sie mitten in der Pubertät waren. Die Schwestern schienen sehr unterschiedliche Schlüsse daraus gezogen zu haben.

BZ, Leserbriefe

Leider gibt es in den umliegenden Supermärkten seit geraumer Zeit kein Nassfutter mehr für meine Katze zu kaufen. Die Verkäufer sagen, das hat mit dem Wetter zu tun. Die Katzenfutterhersteller können bei der Kälte kein Katzenfutter produzieren. Oder es kann nicht geliefert werden. Jedenfalls soll ich Hundefutter kaufen.

Meiner Katze nur Trockenfutter zu geben kommt nicht infrage, weil das schlecht ist für die Nieren. Aber Hundefutter für Katzen? Aber was sollte ich machen? Also habe ich es probiert, aber meine Katze mag das Hundefutter nicht. Ich kann das verstehen, es hat viel größere Stücke und riecht auch nicht so gut.

Ich wüsste gern, wann die Regierung etwas unternimmt. Energielieferanten werden verstaatlicht, warum nicht auch Katzenfutterhersteller? Schließlich ist es die Aufgabe der Regierung, dafür zu sorgen, dass die Bürger zufrieden sind und keine Revolution wollen. Und ich bin zufrieden, wenn meine Katze zufrieden ist! Es muss doch möglich sein, Katzenfutter in Berlin zu verkaufen.

Ich habe auch den Hersteller angerufen unter der Nummer, die auf der Packung steht. Sie haben gesagt, ich könnte nach Spandau fahren, dort gibt es wohl Katzenfutter. Nach Spandau! Warum gibt es in Spandau Katzenfutter, aber nicht in Reinickendorf? So kann es nicht weitergehen.

Vor allem dachte ich immer, die Hundefutterhersteller und die Katzenfutterhersteller, das wäre eine Firma. Das ist aber wohl gar nicht so. Wäre es nicht viel günstiger, Hundefutter und Katzenfutter in einem Werk zu produzieren und zusammen auszuliefern? Wo Hundehalter wohnen, wohnen doch auch Katzenhalter. Deswegen bin ich der Meinung, die Regierung muss das organisieren, dann passiert so etwas nicht mehr.

Eine treue Leserin

<u>*EXPRESS*</u>

WINTER-WAHNSINN IM WAHNSINNS-WINTER!

Die Kälte macht uns alle verrückt! Der Dachverband Gemeindepsychiatrie, das Aktionsbündnis Seelische Gesundheit sowie der Verband der Krankenkassen Deutschland gaben bekannt, dass gemäß einer gemeinsamen Studie die Zahl der Anrufer mit psychischen Problemen bei Hotlines im aktuellen Winter deutlich höher liegt als in den Vergleichsmonaten aus dem Vorjahr. Bis zu 1500 Menschen mehr pro Tag wandten sich an die Fachleute. Deswegen fordert EXPRESS den vereinfachten Zugang zu Psychopharmaka – einfach per Anruf beim Hausarzt, ohne aufwändiges Diagnoseverfahren.

<u>*ZEIT*</u>

Interview mit Dr. Susanne Würstl, Mitautorin einer Untersuchung über Lobbybemühungen von klimaschädlichen Unternehmen

Seit Jahren sehen wir Fotos von Bränden, Dürren und Überflutungen in den Medien. Auf einmal ist Mitteleuropa unter einer Schneedecke begraben. Haben diese Bilder vielleicht auch etwas Beruhigendes?

Alle diese Bilder zeigen, was Klimajournalist*innen und Wissenschaftler*innen schon seit Jahren sagen, nämlich, dass erst eine Katastrophe passieren muss, bevor die Leute aufwachen. Ich befürchte sogar, dass Sie recht haben und die aktuelle Entwicklung eher als Entwarnung gesehen wird. Der stille Schnee deckt alles zu.

Ist die Lage denn besser geworden?

Nein. Das Klima – und in der Folge dann das Wetter – ist außer Kontrolle geraten. Das sehen wir ganz aktuell.

Was genau unterscheidet Wetter und Klima?

»Klima« bezeichnet langfristige Muster. »Wetter« ist das Wetter von heute, gestern oder morgen. Die kurzfristigen und langfristigen Entwicklungen müssen nicht offensichtlich zueinanderpassen. Es kann insgesamt trockener werden, aber trotzdem häufiger zu Starkregenereignissen kommen. Oder die Erde erwärmt sich, wir erleben hier aber den kältesten Winter seit Beginn der Aufzeichnung der Wetterdaten.

Das ist nicht leicht nachzuvollziehen. Sie und Ihre Mitautorinnen und -autoren behaupten zudem, dass internationale Unternehmen und ihre Lobbyverbände es darauf anlegen, wissenschaftliche Informationen in Misskredit zu bringen.

Es geht um Milliarden-, langfristig sogar um Billiardengewinne. Stark vereinfacht: Wer sich nur dem eigenen Konto – oder dem Aktienkurs – verpflichtet sieht, hat gute Gründe zu lügen. Sie gründen gern sogenannte Think Tanks, die sich einen neutralen, wissenschaftlichen Anschein geben. Motto: »Das wird man doch wohl noch sagen dürfen!« In Wahrheit verbreiten sie aber gezielt Falschinformationen und schüren Ängste.

Warum tun sie das?

Es ist für viele Unternehmen oder auch manche Einzelpersonen besser, so weitermachen zu können wie bisher. Sie sagen sich – wortwörtlich! – »nach uns die Sintflut«.

Was haben Politik und Wissenschaft dem entgegenzusetzen?

Die Politik streckenweise nicht viel. Think Tanks und Lobbyisten bestimmen das Narrativ. Also beispielsweise Behauptungen wie »der Markt wird es richten«. Die Aussage geht auf Adam Smith und seine »unsichtbare Hand« zurück, die unter Idealbedingungen – die nie herrschen und die zu verhindern Konzerne Milliarden investieren – den optimalen Preis für eine Ware erzeugen würde. Nicht weniger, aber vor allem nicht mehr. Hier wird eine Erkenntnis wissentlich und absichtlich auf Bereiche verallgemeinert, für die sie nicht zutrifft. Der Preis für Kugelschreiber lässt sich optimieren, der für Kindergartenplätze oder Krebstherapien nur sehr begrenzt, weil beispielsweise pädagogische oder moralische Kriterien eine Rolle spielen sollten.

Die Forschung tut, was sie kann. Aber Wissenschaftler sind leider besser darin, Probleme zu benennen, als attraktive Lösungen vorzuschlagen.

Zu welchem Schluss kommt ihr?

Lobbyarbeit zu verbieten, ist unmöglich. Letztlich ist auch das, was ich hier tue, Lobbyarbeit – ich setze mich für ein Ziel ein. Deswegen müssen wir umgekehrt vorgehen: Lobbyarbeit muss transparenter werden. Die Finanzierungen müssen offengelegt werden. Ebenso sollten alle Treffen zwischen Unternehmern und Politikern sowie zwischen Lobbyisten und Politikern dokumentiert werden. Dann können die Bürger sehen: Ach so, die »Initiative Neue Soziale Markwirtschaft« ist ein Arbeit*geber*verband, das Europäische Institut für Klima und Energie unterhält enge Verbindungen zu Klimaleugnern und rechtsextremistischen Gruppierungen.

N24, Meldung

Das Oberlandesgericht Stuttgart schlug sich im Fall eines Hausbesitzers, der den Heizungshersteller Bosch verklagt hatte, auf die Seite der ortsansässigen Firma. Der Kläger hatte geltend gemacht, dass seine Wärmepumpe seit Monaten nicht mehr korrekt arbeitete und daher die kostenintensive elektrische Nachheizung anspringe. Er verlangte von der Herstellerfirma in einem Eilantrag die Übernahme der entstandenen Kosten. Das Gericht folgte der Argumentation der Anwälte des Konzerns, dass es sich nicht um einen Mangel- oder gar Konstruktionsfehler handele – die vor einigen Jahren vielfach mit hohen staatlichen Zuschüssen installierten Wärmepumpen liefern bis zu einer Außentemperatur von ca. -8 Grad genug Energie, um Wasser auf bis zu 50 Grad zu erhitzen.

Bosch machte geltend, dass das installierte Gerät ordnungsgemäß funktioniere. Dass es in Deutschland jemals zu einer derart langen Kälteperiode wie in diesem Winter kommen könnte, sei nicht absehbar gewesen. Darüber hinaus habe niemand den Kläger gezwungen, die Wärmepumpe zu erwerben. Dass sie aktuell für den geplanten Einsatz nicht nutzbar sei, läge nicht im Einflussbereich des Herstellers. Das Gericht folgte der Einschätzung und ergänzte: »Wenn Sie Kondome kaufen, es aber nicht zum Beischlaf kommt, können Sie das Verhütungsmittel schließlich auch nicht zurückgeben – das Nutzungsrisiko geht mit dem Erwerb auf den Käufer über.« Das Urteil ist noch nicht rechtskräftig.

Keine große Entdeckung wurde jemals ohne eine kühne Vermutung gemacht. – Isaac Newton

Samstag, 05. März

Berlin, 01:26 Uhr, -27 Grad

Die Wartezeit auf den nächsten ICE nach Berlin in Hamm hatte eine knappe halbe Stunde betragen. In einem Fastfood-Restaurant gegenüber vom Bahnhof hatte Titus sich bei einer heißen Schokolade aufgewärmt. Im Anschlusszug achtete er darauf, nicht wieder allein im Waggon zu sein.

Nach dem Enteisen fuhren sie ohne große Probleme über Bielefeld bis nach Hannover. Dort wurde aus technischen Gründen der Zug ausgewechselt. Titus griff seine Sachen und trat um kurz nach Mitternacht auf den Bahnsteig.

Es ging kein Wind, aber die Kälte umklammerte ihn und die Mitreisenden brutal. Alle hatten die Mützen tief ins Gesicht gezogen, die Schals festgezurrt, trugen zwei, drei Pullover und Mäntel übereinander, Handschuhe, Winterstiefel. Sie schlangen die Arme um die Oberkörper.

Kurz überlegte Titus, ob es wirklich so eine gute Idee gewesen war, nach Berlin zu fahren.

Vielleicht sollte er einfach hier in Hannover ins Hotel gehen und morgen weiterreisen.

Doch dann fuhr schon der neue Zug ans Gleis und er stieg ein. Er war offenbar kurzfristig eingesetzt worden – die Luft im Inneren war eisig, die Heizung lief auf vollen Touren. Nach vierzig Minuten hatten sie Wolfsburg erreicht, gut eine halbe Stunde später durchfuhren sie ohne Halt Stendal. Die Ortschaft war nur als kantige schwarze Schemen zu erahnen, nur zwei oder drei Fenster schimmerten sanft. Die Beleuchtung des Bahnhofs war aus Energiespargründen auf das Nötigste reduziert.

Titus steckte das Ladegerät seines Handys in die Steckdose

unter dem Sitz, doch das Ladesymbol erschien nicht auf dem Display. Er versuchte es mit der Steckdose auf der anderen Gangseite. Auch nichts.

Eine Zugbegleiterin kam durch den Waggon. »Der Strom wird nachts deaktiviert, sonst hätten wir nicht ausreichend Energie für Fahrtbetrieb und Heizung«, sagte sie.

Titus seufzte genervt. Er hatte gerade ein Hotel buchen wollen, aber ihm blieben nur noch 12 Prozent Akku. »Fast am Ziel. Denk an dich«, schrieb er seiner Frau. Dann aktivierte er den Stromsparmodus und steckte das Gerät ein.

Mit fünfundvierzig Minuten Verspätung hielten sie in Potsdam, schließlich am Berliner Hauptbahnhof. Benommen trat er auf den Bahnsteig, zerrte den Koffer hinter sich her wie ein unwilliges Kleinkind. Der Berliner Bahnhof war überdacht, es war wärmer als in Hannover. Er fuhr mit der Rolltreppe hinunter in die Wandelhalle, ging dann hinaus auf den Vorplatz.

Vor den Türen lagen Gummimatten, damit man nicht direkt lang hinschlug. So schnell es in Trippelschritten ging, überquerte er den Platz, marschierte in das erstbeste Hotel, legte die Firmenkreditkarte auf den Tresen und kroch keine fünf Minuten später unter eine Daunendecke, ohne auch nur die Zähne geputzt zu haben.

Peking, 8:30 Uhr Ortszeit (Zeitzone Berlin: 01:30 Uhr), +8 Grad

Die Haushälterin hatte Huangs Reisegepäck zusammengestellt. In Peking trug er stets einen schwarzen Anzug, ein helles Hemd, wenn auch keine Krawatte. Im Tschad war es für einen derart formellen Aufzug zu heiß und dreckig. Dort kleidete er sich in derbe Prada-Stiefel, eine Arc'teryx-Cargohose und ein Sonnenschutzhemd aus den Outdoor-Editionen von Armani oder Hermès. Dazu trug er, wo nötig, einen farblich passenden Sonnenhut aus festem Stoff. Baseball-Käppis, wie die Amerikaner sie trugen, verabscheute er.

Er trat vor seine Uhrensammlung. Rolex, Hublot, Panerai … gern trug er auf Reisen die Omega Speedmaster Moon Watch. Selbstverständlich besaß er das Original von Neil Armstrong.

Letztlich griff er dann doch zur kantigen Bell & Ross. Eine Sonderedition aus Titan, von der weltweit nur vier Exemplare gefertigt worden waren. Als er die Schnalle schließen wollte, glitt sie ihm aus den Fingern, fiel auf die Tischkante, dann zu Boden.

Huang bückte sich, musterte die Uhr, hielt sie ins Licht. Ein feiner Kratzer war am Rand des Glases zu sehen. Achtlos warf Huang die Bell & Ross in den Papierkorb und griff nach der Fortis B-42. Vielleicht sogar ohnehin die bessere Wahl. Die Bell & Ross hatte ihm nie richtig gefallen.

Berlin, 9:30 Uhr, -21,2 Grad

»Für morgen Nachmittag ist eine Bundespressekonferenz anberaumt, bei der die vorläufigen Ergebnisse Ihrer Arbeit präsentiert werden sollen«, begann Kanzleramtsminister Dominic Fischer die Sitzung. »Deshalb ist heute auch Evelyn Suzman hier, die Bundespressesprecherin.«

Suzman nickte grüßend.

»Das Ziel unseres heutigen Zusammenkommens ist einerseits die Präsentation Ihrer zwischenzeitlichen Arbeitsergebnisse sowie die Festlegung einer Empfehlung eines Maßnahmenkataloges. Herr Hildebrandt?«

Sie saßen im selben Raum auf denselben Plätzen wie beim ersten Treffen.

Hildebrandt hatte eine einsame Karteikarte vor sich liegen. »Das Verkehrsministerium empfiehlt zur Entlastung der Bürgerinnen und Bürger die zeitliche befristete Einführung des kostenfreien Nahverkehrs, wo dieser noch stattfindet, sowie die Aussetzung von Toll Collect, der sogenannten LKW-Maut, um Transporteure zu entlasten und somit die Güterversorgung der Bevölkerung sicherzustellen.«

Hildebrandt gab das Wort direkt an seine Sitznachbarin Dr. Antje Weizenegger aus dem Gesundheitsministerium weiter. »Es ist, witterungsbedingt erwartungsgemäß, eine Zunahme der Atemwegserkrankungen – vulgo Erkältungen – zu verzeichnen. Wir schlagen vor, die telefonische Krankschreibung wieder einzuführen, um unnötige Arztbesuche zu vermeiden. Außerdem sollten wir diskutieren, ob es logistisch möglich und finanziell darstellbar wäre, allen Bundesbürgerinnen und Bundesbürgern eine Monatspackung Multivitaminpräparate oder ähnliche Aufbaustoffe zukommen zu lassen, um die gesundheitliche Stabilisierung im Frühjahr zu fördern.«

Vinzent Schmid, der Biodiversitätsprofessor, übernahm. »Ich bin in keiner politischen Rolle hier«, begann er, »daher habe ich keinen Handlungsvorschlag. Ich kann Ihnen jedoch mitteilen, dass erste Auswertungen der Daten der Monate November, Dezember und Januar darauf hindeuten, dass das Artensterben sich weiter beschleunigt hat. Zahlreiche überwinternde Insekten haben den Kälteeinbruch schlicht nicht überlebt. Darüber, ob sie durch Neuzugänge aus umliegenden

Ländern ersetzt werden können und wie schnell dies vonstattengeht, lässt sich keine Spekulation anstellen. Es ist somit tendenziell davon auszugehen, dass die Bestäubungssituation im kommenden Sommer prekär sein wird. Oder anders gesagt: Selbst wenn das Eis schmilzt und der Schnee taut, könnte es sein, dass eine umfangreiche Landwirtschaft nicht erfolgreich zu leisten ist und somit weitere Nahrungsmittelnotstände eintreten. Auch mit Engpässen bei der Herstellung von Arzneimitteln ist zu rechnen, da diese zum Teil organische Bestandteile enthalten, deren Lieferbarkeit aus den eben genannten Gründen nicht sichergestellt werden kann.«

Fischer hakte nach: »Gibt es aktuell Maßnahmen, die ergriffen werden sollten?«

Schmid schüttelte den Kopf. »Es handelt sich, wie gesagt, um vorläufige Ergebnisse. Ob und inwieweit diese sich in die Zukunft fortschreiben lassen, ist derzeit offen. Sollten die Befürchtungen sich bewahrheiten, könnte es geboten sein, entsprechende Insektenstämme zu importieren, sofern möglich.«

Fischer machte eine Notiz. »Danke. Herr Franke?«

»Wir haben im Haus lange über unterschiedliche Maßnahmen zur Gewährleistung der Sicherheit und Stabilität diskutiert. Um ganz offen zu sprechen, herrscht selbst unter Fachleuten keine Einigkeit. Einerseits haben, einfach aufgrund der großen logistischen Schwierigkeiten, um die Sie alle wissen, die innereuropäischen Reisetätigkeiten erheblich abgenommen. Das Gleiche gilt für internationale Reisen aus und nach Mitteleuropa. Auch die Zahl der Reisen nach Nord- und Südeuropa hat sich verringert. Andererseits war im Dezember und Januar eine vermehrte Mobilität zu verzeichnen insofern, als Menschen versuchten, als besonders bedrohlich empfundenen Situationen auszuweichen und zum Beispiel in ein Nachbarland oder ein benachbartes Bundesland zu reisen. Unklar ist, ob eine Beibehaltung der Freizügigkeit langfristig zu einem Exodus besonders betroffener Regionen und einer Überlastung angrenzender Gebiete führen könnte – und diese insofern bereits prophylaktisch eingeschränkt werden sollte. Oder ob, ganz im Gegenteil, die Menschen auf diese Weise einen Teil der auftretenden Probleme eigenständig und ohne Nutzung zusätzlicher staatlicher Ressourcen lösen können. In diesem Falle wäre eine Beibehaltung der Reisefreiheit innerhalb der Bundesrepublik wie auch in die und aus den angrenzenden Ländern zu befürworten. Wir haben uns entschieden, das Thema in dieser Runde zur Diskussion zu stellen, sofern Interesse besteht. Unser Haus vertritt bis auf Weiteres eine Position der Ruhe und Gelassenheit – das heißt wir schlagen vor, sofern keine neuen Erkenntnisse zu berücksichtigen sind, die aktuelle Rechtslage unverändert zu lassen.«

Er schaute auf.

»Klar, mehr Regeln, mehr Überwachung – das ist Ihre Antwort auf alles«, bemerkte Paulina Neubaur, die stellvertretende Leiterin des Umweltausschusses im Bundestag.

»Besser, als überhaupt keine Antworten zu haben«, konterte Franke frontal.

»Aber es wäre doch schön, wenn das Innenministerium sich auch einmal zugunsten der Belange der Bürger engagieren würde und nicht nur immer die Politikerkaste schützt.«

»Wollen Sie etwa …«, setzte Franke an.

»Also bitte!«, rief Fischer die Streithähne zur Ordnung. »Herr Senwald?«

»Meine Kolleginnen und ich haben diverse Diskussionen auf den sozialen Medien analysiert. Der Tonfall wird härter.

Es ist die Rede von der ›Eisdiktatur‹, dem ›Frostkanzler‹ mit einem ›Herz aus Eis‹. Es kursieren Behauptungen, dass es sich um eine Klima-Verschwörung handele. Davon gibt es verschiedene Versionen. Eine besteht in der Behauptung, die Regierungen der Welt hätten seit Jahren gewusst, dass es kälter statt wärmer werden würde, und die Bürger falsch informiert. Eine andere besteht darin, dass Wissenschaftler die Wirkung von Kohlendioxid, Methan und anderen klimaschädlichen Gasen falsch eingeschätzt hätten – sie würden die Welt kälter machen, nicht wärmer. Wieder andere Personen behaupten, die Temperaturveränderung sei durch – ich zitiere – ›riesige Schneekanonen im Himmel‹ herbeigeführt, die Millionäre dort in ihren Flugzeugen herumflögen, damit wir dann – und ich zitiere erneut – ›ihre teure Scheiße kaufen, noch mehr von ihnen abhängig werden, und in ihre teuren Hotels im Warmen fahren, um zu überleben‹. Und dann gibt es natürlich diejenigen, die betonen, dass es schon immer kalte Winter gegeben habe, der Klimawandel sei eine Erfindung – ich zitiere noch einmal: ›Sieht man ja, erst sagen sie, es wird warm, jetzt sagen sie, es wird kalt, was denn nun?‹ Es wird zu Widerstand gegen die Regierung aufgerufen, zum Sturm auf den Bundestag, zu Angriffen auf einzelne Politiker, aber schon allein aufgrund der aktuellen Witterungslage – und hier spielt uns diese einmal in die Hände – fällt es den Gruppen schwer, echte Präsenz zu mobilisieren.«

Er gab das Wort weiter an Jana, die neben ihm saß.

»Möglicherweise habe ich eine Ursache für die dramatische Wetterveränderung ausfindig machen können«, begann sie noch etwas zögerlich. Es wurde stiller im Raum. Die gesamte Aufmerksamkeit richtete sich auf sie. »Sie wissen, dass die Erde im Inneren flüssig ist. Die Erdkruste – der Boden unter unseren Füßen – ist maximal 35 Kilometer dick. Diese Schicht ist fest. Darunter folgt der Erdmantel. Die obere Mantelschicht ist im Schnitt etwa 200, die untere sogar 2000 Kilometer dick. Dann kommt der Erdkern. Er besteht vor allem aus Eisen und Nickel. Was die meisten nicht wissen: Der äußere Erdkern ist flüssig, der innere fest. Der äußere Teil des Kerns misst bis zu 5000 Grad Celsius. Im Inneren herrschen sogar über 6000 Grad, aber der Druck ist höher.«

Sie ließ den Blick über die Gesichter den Anwesenden huschen.

»Okay. Wie dem auch sei. Die Übergänge zwischen den Schichten sind natürlich nicht eindeutig, sondern fließend. Nun haben neueste Messungen ergeben, dass die Kruste sich stellenweise verdickt hat. Es handelt sich hier natürlich nicht um gesicherte Erkenntnisse, und ich kann mir ehrlich gesagt selbst nicht erklären, wie es zu einer solchen abrupten Veränderung des Erdaufbaus kommen könnte, aber …«

»Jetzt hören Sie mal auf!« Bösing ließ sich laut lachend in seinem Stuhl zurückfallen. »Sie sind echt 'ne Marke. Erst legen Sie eine Kaserne in Schutt und Asche, und dann laufen Sie hier auf und behaupten, es sei kalt geworden in Deutschland, weil sich die Erdkruste mal eben kurzfristig verdickt hat?! Und als Nächstes wollen Sie uns vermutlich noch weismachen, dass die Russen unsere Freunde sind und man sich auf ihr Wort verlassen kann, was?«

Er schüttelte den Kopf, dann wandte er sich an den Vorsitzenden des Krisenstabs und sagte barsch: »Dominic, bei aller Freundschaft, ich habe nicht den ganzen Tag Zeit.«

Fischer wand sich. »Frau Dr. Hollmer, das sind, wie Ihnen sicher bewusst sein wird, außergewöhnliche Behauptungen. Vielleicht führen wir die laufende Gesprächsrunde erst einmal zu Ende, um im Anschluss über die wichtigsten Faktoren in die Diskussion zu kommen.«

»Aber ich kann Ihnen versichern …«

»Frau Neubaur?«

Paulina Neubaur zuckte zusammen. »Ich kann nur wiederholen, was ich schon seit Jahren wiederhole«, sagte sie und klang dabei fast schon von sich selbst gelangweilt. »Der Umgang mit Frauen in der Politik ist skandalös. Dieses Mundtotmachen der Kollegin Hollmer steht für die patriarchalisch dominierte Debattenkultur. Im Übrigen, und auch das sage ich nicht zum ersten Mal, müssen wir den menschgemachten Einfluss auf das Klima stoppen, nur dann hat die Welt eine Gelegenheit, ins Gleichgewicht zurückzufinden.« Sie schaute Senwald, den Kommunikationsexperten, der neben ihr saß, vorwurfsvoll an. »Wie kann es sein, dass das Wetter dermaßen aus den Fugen gerät und die Menschen es noch immer nicht verstehen? Ich höre immer nur ›Rettungsschirm für den Mittelstand und die Industrie‹ und ›Entlastung der Bürgerinnen und Bürger‹. Aber es muss doch darum gehen, dass alle endlich begreifen, dass wir nicht mehr weiterleben können wie bisher. Wir werden uns einschränken müssen – massiv! –, falls es nicht ohnehin schon zu spät ist!« Sie schüttelte den Kopf.

So kämpferisch ihre Worte gewählt waren, so müde und mutlos hatte Neubaur sie vorgetragen. Nach Jahren an der politischen Front schien sie von der aktuellen Entwicklung endgültig entmutigt worden zu sein.

Jana überlegte kurz, ob sie noch einmal das Wort ergreifen sollte, da begann Moritz Riemann-Dittmar vom DIW bereits zu sprechen. »Wie Sie sich vorstellen können«, tönte er, »hat die neue deutsche Eiszeit« – der Begriff hatte sich in den letzten Tagen in den Medien verbreitet, und Riemann-Dittmar nickte Senwald zu, als wäre das dessen Verdienst – »zu einem erheblichen Konjunktureinbruch geführt. Sogar das Weihnachtsgeschäft fiel, einschließlich online, so niedrig aus wie zuletzt vor fünfzehn Jahren! Insofern liegt auf der Hand, dass Wirtschaftsstimulationen durch Investitionen der öffentlichen Hand, Steuersenkungen und wahrscheinlich sogar durch eine direkte und ausdrückliche Aufforderung zum Konsum unumgänglich sein werden, um den Wirtschaftsstandort Deutschland noch zu retten.«

Neubaur vergrub den Kopf in den Händen, sagte aber nichts.

Bösing, der Marinevizeadmiral im steifen Don-Johnson-Look, übernahm. Doch diesmal lieferte er zu Janas Überraschung einen sinnvollen Beitrag: »Nach Maßgabe unserer Analysen besteht kein zusätzlicher Grund zur Sorge. Die der BRD militärisch überlegenen Player haben aktuell keinen Anlass, Begehrlichkeiten zu entwickeln. Zugleich ist, mit tragischen Ausnahmen,« – ein vorwurfsvoller Blick in Janas Richtung – »die militärische Infrastruktur ohnehin für Extrembedingungen ausgelegt und insofern von den derzeitigen Gegebenheiten nicht eingeschränkt. Dies ist möglichen Aggressoren selbstverständlich ebenfalls bewusst.«

Wo letztes Mal Catharina Esch aus dem Arbeitsministerium gesessen hatte, fand sich heute eine Vertretung. »Frau Esch bat mich aus Termin- sowie auch fachlichen Gründen, an ihrer Stelle an dieser Sitzung teilzunehmen. Mein Name ist Katja Beck. Ich bin stellvertretende Abteilungsleiterin der Abteilung II. In diesen Bereich fallen unter anderem das Bürgergeld und die Grundsicherung. Unsere Empfehlung besteht darin, um soziale Härten, aber auch mögliche bevorstehende soziale Unruhen zu vermeiden, erstens vorläufig befristet auf die kommenden drei Monate kurzfristig die Zahlungen an Empfängerinnen und Empfänger staatlicher Leistungen um 25 Prozent zu erhöhen, und zweitens die Bemessungsgrundlage ebenfalls um 25 Prozent anzuheben, sodass vor allem diejenigen, die unter Normalbedingungen gerade eben knapp über die Runden kommen, in dieser Ausnahmesituation ebenfalls – und zwar über ein vereinfachtes Antragsverfahren, wie es sich in der Coronakrise bewährt hat – die dringend notwendige Unterstützung erfahren.«

»Und wer soll das alles bitte bezahlen?«, fuhr Riemann-Dittmar sie an. »Das wird wieder eine Steuererhöhung durch die Hintertür!«

Er erhielt Beifall von unerwarteter Seite. »Ohne sachlich Position beziehen zu wollen«, erklärte Dirk Martius, der Verwaltungsfachmann, »so ist doch damit zu rechnen, dass eine im Eilverfahren umgesetzte derartige Maßnahme, wie wir es in der Vergangenheit ja bereits erlebt haben, nicht nur verfassungsrechtlich überprüft werden muss, sondern auch verfahrensrechtlich häufig angreifbar ist. Es hat sich bewährt, so hartherzig dies unmittelbar erscheinen mag, die Veränderung von Unterhaltshilfen vorab gründlich und umfassend zu prüfen.«

Erneut rief Fischer die Beteiligten zur Ordnung. »Meine Herren! Wir wissen Ihr Engagement zu würdigen. Und es ist genau der Zweck eines interdisziplinären Krisenstabs, die unterschiedlichen Positionen und Notwendigkeiten zu erfassen. Dennoch bitte ich Sie nachdrücklich, sich zu mäßigen! Vorerst geht es ausschließlich darum, dass die Bundesregierung, und insbesondere der Bundeskanzler, sich ein umfassendes Bild über möglicherweise sinnvolle oder notwendige

Maßnahmen – positiv wie negativ – machen möchte. Ich gehe davon aus, dass es auch nicht in Ihrem eigenen Interesse ist, wenn ich meinem Dienstherren rückmelden müsste, dass Sie die Findungsphase nachhaltig gestört haben.« Er sah Riemann-Dittmar an, der jedoch dem Blick des Kanzleramtsministers standhielt. Immerhin überwies ja auch nicht der Bund sein Gehalt.

Schließlich setzte Fischer die Runde fort. »Herr Professor Waas, bitte.«

Waas war derjenige, der zuvor bereits Franke vorgeworfen hatte, dem falschen Herrn zu dienen. »Nun, ich habe Ihnen leider wenig Neues und auch wenig Gutes zu berichten. Der Verbrauch fossiler Brennstoffe hat in den letzten Monaten in einem nie dagewesenen Maße zugenommen. Das ist natürlich auf den häuslichen und zum Teil den industriellen Energieverbrauch zurückzuführen. Es ist nachvollziehbar« – Blick zu seiner Sitznachbarin Katja Beck –, »dass die Menschen unter den hohen Kosten ächzen und der Wunsch besteht, sie zu entlasten. Allerdings führt das natürlich zu einem weiter anhaltenden hohen Energieverbrauch. Wobei die Alternative, es den Markt regeln zu lassen« – Blick zu Riemann-Dittmar –, »wieder eigene Probleme mit sich bringt. Wer sich entscheiden muss zwischen dem Kauf von Lebensmitteln und dem Aufdrehen der Heizung, gerät absehbar auf die eine oder andere Weise in Lebensgefahr.

Ein weiterer Aspekt, der bislang noch zu wenig diskutiert wird, ist die Tatsache, dass niedrige Temperaturen schädlich sind für viele regenerative Technologien. Die Wasserkraftwerke Iffezheim und Oldau wurden durch Vereisung schwer beschädigt. Um ähnliche Schäden zu vermeiden, mussten, wie Sie wissen, bereits vor Monaten zahlreiche Windkraftanlagen stillgelegt werden. Unsere Schätzungen gehen davon aus, dass mindestens die Hälfte der Windräder dennoch Reparaturbedarf aufweisen werden.

Solaranlagen, private wie gewerbliche, leiden ebenfalls unter den Tieftemperaturen. Zwar erzeugen sie in den wenigen Sonnenstunden durchaus Energie. Doch die Oberflächenbeschichtung ist nicht für dauerharte Minustemperaturen gemacht und altert schneller. Zudem sind herkömmliche Anlagen nicht für die gegenwärtige Schneelast ausgelegt – die Module können brechen. Noch stärker betroffen sind die Batterien von E-Autos sowie alle anderen Akkus, zum Beispiel die Zwischenspeicher von Solarpanels oder Erdwärmeheizungen. Ihre Speicherkapazität nimmt bei Kälte um 20 bis 50 Prozent ab. Zudem lässt Frost generell Stromspeicher leiden, auch herkömmliche Autobatterien. Das führt oft zu Startschwierigkeiten im Winter. Analog gilt dies natürlich ebenso für die Batterien von E-Autos. Fachleute vermuten, dass deren Speicherkapazität voraussichtlich dauerhaft abnehmen wird, wenn die aktuellen Temperaturen länger als vier Wochen anhalten. Die Lebensdauer könnte sich möglicherweise sogar halbieren. Der daraus resultierende volkswirtschaftliche Schaden ist derzeit kaum absehbar.

Die Zuschüsse für erneuerbare Techniken waren so kalkuliert, dass diese sich bei etwa 90 Prozent der zu erwartenden Laufzeit amortisiert hatten. Es ist nicht davon auszugehen, dass dies so eintreten wird.«

Riemann-Dittmar konnte nicht an sich halten: »Sie sagen das, als wäre es etwas Schlechtes. Aber das ist doch eine großartige Chance für die deutsche Wirtschaft! Wenn die Menschen hier investieren müssen, kurbelt das die Konjunktur …«

»Herr Riemann-Dittmar!«, warnte Fischer.

Gleichzeitig widersprach Beck scharf: »Sowas kann auch nur ein Gelddrucker wie Sie sagen! Wenn die Menschen kein Geld haben, wird es …«

»Frau Beck!«

Riemann-Dittmar presste empört die Lippen aufeinander, Beck schnaubte abschätzig.

»Danke, Herr Professor Waas. Gibt es aktuell etwas, das wir Ihrer Ansicht nach berücksichtigen sollten?«

Waas dachte kurz nach, schüttelte erst den Kopf, zuckte dann mit den Achseln. »Je weniger Energie wir verbrauchen, desto besser. Das gilt für fossile wie regenerative Energie. Aber das ist trivial, und momentan sehe ich nicht, wie wir darauf Einfluss nehmen könnten.«

Jetzt war es Ticheloven, der sich nicht mehr bremsen konnte. »Ich hätte dazu einen Vorschlag«, verkündete er.

»Gleich. Der Reihe nach, bitte«, sagte Fischer. »Herr Rieve?«

»Wir beobachten extremistische Gruppierungen, die sich vor allem in den sozialen Medien finden, aufmerksam. Manche verbreiten Falschinformationen, andere rufen – wie immer – zum Sturz der Regierung auf. Ironischerweise profitieren wir an dieser Front von der extremen Wetterlage. Die Menschen sind zwar unzufrieden und besorgt und damit anfällig für extremistische Positionen, aber sie zeigen kaum Bereitschaft, das Haus zu verlassen. Deswegen rechnen wir aktuell und bis zum Ende der Eiszeit nicht mit der Notwendigkeit, in dieser Hinsicht eingreifen zu müssen.

Wie Sie wissen, trägt unser Haus seit einigen Jahren auch den Begriff der ›Heimat‹ im Namen. Um der steigenden Unzufriedenheit und einem zunehmenden Gefühl der Abgesondertheit konstruktiv entgegenzuarbeiten, haben wir nunmehr eine Anzeigenkampagne beauftragt, die dazu beitragen soll, dass die Menschen Deutschland weiterhin als ihre Heimat auffassen, statt mit einem Auge auf andere Länder zu schielen und geistig die Koffer zu packen. Der Arbeitstitel der Kampagne lautet: ›Kalt, aber schön! Heimat Deutschland‹.

An den Außengrenzen bemerken wir derzeit keine außergewöhnlichen Aktivitäten. Die direkt angrenzenden Länder sind selbst von der Extremwetterlage betroffen. Die Nordeuropäer sind uns traditionell freundschaftlich verbunden. Aus Südeuropa gibt es derzeit nur wenig Anlass, die Reisefreiheit zu nutzen oder gar auszunutzen. Fluchtbewegungen *nach* Europa haben deutlich abgenommen, die Zahlen liegen um bis zu 98 Prozent unter denen der Vorjahresmonate. Umgekehrt verzeichnen wir erste Klimafluchtbewegungen in den Nahen und Fernen Osten sowie nach Afrika. Noch sind die Zahlen nicht hoch genug für verlässliche Aussagen. Spekulativ lässt sich sagen, dass es sich bei einem Teil der entsprechenden Personen um Rückkehrer handelt, also um Menschen, die zu einem früheren Zeitpunkt beispielsweise aus einem Staat des Nahen Ostens oder Nordafrikas nach Europa gereist sind, um hier Asyl zu beantragen. Ihnen ist es nicht zu verwehren, in ihre Heimatländer zurückzukehren, zugleich entlasten diese Entscheidungen das deutsche Verwaltungs- und Sozialsystem.

Bei einem weiteren Teil derjenigen, die diese nicht ganz einfachen Ausreisen auf sich nehmen – denn zahlreiche Staaten mit aktuell günstigeren Wetterbedingungen haben ihre Grenzen für Bürger der EU ohne beruflichen Reisegrund vorläufig geschlossen –, gehen wir ganz einfach davon aus, dass diese Personen trotz der deutschen oder einer anderen europäischen Staatsbürgerschaft entweder familiäre Bindungen an ihren Zielort haben, also beispielsweise Einwanderer-Kinder der zweiten oder sogar dritten Generation sind, dass sie früher oder später wieder nach Deutschland zurückkehren oder dass sie von ihrem Recht auf freie Wohnortwahl Gebrauch machen.

Selbstverständlich kooperieren wir in allen überstaatlichen Angelegenheiten voll und ganz mit den Drittstaaten. Insbesondere akzeptieren wir sämtliche rechtsgültigen Abschiebungen nach Deutschland.

Darüber hinaus haben uns einige der möglichen Fluchtstaaten gebeten, Scheinehen von Deutschen mit ihren Staatsbürgern zu verhindern. Diese ermöglichten nämlich die Einreise. Insbesondere Syrien, der Irak, Jemen, Pakistan, Ägypten, Tunesien und Marokko, aber auch die Republik Kongo kämpfen mit diesem Problem. In Anerkennung der langjährigen erfolgreichen Zusammenarbeit hat sich die Bundesregierung vorerst befristet auf ein Jahr bereit erklärt, Ehen mit Personen der genannten Staaten vorerst ausschließlich mit Gültigkeit in sechs Monaten zu schließen.«

Verrückt, dachte Jana. Jahrzehntelang rüstete Europa die Außengrenzen auf, um Flüchtlinge abzuwehren. Und nun lief es genau andersherum. Aufgrund der massiven Abkühlung war das Leben nun dort lebenswerter, wo es noch vor sechs Monaten zu heiß gewesen war.

Dirk Martius schloss sich an. »Wie eben schon gesagt, rät mein Haus dazu, alle etwaigen kurzfristigen Maßnahmen verfahrensrechtlich überprüfen zu lassen. So viel Zeit sollte sein. Ich darf Ihnen versichern, wir machen das nicht zum Spaß. Auch an uns geht diese Zeit nicht spurlos vorüber. Aber wenn die Vorschriften in einer solchen Situation auf einmal nichts zu bedeuten haben – wofür wären sie dann gut? Ich danke Ihnen.«

»Herr Ticheloven?«, wandte sich Fischer nun an den Soziologen, der schon seit Minuten ungeduldig auf seinem Stuhl umherrutschte, sich immer wieder die Haare hinter die Ohren strich, den Mund öffnete und schloss. Er benahm sich wie ein Schuljunge, der endlich einmal die richtige Lösung wusste. »Sie wollten einen …«

»Genau. Danke. Ja, ich möchte dieser insgesamt eher negativen und defizitären Sammlung einen wirklich und wahrhaftig konstruktiven Gedanken und Vorschlag hinzufügen und entgegensetzen«, begann er.

Hinzufügen und entgegensetzen? Jana hatte Mühe, dem Mann zu folgen.

»Es ist doch so. Wir müssen die Wirklichkeit, so wie sie ist, akzeptieren als diejenige Wirklichkeit, die uns zur Verfügung steht. Deswegen ist es zielführend – und es überrascht niemanden mehr als mich selbst, dass ich hier mehr oder weniger auf einer Linie mit dem Heimatministerium bin –, die Lage nicht zu beklagen, sondern zu akzeptieren und zu verbessern. Das Problem ist, dass es dort draußen in der Welt« – Ticheloven deutete wild in Richtung Fenster, dabei flog ihm seine Tolle weit über die Stirn, woraufhin er sie zurück hinters Ohr schob – »sehr kalt ist. Wie wir alle wissen, verfügen wir bereits über die Technologie, dies zu ändern. Es ist ganz einfach, die Menschen müssen es nur verstehen und mitmachen. Wir öffnen alle Fenster und drehen sämtliche Heizungen bis zum Anschlag auf. Zugegeben« – er vollführte eine galante »schenk' ich dir«-Handbewegung in Richtung von Professor Waas –, »das kostet erst einmal Energie. Aber dann! Bald schon fließen die Flüsse wieder, die Windräder drehen sich, die Wolken verdampfen und die Solarpanels liefern wieder Strom. Verstehen Sie? Die Kälte ist mehr eine Frage der Perspektive und der gesamtgesellschaftlichen Akzeptanz als der Physik.«

Jana glaubte ihren Ohren nicht zu trauen. Kälte war keine Frage der Physik?

»Ja, danke, wir …«, setzte Fischer an.

»Eins noch! Eins noch«, sagte Ticheloven. »Sie denken jetzt vielleicht, auf Deutschland ist ja kein Deckel, da kann die Wärme einfach aufsteigen und weg ist sie. Das mag sein. Aber Sie dürfen eben nicht vergessen, dass sie auf dem Weg ins All den Schnee und das Eis dort draußen berührt und schmilzt. Und das ist es doch, was wir wollen. Manchmal – das sollten wir bei aller Expertise hier im Raum nicht vergessen – ist die Lösung ganz einfach, und zu viel Wissen steht dem Prozess der Erkenntnis nur im Weg. Wir müssen uns nur trauen. Für mehr Wärme im Land brauchen wir deshalb zuerst einmal mehr Wärme im Herzen.«

»Ja. Äh. Danke. Interessanter Vorschlag«, brachte Fischer heraus.

»Ich weiß«, sagte Ticheloven geschmeichelt.

Jana starrte an die Wand ihres Büros auf Zeit. Ein Satz aus Tichelovens Geschwafel ging ihr wieder und wieder durch den Kopf. »Manchmal steht zu viel Wissen dem Prozess der Erkenntnis nur im Weg.«

Was, wenn er recht hatte?

Was, wenn ihr Wissen der Erkenntnis im Weg stand?

Sie stieß den Atem aus, beugte sich vor, überprüfte erneut die Copernicus-Messdaten des Deutschen Zentrums für Luftfahrt und Raumfahrt.

Mittlerweile lagen ihr auch Angaben der Bundesanstalt für Geowissenschaften und der NASA vor. Alle sagten, mit leichten Abweichungen, dasselbe: Die Erdkruste unter Mitteleuropa war um gut 900 Meter dicker als vor sechs Monaten. Verrückter noch, genau genommen ließ sich eine Veränderung um etwa 400 Meter auf zehn Tage zwischen dem 29. September und dem 6. Oktober eingrenzen, eine weitere in derselben Größenordnung auf die Zeit nach dem 27. Februar, also vor nicht einmal einer Woche.

Stieg sie tiefer in die Daten ein, so zeigten sich – deutlich geringere – Verdickungen der Erdkruste unter Südeuropa und Nordafrika, ebenso unter Saudi Arabien, dem Kongo sowie auf dem Meeresgrund zwischen Madagaskar und der Antarktis.

Unmöglich, absolut unmöglich.

Aber was, wenn Ticheloven recht hatte?

Was, wenn es nicht unmöglich war, sondern schlicht und einfach eine Tatsache? Was kam heraus, wenn Sie ihr Wissen darum, dass eine derartige Veränderung der Erdkruste in einem solchen Zeitrahmen unmöglich war, ignorierte?

Sie löste den Blick von den Unterlagen, schaute an die Wand.

Dann hatte sie eine Idee. Sie rief das Archiv der seismographischen Daten des Erdbebendienstes Bayern auf. Sie stammten aus 30 seismischen Messstationen, die eine untere Beobachtungsschwelle von Ml = 2 (Magnitude nach Richter) aufwiesen, was in etwa der Fühlbarkeitsgrenze entsprach. Koordiniert wurde die Auswertung am Geophysikalischen Observatorium der Ludwig-Maximilians-Universität in Fürstenfeldbruck.

Sie starrte die Datenreihen an, erzeugte zur Sicherheit eine Visualisierung.

Unglaublich.

Kourouadi (Tschad), 11:25 Uhr, +37 Grad

Kito Dallami rückte einen alten Metallstuhl in den Schatten vor seinem Haus. Es war ein einfacher Bau, drei Zimmer – eine kleine Küche, ein Schlafzimmer und ein Wohnraum, den er vor allem als Arbeitszimmer nutzte. Als einer von wenigen in der Siedlung verfügte er über einen funktionierenden Stromanschluss, als Einziger sogar über ein Telefon.

Früher, als die Regierung seinen Rat und seinen Einsatz noch zu schätzen gewusst hatte, klingelte es öfter, als ihm lieb gewesen war. Heute, wo Korruption und Vetternwirtschaft regierten, schwieg es.

Vor vier Jahren hatte die Regierung in N'Djamena die Zahlungen an Dallami eingestellt, vor drei Jahren ganz offiziell die Arbeit an der Grünen Mauer ausgesetzt. Die Regierenden begriffen nicht, dass der biologische Streifen die letzte Chance war, die Region überhaupt bewohnbar zu halten.

Ein Mitarbeiter der UNEP, der Umweltbehörde der Vereinten Nationen, hatte ihm bei der Abreise seine Unterlagen überlassen. Dallami las die Berichte und Prognosen aus dem Vor- und dem Vorvorjahr, sie klangen pessimistisch.

Er schüttelte traurig den Kopf, strich sich über den grauen, fusseligen Bart. Würde er es noch erleben, wie die Menschen einsahen, dass Umweltschutz ihr eigenes Überleben sicherte – und Umweltfrevel ihren Untergang besiegelte? Langsam verließ ihn die Hoffnung.

Die Straße, die an seinem Haus vorbeiführte, lag still in der Sonne. Die meisten Kinder, die es im Ort gab, waren in der Schule, und die Tiere mieden die Hitze.

Auf einmal bemerkte er eine Bewegung in der Ferne.

Dallami ließ die Unterlagen sinken und sah genauer hin. Zwei Mütter kamen die Straße entlang in seine Richtung. Sie stoppten vor einem der Häuser am Straßenrand und eine dritte Frau schloss sich ihnen an.

Vielleicht war die Wasserversorgung ausgefallen und sie mussten Wasser von der Wasserstelle holen. Das war bis vor einigen Jahren ganz normal gewesen – erst die Happy Mining Co. hatte eine Wasserleitung legen lassen, an die in der Folge auch der Ort angeschlossen wurde.

Dallami widmete sich erneut den Dokumenten, die er in Händen hielt. Er versuchte herauszufinden, ob die Grüne Mauer als Gesamtprojekt gescheitert war. Denn möglicherweise hatten die benachbarten Staaten die Arbeit daran ebenfalls eingestellt. Dann wäre all sein Einsatz ohnehin umsonst.

Auch wenn ihn das, wie er jetzt schon wusste, nicht daran hindern würde, weiterhin so viele Bäume zu pflanzen, wie seine internationalen Spender ermöglichten.

»Dallami, *Sayyid.*« Die Frauen waren in respektvoller Entfernung stehen geblieben. »Wir erbitten deinen Rat und deine Unterstützung.« Zwei von ihnen trugen schlafende Säuglinge vor der Brust.

»Selbstverständlich. Kommt herein.«

Er erhob sich, ging voraus ins Haus, legte die Unterlagen zu zahllosen weiteren Zetteln, Kopien, Notizen und Büchern auf seinen Schreibtisch. Er bedeutete den Frauen, auf seinem Sofa Platz zu nehmen. Er selbst setzte sich auf den hölzernen Schreibtischstuhl. Der zweite Stuhl des Sets stand am Küchentisch. Dallami lebte allein, wozu brauchte er zwei Stühle in der Küche?

»Was besorgt euch?«, fragte er mitfühlend.

»Es ist die Arbeit in der Mine«, sagte Nala. »Kovu liegt zu

Hause mit einem Fieber. Er ist seit Tagen krank. Die Haut an seinen Händen und Armen zeigt einen Ausschlag. Er kratzt sich und die Wunden beginnen zu bluten. Es ist bereits das dritte Mal in diesem Jahr, dass das passiert. Die Arbeit dort macht meinen Mann krank! All die Chemikalien, die sie benutzen, davon wird er noch sterben. Aber wir brauchen ihn, wir brauchen das Geld, und die Kinder brauchen einen Vater!«

Sie begann zu weinen. Inaya berichtete: »Mein Mann Asante schreit nachts im Traum, er wacht auf, bekommt kaum Luft. Dann sagt er, es wäre nichts. Es hängt mit dieser verfluchten Mine zusammen. Ich glaube, sie schlagen die Männer dort. Er sagt, wir könnten froh sein, dass sie ihm genug zahlen, dass wir nicht unsere Kinder dorthin schicken müssen. Er arbeitet jeden Tag 12 Stunden oder mehr. Letzte Woche war er so erschöpft, er ist am Esstisch eingeschlafen. Und als die Kinder ihn dann mit ihrem Geschrei weckten – sie spielten doch nur, so wie Kinder eben spielen –, hat er sie angeschrien und Malaika eine Ohrfeige gegeben. Asante ist eigentlich ein guter Mann, ein guter Vater, aber diese Teufelsmine macht ihn zur Bestie. Sie bringt ihn um, oder vielleicht sogar uns alle.«

Dallami sah Zola an, die dritte der Frauen. Sie senkte den Blick auf ihren Schoß. »Jabari hat erzählt, dass er andere Männer – und auch Kinder – zwingen musste, in einen halb überfluteten Schacht zu steigen, um dort zu arbeiten. Sie standen bis zu den Oberschenkeln im dreckigen Wasser. Es stank und Maden setzten sich in ihrem Fleisch fest. Das war den Bossen egal. Einer von ihnen ist besonders schlimm. Ein Bastard, halb Franzose, halb Tschader. Er ist sehr brutal und hat Freude daran, andere zu quälen. Als einer der Männer sich weigerte, nach einer Pause zurück in den Stollen zu gehen, hat er ihn einfach erschossen und seine Leiche ins Wasser geworfen. Dort trieb sie dann Stunden vor sich hin, während die anderen weiterarbeiten mussten. So konnten sie alle sehen, was ihnen bevorstünde, wenn sie nicht taten, was man ihnen befiehlt.«

Sie knetete mit den Fingern den Stoff ihres bunt gemusterten Kleids. Mit einer zitternden Hand wischte sie sich, ohne aufzusehen, die Tränen von den Wangen.

»*Sayyid*, wir brauchen deine Hilfe«, sagte Nala. »Unsere Familien, unsere Männer, unsere Kinder – wir alle brauchen deine Hilfe.«

Dallami nickte. Die illegale Mine, etwa einen Kilometer entfernt, gab den Männern in der Siedlung Arbeit, ernährte die Frauen und Kinder. Ihr offizieller Name lautete Happy Mining Co., doch alle nannten sie nur das Hellhole. Aber die Bedingungen dort waren unmenschlich. Die Arbeiter wurden ausgebeutet, wer nicht die volle Leistung erbrachte, erhielt keinen Lohn. Immer wieder hörte Dallami Berichte von Gewalt, sogar von Folter.

Bewaffnete Sicherheitsleute sorgten mit äußerster Brutalität für Gehorsam. Sie behandelten die Männer wie Sklaven, wie Tiere.

Er selbst beobachtete die Mine und vor allem ihre geplante Ausweitung noch aus einem anderen Grund mit Sorge: Auf dem Gelände wuchs eine sehr seltene Tamariskenart. Sie wuchs, soweit Dallami bekannt war, auf der ganzen Welt nur hier. Die Samen der Pflanze waren irgendwann hier auf dem Boden gelandet und sie hatte sich den harschen Lebensbedingungen angepasst. Er hatte eine Bodenprobe aus der Nähe des Hellhole analysieren lassen, sie enthielt eine ungewöhnlich hohe Menge Mineralien. Nicht unerklärlich, immerhin waren in der Tiefe ebenfalls seltene Rohstoffe zu finden. Die niedrigen Büsche bestanden aus struppigen Stängeln, an denen sich schmale weißliche Blätter bildeten. Noch vor zwei Jahren hatte Dallami dort einen flachen Hügel besteigen können, auf dem die kleinen Pflanzen ungestört wucherten. Mittlerweile war er planiert worden und zahlreiche neue Schächte führten in die Tiefe. Nur wenige Büsche hatten überlebt.

Die Tamarisken waren nicht nur hübsch anzusehen, sie erfüllten auch eine wichtige Funktion im fragilen Ökosystem. Dallami hatte beobachtet, dass erkrankte oder verletzte Ziegen gezielt auf das Gelände der Mine kamen, um die Blätter zu fressen. Er vermutete, dass sie auf diese Weise spezielle Nähr- und Heilstoffe zu sich nahmen, die auf andere Art nicht zur Verfügung standen.

Natürlich war dem Minenbetreiber und seinen Leuten das Gewächs egal und die Ziegen jagten sie fort – schließlich reklamierten sie das Gelände für sich und ihre Abbauarbeiten.

Warum sollte man das karge Kraut retten? Selbst wenn die Tamariske kein wichtiger Teil der Nahrungskette und noch dazu hässlich gewesen wäre – Dallami hätte es gereicht, dass sie existierte. Schon das allein machte sie in seinen Augen beschützenswert.

Dallami hatte den Unterschied der Blattform zwischen der *Tamarix* hier und der weiter verbreiteten *Tamarix senegalensis* zeichnerisch dokumentiert, um die Einzigartigkeit des Gewächses unter Beweis zu stellen. Bereits vor Jahren hatte er deswegen an die Landesregierung geschrieben, aber keine Antwort erhalten. Er hatte versucht, Proteste zu organisieren, doch den Menschen im Ort war ein regelmäßiger Verdienst wichtiger als ein Busch, den ohnehin nur ein Biologe von anderen seiner Art unterscheiden konnte. Danach hatte er sich über das Internet an seine internationalen Förderer gewandt und mit ihrer Hilfe eine Petition bei der UNEP eingereicht.

Wenige Tage später hatte jemand einen Stein durch seine Fensterscheibe geworfen, um den ein Ausdruck der Petition gebunden war. Dallami fegte die Scherben auf und nahm Abstand von weiteren Aktivitäten. Die verbliebenen Glasreste hatte er aus dem Rahmen geschlagen, aber das Fenster noch immer nicht ersetzt.

Nun, so schien es, wendete sich das Blatt. Die Frauen hatten sich an ihn gewandt, weil sie begriffen hatten, dass der kurzfristige Geldsegen die langfristigen Probleme nicht ausglich. Die Mine zerstörte die Umwelt, und sie zerstörte die Männer, die dort arbeiteten. Sie zerstörte letztendlich die Welt. Und wenn alle Schätze aus der Erde gekratzt waren und niemand mehr hier war, den die Betreiber ausbeuten konnten, dann würden sie weiterziehen und anderswo ihr Unheil anrichten, als wäre nichts geschehen.

Die Mine hatte bescheidenen Wohlstand in die Siedlung gebracht. Aber auch großes Elend.

Marseille, 12:57 Uhr, +4,1 Grad

Amelie sah ein letztes Mal auf die Nachricht. Die Straße stimmte, die Hausnummer stimmte. Sie standen in einem anonymen Wohnblock, es roch nach Desinfektionsmittel.

Mit einem winzigen Fahrstuhl fuhren sie in den sechsten Stock. Drei Türen gingen vom Treppenhaus ab. An einer war kein Name.

Amelie klopfte in dem angegebenen Muster – kurz lang, kurz lang, lang lang, lang kurz – an die Tür.

Nichts geschah. Sie sah auf die Uhr. Zwei Minuten zu früh. Vielleicht war er noch in einer Behandlung?

Da öffnete sich die Tür vorsichtig und ein Mann musterte sie. »Hallo, mein Name ist Faheem«, sagte er auf Englisch. »Und du bist …?«

Ein feiner, leicht süßlicher Geruch drang aus der Wohnung. Er erinnerte Amelie ganz entfernt und auf eine überraschend angenehme Weise an die hässlichen, stinkigen Räuchermännchen, die in Freiburger Touristenshops verkauft wurden.

»Ich bin Amelie«, sagte sie. Dann deutete sie auf ihre Mutter. »Das ist Ulrike. Ich bin zum Übersetzen mitgekommen.«

»Kommt herein«, sagte Faheem herzlich und öffnete seine Türe weit.

Er mochte vierzig sein, oder etwas jünger. Seine Haut schimmerte tiefschwarz. Seine nackten Füße steckten in einfachen Bastsandalen. Er trug eine weiße Hose, ein beigefarbenes T-Shirt, darüber eine bunt bestickte Weste. An beiden Handgelenken trug er zahlreiche Armbänder, manche aus Leder, manche aus bunten Fäden, einige mit farbigen Perlen. Sein Haar war kurz geschnitten, auf dem Kopf saß eine runde, ebenfalls bunt verzierte Kappe.

Die Wände im Flur leuchteten in einem hellen, wohltuenden Grün. Es war warm in der Wohnung.

Um Faheems Herkunft rankten sich in den Foren verschiedene Gerüchte. Manche sagten, er sei vor Jahren schon aus Schwarzafrika nach Europa geflüchtet. Andere behaupteten, er habe den schwarzen Kontinent nie betreten, sondern sei in London geboren und aufgewachsen. Kurz vor dem Brexit wäre er nach Frankreich gezogen.

Eine Person berichtete, Faheem habe als Jugendlicher eine

göttliche Vision gehabt – eine in gleißendes Licht getauchte Stimme habe ihm befohlen, Glücksspiel und Alkohol zu entsagen und stattdessen bei einem bestimmten Schamanen in die Lehre zu gehen. Danach sollte er sich aufmachen in die Welt, nie mehr als drei Jahre an einem Ort bleiben und, wo immer er sei, den Menschen Gutes tun, die verlernt hatten, im Einklang mit der Natur und ihrem inneren Wesen zu leben.

»Hier, die Garderobe.« Amelie hängte ihre Daunenjacke auf, dann half sie ihrer Mutter, erst den Mantel und dann die Jacke auszuziehen.

Sie folgten Faheem in den Behandlungsraum.

Die Fenster waren mit schwarzer Folie verklebt. Die Wände dort waren in einem dunklen Rot gestrichen und mit einem goldenen Tupfmuster verziert. In der Mitte des Raumes befand sich eine Massageliege. Eine feine Rauchfahne stieg aus einem Behälter, der auf einem Sideboard stand. Der süßliche Duft wurde hier deutlich intensiver.

Zwei Stehlampen tauchten den Raum in ein sanftes Dämmerlicht. Zwischen ihnen stand eine eckiges graues Zweisitzer-Sofa, über das eine etwas zu kleine schwarze Decke mit einem gelben Stickmuster gebreitet war.

In einem kleinen Radio auf dem Sideboard begannen gerade die Nachrichten: »*C'est NRJ avec l'actualité!*« Faheem schaltete das Gerät aus und deutete auf das Sofa.

»Macht es euch bequem.« Er zog einen Holzhocker heran und setzte sich Ulrike direkt gegenüber. »Was kann ich für dich tun?«, fragte er freundlich.

Amelie begann, auf Englisch den Leidensweg ihrer Mutter zu schildern. In der Jugend war sie Leistungssportlerin gewesen, Leichtathletin. Aufgrund der Abnutzung ihrer Gelenke hatte sie bereits mit Ende dreißig Arthrose bekommen, Ende vierzig waren eine Hüft-OP und Mitte fünfzig eine Knie-OP notwendig geworden.

Irgendwann in den Fünfzigern war dann Rheuma – rheumatoide Arthritis – hinzugekommen. Erst unbemerkt, weil auch Ulrike davon ausging, die Gelenkschmerzen seien der Arthrose zuzuordnen. Aufgrund des schnellen Verlaufs fielen der Hausärztin nach einigen Jahren dann doch Arthrose-untypische Symptome auf: warme, geschwollene Fingergelenke, Kraftlosigkeit, Rheumaknoten.

Zudem äußerte sich die Arthrose im Tagesverlauf in sogenannten Anlaufschmerzen – hatte Ulrike ein Gelenk längere Zeit nicht bewegt, zum Beispiel bei Schreibtischarbeit, schmerzte es kurz. Der rheumatoide Schmerz trat vor allem morgens auf und nahm im Lauf des Tages ab.

Vom Rheuma waren bei ihr in erster Linie die Finger- und Handgelenke betroffen, manchmal die Ellenbogen, nur sehr selten Knöchel, Knie oder Schultern. Einmal hatten sich die Sehnenansätze entzündet. Anfang sechzig bekam sie durch die dauernden Schmerzmittelgaben eine Magenschleimhautentzündung. Dann war auch noch ihr Ehemann gestorben. Sie begann – Amelie erzählte das nur ungern, aber vielleicht war es wichtig für Faheem –, regelmäßig Alkohol zu konsumieren. Schließlich wurde sie frühverrentet.

Ulrike schaute auf ihre Hände, die sie still im Schoß hielt.

»Basistherapie, Schmerzmittel, Schubbehandlungen mit Kortison, Steroide, CBD-Öl, Marihuana, also: Joints – wir haben das alles durch«, sagte Amelie. »Magic Mushrooms. Es reicht nicht. Die Schmerzen sind größer als ihr Lebenswille. Schulmedizinisch haben wir alles durch. Wir brauchen Hilfe.«

Faheem hörte aufmerksam zu. Er betrachtete dabei Ulrikes Gesicht, ihre Haltung, ihre Hände. Er kniete sich vor sie, berührte sanft ihre Finger, tippte vorsichtig gegen ihre Ellenbogen und Schultern, an die Knie. Sie ließ es ohne Gegenwehr geschehen, was Amelie erstaunte.

»Ach so, das Kortison hat dann natürlich zu einer Osteoporose geführt. Die wiederum führte bei einem Sturz vor zwei Jahren zu einem Schlüsselbeinbruch, der dann sehr lange gebraucht hat, um wieder zu heilen.«

Amelie fürchtete, dass sie aus Verzweiflung einem Scharlatan auf den Leim gingen und Geld zum Fenster hinauswarfen. Sie fürchtete, dass Ulrike – und sie selbst – hinterher bitter enttäuscht wären.

Dennoch hatte sie sich ihrer Mutter zuliebe bereit erklärt, das Experiment zu wagen. »Ich weiß nicht genau, wie Sie ihr helfen könnten«, endete sie. »Sie sind unsere letzte Hoffnung. Aber keine Drogen!«, setzte sie noch hinzu. »Pilze, Marihuana, das haben wir schon probiert, es hat nicht viel geholfen, und härtere Sachen kommen nicht infrage!«

Faheem lächelte amüsiert. »Das ist kein Problem. Du kannst dich auf mich verlassen«, sagte er mit tiefer, samtiger Stimme. In den USA war er jedenfalls nicht zur Welt gekommen, dort wäre er kein Heiler geworden, sondern hätte Karriere als Schmusesänger gemacht.

»Okay. Danke«, sagte Amelie. Sie war überrascht, wie viel Erleichterung sie verspürte, dass nun jemand anderes einen Teil der Verantwortung übernahm.

Dann wandte er sich ihr direkt zu. »Du weißt, dass ich in bar bezahlt werde, weil ich gegen das *droit de recours*« – er sprach den französischen Begriff in einem Tonfall aus, der deutlich werden ließ, wie albern ihm derartige Kategorien erschienen –, »das Heilmittelgesetz, verstoße. Ich verspreche dir, deiner Mutter wird nichts geschehen.«

»Selbstverständlich«, sagte Amelie und zog den vereinbarten Betrag aus dem Portemonnaie.

Faheem legte das Geld auf ein Sideboard, dann startete er eine CD in einer Mikroanlage. Rasseln und Trommeln ertönten. Er bedeutete Ulrike, auf der Liege in der Mitte des Raumes Platz zu nehmen. Nach einiger Zeit setzte ein Singsang ein, der über die Instrumente hinwegschwebte.

Der afrikanische Heiler stimmte ein. Er berührte Ulrikes Stirn, dann ihre Handgelenke. Dort war der Schmerz am intensivsten. Er strich mit seinen Fingerspitzen über ihren Händen mehrfach durch die Luft. Die Bewegung wiederholte er über den Knöcheln, den Kniegelenken, den Ellenbogen. Schließlich kehrte er zum Kopf zurück. Ulrike hatte die Augen geschlossen.

Manchmal stand er vollkommen still, dann wieder vollführte er komplizierte Bewegungen. Amelie hatte den Eindruck, dass es immer wärmer wurde im Raum. Auch der süßliche Rauch der brennenden Kräuter hatte eine einschläfernde Wirkung auf sie. Sie ließ sich in einen leichten Dämmerzustand fallen. In dem unerwarteten Moment der Ruhe stellte sie fest, wie erschöpft sie war.

Ohne es zu deuten oder zu bewerten, sah sie zu, wie Faheem die Luft über dem Körper ihrer Mutter tief einatmete. Dann griff er nach einer kleinen Schale, hielt sie sich vor den Mund und spuckte hinein.

Schließlich drehte er die CD leiser. »Ich habe den feinstofflichen Anteil der Krankheit aus dem Körper gesogen und ausgespuckt«, erklärte er. *Oh Gott*, dachte Amelie, *es ist also doch rausgeschmissenes Geld.* »Die Musik und die Kräuter helfen dabei, die Tür zum Unterbewusstsein zu öffnen. So können wir mit der Tiefe des Wesens kommunizieren. Ulrike«, wandte er sich nun direkt an Amelies Mutter, »stell dir einmal vor, du wärst an einem wundervollen Ort.«

Ulrike verstand genug Englisch, um seinen Anweisungen zu folgen. Ihre Augen waren weiterhin geschlossen. Ein sanftes Lächeln lag auf ihren Lippen. Amelie hatte sie seit Jahren nicht mehr so in sich ruhend gesehen. »Hm«, machte sie nur.

»Wir haben eben einen energetischen Austausch gesucht zwischen der Welt der Geister und unserer. Nun betreten wir die Welt der Kraft- und Seelentiere. Ulrike, rufe dein Krafttier zu dir!«, befahl Faheem entschlossen.

Amelie übersetzte. Besorgt kniff sie die Augen zusammen. Ihre Mutter würde durchdrehen! Sie war zu gut erzogen, um Streit mit Faheem anzufangen. Aber sie konnte sich schon das Gekeife nachher in der Unterkunft vorstellen. Das würde niemals funk-

»Ein Reh«, sagte Ulrike auf einmal. »Da ist ein Reh.«

Amelie übersetzte weiterhin.

»Gut«, sagte Faheem. »Lass es zu dir kommen.«

Er stand ruhig und selbstbewusst am Kopfende der Liege. Amelie beobachtete fasziniert die rechte Hand ihrer Mutter, die im Liegen eine sanfte Streichelbewegung vollführte.

Die Finger, sonst fast immer verkrampft, und das Handgelenk, sonst schwer unter Kontrolle zu bekommen, bewegten sich wie von selbst.

»Ich zähle jetzt von eins bis fünf. Wenn ich bei fünf angekommen bin, öffnest du die Augen«, sagte Faheem.

Ulrike tat es. »Uh«, seufzte sie. Faheem half ihr, sich aufzusetzen.

Sie bewegte die Finger, lächelte. Faheem lächelte zurück.

Amelie war positiv überrascht. Es schien Ulrike tatsächlich

besser zu gehen, auf alle Fälle hatte sie sich gutwillig auf die Behandlung eingelassen.

»Wie viele Termine halten Sie für notwendig?«, fragte Amelie.

Faheem zuckte mit den Schultern, sah kurz himmelwärts. »Ich bin kein Heiler, sondern nur ein Medium, das Energie überträgt.«

Er nahm einige Dosen von einem Regal. Mithilfe einer präzisen Waage mischte er mehrere Pulver zusammen und rührte diese schließlich in eine dünnflüssige Creme. »Es riecht nicht gut«, warnte er. »Kamille, Stiefmütterchen, Beifuß, und Zinnien im Gedenken an alte Freunde. Eingerührt in Murmeltierfett aus der Schweiz. In Afrika nehmen wir Löwenfett, das den Mut stärkt. Aber das ist selbst in Marseille schwer zu bekommen. Reibt das zweimal täglich auf die Gelenke.«

Auf dem Rückweg zu ihrer Unterkunft wirkte Ulrike noch ganz verträumt. »Mama, alles in Ordnung?«, fragte Amelie.

»Ja, ja, mein Liebes«, murmelte Ulrike. Sie lächelte sanft. Amelie fiel auf, dass ihr Gesichtsausdruck weicher erschien als sonst, als hätte jemand einen Filter auf das Bild gelegt.

»Wollen wir einen anderen Weg gehen als vorhin, ein bisschen das Viertel sehen?«

»Natürlich, ganz wie du magst.«

Vorsichtig, Schritt für Schritt, gingen sie die Bürgersteige entlang. Nach dem langen, eisigen Winter in Freiburg taten schon die paar Plusgrade hier gut.

In der Mitte des Blocks befand sich eine Feuerwehrstation. Die Tore zur Garage standen offen. Eines der Fahrzeuge war auf die Straße gefahren worden. Ein Feuerwehrmann surrte im Korb der ausfahrbaren Leiter in die Höhe.

Amelie dachte zurück an jene Nacht, die sie mit Clemens verbracht hatte. Er wohnte in einer alten Feuerwache. Ein sehnsüchtiger Schmerz breitete sich in ihrem Brustkorb aus.

Berlin, 16:00 Uhr, -18,9 Grad

Jana legte auf. Krause war in der Nacht im Krankenhaus seinen Verletzungen erlegen.

Tot.

Das hatten die Ermittler aus Leipzig ihr gerade mitgeteilt. Außerdem hatten sieh ihre Beschreibung des Vorgangs noch pro forma zu den Akten genommen. Die Sachverständigen hatten mittlerweile klar Materialermüdung durch die anhaltende Kälte als Ursache des Unglücks in Leipzig ausgemacht.

Davon wurde Krause auch nicht wieder lebendig.

Ihr Tischtelefon klingelte. »Hier ist ein Herr, der sagt, er möchte zu Ihnen. Er hat keinen Termin, aber Sie hätten gesagt, er soll kommen«, sagte die Zentrale.

»Äh, wer denn?«

Verdecktes Gemurmel. Dann: »Titus vom Deich. Verkauft Reetdach oder so. Nein. Moment.« Geraschel. »Entschuldigung. Von Dijk. Und er ist Reeder.« Es war deutlich zu hören, dass die Frau am Empfang nicht recht wusste, was das war. Vermutlich ging sie davon aus, der Besucher verkaufte Räder.

»Er ist aus Holland«, setzte sie hinzu.

Holland? Reeder? Das kam Jana irgendwie bekannt vor.

»Ist okay. Können Sie ihn zu mir schicken oder muss ich ihn abholen?«

»Abholen.«

»In Ordnung, bin gleich da.«

Höhere Sicherheitsvorkehrungen, damit keine Querdenker oder Reichsbürger ins Innenministerium marschierten, aber dann am Hauspersonal sparen. Sie stand auf, reckte sich. Vielleicht war es gar nicht schlecht, sich ein wenig zu bewegen. Die letzten Stunden hatte sie damit verbracht, altes und neues Wissen über den Aufbau und die Veränderungen der Erdkruste zu lesen.

Alexandra schlief auf einer Decke vor der Heizung. Jana ließ sie dort.

Sie fuhr mit dem Fahrstuhl ins Erdgeschoss. Am Empfang stand ein Typ wie aus der Zigarettenwerbung von früher. Ein kantiges Gesicht, die Haare ein bisschen länger als erlaubt, die Haltung selbstbewusst und lässig zugleich. Er trug eine Jeans, ein Flanellhemd, das genau die Mitte aus stylisch und kuschelig traf, darüber eine Lederjacke. Derbe Stiefel. Er sah aus, als käme er überall klar.

»Hallo, Herr van Dijk? Hollmer, Dr. Jana Hollmer«, begrüßte Sie den Besucher auf Englisch. Sie war kurz davor, reflexhaft die Hand auszustrecken, dann fiel ihr wieder ein, dass man das aus Infektionsschutzgründen ja schon seit Jahren im Winter nicht mehr tat. Stattdessen hob sie die Hand und winkte ihm aus einem Meter Entfernung zu.

»Danke, dass Sie sich die Zeit nehmen«, sagte der Mann mit einer rauen, souveränen Stimme. Er sprach fast akzentfreies Deutsch. »Wir haben gestern telefoniert. Ich hatte gehofft, wir könnten unsere Ressourcen poolen. Wir als Reederei haben naturgemäß ein großes Interesse …«

»Kommen Sie mit«, sagte Jana. »Wir gehen in mein Büro. Ich besorge uns Kaffee.« Sie ging voraus Richtung Fahrstuhl. »Habe ich nicht gestern gesagt, Sie sollten uns eine Mail schicken mit Ihren Daten?«, fragte sie dann. »Ich bin – verstehen Sie mich nicht falsch – ein bisschen überrascht, dass Sie heute hier einfach auftauchen. Oder habe ich einen Termin vergessen? Es geht gerade etwas hektisch zu, wie Sie sich vorstellen können.«

Sie betraten die Kabine. Der Besuch stand einen halben Schritt näher an ihr, als man es normalerweise tat.

»Nein, das stimmt schon. Leider kam eine Fehlermeldung zurück und telefonisch musste ich nach einer Ewigkeit aufgeben – und *dann* habe ich mir die Liste der Teilnehmerinnen und Teilnehmer des Krisenstabs angesehen und dachte mir: Es kann doch eigentlich nicht schaden, da persönlich hinzufahren.« Er lächelte strahlend.

Jana fand den Gast etwas zu sehr von sich eingenommen, aber durchaus charmant. Sie erreichten den vierten Stock. Die Türen öffneten sich. Vor der Kaffeemaschine im Flur blieb Jana stehen. »Schwarz, mit Milch, Teewasser, heiße Schokolade?«

Van Dijk entschied sich für einen Cappuccino. Jana reichte ihm seine Tasse. Er legte den Mantel auf seinem Rollkoffer ab und griff allen Ernstes nach dem Kakaopulverbehälter, der neben dem Vollautomaten stand. Er klopfte ein wenig Schokostaub auf seinen Milchschaum.

Jana ließ einen doppelten Espresso aus der Maschine laufen. »Kommen Sie.«

Der zweite Schreibtisch in ihrem Büro war unbesetzt. Sie rollte den Stuhl für ihren Gast auf ihre Seite. »Bitte. Also, was können wir füreinander tun?«

»Tja«, sagte van Dijk und zog eine Augenbraue hoch. »Das müssen wir herausfinden.« Es gelang ihm, dabei gerade eben so zu wirken, als hätte er es ironisch meinen können.

Jana wusste gar nicht, was sie mit diesem Kerl anfangen sollte. So dreist hatte noch nie jemand mit ihr geflirtet.

»Jetzt mal im Ernst«, sagte er dann. »Ich hoffe wirklich, Ihnen helfen zu können. Meine Reederei ist weltweit vernetzt. Ja, wie auch die Diplomatie, aber meine Kontakte sind direkt draußen in der Wirklichkeit. Wir stellen Ihnen sehr gern unsere gesamten Ressourcen zur Verfügung.«

»Das ist sehr freundlich von Ihnen. Darf ich fragen, was Sie dazu veranlasst?«

»Ganz einfach.« Wieder dieses selbstbewusste Lächeln. »Diese furchtbare Eiszeit ist nicht nur ein politisches Problem, sondern auch ein wirtschaftliches. Wenn es gelingt, die Ursache zu finden – um am besten noch, sie zu beheben –, ist das gut für Sie und gut für uns. Win-win!«

Jana nickte. Das leuchtete ihr ein. Und nichts war so ein vertrauenswürdiges Motiv wie guter alter Eigennutz.

»Okay«, sagte sie. »Ich kann natürlich keine offizielle Kooperations-Zusage abgeben, aber wir könnten ja mal damit anfangen, dass Sie mir berichten, welche Beobachtungen Sie gemacht haben. Dann erzähle ich, was ich für die mögliche Ursache dieser Situation halte. Und im Anschluss überlegen wir, welche Informationen Sie …«

»Sie glauben, die Ursache zu kennen?«, unterbrach van Dijk sie. »Was haben Sie herausbekommen?«

Jana schnitt eine Grimasse. »›Herausbekommen‹ ist zu viel gesagt. Aktuell ist es nicht mehr als ein Verdacht.«

Sie unterbrach sich, zögerte. Wie viel Informationen dürfte sie ihrem Besucher geben? Andererseits war der aktuelle Stand wirklich nicht mehr als eine These, die diskutiert werden musste. Und immerhin hörte er ihr interessiert zu, statt gleich alles besser zu wissen.

Und er war extra aus Amsterdam angereist, um mit ihr nach Lösungen zu suchen.

Ihre Daten unterlagen nicht der Geheimhaltung, und mögliche Ergebnisse ihrer Untersuchung hatte auch niemand für vertraulich erklärt.

Van Dijk wartete geduldig. Sie gab sich einen Ruck. »Wir gehen … ich gehe davon aus, dass eine Verdickung der Erdkruste stattgefunden hat. Ja, ich weiß« – sie hob die Hände –, »das gab es noch nie, wie soll das gehen, warum hat es keiner gemerkt? Ich weiß es doch auch nicht! Aktuell ist nicht auszuschließen, dass es sich um Messfehler handelt. Oder es könnte auch sein, dass die neuesten Messungen richtig sind und die alten einfach ungenau. Schließlich entwickelt sich die Messtechnik ständig weiter.«

Jana zog ein Blatt Papier heran, griff nach einem Stift.

»Aber nur mal angenommen …« Sie begann zu zeichnen: die Rundung der Erde, eine stilisierte Stadt. Darunter malte sie eine Kugel, aus der wellige Strahlen nach oben stiegen. »Das Innere der Erde ist bis zu 6000 Grad Celsius heiß. Diese Wärme breitet sich aus und trägt natürlich in gewissem Maße zur Bodentemperatur bei. Dieser Effekt ermöglicht die sogenannte Subduktion – wenn sich eine leichtere Kontinentalplatte über eine schwerere schiebt, taucht die untere ins Erdinnere und wird dort im Grunde geschmolzen. Das ist beispielsweise im Marianengraben im Pazifischen Ozean der Fall. Dort taucht die Pazifische Platte unter die Philippinische.

Die Dicke der Erdkruste und die aus dem Erdinneren aufsteigende Wärme ist auch relevant für das zunehmende Abschmelzen des Eisschilds auf Grönland. Nicht nur der Klimawandel trägt dazu bei, sondern ebenso die Tatsache, dass die

Erdkruste unter Grönland besonders dünn ist – das Eis wird also von oben *und* von unten erwärmt und schmilzt doppelt schnell.«

Titus hörte aufmerksam zu.

Alexandra jaulte leise im Schlaf, strampelte mit den Beinen, rollte sich auf die andere Seite.

Janas Telefon piepste. »Entschuldigung.« Sie griff danach. Eine SMS von Günther: »Krauses Ehrenbegräbnis muss warten – der Boden ist gefroren, Beerdigungen sind unmöglich. Halte dich auf dem Laufenden.«

Sie schrieb zurück: »OK«

»Wo war ich?«, fragte sie ihren Besucher. Sie betrachtete ihre Zeichnung. »Ach so. Ja. Wenn sich jetzt hier« – Jana kritzelte zwischen den aufsteigenden Wellenlinien und der äußeren Rundung der Erde ein paarmal hin und her, sodass eine dicke Linie entstand – »eine Verdickung bildet, dann könnte diese eine isolierende Funktion haben.«

»Wie die Styroporplatten, die zum Energiesparen außen auf Häuser geklebt werden«, sagte er.

Jana nickte. »Genau. Oder wie eine dünne Jacke, die man unter eine dicke Jacke zieht. *Möglich* wäre es. Die Fragen sind jetzt: Stimmt meine Beobachtung – und wie konnte es zu einer solchen Verdickung kommen? Denn schaut man auf die Wetterdaten –« Sie öffnete eine Datei auf dem Bildschirm: Die Temperaturkurve des vergangenen Jahres knickte Anfang Oktober scharf nach unten. Ab Mitte Oktober verlief sie parallel zu den Vorjahresdurchschnitten, die in einem hellen Grau ebenfalls angezeigt wurden, aber eben rund vier Grad darunter. Ab Ende Januar bewegte sich die Linie, auch diesmal wieder parallel zu den Vorjahren, sehr langsam aufwärts. Doch Anfang März war ein weiterer scharfer Absturz um knapp zwei Grad zu verzeichnen. Seitdem lag die Linie knapp sechs Grad unter dem langjährigen Mittel.

»Schaut man also auf die Wetterdaten«, fuhr Jana fort, »wird deutlich, dass hier« – sie deutete auf Anfang Oktober – »und hier« – Anfang März – »irgendetwas Ungewöhnliches geschehen sein muss.«

Titus hatte sein Handy herausgezogen und tippte darauf herum. Dann streckte er es ihr entgegen. Auf dem Bildschirm lief eine Animation. Auf einer Europakarte bewegten sich etliche blaue Punkte. Auf einmal stoppten die ersten und begannen rot zu blinken. Mit der Zeit bewegten sich immer weniger und immer mehr blinkten rot. Dann begann die Animation wieder von vorn. Beim dritten Durchlauf begriff Jana, was sie sah – und dass diese Daten ihre Vermutung zumindest untermauerten. Die blauen Punkte waren Schiffe. Auf der Karte wurde im Zeitraffer dargestellt, wo sie sich befanden. Wenn sie nicht die erwartete Route nahmen oder die Fahrt komplett unterbrechen mussten, färbten die Punkte sich rot und begannen zu blinken.

Das wirklich Spannende an der Animation war, dass sie weit über Europa hinausreichte. Auch das Mittelmeer und der Suezkanal waren zu sehen. Die ersten roten Pünktchen erschienen am 3. Oktober auf einigen kleineren Flüssen in Deutschland. Danach war kurze Zeit kaum eine Veränderung zu verzeichnen, bis Ende Oktober auf einmal zahlreiche weitere rote Pünktchen in Deutschland erschienen, diesmal auf Rhein, Main, Elbe und Donau. Im Lauf des Novembers breitete sich die Farbe zügig in alle vier Himmelsrichtungen aus, bis schließlich im Dezember sogar Schiffe in der Ost- und Nordsee im Eis feststecken.

Einige Tage später folgten Störungen im Mittelmeer bis

hinunter in den Suezkanal. »Dort ist kein Eis, aber wenn in Mitteleuropa alles stillsteht, sind letztlich auch die Schiffe betroffen, die zu uns unterwegs sind«, erläuterte Titus. »Sie müssen in andere Häfen umgeleitet werden, die noch erreichbar sind. Die gesamte Logistik bricht zusammen, Ware muss per Laster oder Zug weitertransportiert werden, Container erreichen ihr Ziel nicht, und vor allem können die Schiffe nicht wie geplant weiter eingesetzt werden. Deshalb nützt es der Logistik im Endeffekt nur wenig, dass Elbe und Rhein einigermaßen eisfrei gehalten werden.«

Jana nickte. Sie schaute sich die Animation ein weiteres Mal an. »Und die Störung breitet sich kreisförmig um Deutschland herum aus«, murmelte sie.

Sie öffnete eine weitere Datei auf ihren Computer. »Hier«, sagte sie, »sehen Sie. Bei dieser Schicht im Keuper – der obersten Gruppe des Germanischen Trias – handelt es sich um Sulfatgestein, vor allem Anhydritstein. Ihre Formation folgt in etwa den Umrissen, die Sie mir eben gezeigt haben.«

Jana legte den Kopf in den Nacken. Was hatte das alles zu bedeuten? Wie hatte eine derartige geologische Veränderung so abrupt eintreten können – und das möglicherweise sogar zweimal? Und wenn ihre Annahme stimmte, was ergab sich daraus?

»Vielleicht spielt auch noch ein Kipppunkt hinein«, sagte sie nachdenklich.

»Inwiefern?«

»Etwas hat dazu geführt, dass die Temperatur sinkt. Nehmen wir mal an, es lag wirklich an einer Verdickung der Erdkruste. Das führte dazu, dass Regen eher friert, wenn er den Boden erreicht, weil der kälter ist als bisher. Und das Eis wiederum kühlt diesen dann noch weiter ab. Dadurch kühlen sich die Luftschichten von unten nach oben ab, Niederschlag fällt eher als Graupel oder Schnee, landet auf dem Eis, bleibt also liegen. Und so weiter.«

Sie richtete den Blick auf van Dijk. »Wenn erst einmal Schnee liegt, trägt der ebenfalls zur Abkühlung bei. Das ist der sogenannte Albedo-Effekt. Besonders relevant ist er für Gletscher und Eisschilde, zum Beispiel in der Antarktis oder auf Grönland. Der weiße Schnee reflektiert das Sonnenlicht, statt die Wärme aufzunehmen. Schmilzt ein Gletscher oder ein Eisschild, *beschleunigt* das die Erderwärmung. Aber umgekehrt ist es natürlich genau so. *Bildet* sich eine stabile Schicht aus Schnee und Eis, dann trägt sie ab einem gewissen Punkt zur weiteren Abkühlung bei. Solche Klimakreisläufe sind grundsätzlich bekannt, wir wissen nur leider im Detail nicht genau, was wann welchen Einfluss hat, Herr van Dijk.«

»Titus, bitte«, sagte van Dijk. »Mit anderen Worten: Nachdem es überhaupt erst einmal kälter als sonst geworden war, entstand eine Art Feedbackschleife, die es noch kälter werden ließ.«

»Genau. Die jedenfalls diese Mini-Eiszeit stabilisierte. Vielleicht ist das auch der Knick, den wir hier sehen« – sie deutete auf die Veränderung der Temperaturkurve Anfang März –, »das Einsetzen einer solchen Negativ-Schleife.«

Van Dijk sagte: »Ich bin wirklich froh, dass ich nach Berlin gekommen bin.«

Jana lächelte verlegen. »Wo sind Sie eigentlich untergekommen?«, fragte sie dann. »Die meisten Hotels haben ja geschlossen.«

»So eine Business-Kette in der Nähe des Hauptbahnhofs. Geschäftsreisen sind ja immer noch erlaubt, und die großen Ketten haben ihre zentralen Häuser durchgängig offen gehalten.«

Er warf einen Blick auf seine Armbanduhr. »Hätten Sie vielleicht Lust, mir beim Abendessen Gesellschaft zu leisten?«, fragte er.

Jana überlegte kurz. Essen musste sie sowieso. »Ich rufe meinen Partner an, vielleicht kann er für uns eine Reservierung bekommen«, sagte sie.

Berlin, 18:30 Uhr, -22,1 Grad

»Hi!« Jana begrüßte Clemens mit einem Kuss. Hinter ihr stand ein Typ, der sich erkennbar bemühte, lässig auszusehen.

»Titus van Dijk – Clemens Bach«, stellte Jana sie einander vor.

Insgeheim ärgerte Clemens sich. Er hatte sich auf ein nettes Abendessen zu Hause allein mit Jana gefreut. Und so kurzfristig hatte er in einem der wenigen Restaurants, die überhaupt geöffnet waren, nur noch einen Tisch bekommen, indem er dem Restaurantbetreiber einen Stapel kostenlose Grußkarten aus dem kommenden Programm versprach.

Sie setzten sich und bestellten. Alexandra machte es sich unter Clemens' Stuhl bequem.

»Titus ist heute aus Amsterdam angereist, um seine Zusammenarbeit anzubieten«, sagte Jana. Dann deutete sie auf Clemens. »Und mein Freund Clemens Bach ist Geschäftsführer und Eigentümer eines erfolgreichen Grußkartenverlags hier in Berlin.«

Bis das Essen kam, betrieben sie Smalltalk. Das Wetter. Die Maßnahmen. Die Sorgen der Menschen. Wie einfach das Leben noch vor ein paar Monaten gewesen war.

Zum Essen bestellten sie eine Flasche Wein für Titus und

Clemens, eine große Berliner Weiße mit Schuss für Jana. Bald wurde das Gespräch persönlicher. Titus berichtete von seinem Praktikum in Shanghai. Jana erzählte, dass sie nur Geophysik studiert hatte, weil ihre Schwester Pia sich für Kunstgeschichte entschieden hatte. »Zwei arbeitslose Töchter wollte ich unseren Eltern nicht zumuten. Und bei einer Exkursion nach Westfalen habe ich mich in das Fach verliebt. Der Projektleiter dort bezeichnete das Vorhaben – eine Prospektion – als ›Archäologie ohne Löcher‹, das fand ich cool.«

Clemens zählte die drei schleimigsten Liebesgrüße auf – von denen einem fast übel wurde, die sich aber trotzdem (oder vielleicht genau deswegen) gut verkauften:

»Wenn du eine Träne von mir wärst, würde ich nie wieder weinen, aus Angst, dich zu verlieren

Auch schön: *Deine Eltern müssen Terroristen sein, denn du bist eine Bombe!*

Und mein ganz persönlicher Gruselfavorit: *Du wirst von Tag zu Tag hübscher und siehst heute schon aus wie nächste Woche*«

Titus lachte und berührte Jana am Arm.

Clemens bemerkte es, beschloss jedoch, in die unschuldige Bewegung nicht unnötig etwas hineinzudeuten.

Sie bestellten eine weitere Flasche Wein, noch eine Weiße, dann Nachtisch und Espresso. Sie gingen zum Du über. Titus fragte Jana: »Wenn du recht hast mit deiner Theorie – was bedeutet das für Europa? Für meine Firma?«

»Welche Theorie?«, fragte Clemens.

»Ach«, sagte Jana. »Wir haben heute im Krisenstab die verschiedenen Positionen abgeglichen. Ich hatte da so eine Idee, wie es zu der Kaltzeit gekommen sein könnte. Aber sicher bin ich nicht, und …«

»Das ist viel mehr als eine Idee!«, unterbrach Titus. »Es ist eine richtige Theorie. Total plausibel. Also, mich hast du jedenfalls überzeugt! Deswegen frage ich ja, was daraus folgt.«

»Würde mich vielleicht mal jemand einweihen?«, fragte Clemens.

»Ja. Klar. Natürlich. Es gibt Satellitendaten, die darauf hindeuten, dass die Erdkruste unter Mitteleuropa, speziell unter Deutschland, sich verdickt hat. Das könnte dazu geführt haben, dass weniger Erdwärme an die Oberfläche dringt. Und darum …«

»… bleibt der Schnee liegen und kühlt die Luft ab«, unterbracht Titus sie begeistert, »und dadurch schneit es noch mehr und wird noch kälter. Eine Feedbackschleife! Das leuchtet total ein! Ich finde, das hast du richtig toll ausgearbeitet und erklärt!«

Jana lächelte geschmeichelt, dann winkte sie ab. »Wir wissen ja noch gar nicht, ob es wirklich so ist.«

Titus griff nach der Weinkarte. »Doch, klar. Und auf diese ebenso bahnbrechende wie unerfreuliche Erkenntnis brauche ich einen Schnaps. Du auch?« Er strahlte Jana an, als säße Clemens nicht am Tisch.

»Ich weiß was Besseres«, entgegnete die. »Clemens?«

Der zuckte mit den Schultern. Eigentlich hatte er wenig Lust, diesen holländischen Schleimer zu sich einzuladen, aber was blieb ihm jetzt anderes übrig?

»Als Hobby brenne ich Schnäpse«, erklärte er. »Hab mit Whiskey angefangen, inzwischen mache ich vor allem Edelbrände. Birne, Kräuter, Pilze. Und es ist nicht weit zu mir.«

Kiel, 20:37 Uhr, -19,1 Grad

»Das traust du dich nie!«

»Ich bin ja auch nicht blöd!«

Nesrin, Fynn und Lulu standen am Eingang zum Anscharpark. Im Kirchencafé der Petruskirche nebenan hatte ein Poetry Slam stattgefunden. Es gab Tee und Kekse, der Raum war für die aktuellen Verhältnisse gut geheizt, und unterhaltsam war es auch.

Nesrin und Fynn gingen in Lulus Parallelklasse. Sie kannten einander aus dem Theaterkurs.

Nesrin hatte ein Foto vom Parkeingang gemacht, vor dem eine einsame Laterne stand.

Fynn musterte das Metall ganz genau. Dann hauchte er dagegen. Sofort bildete sich eine feine Eisschicht.

»Zehn Euro, wenn ihr den Pfosten anfasst.«

Lulu schüttelte den Kopf.

»Mach doch selber«, konterte Nesrin.

Grinsend packte Fynn den Laternenpfahl – mit Handschuh. »Gewonnen!«, sagte er.

»Das zählt nicht. Weißt du selbst.«

Lulu wurde neugierig. Sie zog ihren Handschuh aus und tippte mit dem Fingernagel vorsichtig gegen das Metall.

Kein Problem.

»Zwanzig, wenn du dran leckst!«, tönte Fynn.

»Idiot!« Nesrin knuffte ihn in die Seite.

»Was krieg ich, wenn ich's mache?«, fragte er.

Nesrin zögerte. »Ein Date?«, sagte sie dann.

»Deal.« Fynn trat einen Schritt vor, streckte die Zunge aus und berührte mit ihr den Laternenpfahl.

Dann blieb er wie angewurzelt stehen. »Chei-che«, krächzte er.

»Verarsch mich nicht«, sagte Nesrin.

»Ah-ah«, machte Fynn. Er klang jetzt panisch. Lulu konnte sehen, dass er versuchte, den Kopf zu schütteln, ihn aber nur wenige Zentimeter weit bewegen konnte.

»Wir müssen ihm helfen«, sagte sie.

»Bloß wie?«

»Es muss an der Feuchtigkeit auf der Zunge liegen. Die ist festgefroren. Wir müssen sie erwärmen.« Lulu schaute zurück in Richtung der Kirche. Die Lichter waren bereits aus. »Mist, ich hatte gehofft, wir könnten noch etwas Teewasser kriegen. Soll ich die Feuerwehr rufen?«

»Warte mal, was ist, wenn wir alle drei auf seine Zunge hauchen, wo sie angefroren ist?«, schlug Nesrin vor.

»Hab keine bessere Idee«, sagte Lulu.

Sie traten rechts und links dicht neben Fynn, streckten sich auf die Zehenspitzen, um mit seinem Mund auf einer Höhe zu sein. »Halt deine Hände vor den Mund, damit die warme Luft dort bleibt«, wies in Nesrin an. »Und dann hauchst du langsam warme Luft über deine Zunge. Wir machen mit.«

Die beiden Mädchen spitzten die Lippen und schoben sie von unten zwischen Fynns Fäustlinge und sein Kinn. Dabei achteten sie sorgsam darauf, dass ihre Wangen nicht mit der Stange in Kontakt kamen.

Eine Minute lang hauchten sie warme Luft gegen den Pfahl. »Hilft es?«, fragte Nesrin.

Fynn zuckte mit den Schultern. »Weich nich«, sagte er.

Sie hauchten weiter, und auf einmal stöhnte Fynn erleichtert, ließ die Hände sinken, schloss den Mund und trat einen Schritt zurück.

Nesrin und Lulu gaben sich ein High Five.

Fynn wärmte einen Moment seine Zunge, dann sagte er kleinlaut: »Danke. Danke!« Er umarmte erst Nesrin, dann Lulu.

Berlin, 21:45 Uhr, -22,4 Grad

Sie nahmen Jana in die Mitte. Clemens hakte sich links bei ihr ein, Titus rechts. So balancierten sie vorsichtig über das Eis, kicherten, lachten, stabilisierten sich gegenseitig. Alexandra trottete an der langen Leine hinter ihnen her. Jana hatte ihre Büroschuhe längst in der Tasche verstaut und durch warme Stiefel ersetzt. Titus hatte trotz seiner Stiefel Schwierigkeiten, im Gleichgewicht zu bleiben. Immer wieder rutschte er zur Seite und kollidierte mit Jana.

»Mann, du reiß' uns noch alle in 'nen Abgrund!«, beschwerte sich Clemens nuschelig.

»Gar nich' wahr!«, konterte Titus. »Guck doch!« Er ließ Jana los, reckte die Hände in die Höhe, drehte sich im Kreis und geriet sofort aus dem Gleichgewicht. Hastig trippelte er auf der Stelle, um nicht zu stürzen, schlang die Arme um Janas Hals. Sie packte ihn, Clemens hielt sie, und dann fingen sie alle drei laut zu lachen an.

Langsamer und vorsichtiger als zuvor setzten sie sich wieder in Bewegung. Eine verbindende Stille breitete sich aus, unterbrochen nur ab und zu durch ein wildes Kichern, wenn einer von ihnen erneut den Halt zu verlieren drohte. Schließlich schlurften sie nur noch über die vereisten Gehsteige wie übermüdete Eishockeyspieler.

»Gleich sind wir da«, sagte Jana.

Auf einmal begann Alexandra zu schnuppern, dann bellte sie leise. »Sch-sch-sch«, machte Jana. »Die Leute schlafen schon.«

Die Hündin schüttelte unwillig den Kopf, sodass ihre Ohren ein Klatschgeräusch erzeugten.

Viele der Fenster in den Häusern waren bereits dunkel. Wo Licht schimmerte, verhinderten meist Rollläden oder zumindest dicke Vorhänge den Wärmeverlust durch die Scheiben. Selbst die Wohlhabenden mussten in diesen Zeiten sparen.

Nur in einiger Entfernung war ein hellerer Schein zu sehen. Auf der rechten Straßenseite, kurz vor dem Wald, stieg ein unregelmäßiges Flackern zum Himmel auf. Und dann war da noch dieser eigenartige Geruch, der in der Luft lag, nach …

Clemens blieb starr stehen, dann rannte er los. Stürzte, schlug mit den Knien auf, krabbelte auf allen vieren, stemmte sich hoch. Humpelte, so schnell er konnte, in Richtung seines Hauses. Jana, Titus und Alexandra folgten.

Als sie die Hecke umrundeten, bot sich ihnen ein fürchterliches Bild. Aus dem Dach der ehemaligen Feuerwache quollen Rauchschwaden. Auf der linken Seite strebten erste grelle Flammen himmelwärts. Das Feuer hatte auf die Doppelgarage übergegriffen, deren Dach von einer flirrenden orangen Schicht bedeckt war.

Hinter dem rechten Fenster im ersten Stock schien Licht zu brennen. Es dauerte einen Moment, bis Jana begriff, dass es sich ebenfalls um Flammen handelte.

Das schrille Fiepen der Rauchmelder drang aus dem Haus.

Clemens stand in der Mitte des gepflasterten Vorhofs und starrte die Katastrophe an.

Begleitet von einem lauten Knacken schoss eine Flamme

aus dem Dach in die Höhe. Sie erreichte die untersten Äste der riesigen Kastanie, die neben der Garage stand.

Alexandra duckte sich und bellte laut.

Jana zerrte ihre Handschuhe von den Fingern, zog den Reißverschluss ihrer Jacke herunter und holte ihr Handy aus der Innentasche. Hektisch versuchte sie, das Gerät zu entsperren. Es entglitt ihr und fiel zu Boden.

Der gefrorene Schnee biss in ihre Finger, als sie danach tastete. Schließlich bekam sie es zu fassen und wählte 112.

Im selben Moment setzte sich Clemens wieder in Bewegung. Er lief auf sein Haus zu, geriet auf dem unebenen und vereisten Kopfsteinpflaster erneut aus dem Gleichgewicht, fing sich diesmal jedoch wieder, erreichte die Haustür. Er schleuderte die Fäustlinge hinter sich, riss den Schlüssel aus der Manteltasche, öffnete die Tür, rannte hinein.

»Clemens!«, schrie Jana und wollte ihm hinterherlaufen, doch Titus packte sie an den Oberarmen und hielt sie zurück.

»Auf keinen Fall!«, befahl er.

Jana wusste, dass er recht hatte. Sie wusste auch, was Clemens retten wollte: Im Flur im Erdgeschoss, gegenüber der Treppe, hing das handschriftliche Original eines Rilke-Gedichts. Die ersten Zeilen daraus waren die mit Abstand erfolgreichste Grußkarte bei der Gründung des Verlages gewesen – sie hatte es Clemens erst ermöglicht, die alte Feuerwache zu kaufen und die ersten Mitarbeiter einzustellen. Zum fünfjährigen Jubiläum hatte er das Unikat ersteigert. Es war sein wertvollster Besitz.

Langsam fiel die Tür hinter Clemens zu.

»Hallo? Hallo? Ist da jemand?«, hörte sie auf einmal eine leise Stimme. Sie sah sich um. Es dauerte einen Moment, bis sie begriff, dass die Stimme aus ihrem Handy kam.

»Ja, hallo, ich … es brennt, wir brauchen die Feuerwehr!«, rief sie.

»Bitte nennen Sie mir Ihre Adresse.«

Jana gab Clemens' Anschrift an.

»Ein Einsatzwagen ist bereits unterwegs. Bitte bleiben Sie vor Ort und achten Sie darauf, sich nicht in Gefahr zu bringen.«

Jana trat hektisch von einem Bein auf das andere. Wie viel Zeit war bereits vergangen? Wie lange war er schon dort drin?

Titus hielt sie weiter an den Schultern fest, sonst wäre sie vermutlich trotz allem zum Haus gelaufen.

Mit einem lauten Krachen brach die linke Seite des Dachstuhls ein. Eine Feuersäule schoss fauchend in den Himmel. Ziegel prasselten krachend in den Hof.

Jana zuckte zurück. Sie gab einen schrillen Laut von sich. Alexandra bellte mittlerweile wie verrückt.

»Clemens!«, rief Jana. Sie wand sich aus Titus' Klammergriff und drehte sich in seine Richtung. »Wir müssen da rein!«, rief sie. »Wir müssen etwas tun!«

»Auf keinen Fall«, hielt er dagegen. »Viel zu gefährlich. Schlimm genug, dass er dort hineingelaufen ist. Die Feuerwehr ist gleich da, die wissen, was zu tun ist.«

Jana ging in die Hocke. »Pscht!«, fuhr sie Alexandra an. Dann fiel ihr ein, dass die Hündin taub war, und sie gab ihr das Zeichen für »Aus!«, die aufgerichtete Handfläche nach vorne.

Sie lauschte. Außer dem Rauschen und Fauchen des Feuers war nichts zu hören. »Keine Sirenen«, sagte sie dann. »Es dauert zu lange, bis sie hier sind.«

Immer wieder zuckte ihr Blick in Richtung Haustür. Aber Clemens kam nicht heraus.

»Verdammt«, fluchte Titus, dann warf er seine Tasche auf den Boden, zog seinen Mantel aus, ließ ihn ebenfalls fallen, und rannte los.

Titus' Sohlen fanden wenig Halt auf dem vereisten Hof. Je näher er dem Haus kam, desto besser wurde es, denn die Hitze hatte einen Teil der Eisschicht tauen lassen. Er patschte durch die Pfützen, bremste ab, erreichte die Haustür. Sie öffnete sich nach außen. Glücklicherweise war sie hinter Clemens nicht ins Schloss gefallen.

Er packte den Griff und zog die Tür vorsichtig auf, wobei er sich hinter dem Türblatt in Deckung hielt.

Rauch quoll ihm entgegen.

Auf einmal war ein scharfer Knall aus dem oberen Stockwerk zu hören. Scherben klirrten rechts von ihm auf den Boden. Er schaute auf, das Fenster war geborsten. Flammen wogten im dahinterliegenden Zimmer auf und ab.

Titus bekreuzigte sich, dann ließ er sich auf alle viere sinken und kroch um die Tür herum ins Haus. Er hoffte, dass die Decke hielt, dass kein Feuerball zu ihm herunterkrachte.

Es war dunkel im Flur. Noch immer lag das grelle Pfeifen eines Rauchmelders in der Luft. Titus kniff die Augen zusammen. Links und rechts zeichneten sich Schatten ab – Türen. Weiter hinten war von oben rechts ein unregelmäßig zu- und abnehmender Lichtschein zu sehen. Er begriff: Das Feuer im ersten Stock leuchtete die Treppe herunter. Am Ende des Flurs war auf dem Boden ein dunkler Umriss zu sehen.

Wenn das Clemens war, hätte Titus vielleicht eine Chance, ihn herauszuholen. Wenn nicht … weiter ins Haus würde er nicht kommen.

Er duckte sich tiefer, um dem Rauch zu entgehen, und

robbte, so schnell er konnte, den Flur entlang. Nach der eisigen Kälte im Freien erschien ihm die Luft hier im Inneren des Hauses beängstigend heiß. Aber es waren keine Flammen zu sehen, deshalb hoffte er, dass diese Wahrnehmung nur auf den Temperaturunterschied zurückzuführen war.

Titus kroch an den Türen vorbei, stieß sich die linke Schulter an der Wand und erreichte schließlich das Fußende der Treppe nach oben. Ein Hustenkrampf schüttelte ihn. Ob es an der unerwarteten Anstrengung oder am Rauch lag, konnte er nicht sagen. Er krümmte sich und seine Lunge schmerzte.

Erschöpft ließ er sich auf den Boden sinken, nur für einen kurzen Moment.

Ein neuer Hustenkrampf ließ ihn wieder zu sich kommen. Er würgte, rang nach Luft, schlug um sich. Mit einer Hand berührte er etwas. Ein Bein? Er zog daran. Was auch immer er da zu fassen bekommen hatte, war schwer. Seine Augen brannten, wenn er sie öffnete. Er betastete den Gegenstand. Erreichte einen Schuh, fand in der Nähe einen zweiten. Clemens' Füße! Er packte sie, stemmte sich hoch in den Sitz, zerrte Clemens ein Stück auf sich zu. Rutschte auf dem Hintern Richtung Tür, zog Clemens hinter sich her. Wenn er so weitermachte, würden sie ewig brauchen – aber er hatte nicht ewig Zeit.

Titus versuchte es anders, er wechselte zurück in den Vierfüßlerstand, krabbelte ein Stück rückwärts, zog Clemens dann hinter sich her. So ging es besser.

Nach ein paar Metern, jedenfalls kam es ihm so vor, konnte er nicht mehr. Er schüttelte wütend Clemens' Beine und rief: »Los, wach auf und hilf mir, du Idiot!«

Clemens zuckte einmal und krächzte: »Ich … hab … es.«

Titus schnaubte wütend. Clemens war zu schwach, um aus

eigener Kraft das Haus zu verlassen. Titus schwankte kurz dazwischen, sich einfach neben Clemens zu legen – oder sich wenigstens selbst zu retten, bevor er das Bewusstsein verlor. Er kroch um Clemens herum, schob ihm die Hände unter die Achseln und zerrte ihn halb in die Höhe, bis er ihn vor der Brust hielt. Dann wechselte er erneut die Richtung und schleppte sich rückwärts mit tief gebeugten Knien zur Haustür. Dabei hielt er Clemens eng an sich gezogen.

Auf einmal, gerade als die Kraft ihn endgültig zu verlassen drohte, waren da Stimmen und Stiefel, Lichter irrten durch den Flur. Kräftige Hände packten ihn, packten Clemens.

Jemand wuchtete ihn in die Höhe, trug ihn nach draußen. Dort legte man ihn auf eine Trage, drückte ihm eine Sauerstoffmaske auf das Gesicht.

Blaues Licht zuckte über den Schnee.

Jana stand auf dem Hof, verloren, allein, und presste panisch die Hände auf den Mund.

Flammen schlugen himmelwärts, heiß wie die Sonne.

Hitze, Kälte, alles wurde eins.

taz online

Die sogenannte AfD fordert in einer Pressemitteilung die sofortige Absetzung der Bundesregierung, da es dieser nicht gelinge, die Kälte in Deutschland zu beseitigen. Dabei vergisst die rechtsextreme Partei jedoch zweierlei. Erstens bestreitet sie bisher den menschgemachten Klimawandel – wie sollte es dann möglich sein, die derzeit herrschende Kälte mit menschlichen Mitteln zu verringern? Zweitens: Für die in Deutschland herrschende Kälte sind doch wohl vor allem die Typen von der sogenannten AfD selbst verantwortlich! (Und vielleicht noch ihre Kollegen von der FDP.)

drObs (Obdachlosenzeitschrift Dresden)

Die Kälte ist der Tod

Anfang letzten Jahres waren in Dresden knapp 300 Obdachlose registriert. Mindestens 47 von ihnen sind in den letzten Monaten durch extreme Kälte zu Tode gekommen. Ein Interview mit Katharina (37) über die Veränderungen der letzten Monate

drObs: Seit wann lebst du auf der Straße?

Katharina: Mit vierzehn hat mein Stiefvater versucht, mich zu vergewaltigen. Meine Mutter hat mir nicht geglaubt, da bin ich abgehauen. Ein paar Wochen habe ich in Parks gepennt, dann bin ich zum Jugendamt. Die haben mich in eine betreute WG gesteckt. Dort war ich zwei Jahre, dann lernte ich meinen damaligen Freund kennen und bin zu ihm gezogen. Sechs Wochen später saß ich wieder auf der Straße. Seitdem hatte ich keinen festen Wohnsitz mehr.

drObs: Stammst du aus Dresden?

Katharina: Nein, ich wurde in Nürnberg geboren. Irgendwann hatte ich die Schnauze voll von Süddeutschland. Bin dann per Autostopp durchs ganze Land. Und hier irgendwie hängengeblieben. Ist eine schöne Stadt.

drObs: Wie waren die letzten Monate?

Katharina: Kalt! (Lacht, beginnt dann zu husten.) Es war hart. Ein paarmal wäre ich fast abgekratzt. Und dabei habe ich schon zwei Schlafsäcke, und einer davon ist richtig dick und für Minusgrade! Mein Schlafplatz ist auch windgeschützt. Wir sind mehrere. Einer musste schon im Dezember dran glauben. Aber die übrigen haben durchgehalten, bis jetzt.

drObs: Woher bekommst du Geld?

Katharina: Viele Menschen geben mir und meinen Freunden etwas. Ich sitze immer am Rand vom Altmarkt. Da kommen normalerweise viele Touristen vorbei, denen sitzt das Geld etwas lockerer. Im Moment sind es viel weniger, aber ich komm klar. Man darf halt keine zu hohen Ansprüche an das Leben haben.

drObs: Hast du schon mal daran gedacht, in eine Obdachlosenunterkunft zu gehen, um dich vor der Kälte zu schützen?

Katharina: Das kommt für mich nicht mehr infrage. Da kriege ich Panik. Der Zug ist abgefahren.

drObs: Was würde dir und deinen Freunden helfen, die nächsten Wochen zu überstehen?

Katharina: Es wäre schön, sich irgendwo mal ein wenig aufwärmen zu können. Aus der Bücherhalle schmeißen sie uns immer raus. Ich habe auch seit Wochen nichts Warmes mehr gegessen. Die Tafeln haben geschlossen, weil die meisten Restaurants und Kantinen zu sind und es keine Reste gibt. Das ist hart.

drObs: Was machst du als Erstes, wenn es wieder wärmer wird?

Katharina: Mit 'nem Bierchen ans Königsufer und den Schiffen hinterhergucken. Gibt nix Schöneres!

Neues Deutschland

Ironie des Schicksals

In einer nicht anders als ironisch zu bezeichnenden Wendung gründeten die nordafrikanischen Staaten zu Jahresbeginn eine gemeinsame Grenzschutzagentur, um die illegale Einreise von Europäern zu unterbinden. Zugleich sollen die Mitarbeiter die Menschenrechte wahren – insbesondere das Recht auf körperliche Unversehrtheit sowie das Asylrecht. An diesem Spagat scheitert die Organisation regelmäßig, wie aktuelle Berichte und interne Dokumente zeigen.

Die nunmehr bei der versuchten Einreise in afrikanische Staaten auftretenden Probleme belasteten zuvor jahrelang die Arbeit der EU-Grenzschutzagentur Frontex.

Tagesschau

»Die IG Metall fordert eine Verlängerung des Kurzarbeitergeldes von aktuell 24 auf 36 Monate. ›Erst Corona, dann Russlands Angriffskrieg, jetzt die Eiszeit. Ich kenne persönlich viele Arbeitnehmer, die seit fast zwei Jahren zu Hause sitzen und Däumchen drehen‹, sagte der Gewerkschaftsvorsitzende. ›Sie würden nichts lieber tun, als zu arbeiten. Stattdessen fürchten sie nun, ihren Arbeitsplatz endgültig zu verlieren. Das darf die Bundesregierung nicht zulassen.‹

Der Arbeitgeberverband Gesamtmetall schloss sich der Forderung an. Es ist das erste Mal seit Gründung der Bundesrepublik, dass Arbeitnehmer- und Arbeitgeberverband dieselbe Position vertreten. Das Umsatzvolumen im Bereich der metallverarbeitenden Industrie ist in den vergangenen 24 Monaten um 89 Prozent zurückgegangen.«

BuzzFeed

Zehn eiskalte Hits, die du lange nicht gehört hast!

10. Eisbär (Grauzone)
9. Eiskalt (Culcha Candela)
8. Eiszeit (Peter Maffay)
7. Cold as Ice (Foreigner)
6. Daddy Cool (Boney M.)
5. Eisberg (Andreas Bourani)
4. Cold (James Blunt)
3. Let it Go (Demi Lovato)
2. Let it Snow (Dean Martin)
1. Ice Ice Baby (Vanilla Ice)

Um glücklich zu sein, muss man seine Vorurteile abgelegt und seine Illusionen behalten haben. – Gabrielle-Emilie Marquise du Châtelet

Sonntag, 06. März

Marseille, 6:58 Uhr, +1,8 Grad

In der Küche schepperte es. Amelie kniff die Augen zusammen. Nur noch fünf Minuten! Sie zog die Daunendecke höher und kuschelte sich tiefer in ihr Kissen.

Doch einmal geweckt konnte sie nicht wieder in den Schlaf finden.

Sie schnupperte. Ein Hauch Kaffee lag in der kühlen Luft.

Amelie schlug die Bettdecke zur Seite, schlüpfte in ihre Puschen, zog den Bademantel über, schlurfte in die Küche.

»*Guede Morge*«, grüßte sie im badischen Dialekt ihrer Heimat. Frühmorgens reichte es nicht für Hochdeutsch. Ulrike hatte Kaffee gekocht. Auf dem Frühstückstisch in der Ferienwohnung standen Butter, Honig und Erdbeermarmelade, daneben lag eine Packung Scheibenkäse. Auf der Fensterbank stand ein kleiner TV, auf dem deutsches Frühstücksfernsehen lief.

Ulrike stand mit verkniffenem Gesichtsausdruck in verkrampfter Haltung vor dem Küchentresen. Aus dem Toaster stieg Rauch auf. »Mist, Mist, ich bin so dumm«, flüsterte sie.

Amelie trat neben sie und legte ihr den Arm um die Schultern. »Ist doch egal, wir haben ja eine ganze Packung«, sagte sie.

Ihre Mutter hatte sich so verspannt, dass sie zitterte. »Setz dich, ich mach das«, sagte sie.

»Nein, ich … dafür sind wir schließlich hergekommen … ich will …!«, fauchte Ulrike, ließ sich dann aber widerstandslos an den Tisch führen.

»Du bist doch schon weit gekommen«, lobte Amelie. »Kaffee ist fertig, Tisch gedeckt.«

Als sie sich umdrehte, blieb ihr Blick am Fernseher hängen. War das etwa …? Sie hatte sich das Haus zigmal auf Streetview angesehen. Wenn sie sich nicht sehr irrte, dann war dort Clemens' Haus zu sehen. Allerdings standen zahlreiche Löschfahrzeuge auf dem Hof. Die Fassade war teilweise rußgeschwärzt, das halbe Dach zusammengestürzt.

Ein Reporter stand vor den Feuerwehrwagen und sprach in ein Mikrofon. Amelie drehte lauter. »… behandelt. Bei dem Besitzer handelt es sich um den Lebensgefährten eines Mitgliedes des aktuellen Krisenstabs zur Eindämmung der Eiszeit. Ob ein Zusammenhang besteht, ist noch offen. Die Kripo Berlin hat die Ermittlungen aufgenommen. Die Effektivität des Krisenstabs wird von zahlreichen Kritikern infrage gestellt. Für den Nachmittag ist eine Pressekonferenz geplant, auf der erste Ergebnisse vorgestellt werden sollen. Damit zurück ins Studio.«

Dort ging es weiter mit dem nächsten Thema: »Der deutsche Bundeskanzler ist trotz der anhaltenden Kaltwetterlage, die insbesondere internationale Reisen erschwert, zum G7-Gipfel in Miami eingetroffen. Der Besuch ist umstritten. Zahlreiche Gruppierungen fordern, der Kanzler solle aufgrund der aktuellen Notlage vor Ort in Berlin bleiben. Der Kanzler selbst bezeichnete die Teilnahme am G7-Treffen als ›die richtige Reise zur richtigen Zeit‹, er werde ›wie ein Superheld‹ für die deutschen Positionen eintreten.«

Amelie drehte den Ton wieder leiser, fischte die verkohlten Scheiben aus dem Toaster, justierte den Regler für den Bräunungsgrad und steckte zwei neue Scheiben in die Schlitze.

Sie schaute zurück auf den Fernseher, aber dort unterhielten sich mittlerweile ein junger Mann mit Kinnbart und eine blonde Moderatorin über irgendetwas anderes.

»War das wirklich …?«, murmelte sie vor sich hin.

Sie ging ins Schlafzimmer, holte ihr Handy. Schrieb eine Nachricht an Clemens: »War das dein Haus im Fernsehen? Hat es bei dir gebrannt? Ich hoffe, dir ist nichts passiert! 🥺🙏«

Happy Mining Co.
(Kourouadi, Tschad), 6:48 Uhr, +29,4 Grad ☀

Huang bestand darauf, dass die Beeren für sein Frühstück sowie die Kräuter für sein Mittagessen und das Gemüse am Abend stets so frisch geerntet wurden wie möglich. In der Mitte des Minengeländes hatte er ein Gewächshaus errichten lassen, das von zwei Gärtnern betreut wurde.

Für seine Bediensteten war es eine der wenigen angenehmen Aufgaben, einige Beeren zu ernten, frischen Schnittlauch und frische Petersilie zu schneiden oder eine Zucchini oder Tomate zu pflücken. Denn die Temperatur im Gewächshaus war deutlich niedriger als im Freien, und vor allem war die Luftfeuchtigkeit höher.

Huang bestand darauf, dass alle von ihm favorisierten Beeren, Kräuter und Gemüse jederzeit verfügbar waren. Sie wurden daher versetzt das ganze Jahr über angepflanzt.

Aufwand und Kosten kümmerten ihn nicht.

Unter den Angestellten ging das Gerücht, dass Huang eine Bedienstete dabei beobachtet habe, wie sie eine Himbeere aß – und sie und sogar ihren Mann sofort gefeuert hatte.

Zohra streifte Latexhandschuhe über. Sorgfältig wählte sie die fünf reifsten, saftigsten Himbeeren und pflückte sie von den dornigen Ranken. Sie platzierte die Beeren im Halbkreis auf einem Porzellanteller, dann ging sie einige Beete weiter und fügte noch zwei Erdbeeren hinzu.

Eilig kehrte sie in die Küche zurück. Sie stellte den Teller auf das Frühstückstablett des Bosses, dazu zwei mit süßer Bohnenpaste gefüllte *Baozi* – gedämpfte Klöße –, eine Tasse, eine Kanne kochend heißes Wasser und ein Schälchen mit grünen Teeblättern.

Huang saß im Bett und las etwas auf seinem Handy. Er schaute auf, als Zohra hereinkam.

Sie stellte das Tablett auf seinen Nachttisch.

Als sie sich abwandte, tätschelte er ihr den Hintern. Sie tat, als hätte sie es nicht bemerkt, und verließ den Raum.

Berlin, 7:52 Uhr, -18,9 Grad

Wütend starrte Jana das gerahmte Gedicht an. Clemens hatte es fest umklammert gehalten. Irgendwer hatte es auf seinen Nachttisch im Krankenhaus gestellt.

Der Schutzengel

Du bist der Vogel, dessen Flügel kamen,
wenn ich erwachte in der Nacht und rief.
Nur mit den Armen rief ich, denn dein Namen
ist wie ein Abgrund, tausend Nächte tief.
Du bist der Schatten, drin ich still entschlief,
und jeden Traum ersinnt in mir dein Samen, –
du bist das Bild, ich aber bin der Rahmen,
der dich ergänzt in glänzendem Relief.

Wie nenn ich dich? Sieh, meine Lippen lahmen.
Du bist der Anfang, der sich groß ergießt,
ich bin das langsame und bange Amen,
das deine Schönheit scheu beschließt.

Dafür hatte er sein Leben riskiert! Es war nur Titus' beherztem Eingreifen zu verdanken, dass Clemens hier lag.

Sie hatten Clemens sofort mit Sauerstoff versorgt und mit Blaulicht in die Charité gefahren. Verdacht auf schwere Rauchvergiftung.

Ein Notarzt hatte Titus vor Ort untersucht. Alles okay, glücklicherweise.

Jana hatte ihn zum Dank fest an sich gedrückt. Dann hatte sie die Feuerwehrleute ihre Arbeit tun lassen und sich ein Taxi gerufen. Sie setzten Titus am Hauptbahnhof ab; Alexandra und sie fuhren weiter ins Krankenhaus.

Sie verbrachte die Nacht in den Sesseln des Aufenthaltsraumes, fiel erst in den frühen Morgenstunden in einen unruhigen Schlaf. Als sie aufwachte, lag Alexandra eingerollt auf ihren Beinen. Auf einer Toilette spritzte Jana sich kaltes Wasser ins Gesicht. Sie musterte ihre Frisur – die Zöpfe waren fransig und zerzaust. Aber im Moment war sie zu müde dafür. Später.

»Wir werden Ihren Mann zur Beobachtung hierbehalten, machen Sie sich keine Sorgen«, sagte die Stationsschwester, als Jana nachfragte. »Die Vitalzeichen sind gut.«

»Er ist nicht …«, setzte Jana an, unterbrach sich dann jedoch. »Darf ich ihn kurz sehen?«, fragte sie stattdessen.

»Selbstverständlich.« Die Stationsschwester nannte Clemens' Zimmernummer.

Dort stand sie nun und starrte erst ihn, dann das Gedicht an. Am liebsten hätte sie ihn erst geohrfeigt und dann umarmt. Beides ging nicht wegen der zahlreichen Schläuche und Kabel.

Es war kalt im Krankenhaus. Aktuell war es nahezu unmöglich, gegen die Außentemperaturen anzuheizen. Clemens hatte, wie alle Patienten, mehrere Decken erhalten.

Über Janas Mantel hatte eine mitleidige Nachtschwester irgendwann noch eine weitere Schicht gebreitet.

Die Fenster waren von innen beschlagen, auf den Fensterbänken sammelte sich Kondenswasser.

Sie küsste Clemens auf die Stirn. »Bis später.«

Neben dem Gedicht auf dem Nachttisch lag Clemens' Handy. Der Sperrbildschirm leuchtete auf, als eine Nachricht einging. Jana griff danach. Ein paar News-Meldungen eines Nachrichtenkanals, eine Sprachnachricht von jemandem namens Bakir, und eine Amelie wollte mit einem Haufen Emojis wissen, ob das Clemens' Haus gewesen war in den Nachrichten. Amelie?

Kurz verlangsamte Jana vor dem Eingang zur Krankenhauskantine, überlegte es sich dann anders. Eine halbe Stunde später saß sie mit einem Käsebrötchen aus dem Supermarkt und einem Becher Kaffee an ihrem Schreibtisch. Für Alexandra hatte sie Hundefutter gekauft, das diese aus einer Müslischale in sich hineinschlang.

Jana holte ihr Springseil aus der Tasche und brachte ihren Kreislauf in Gang. Dann fuhr sie den Rechner hoch, nahm einen Schluck Kaffee, biss in ihr Brötchen und überflog ihre Mails.

Bösing hatte eine Nachricht mit dem Betreff »Minensprengung« an alle Mitglieder des Krisenstabs geschickt. »… nachvollziehen, dass am 1. Oktober des vergangenen Jahres sowie am 1. März dieses Jahres außergewöhnlich starke seismische

Wellen verzeichnet wurden. Als Ausgangspunkt lassen sich folgende Koordinaten annehmen.« Es folgten die entsprechenden Angaben. »Satellitenaufnahmen (s. Anlage) zeigen, dass sich dort eine Mine befindet. Diese ist in den offiziellen Wirtschaftsverzeichnissen des Tschad nicht vermerkt. Auch ist den großen Abnehmern von Rohstoffen an diesem Ort kein Anbieter bekannt. Somit ist vorerst davon auszugehen, dass es sich um eine illegal betriebene Mine handelt. Das Fördergut ist unbekannt.

Die WHO stellt in ihrem Jahresbericht (s. Anlage) fest, dass weltweit mindestens ein Drittel aller Minen illegal und meist unter schärfsten Verletzungen der Menschenrechte für die dort Arbeitenden betrieben werden.

Der Abbau von Rohstoffen in Minen ist auf zweierlei Arten möglich. Sie können mithilfe von Großbaggern oberflächlich abgebaut werden, wie es beispielsweise häufig im Kohlebergbau der Fall ist. Oder es werden unterirdische Stollen gegraben, um Rohstoffe in größerer Tiefe zu erreichen. Sowohl zur Herstellung der Stollen als auch zur Freilegung der abzubauenden Rohstoffe werden teilweise Sprengmaterialien eingesetzt. Nach aktuellem Stand ist davon auszugehen, dass dies in der genannten Mine zu den o. g. Zeitpunkten der Fall war. Es ist nicht auszuschließen, dass diese Sprengungen eine Veränderung der Erdkruste unter Europa verursacht, mitverursacht oder zumindest in Gang gesetzt haben. Die dafür notwendigen Mechanismen sind derzeit noch offen. Ein Präzedenzfall ist nicht bekannt. Weitere Untersuchungen werden empfohlen.«

Jana hob ihren Kaffeebecher, stellte ihn wieder ab. Dann griff sie nach ihrem Brötchen, legte es wieder hin. Sie stand auf, lief einen engen Kreis, setzte sich. Las die Mail erneut.

Nicht mit einem Wort hatte Bösing sie erwähnt! Und dabei waren sie letztlich sogar für denselben Dienstherrn tätig.

Dieses eitle Arschloch. Der hatte bestimmt drei, vier junge Wissenschaftlerinnen und Wissenschaftler die ganze Nacht durcharbeiten lassen.

Immerhin: Offensichtlich hielt er Janas Theorie für so schlüssig, dass er nach möglichen Ursachen suchen ließ – und fündig geworden war. Die Ressourcen des Militärs sollte man nie unterschätzen.

Jana überlegte, was nun zu tun war. Sie war wütend, gekränkt, überfordert.

Bevor sie etwas Dummes tat, ging sie erst einmal auf die Toilette und erneuerte ihre Zopffrisur.

Als sie zurückkehrte, fühlte sie sich besser. Souveräner. Sie würde Bösing einfach seinen Moment im Rampenlicht lassen. Lag er mit seinen wilden Spekulationen richtig, diente es der Sache. Lag er falsch, hatte sie ein Problem weniger.

Sie rief ihre Schwester an und erzählte von den Ereignissen der vergangenen Nacht. »Clemens' Haus ist fast vollständig abgebrannt. Sie wissen noch nicht, ob es Brandstiftung war. Möglicherweise im Zusammenhang mit mir, von irgendwelchen Reichsbürgern, die glauben, dass Regierungskommissionen gegen sie arbeiten. Und dann ist dieser Blödmann in das brennende Haus gelaufen.«

»Was? Warum? Lotti, lass das!«, mahnte Pia ihre Tochter.

»Er hat ein Gedicht im Flur hängen, das ihm viel bedeutet.«

»Crazy. Aber auch romantisch.«

»Finde ich nicht. Und gestern ist hier dann noch ein … ach, egal.«

»Nein, was denn? Lass dir doch nicht immer alles aus der Nase ziehen. Du hast dieses abenteuerliche Großstadt-Single-

Leben, und ich sitze hier in unserem Reihenhaus in der Vorstadt. Da musst du mir schon ab und zu was bieten.«

Jana lachte auf. »Ich glaube, da überschätzt du meinen Alltag sehr. Ich wollte nur sagen, gestern ist hier ein Holländer aufgekreuzt, der angeboten hat, mit uns zusammenzuarbeiten. Er hat eine Reederei und gute internationale Kontakte. Und als wir dann gestern nach dem Essen zu Clemens gingen, hat er ihn am Ende aus dem brennenden Haus gezogen und ihm das Leben gerettet.«

»Und du findest, ich überschätze das Drama deines Alltag? Du bist lustig. Eine echte Action-Romanze, nicht schlecht, kleine Schwester, nicht schlecht.«

Berlin, 10:45 Uhr, -17,9 Grad

Clemens' Handy surrte. Er rollte sich auf die Seite und tastete danach. »Ja?«, krächzte er.

»Ich bin's. Bist du wach?«

Jana.

»Ja«, wiederholte er.

»Wie geht es dir?«

»Schlecht. Heiser. Halsweh. Aber sie sagen, ich hätte Glück gehabt.«

»Hast du auch, du verdammter Idiot.«

Er konnte nicht sagen, ob sie das mit einem Lächeln sagte oder nicht.

»Hätte Titus dich nicht rausgezerrt, wäre es wahrscheinlich übel ausgegangen. Und das alles für ein *Gedicht*!«

»Hey, das ist ein echter Rilke!«, protestierte er.

»Und der ist wichtiger als dein Leben?«

Er grunzte. »Na ja, ich dachte …«

»Ja, toll.«

Schweigen.

Dann fragte er: »Ist Titus bei dir?«

»Wieso? Ich bin im BMI.«

»Ich dachte, der ist jetzt einer von euch.«

»Ach Gott, bist du jetzt auch noch eifersüchtig?«

»Nee. Ich wollte mich bedanken.«

»Okay«, sagte Jana. »Ich schick dir seine Nummer.« Sie klang jetzt weniger ärgerlich.

Es frustrierte ihn, dass ausgerechnet Titus ihm das Leben gerettet hatte. Dankbar war er ihm natürlich trotzdem.

»Kannst du … wie lang ist deine Pause?«, fragte Clemens.

»Hier brennt gerade die Hütte. Oh. Kein gutes Sprachbild. Entschuldige. Wir haben heute Nachmittag Pressekonferenz, und aktuell geht es darum, ob wir uns auf eine bestimmte Ursache für die Extremkälte festlegen. Da stecke ich mittendrin, sorry. Aber Alex und ich waren die ganze Nacht da! Du warst nicht allein!«

»Danke«, sagte er. »Das ist nett. Okay. Dann mach mal weiter. Immer schön die Welt retten und so. Sie sagen, ich soll noch eine Nacht hierbleiben.«

»Das ist bestimmt besser so. Das war echt verdammt gefährlich gestern. Blöder Dickkopf.«

»Ja, schon verstanden. Schick mir die Nummer, dann bedanke ich mich bei Titus.«

Happy Mining Co.
(Kourouadi, Tschad), 12:40 Uhr, +41,4 Grad

Kito Dallami jagte seinen alten Suzuki Jimny über die staubige Piste. Er zitterte vor Wut, und er hatte vor, die kämpferische Energie, die seine Empörung in ihm freisetzte, zu nutzen, bevor sie in Trauer und Verzweiflung umschlug.

Sein halbes Leben hatte er damit verbracht, sich für die Gründung, Erhaltung und Ausweitung der Naturschutzgebiete in seinem Heimatland einzusetzen. Er hatte mit den Vereinten Nationen, dem WWF und dem Sahel and West Africa Program (SAWAP) zusammengearbeitet. Sie hatten viel erreicht – aber bei weitem nicht genug.

Dallami raste auf das Tor zur Happy Mining Co. – das Hellhole – zu, erst im letzten Moment drehte er das Lenkrad zur Seite, trat auf die Bremse und kam quer auf dem Weg zu stehen. Er sprang aus dem Wagen, riss die Kofferraumklappe auf und zerrte die Überreste einer wundervollen Mendesantilope heraus. Was von dem schönen Tier übrig geblieben war, hatte er auf einer Plastikplane hierher transportiert.

Wilderer hatten es geschossen, dann mit kruden Schlägen ihrer Macheten die Hinterbeine abgetrennt. Den Rest des vom Aussterben bedrohten Tiers hatten sie einfach liegen gelassen.

Dallami schlang seine Arme um den Hals der toten Antilope. Die Gedärme hingen bis zum Boden. Blut tropfte in den Staub.

Er wandte sich an die bewaffneten Aufseher, die ihn zu gleichen Teilen furchtsam wie abwehrend anstarrten. »Ich will sofort Huang sprechen! Er ist dafür verantwortlich!«, rief

Dallami. »Seht nur, dieses wunderschöne Tier! Vom Aussterben bedroht! Jemand hat sie einfach ermordet! Huang schuldet mir Rechenschaft! Er schuldet uns allen Rechenschaft! Diese Mine bringt Unglück über das Land! Ich will ihn sprechen, er soll mit eigenen Augen sehen, was er anrichtet!«

Einer der Männer hob halbherzig sein Maschinengewehr, der andere griff nach seinem Funkgerät und sprach hinein.

»Was ist? Kommt er oder traut er sich nicht, einem alten Mann zu begegnen!«, blaffte Dallami.

Der Aufseher, der die Funkmeldung abgesetzt hatte, streckte ihm die erhobene Handfläche entgegen. »Warte hier.«

Sie starrten einander an. Die Antilope wurde schwer, Dallami ließ sie zu Boden sinken.

Um sie herum breitete sich Stille aus. Hinter dem Tor führte die einfache Piste weiter zur Mine. In einem Kilometer Entfernung arbeiteten riesige Maschinen, die ein kaum wahrnehmbares Grollen über das Land schickten.

Die Hitze umschloss sie unbarmherzig.

Die beiden Söldner standen im Schatten eines Unterstandes. Sie flüsterten unsicher miteinander, ließen Dallami dann aber doch in der prallen Sonne stehen.

Das Fleisch der massakrierten Antilope trocknete langsam ein.

In der Ferne begann eine Staubwolke aufzusteigen. Ein Pünktchen näherte sich, wurde größer, ein Landrover. Die Wachmänner öffneten das Tor. Der Landrover blieb auf dem Gelände der Mine stehen. Ein Mann stieg aus.

Er war schlank, Mitte dreißig, trug Militärstiefel, einen Camouflage-Overall und eine rote Baskenmütze. In seinem Gürtel steckte rechts eine Pistole, links ein Messer.

Er kam durch das Tor, starrte angeekelt auf den Tierkadaver. »Was willst du, alter Mann?«, schnauzte er Dallami an.

»Ich bin Kito Dallami«, entgegnete der. »Ich muss mit Mr Huang reden, dem Betreiber der Mine. Es sind seine Mitarbeiter, die dieses wundervolle Tier …«

»Wer hat dir gesagt, dies sei Mr Huangs Mine?«, blaffte der Mann.

»Ich habe meine Quellen. Ich lebe schon länger hier, als Sie auf der Welt sind«, entgegnete Dallami ruhig.

»Huang ist nicht hier. Und wäre er es, würde er nicht mit Abschaum wie dir sprechen!«

Der Soldat kickte den Oberkörper der Antilope. »Schaff das weg. Ich will dich nie wieder sehen!«

»Nein! Sie müssen Ihren Männern sagen, dass sie nicht wildern dürfen! Diese Antilope« – Dallami ging in die Knie, legte die Hände auf das kratzige Fell des toten Tieres –, »sie hat es nicht verdient, so zu sterben. Und es gibt nur noch wenige Hundert ihrer Art. Wenn wir nicht …«

Der Mann hob erneut den Fuß, doch diesmal trat er nicht nach der Antilope, sondern sichelte Dallami die Beine unter dem Körper weg. »Was habe ich gesagt?«, schrie er. »Wagst du es, mir zu widersprechen?« Dallami stürzte zu Boden. Der Soldat kam ihm mit einem großen Schritt über den Kadaver hinweg hinterher. Er trat erneut zu, diesmal traf er Dallamis Ellenbogen. Der alte Mann schrie auf vor Schmerz.

»Verpiss dich, du Greis! Hau ab, nimm dein Vieh mit und lass dich hier nie wieder blicken! Du weißt nicht, mit wem du es zu tun hast.« Wieder trat er zu, traf Dallamis Oberschenkel.

»Du hast Glück, dass der Boss keine Zeit für einen wie dich hat. Wage es nicht, noch einmal hier zu erscheinen, verstanden? Sonst …« Er streichelte mit der Hand über die Pistole in seinem Halfter.

Dann wandte er sich um. Die Wachen nahmen Haltung an, als er an ihnen vorbei durch das Tor ging. Im Weggehen rief er noch: »Lass uns in Ruhe mit deiner Weltretterei. Die Welt ist nicht mehr zu retten! Verkriech dich in das Loch, aus dem du gekommen bist, und komm mir ja nicht wieder in die Quere!«

Mit der flachen Hand schlug er auf die Motorhaube seines Wagens. Wie ein Schuss hallte der Knall durch die Luft.

Er stieg ein, sein Fahrer ließ den Motor aufheulen. Sie verschwanden in einer Staubwolke.

Dallami lag auf dem Rücken und stöhnte. Er hielt sich den Ellenbogen. Nie zuvor in seinem Leben war er derart respektlos behandelt worden.

Einer der Wachmänner nahm seine MP ab, lehnte sie an den Torpfosten und half Dallami auf. Dann kehrte er wortlos auf seinen Posten zurück.

Dallami sah dem Landrover nach, in dem sein Peiniger davonraste. Dann wandte er sich ebenfalls ab, stieg in seinen Suzuki und fuhr davon.

Die Überreste der Antilope ließ er als Mahnung im Staub der Piste vor dem Tor zur Hölle liegen.

Marseille, 12:50 Uhr, +2,8 Grad

Wo war Ulrike?

»Mama? Mama, wo bist du?« Die Wohnung war winzig, ein Schlafzimmer, ein Bad, ein Wohnzimmer – in dem Amelie auf der Ausziehcouch schlief –, die Küche. Amelie schaute in allen Räumen nach, konnte ihre Mutter aber nicht finden.

Sie sah, völlig irrational, in den Kleiderschrank, unter das Bett, in das Arzneimittelschränkchen im Bad. Sie öffnete den Deckel des Mülleimers unter der Spüle.

Eine dieser kleinen Cognacflaschen, leer.

Eben hatte sie sich zwar Sorgen gemacht, war aber zugleich überzeugt gewesen: Es wird schon nichts sein. Das änderte sich nun mit einem Schlag.

Sie bekam Panik. Wo war ihre Mutter?

Zurück ins Schlafzimmer, die Tasche und Ulrikes Kleidung waren noch da. Sie nestelte ihr Handy aus der Hosentasche, wählte die Nummer ihrer Mutter.

Es dauerte einen Moment, dann klingelte es. Erst an ihrem Ohr, dann … irgendwo in der Wohnung? Hektisch lief sie in die Küche. Ulrikes Handy lag auf der Fensterbank.

War das nun ein gutes oder ein schlechtes Zeichen?

Wurde ihre Mutter dement, hatte sie vergessen, wo sie waren und warum – und die fremde Wohnung einfach verlassen?

Amelie beendete den Anruf. Sie schaute zum Fenster hinaus auf die Straße. Dann eilte sie zurück in den Flur, zog ihre Schuhe an, ihre Jacke.

Ulrikes Schuhe und Jacke waren nicht hier.

Also war sie wohl wirklich einfach abgehauen.

Amelie hetzte die Treppe hinunter.

Das kleine Cognac-Fläschchen konnte alles bedeuten. Vielleicht hatte Ulrike nur ein paar Schluck getrunken, zur Entspannung oder gegen den Stress. Dagegen war nichts einzuwenden, sie war schließlich erwachsen. Oder aber die Flasche war nur eine von vielen, und die anderen hatte sie geschickter versteckt oder woanders entsorgt. Dann ließe sich nicht sagen, wie es ihr ging, was in ihrem Kopf passierte.

Im Geiste sah Amelie ihre Mutter bewusstlos auf einer dreckigen Pappe in einer Sackgasse in Marseille liegen, im Regen zwischen ein paar Müllcontainern.

Sie schoss hinaus auf den Bürgersteig, drehte sich nach links, nach rechts – und sah sie. Ihre Mutter kam ganz ruhig in ihre Richtung. Sie trug eine kleine Plastiktüte in der Hand und lächelte, als sie Amelie entdeckte.

»Mama!«, rief die und lief auf Ulrike zu.

Sie blieb vor ihr stehen, musterte sie von Kopf bis Fuß, nahm sie dann in den Arm. »Ich habe mir Sorgen gemacht«, sagte sie leise.

»Oh. Das tut mir leid. Das wollte ich nicht. Ich dachte nicht … ich wollte nur … du hast geschlafen, ich wollte dich nicht wecken.«

»Ich habe versucht, dich anzurufen.«

»Mein Handy hat nicht geklingelt.«

»Doch. Aber es liegt oben in der Wohnung auf der Fensterbank. Mama, also wirklich.«

»Ach, das tut mir ehrlich leid. Ich wollte nur … hier!« Sie hielt Amelie mit verkrampften Fingern den Henkel der Plastiktüte hin. »Für dich.«

Amelie runzelte die Stirn. »Was ist das?«

»Du wirst schon sehen.« Ulrike lächelte verschmitzt. So zufrieden hatte Amelie ihre Mutter lange nicht erlebt.

Sie schaute in die Tüte. Darin lag ein in weißes Papier eingeschlagenes Päckchen.

»Wir können auch raufgehen, du kannst es oben auspacken«, sagte Ulrike. »Hier ist es ganz schön ungemütlich.«

In der Küche nahm Amelie das Paket aus der Tüte, wickelte es aus.

»Cannoli! Wo hast du die denn her? Die sehen ja fantastisch aus!«

Strahlend starrte sie die zwei frittierten Teigrollen mit ihrer süßen, cremigen Füllung an.

»Ich weiß doch, wie gerne du die magst.«

»Aber mitten in Frankreich?«

»Gestern auf dem Weg sind sie mir in der Auslage einer *Confiserie* aufgefallen. Ich dachte, ich mache dir damit vielleicht eine Freude. Als kleines Dankeschön. Es ist sicher nicht immer leicht mit mir. Ich bin dir wirklich sehr, sehr dankbar. Auch wenn ich das vielleicht nicht immer zeige.«

»Ach, Mama«, sagte Amelie. Sie umarmte ihre Mutter erneut. »Danke, das ist wirklich sehr nett von dir. Ich freue mich sehr. Soll ich uns einen Espresso kochen und wir teilen die?«

Berlin, 13:00 Uhr, -18,1 Grad

Nach dem Schrecken der vergangenen Nacht hatte Titus ausgeschlafen, dann Mails beantwortet, seine Assistentin zurückgerufen, mit seinem Schwiegervater telefoniert. Er berichtete dem Senior, dass sein Aufenthalt in Berlin ausgesprochen gut lief. Er würde noch die Pressekonferenz am Nachmittag und die Abstimmung der sich daraus ergebenden Maßnahmen und internationalen Kooperationen abwarten und morgen zurückfahren.

Dann kam eine Textnachricht von Jana. Eine Einladung zum Mittagessen. Er erklärte sich natürlich einverstanden. Sie schlug den »Zollpackhof« vor, ein deutsch-österreichisches Lokal. Es befand sich nur wenige Schritte von seinem Hotel sowie dem BMI entfernt, wo der Krisenstab seinen Sitz hatte. Auch das Kanzleramt lag in der Nähe. Deswegen hatte das Lokal geöffnet.

Titus war überpünktlich. Er nahm an einem der rustikalen Tische Platz und blätterte in der Speisekarte. Wegen Lieferschwierigkeiten und Ernteausfällen bei vielen Lebensmitteln war über die Hälfte der Gerichte gestrichen.

»Hi!« Jana setzte sich ihm gegenüber. Sie hielt Alexandra an der Leine. Die Hündin schnupperte an Titus' Hosenbein, dann zog sie sich zurück und legte sich, das Hinterteil in seine Richtung, unter Janas Stuhl.

»*Goedemiddag*«, entgegnete er mit einem Lächeln.

Ein Kellner kam und sie bestellten. Dann streckte sie die Hand aus und legte sie auf seine. »Ich wollte mich noch mal bedanken bei dir. Das war wirklich sehr mutig gestern!«

»Ach«, sagte Titus. »Das hätte jeder getan.«

»Bestimmt nicht.«

»Und es ist ja auch gut ausgegangen.«

»Glücklicherweise. Und zur Hälfte liegt das an dir. Also: Danke!«

»Na gut. Ich habe nicht darüber nachgedacht. Ich bin einfach losgelaufen.« Er zuckte mit den Schultern.

Dann setzte er hinzu: »Clemens hat mir eine Nachricht geschickt. Es geht ihm besser, aber sie wollen ihn noch eine Nacht dabehalten.«

Jana nickte. »Ja. Selbst schuld. Wegen eines Sammlerstücks.« Sie schüttelte den Kopf.

»Sammlerstück?«

»Deswegen ist der Blödmann doch überhaupt in das Haus gelaufen. Weil er seinen Rilke retten wollte.«

Titus schaute überrascht.

»Clemens hat auf einer Auktion ein Originalgedicht von Rilke gekauft. Das wollte er retten. Hat er auch geschafft. Nur wäre er halt selbst beinahe draufgegangen.«

»Für ein Gedicht?«

»Ein handschriftliches Original von Rilke. Ich sag ja, du hättest das nicht machen müssen.«

Sie grinste schief. Er stimmte in ihr Lachen ein.

Kiel, 15:30 Uhr, -22,7 Grad

»Selbstgebacken?«, fragte Anton.

»Ja, glutenfrei und vegan«, entgegnete Torben.

»Für mich dann nicht, danke«, sagte Eric.

»Eric!« Anton stieß seinen Mann in die Seite.

»War nur ein Scherz. Ich nehm auch gern ein Stück«, sagte Eric.

»Kaffee oder Tee?«, fragte Dorthe aus der Küche.

»Kaffee«, sagte Eric. »Schwarz.«

»Was habt ihr für Tee?«, fragte Anton.

»Schwarz, grün, weiß mit Jasmin, Roibusch, Alpenkräuter, Pfefferminze, Chai.«

»Grün, gerne.«

Dorthe und Torben waren die Eltern von Imke. Anton und Eric hatten sich auf einem Elternabend mit ihnen angefreundet, und ein paar Jahre später waren auch die Töchter plötzlich Freundinnen geworden.

»Wie nett von euch, uns einzuladen – ich weiß nicht, wann wir das letzte Mal bei irgendwem zu Besuch waren«, sagte Anton.

»Ja, uns geht es ähnlich. Homeoffice, Geldsorgen, dazu diese furchtbare Kälte – da bleibt man schon aus Erschöpfung ganz schnell einfach für sich«, bestätigte Torben. »Wir haben uns deshalb ganz bewusst vorgenommen, wenigstens einmal im Monat jemanden einzuladen oder zu besuchen. Schon aus Trotz. Wir haben uns fest vorgenommen, uns von der Eiszeit die Freude am Leben nicht nehmen zu lassen.«

Anton sah auf die Uhr. »Wo bleiben sie denn?« Er zog sein Handy heraus. Keine Nachricht.

»Sie wollten Viertel nach hier sein«, sagte Dorthe.

»Ach«, winkte Eric ab. »Ich war auch nie pünktlich.«

»Bist du immer noch nicht«, sagte Anton. »Aber Lulu.«

»Und Imke auch.«

»Es wird heute ganz schön früh dunkel«, sagte Anton mit einem Blick zum Fenster. Er drückte die Schnellwahltaste für Lulu und sprach auf die Mailbox: »Hey, wo seid ihr? Wir warten auf euch! Der Kaffee wird kalt, und Antons Tee auch.«

Dorthe versuchte ebenfalls, Imke anzurufen. Es klingelte einige Male, dann ging auch bei ihr die Mailbox ran.

»Sollen wir einfach essen?«, fragte Torben.

»Ich mache mir Sorgen«, sagte Anton. »Kannst du sie orten?« Er sah Eric an.

Der öffnete eine App. »Die letzte Position ist mitten auf dem Nord-Ostsee-Kanal«, sagte er. »Nicht weit von hier.«

Anton beugte sich zu ihm herüber und schaute auf das Display. »Das gefällt mir gar nicht.« Er stand auf. »Tut mir leid, aber ich könnte den Kuchen sowieso nicht genießen. Ich geh die beiden mal suchen.«

Torben warf Dorthe einen Blick zu. »Wir kommen mit«, sagte er.

»Dann bleibe ich nicht allein hier beim Kuchen«, sagte Eric.

»Ich hab auch keine Lust, schon wieder rauszugehen«, sagte Anton. Sie zogen sich hastig an: Pullover, Weste, Stiefel, Jacke, Schal, Mütze, Handschuhe.

»Könnt ihr Imke orten?«, fragte Eric.

Torben schüttelte den Kopf.

Eric überprüfte die Anzeige des Handys, dann versuchte er es erneut bei Lulu. Wieder nichts.

»Dann gehen wir einfach Richtung Kanal, irgendwo müssen die beiden ja sein«, schlug er vor.

Zwei Querstraßen von ihnen entfernt befand sich der Fähranleger Holtenau, ein paar Hundert Meter weiter östlich die Schleuse. Sie erreichten das Ufer, sahen sich um. Wie alle Wasserwege war der Nord-Ostsee-Kanal seit Monaten zugefroren. Wo steckten die Mädchen nur?

Es dämmerte bereits. Seit Wochen benutzten die Menschen den Kanal wie eine Kreuzung – sie querten von der Nord- auf die Südseite und umgekehrt, sie gingen auf dem Eis spazieren, junge Leute spielten Hockey oder verabredeten sich zum Schlittschuhfahren. »Da, was ist das?«, rief Anton und deutete auf eine kleine Gruppe Menschen, die ungewöhnlich unruhig wirkte. Er kletterte über das Geländer, ließ sich auf das Eis sinken, lief los. Eric, Torben und Dorthe folgten.

Etwa zweihundert Meter landeinwärts, noch deutlich vor der Hochbrücke, standen vielleicht zehn, fünfzehn Personen. Anton konnte nicht sagen, was ihm diesen Eindruck vermittelte, aber sie wirkten besorgt. Er hatte im Fährdienst genug Zwischenfälle erlebt, um beunruhigende Situationen auf dem Wasser zu spüren, bevor er sie wirklich begriff. »'tschuldigung, Vorsicht, darf ich mal durch?«, rief er automatisch, während er sich ungebremst zwischen den Menschen hindurchdrängte, Schulter voran. Im Inneren des Halbkreises erfasste er mit einem Blick die Situation und warf sich, ohne auch nur abzubremsen, direkt bäuchlings auf das Eis. Er schlidderte vorwärts, an Imke vorbei, die Arme ausgestreckt, auf das schwarze Loch zu.

Einige Meter vor dem Ufer war das Eis eingebrochen. Lulus Kopf ragte aus dem Wasser, sie stöhnte, versuchte sich an der Eiskante festzuklammern, aber es gelang ihr nicht.

»Halt meine Beine fest! Rutsch zurück und halt meine Beine fest!«, befahl Anton Lulus Freundin Imke.

Vorsichtig robbte er vorwärts. Imke warf sich auf seine Beine. Er konnte nur hoffen, dass ihre Kraft reichte. Er musste Lulu zu fassen kriegen und aus dem Wasser ziehen, so schnell es ging. Schon nach wenigen Minuten im Eiswasser wäre Lulu in Lebensgefahr.

»Anton!«, gurgelte Lulu erschöpft. »Hilf mir!«

Sie streckte ihm die Hand entgegen. Er griff danach, verfehlte sie. Das Eis, auf dem er lag, knackte beunruhigend.

»Ich hab dich!«, hörte er von hinten Erics Stimme. »Ich hab dich.«

Anton spürte, wie sich Imkes Hände von seinen Beinen lösten. Jemand anders packte sie – Eric und Torben.

Lulu schlug panisch um sich. Ihr Gesicht hatte begonnen, sich blau zu verfärben.

»Komm, Süße, versuch es noch mal«, sagte Anton. »Gib mir deine Hand.«

Erneut reckte Lulu ihm ihre Hand entgegen. Diesmal berührten seine Fingerspitzen ihre eisige Haut, aber noch immer war er zu weit entfernt. Anton stemmte sich auf die Ellenbogen, schob sich zentimeterweise vorwärts.

Lulu verließen die Kräfte, ihr Kopf versank im schwarzen Wasser.

»Lulu!«, schrien Anton und Eric gleichzeitig.

Am Ufer hielten eine Feuerwehr und ein Krankenwagen. Ihre Signalhörer dröhnten über das Eis.

Anton wusste aus hundert Sicherheitsschulungen, dass er

auf keinen Fall näher an die Einbruchstelle herandurfte. Er sollte die Rettung den Profis überlassen, die sich mit Seilen und Unterlagen sichern konnten.

Doch dafür war nicht genug Zeit. Mit einem Ruck warf er sich einen halben Meter nach vorn, sodass er die Arme in das Loch im Eis stecken konnte. Eric und Torben verloren ihn aus dem Griff, packten aber gleich wieder zu.

Unter Anton brach krachend das Eis, die nasse Kälte nahm ihm den Atem. Er steckte die Arme so tief ins Wasser, wie es ihm möglich war. Da! Fest umklammerte er Lulus Handgelenk, zerrte sie nach oben. Es folgte der Arm, dann ging ein Zucken durch ihren Körper und sie stieß mit einem verzweifelten Prusten den Kopf in die Höhe. Rang nach Luft.

Anton bekam den zweiten Arm zu fassen, zog.

Eric und Torben rissen so heftig an seinen Beinen, dass Anton aufschrie vor Schmerzen.

Doch das Manöver gelang. Lulus Oberkörper landete auf dem Eis. Sie zogen weiter, und Stück für Stück holten sie ihre Tochter aus dem Wasser. Aber noch waren sie nicht in Sicherheit. Anton konnte spüren, wie das Eis unter ihm nachgab.

»Das Eis bricht, wir müssen weiter weg!«, rief er.

Auf einmal eine Bewegung neben ihm. Ein mit einem Seil gesicherter Ring, dann ein zweiter. »Festhalten!«, rief eine Stimme.

Anton schob Lulu einen Ring hin, doch die war zu entkräftet. »Sie kann nicht!«, rief er.

Etwas knallte neben Anton aufs Eis – eine Krankentrage. Ein Feuerwehrmann warf sich darauf, robbte auf Lulu zu, packte ihre Handgelenke, zog sie zu sich auf die Trage. Als beide darauflagen, wurde die Trage nach hinten von der Einbruchstelle weggezogen.

Sekunden später tauchte sie wieder auf, leer. Anton packte den Rand, rollte sich über die Kante. Ein Sanitäter trug Lulu bereits zum Krankenwagen. Anton folgte, gestützt von einem Feuerwehrmann.

»Sie sind der Vater?«

Er nickte.

»Alles Nasse ausziehen. Wir haben Notbekleidung und Decken.«

Anton half der zitternden Lulu. Eine Notärztin legte ihr eine Decke um, darüber eine Wärmedecke mit Alu-Innenseite.

Sie begann, das Mädchen zu untersuchen.

Anton zog seine Jacke aus, den Pullover, das Hemd. Bekam ebenfalls eine Jacke.

»Wir wohnen nicht weit von hier«, sagte er.

Die Ärztin beendete Lulus Untersuchung. »Sie ist nur extrem unterkühlt, ansonsten ist alles in Ordnung. Die Krankenhäuser sind überfüllt, und dort würde man sie auch nur warmhalten. Ich gebe Ihnen Anweisungen für die nächsten 24 Stunden. Wir können Sie nach Hause fahren.«

»Okay, danke«, sagte Anton und nannte die Adresse.

Global Commodities Ltd.,
(Kourouadi, Tschad), 16:27 Uhr, +39,1 Grad

Bushra Oduho betrachtete die Fingerkuppen des Arbeiters genau. Er nickte nachdenklich, schlug etwas in einem zerfledderten Buch nach, dann nahm er einige Behälter mit Pulvern und Essenzen von einem Regal über seinem Arbeitstisch.

Aus gemahlenen Gräsern, getrockneten Blättern und Früchten sowie drei verschiedenen Ölen mischte er in einem Mörser eine zähe Paste, die leicht süßlich roch. Mit einem Spatel strich er diese auf die wunde, rissige Haut an den Fingern des Arbeiters.

»Einziehen lassen, nicht abwaschen!«, mahnte er.

»*Naa gode*«, sagte der Mann – »Danke« auf Hausa, dem Dialekt, den die meisten Menschen hier sprachen.

»*Don Allah. Sai gobe!*«, entgegnete Oduho: »Bitte. Bis morgen!«

Bushra Oduho sorgte als schamanischer Berater auf Frank Schachtschneiders Mine, der Global Commodities Ltd., dafür, dass die knapp 300 Arbeiter leistungsfähig und bei guter Gesundheit blieben. Seine Aufgabe bestand weiterhin darin, Unglück und böse Geister fernzuhalten.

Er verließ seinen einfachen Behandlungsraum und ging über den Hof in Richtung der Wohngebäude. Die Besitzer-Familie bewohnte ein großzügiges, einstöckiges Gebäude. Bediensteten standen kleinere Hütten in der Nähe zur Verfügung.

Schachtschneider saß im Schatten der Veranda. Er winkte Oduho zu sich herüber. »*Karkanji?*«, bot er an.

Der rote Tee aus Hibiskusblättern wurde mit Ingwer, Nelken und Zimt gewürzt.

Oduho setzte sich neben Schachtschneider. Er wusste, dass der Chef selbst nicht an Schamanismus glaubte. Doch beiden lag das Wohl der Arbeiter am Herzen.

Schachtschneider war als junger Mann in den Tschad gekommen, ein orientierungsloser Abenteurer. Für einen Franzosen hatte er die Geschäftsführung der Mine übernommen. Er hatte sich verliebt und geheiratet.

Schachtschneiders Frau, selbst in Kourouadi geboren, hatte Oduho gerufen, als ihr Mann hohes Fieber bekam. Als Schachtschneider Jahre später die Mine übernahm, hatte seine erste Amtshandlung darin bestanden, Oduho offiziell zu engagieren.

»*Kana lafiya?*«, fragte Schachtschneider: »Wie geht es dir?«

Oduho nickte mit einem Lächeln. »*Bon*«, antwortet er auf Französisch und setzte sich. Schachtschneider goss ihm ein Glas Tee ein.

»Können wir noch etwas tun?«, führte er dann ein Thema fort, über das sie schon oft diskutiert hatten. Nachdenklich drehte er sein Glas zwischen den Händen.

Die politische Lage im Tschad war instabil. Die ehemalige französische Kolonie wurde autoritär regiert und galt als eines der korruptesten Länder der Welt. Zusätzlich bedrohte die Veränderung des Klimas die Lebensgrundlagen – es wurde heißer und trockener. Der Landbau, die traditionelle Art der Bevölkerung, sich zu ernähren, wurde immer schwieriger.

»Ich bin gern hier.« Schachtschneider wurde nicht müde, das zu betonen. »Das Land, die Menschen – es ist traurig, wenn sie ihre Heimat verlassen müssen.«

»Wir – Sie – tun bereits, was möglich ist«, entgegnete Oduho nicht zum ersten Mal. »Die Arbeiter erhalten einen anständigen Lohn. Sie können ihre Kinder zur Schule schicken, anstatt sie hier bei Ihnen arbeiten lassen zu müssen. Und nicht zu vergessen, dass Sie die Schule finanzieren. Sogar die Mädchen dürfen dorthin, wenn die Eltern es erlauben! Sie haben Genehmigungen, zahlen Steuern. Versorgen die Männer und die Familien, wenn sie krank werden.«

»Vielleicht müsste ich die Mine vergrößern. Oder eine zweite kaufen. Um mehr Männer einzustellen«, sagte Schachtschneider. Er schüttelte dabei den Kopf. »Aber dafür bin ich zu alt. Und überhaupt – wäre so etwas erwünscht? Im Grunde ist das alles« – mit einer weiten Handbewegung bezeichnete er das gesamte Minengebiet – »doch immer noch alles Kolonialismus. Manchmal denke ich, es wäre besser, ich würde mich zurückziehen.«

»Nein«, sagte Oduho sanft. »Das ist nicht meine Position. Sie behandeln die Männer gut. Andere Chefs täten das nicht. Das hat nichts mit der Hautfarbe zu tun, sondern mit dem Herzen.«

Er legte eine Hand auf seine Brust.

»Vielleicht hast du recht«, sagte Schachtschneider.

Seine Frau Lisha kam aus dem Haus, trat hinter ihn. Sie legte ihre Hände auf seine Schultern. Das Paar war kinderlos geblieben. Oduho und Schachtschneider hatten nie darüber gesprochen, aber Oduho konnte sich nicht vorstellen, dass es Absicht war.

Die Sonne war hinter dem Horizont versunken. »*Ina jin yunwa*«, sagte Schachtschneider: »Ich habe Hunger.«

»Das Essen ist fertig«, entgegnete Lisha.

»*Sai an juma*«, verabschiedete Schachtschneider sich von Oduho und ging ins Haus.

Oduhos Hütte war komfortabel eingerichtet. Ein Fernseher, den er jedoch nur selten benutzte, eine kleine Küche, ein Lesesessel, sein Bett.

Lange noch lag er wach und dachte darüber nach, was sie tun konnten, um den Menschen in diesem Land zu helfen.

Berlin, 17:00 Uhr, -21,9 Grad

Eisregen klatschte gegen die Scheiben des Konferenzsaals. Die Kameraleute hatten den Aufbau beendet. Jana Hollmer beobachtete, wie die letzten Journalistinnen und Journalisten mit ihren Kaffee- und Teetassen Platz nahmen. Sie saß mit Kanzleramtsminister Dominic Fischer, Edgar Rieve vom BMI und Leonhard Bösing auf dem Podium. Die übrigen Mitglieder des Krisenstabs saßen quer zu den Besuchern auf einer Stuhlreine an der Wand.

»Vielen Dank, dass Sie heute so zahlreich erschienen sind«, eröffnete Fischer die Pressekonferenz. »Wir haben sehr interessante Neuigkeiten für Sie. Vizeadmiral Bösing, bitte.«

Bösing saß steif und aufrecht da. Er trug Uniform. Auf der Brust und den Schultern leuchteten allerhand Auszeichnungen und Abzeichen.

»Meine Damen und Herren«, begann Bösing, »es ist uns gelungen, die Ursache der gegenwärtigen Eiszeit in Deutschland ausfindig zu machen.« Sofort ging ein Murmeln durch den Saal. Bösing fuhr ungerührt fort: »Sprengungen in einer illegalen Mine im Tschad haben zur Verdickung der Erdkruste unter Deutschland geführt. Diese wiederum isoliert uns von der dringend notwendigen Erdwärme. Deshalb ist es in Deutschland derzeit kälter als im langjährigen Durchschnitt.«

Er brach ab. Jana beugte sich vor und schaute zu Bösing hinüber. Doch der schien seinen Vortrag an dieser Stelle beendet zu haben.

Nach einer Sekunde der Verblüffung riefen die Journalisten erste Fragen.

Fischer hob beschwichtigend die Hände, warf Bösing einen gereizten Blick zu (oder vielleicht bildete Jana sich das auch nur ein) und sagte: »Frau Dr. Hollmer vom Bundeswehr-Forschungszentrum für geopolitische und geophysikalische Entwicklungen in Leipzig hat noch einige Erläuterungen für Sie.« Er deutete in Janas Richtung.

Die Journalisten beruhigten sich nicht. Am lautesten war einer in der zweiten Reihe. »Wird es je wieder warm in Deutschland? Bleibt es jetzt für immer so kalt? Wie ist diese Verdickung möglich? Was sollen die Bürgerinnen und Bürger nun tun?«, wiederholte er seine Fragen in unterschiedlichen Formulierungen.

Jana beugte sich vor, tippte mit dem Finger gegen ihr Mikrofon. »Darf ich?«, fragte sie dann freundlich.

Es wurde leiser.

»Ich kann – wir können – Ihre Fragen nachvollziehen«, begann sie. »Der Reihe nach. Wie ist das, was geschehen ist, überhaupt möglich? Sie alle kennen doch die Wärmepacks mit den Klickplättchen darin. So in etwa müssen Sie sich das vorstellen, nur im globalen Maßstab. Im Tschad – in einer dort betriebenen illegalen Mine, das hat die kreuzweise Deutung von Satelliten- und seismographischen Daten ergeben – erfolgte in etwa 1800 Meter Tiefe eine umfangreiche detonative Umsetzung von Sprengstoffen.« Sie unterbrach sich. »Oder, genau genommen, wurden zwei Gewinnungssprengungen durchgeführt, eine am ersten Oktober des vergangenen Jahres, eine weitere vor sechs Tagen. Deren sonische Wirkung können Sie sich vorstellen wie das Knicken des Plättchens in dem Wärmepack. Oder wie wenn Sie einen Stein in einen Teich werfen. Schallwellen – Erschütterungsemissionen – breiten sich aus. Im Gegensatz zum Wärmepack besteht die Erdkruste aber nicht aus einem einzigen Material, sondern ist ausgesprochen heterogen aufgebaut. Die Intensität der Schwingungen nimmt mit der Entfernung vom Ursprungsort ab. So wie meine Stimme hinten im Saal« – sie deutet ans andere Ende des Raumes – »leiser ist. Unterwegs traf die Schwingung nun offenbar auf eine Erdschicht mit einer entsprechenden Resonanzfrequenz.

Solche Resonanzen sind der Grund, warum Soldaten auf Brücken nicht im Gleichschritt marschieren dürfen. Dann kann die Brücke nämlich in sich zusammenbrechen. In Südkorea hat einmal ein Fitnessstudio ein Hochhaus ins Wanken gebracht, weil dort sehr laut der Hit ›The Power‹ von Snap gespielt wurde.

Diese Erdschicht hat nun auf die Wellen mit einer Verfestigung reagiert, so wie das Gel im Wärmepack.

Je dicker eine solche Schicht, desto größer ihr Isoliereffekt. Das kennen Sie alle aus den letzten Monaten – je dicker Sie sich anziehen, desto weniger Wärme verlieren Sie.

Daher kühlte die Erdoberfläche in Mitteleuropa ab. Dazu kam ein ohnehin überraschend kalter Herbst und Winter.

Ja, ich weiß, wir sprechen seit langem über die Erder*wärmung*. Aber da geht es um das *Klima*, also langfristige Entwicklungen. Hier geht es um *Wetter*, kurzfristige Daten. Intensive Aufforstungen, die Verlangsamung des Golfstroms und des Jetstreams, all das kann zu dieser außergewöhnlichen Abkühlung beigetragen haben. Und dann begann eine Feedbackschleife: Auf dem Boden bildet sich Eis. Fällt nun Regen und friert der ebenfalls – es bildet sich mehr Eis. Das Eis speichert Kälte besser als Regen, der versickert. Das Eis kühlt die Luft weiter ab, nun fällt eher Schnee als Regen. Liegt erst einmal Schnee, strahlt die weiße Oberfläche Sonnenwärme zurück, statt sie aufzunehmen – der sogenannte Albedo-Effekt.

Wir hätten also ohnehin wohl einen kalten Winter zu beklagen, aber keinesfalls wäre die Situation so schlimm geworden«, schloss sie.

»Sie finden alle Informationen auch in dem Bericht, den Sie am Ausgang mitnehmen können«, ergänzte Fischer.

»Planen wir einen Gegenschlag?«, rief jemand von hinten.

»Einen Gegenschlag?«, fragte Jana verständnislos.

Bösing beugte sich vor und sagte nüchtern: »Es ist noch zu früh, um militärische Operationen in Erwägung zu ziehen.«

»Wie kriegen wir Deutschland wieder warm?«, rief eine Frau aus der Mitte des Saales.

Die Antwort auf diese Frage übernahm Edgar Rieve vom Innenministerium. »Selbstverständlich haben wir sofort eine wissenschaftliche Taskforce zu genau diesem Thema ins Leben gerufen. Aktuell werden alle nur möglichen Vorgehensweisen untersucht. Eine erste Idee ist eine entsprechend tiefe Bohrung, um dann das verdickte Gestein beispielsweise mithilfe von Chemikalien anzusprechen.«

Jana traute ihren Ohren kaum. Was redete der Mann? Das tiefste Bohrloch der Welt, das noch für Forschung benutzt wurde, reichte zwar 9000 Meter in die Erde und befand sich in Deutschland – aber in der falschen Region. Ganz zu schweigen davon, dann eine Art geophysikalischen Rohrreiniger in dieses Loch zu gießen. Und die Bohrarbeiten hatten über vier Jahre gedauert!

»Günstig für uns ist, dass der Sommer bevorsteht, deshalb haben wir ein wenig Zeit, um das Problem zu lösen.«

»Als Sofortmaßnahme, wenn ich das ergänzen darf«, mischte sich Kanzleramtsminister Fischer ein, »hat der Bundeskanzler persönlich ein Hilfsprogramm im Umfang von 1,6 Milliarden Euro angeregt, das allen Bürgerinnen und Bürgern gleichermaßen zu Gute kommen soll. Ka-Pow!«

Bei 80 Millionen Bundesbürgern waren das 20 Euro pro Person, überschlug Jana. Und »angeregt« hieß nicht »verabschiedet«. Sosehr der Kanzler Comicsprache liebte, *Ka-Pow* war etwas anderes.

Berlin, 21:30 Uhr, -22,3 Grad

Titus van Dijk lag auf dem Bett und schaute den ›Tatort‹. So verbrachten die Deutschen also ihre Sonntagabende – mit zur Hälfte biederen und vorhersagbaren und zur anderen Hälfte komplett bizarren Kriminalfällen.

Auf einmal wurde am unteren Bildschirmrand eine Laufschrift eingeblendet: »Sondersendung ›WHITE ZERO‹ im Anschluss an diesen ›Tatort‹«.

Wertete man die Reaktion der Medien als repräsentativ für die Bürgerinnen und Bürger, dann ärgerten sich die Menschen viel mehr darüber, dass die Kaltzeit auf dem ehemals von ihnen kolonialisierten Kontinent verursacht worden war, als dass sie interessierte, wie die Zukunft aussah.

Zur Pressekonferenz war er letztlich doch nicht eingelassen worden, weil er nicht akkreditiert war. Er hatte daher im Hotel die Übertragung auf Phoenix angesehen. Titus konnte nachvollziehen, warum die Medienvertreter verwirrt und aggressiv reagierten. Die Informationen, die sie erhielten, waren überraschend und schwer verdaulich.

Nach fünfundvierzig Minuten war eine geordnete Diskussion endgültig unmöglich geworden, Journalisten standen auf ihren Stühlen und schrien in die Menge, einer lauter als die andere. Der Kanzleramtsminister hatte den Saal räumen lassen.

Auf nahezu allen Sendern waren im Anschluss daran Kommentatorinnen oder Kommentatoren zu sehen, die in dicken Jacken unter ihren Schirmen vor dem Innenministerium standen und die News zusammenfassten. Der zusammenfassende Bericht trug offenbar die Überschrift »White Zero – Deutschland darf kein Kaltland bleiben«.

Zeitgleich explodierten die sozialen Medien. Von »Ruhe bewahren« oder »Genau für diesen Fall habe ich 100 Dosen Ravioli im Keller« bis »Aliens! Echsenmenschen!« war alles dabei.

Und natürlich erhob der Rassismus sein Haupt: »Nach Aids jetzt Eis! War ja klar, dass Afrika dahintersteckt.« Nach drei Einträgen dieser Art schloss Titus die App.

Er dachte nach. Welche Auswirkungen hatten die Erkenntnisse für seine Firma? Was sollte er seinem Schwiegervater berichten?

Auf dem Bildschirm betrachtete der ›Tatort‹-Ermittler Fotos des abgebrannten Hauses, in dem die Leiche gefunden worden war.

Titus dachte zurück an gestern. Er griff nach dem Handy. »Hast du eigentlich eine Übernachtungsmöglichkeit?«, schrieb er Jana. Die meisten Hotels hatten ja geschlossen.

Nach einigen Sekunden antwortete sie mit einem Emoji: 👎

Titus schrieb zurück: »Ich hab ein Doppelzimmer, falls du keines mehr findest.«

Wenige Minuten später der nächste Emoji: 💩

Titus lachte auf. Dann schrieb er: »Angebot gilt. Und keine Sorge, ich bin ein Gentleman.«

Sie erwiderte: »Hier kommen die Presseanfragen schneller rein, als ich antworten kann.«

Zwei Stunden später klopfte es an seiner Tür.

Jana hatte ihren Beagle an der Leine, in derselben Hand hielt sie eine Flasche Weißwein. Auf der anderen balancierte sie zwei Pizzaschachteln.

Phoenix live, Bundestagsdebatte (Auszüge)

Dr. Otmar Karsch, parteilos: »… muss man doch festhalten, dass die Behauptung, der Klimawandel sei menschgemacht, nach wie vor nicht als wissenschaftlich gesichert angesehen werden kann! Die amtierende Regierung geht mit Sozialleistungen auf Stimmenfang! So kauft man Mehrheiten, meine Damen und Herren! Aber wer soll das bezahlen? Man muss doch sagen: Früher war es auch schon mal kalt! Es gab Eiszeiten, lange bevor es Menschen gab! Wenn das stimmt, warum sollen dann Menschen für die aktuelle Eiszeit verantwortlich sein? Und warum werden Steuergelder verschwendet für Ausgleichsmaßnahmen? ›Glaubt der Wissenschaft!‹, fordern die angeblichen Klimaschützer. Das tun wir: Wir glauben an das Überleben der Fittesten – und die übrigen wären dann, evolutionsbiologisch, vielleicht auch verzichtbar …«

Bild.de

Nach Aids jetzt Eis: Was hat Afrika gegen uns?

GEO

Die Sami leben im Norden Skandinaviens und Russlands. Der Klimawandel und der Abbau von Bodenschätzen bedrohen ihre Lebensweise. Ein Gespräch mit dem Anthropologen Albert Karg.

GEO: Vor welchen Herausforderungen stehen die Sami in Schweden?

Karg: Jeder neue Industriezweig bedroht ihr Siedlungsgebiet und ihre Kultur. Vor allem der Holzeinschlag, aber auch der Abbau von Bodenschätzen und sogar das Aufstellen von Windkraftanlagen beeinflussen ihre Lebensweise.

GEO: Wie wirkt sich die Klimakrise aus?

Karg: Der Klimawandel erschwert die Rentierwirtschaft. Die Jahreszeiten verändern sich, das beeinflusst die Wanderrouten der Rentiere. Auch andere Faktoren wirkten sich negativ auf deren Lebensbedingungen aus.

GEO: Auf dem Gebiet der Sami befinden sich große Rohstoffvorkommen. Deren Abbau könnte Luft und Wasser verschmutzen, sagt die UN.

Karg: Trotzdem hat die Regierung den Abbau genehmigt. Offenbar sind die Forderungen – oder Versprechen – der Bergbauunternehmen wichtiger als der Schutz der indigenen Kultur. Das kann einen schon wütend machen.

GEO: Sind Kompromisse möglich?

Karg: Die Sami sind in den vergangenen 100 bis 150 Jahren schon zahllose Kompromisse eingegangen. Mehr ist kaum möglich, denn sonst verlieren sie endgültig ihre Identität.

GEO: Was können die Sami unternehmen gegen diese Bedrohungen?

Karg: Indigene Völker auf aller Welt haben ein Recht auf Schutz. Aber sie haben nicht die Mittel, sich gegen Unternehmen vor Gericht zu wehren, und können auch keine wirkmächtige Lobbyarbeit in den Parlamenten leisten. Damit Kultur und Tradition fortleben können, sind sie auf unsere Unterstützung angewiesen. Vertreter indigener Kulturen weltweit – von Nord bis Süd und Ost bis West, aus den kältesten und heißesten Gebieten der Erde – könnten sich zusammenschließen und gemeinsam auf ihre meist ähnlichen Bedürfnisse hinweisen.

GEO: Warum ist es wichtig, indigene Völker zu schützen und Traditionen zu bewahren?

Karg: Studien zeigen, dass die Lebensform indigener Völker ein wichtiges Mittel gegen den Klimawandel ist. Wo Indigene über verbriefte Rechte verfügen, wird weniger Wald abgeholzt, die Umwelt in deutlich geringerem Maße verschmutzt. Indigene Völker schützen weltweit rund 80 Prozent der Biodiversität. Ihre unterschiedlichen Werte und Lebensformen sind eine Mahnung und Anregung, wieder mehr auf Gemeinschaft und Solidarität zu achten.

Saarbrücker Zeitung

Gregor von Wegener stammt aus altem Adel. Der Familie gehören zahlreiche große Waldstücke. Das ist an sich nicht ungewöhnlich, knapp die Hälfte der 11,4 Hektar Wald in Deutschland befinden sich in Privatbesitz.

Nun hat der Freiherr aus der Not eine Tugend gemacht – man könnte auch sagen: den Beruf zum Hobby. Auf dem Winterfest in Saarlouis stellte er seine Geschicklichkeit mit der Motorsäge unter Beweis. Aus massiven Eisblöcken mit Kantenlängen von je einem Meter stellten seine Mitbewerber und er Eisskulpturen her – Vögel, Fische, Herzen, Köpfe. Beim Wettbewerb im Speedschnitzen galt es, innerhalb von 20 Minuten das bestmögliche Ergebnis zu erzielen. Von Wegener überzeugte die Jury mit einem Engel samt Flügeln und angedeutetem Heiligenschein.

»Ich wollte in dieser harten Zeit ein Zeichen der Hoffnung setzen«, sagte der Sieger bei der Preisverleihung.

WDR aktuell, Kommentar

»Auch heute wurden wieder Minusrekorde gebrochen. An zahlreichen Orten der Bundesrepublik war es so kalt wie noch nie zur gleichen Zeit in den Vorjahren. Teilweise ist es sogar kälter als noch vor einem Monat. Und was tut die Bundesregierung? Statt entschlossen zu helfen, sucht sie Schuldige. Angeblich haben Minenarbeiten in Afrika zu der aktuellen Kaltzeit in Deutschland geführt. Selbst wenn dies stimmt – was folgt daraus?

Bei einer Pressekonferenz präsentierte der eingesetzte Krisenstab seine bizarren Vermutungen als wissenschaftliche Erkenntnisse. Schlimmer noch: Die Regierungsvertreter taten so, als wäre hiermit ihre Pflicht getan. Doch die Bürger interessiert nicht, warum es kalt ist – sie interessiert, wie sie ihre Heizungsrechnung bezahlen sollen und wann die Lieferprobleme für Mehl und Toilettenpapier behoben werden. Die Regierung ist somit dringend aufgefordert, nachzubessern. Sonst wird sie spätestens bei der nächsten Wahl in zwei Jahren die Quittung erhalten.«

Quarks, Wissenssendung, WDR

»Heute geht es bei Quarks um etwas, dem wir momentan alle ständig begegnen, ob wir wollen oder nicht: Wasser und Eis!

Ihr werdet sehen, dass Wasser einige verrückte Eigenschaften hat, die es von allen anderen Elementen unterscheidet.

Die meisten Materialien kennen mehrere sogenannte Aggregatzustände, die sich sensorisch unterscheiden, beispielsweise fest, flüssig, gasförmig. Wasser wird bei unter null Grad fest – es gefriert zu Eis. Und ab hundert Grad wird es gasförmig – es verdampft. Auch unter hundert Grad kann Wasser verdampfen. Zum Beispiel der Schweiß auf unserer Haut an einem heißen Sommertag. Ja, ja, die gab es mal.

Wenn ihr in der Badewanne sitzt, könnt ihr ebenfalls Dampf aufsteigen sehen. Das Badewasser ist nicht kochend heiß, aber die Luft im Badezimmer ist so viel kühler als das Wasser, dass sich Dampf bildet.

Noch verrückter ist übrigens, dass unter bestimmten Bedingungen heißes Wasser schneller gefriert als kaltes. Man nennt das den Mpemba-Effekt, weil ein tansanischer Schüler und späterer Wissenschaftler und Wildhüter diesen Namens das Phänomen erstmals beschrieben hat. Es gibt viele Videos in den sozialen Medien, die zeigen, wie kochend heißes Wasser bei Minusgraden im Freien rasend schnell gefriert. Bitte versucht trotzdem nicht, den Mpemba-Effekt allein zu erzeugen – versehentlicher Kontakt mit dem kochenden Wasser kann zu schmerzhaften und gefährlichen Verbrennungen führen!

Auch am unteren Ende der Temperaturskala kann Wasser ein merkwürdiges Verhalten zeigen. Normalerweise gefriert Wasser bei null Grad zu Eis. Es dehnt sich dann aus, genau wie beim Übergang in den gasförmigen Zustand. Deshalb platzt eine Wasserflasche, die du ins Gefrierfach legst oder bei Minusgraden draußen stehen lässt.

Aber es gibt auch ›unterkühltes Wasser‹. Dabei nimmt das Wasser eine Temperatur von unter null Grad an, doch die Molekülstruktur wechselt nicht von flüssig zu fest. Erst ein äußeres Ereignis, ein Stoß oder das Öffnen der Flasche und der damit verbundene Druckabfall, sorgt dafür, dass das Wasser schlagartig gefriert. Das passiert zum Beispiel manchmal, wenn du eine Wasserflasche in der Tür eines Autos lässt. Destilliertes, also besonders reines Wasser, lässt sich sogar im flüssigen Zustand bis zu minus 140 Grad abkühlen.

Woran liegt das? Das Gefrieren von Wasser ist ein Kristallisationsprozess, und dazu wird immer ein ›Kristallisationskeim‹ benötigt. Bei Schneeflocken ist das übrigens auch so: In ihrer Mitte befindet sich ein mikroskopisch kleines Partikel, für das menschliche Auge unsichtbar, an dem sich die Eiskristalle angeheftet haben. Ein äußerer Einfluss, also beispielsweise ein Stoß, sorgt dafür, dass die supergekühlten – aber bewegungslosen – Wasserteilchen aneinanderstoßen.«

Gala.de

Am Rande der Aufzeichnung zur Spendengala ›Promis auf Eis‹ kam es zu mehreren Tätlichkeiten. Boris Becker, der nur für die Sendung Hafturlaub erhalten hatte, verpasste dem Comedian Oliver Pocher einen Faustschlag ins Gesicht. Pocher hatte sich vor einigen Jahren in seiner Comedy-Show über Becker lustig gemacht. Pocher wiederum bewarf die Instagram-Influencerin Isabell Singer mit Schoko-Mousse. Seine Begründung: »Sie ist ein Dreckstück, jetzt sieht sie auch so aus.« Vollkommen unabhängig von diesem Geschehen gerieten der Rapper Moses Pelham und der TV-Produzent Stefan Raab ebenfalls in eine Schlägerei. Zuschauer hatten live in der Sendung auf die Versöhnung der beiden Streithähne bieten können. Bei Erreichen von über 500 000 Euro Spendensumme zugunsten von Eiszeit-Geschädigten hatten Pelham und Raab versprochen, sich zu vertragen. Dieses Versprechen konnten sie aber offenbar nicht einhalten. Ob die Spendensumme nun an die Zuschauer zurückgezahlt werden muss, ist unklar.

Man braucht nichts im Leben zu fürchten,
man muss nur alles verstehen. – Marie Curie

Montag, 07. März

Berlin, 5:14 Uhr, -23,1 Grad

Im Halbschlaf berührte Jana mit den Fingerspitzen den warmen Körper neben sich. Sie ließ die Augen geschlossen, schmiegte sich näher an …

Ruckartig kam sie zu sich. Sie lag nicht neben Clemens, sondern neben Titus.

Was ihr gestern Abend in der Erschöpfung nach dem Tag so logisch und sinnvoll erschienen war, wirkte jetzt unbedacht und falsch.

Und was im Dunkel der Nacht geschehen war, hätte nie geschehen dürfen.

Sie hätte bestimmt irgendwo ein Hotelzimmer finden können. Sie hätte sich zumindest darum bemühen müssen.

Aber sie war so müde gewesen und Titus' Angebot hatte eine große Erleichterung dargestellt.

Jana öffnete die Augen einen Spalt. Es war noch dunkel.

Clemens, dieser Idiot, hatte selbst schuld, dass er im Krankenhaus lag. Sie zog die Decke bis zum Kinn, drehte sich auf die Seite und versuchte, sich zu entspannen. Jetzt war es auch egal. Besser, sie schlief jetzt noch ein paar Stunden. Morgen – heute – würde sicher nicht weniger anstrengend werden.

Sie mussten alles daransetzen, eine Lösung für Deutschland zu entwickeln. Nur wie? Ihre Gedanken begannen zu rasen. Sollte sie aufstehen, ins Büro gehen und sich an die Arbeit machen?

Nein, dabei würde nur Unsinn herauskommen. Und den lieferten mittlerweile schon zwei der Krisenstabsmitglieder, Bösing und Ticheloven.

Doch sie kam nicht mehr zur Ruhe.

Berlin, 9:45 Uhr, -22,4 Grad

»Das ist mir egal, ich fühle mich gut genug. Ich habe ein Meeting und möchte hier raus«, sagte Clemens energisch zu der Krankenpflegerin. Um kurz nach sechs hatten sie ihn mit ihrem, na ja, mittelmäßigen Frühstück geweckt. Zwei Sterne auf Yelp, maximal zweieinhalb. Er hatte gleich gefragt, wann die Ärzte zur Visite kämmen. »Im Lauf des Vormittags.«

Um halb neun hatte er geklingelt und nachgefragt, und jetzt wieder. Für elf war ein Verlagsmeeting vereinbart. Gestern hatte er nicht daran gedacht, es abzusagen, und heute fühlte er sich dazu imstande, daran teilzunehmen. Also warum noch weiter hier im Bett rumliegen?

»Das muss der Arzt entscheiden!«, sagte die Pflegerin streng.

»Nein, ich entscheide das. Ich möchte sofort entlassen werden, auf eigene Gefahr und Verantwortung meinetwegen. Können Sie mir das bitte rausziehen?« Clemens streckte ihr den Arm entgegen, in dessen Ellenbeuge die Verweilkanüle steckte.

»Das muss der Arzt entscheiden«, wiederholte die Pflegerin. »Ich sage der Stationsleitung Bescheid. Die Kollegin kommt mit den Entlassungspapieren.«

»Soll ich das Ding jetzt selbst rausreißen, oder was?« Langsam hatte Clemens die Nase voll.

Die Pflegerin verschwand ohne ein weiteres Wort. Er stand auf, wurstelte sich aus dem Krankenhaushemd, ging duschen. Die Kanüle nervte, aber hielt in nicht auf.

Die Kleidung, die er bei der Einlieferung getragen hatte,

steckte in einer Plastiktüte, die in seinem Schrank stand. Sie stank nach Schweiß und Rauch. Aber was blieb ihm anderes übrig? Er hatte vergessen Jana zu bitten, ihm etwas zum Anziehen mitzubringen.

Und woher auch? Aktuell wusste er nicht einmal, wie stark das Haus und seine Besitztümer beschädigt waren.

Er ließ sich zurück auf die Bettkante sinken. Wie war das Feuer überhaupt ausgebrochen? Hatte er einen Fehler bei der Elektrik gemacht? War es einfach Pech? Brandstiftung?

Er sah auf die Uhr über der Tür. Zehn nach zehn.

Die Tür öffnete sich. Ein Mann in einem weißen Kittel und eine Frau in einem grünen Kittel kamen herein. Die Frau guckte schlecht gelaunt und hielt einen Stapel Zettel in der Hand.

Der Mann sagte fröhlich: »Sie wollen uns schon verlassen, Herr ...« – er schaute auf sein Klemmbrett – »Herr Bach? Gefällt es Ihnen hier nicht?« Er lachte über seinen eigenen Witz, dann trat er vor das Bett. »Ziehen Sie mal das T-Shirt hoch«, bat er. Clemens gehorchte. Der Arzt hörte ihn ab, ließ ihn tief atmen, klopfte auf seinen Rücken. »Klingt alles okay. Können wir machen«, sagte er.

Die Frau hielt ihm die Zettel hin und er schmierte einige Kringel und Wellenlinien darauf. »So, fertig. Die Kollegin zieht Ihnen die Kanüle, und dann sind Sie ein freier Mann.«

Clemens hinkte leicht, als er die Charité verließ, aber das war's. Jana hatte schon recht, sehr wahrscheinlich verdankte er Titus sein Leben, zumindest hatte der Niederländer ihn vor einer massiven Rauchvergiftung bewahrt.

Über die Mauerwegbrücke ging er zum Hauptbahnhof,

kleidete sich in der Ladenzeile dort erst einmal komplett neu ein. Die alten Klamotten stopfte er in einen Mülleimer. Kaum war er zwei Schritte gegangen, zerrte ein Obdachloser sie wieder heraus.

Clemens sah auf die Uhr. Mit dem Taxi ließ er sich in die Hackeschen Höfe fahren. Dort hatte sein Verlag Räume im dritten Stock. Schnee rieselte vom Himmel.

»Berlin Greetings« hatte insgesamt sechs Angestellte, alles halbe Stellen: eine Büroleiterin, die sich um sämtliche administrative Aufgaben kümmerte, einen Druckvorlagenhersteller, drei Lektorinnen und einen Lektor.

Sie hatten sich seit Wochen nicht gesehen. Immer am zweiten Montag des Monats hielten sie ihren Jour fixe ab. Manche Mitarbeitende hatten seit Jahren kaum das Homeoffice verlassen, andere kamen täglich für ein paar Stunden in die Verlagsräume.

Das regelmäßige Treffen war arbeitspsychologisch fast wichtiger als sachlich.

Zwei Kolleginnen und ein Kollege waren vor Ort, der Druckvorlagenhersteller und eine Lektorin schalteten sich per Video dazu.

Clemens' Handy war leer, er lieh sich ein Ladekabel und steckte es an.

Clemens berichtete knapp von dem Brand und seiner Nacht im Krankenhaus. »Aber ehrlich, am meisten hilft mir jetzt ein wenig Normalität. Die fehlt uns allen schon seit Monaten, und mir heute ganz besonders«, endete er.

»Ich habe sowas im Fernsehen gesehen, da hieß es, das Feuer hätte irgendwas mit dem Krisenstab zu tun, ein Anschlag von diesen Querdenkern?«, fragte der Druckvorlagenhersteller.

Clemens zuckte mit den Schultern. »Keine Ahnung. Ich bin direkt aus dem Krankenhaus hierher. Keine Ahnung. Gute Frage.«

Als Nächstes löcherten ihn die Anwesenden, ob er durch Jana mehr über die aktuelle Situation wusste. Doch Clemens hatte noch nicht mal die Ergebnisse der Pressekonferenz mitbekommen.

»Die Erde unter Deutschland ist dicker geworden – was? Nicht deren Ernst. Davon höre ich jetzt zum ersten Mal. Also, nee, ich weiß leider auch nicht mehr.«

Er startete sein Handy neu. Drei Nachrichten von Jana, eine von gestern Abend, zwei vom Vormittag. »Sorry, Akku leer, jetzt Verlagsmeeting. Später!«, schrieb er zurück.

»Okay, das reicht mir jetzt zu dem Thema«, sagte er. »Ich bin in den Verlag gekommen, um mich abzulenken!«

Im Kreis berichteten alle kurz, wie es ihnen aktuell ging. Manche kamen ganz gut durch den eisigen Winter, anderen machte das Wetter stark zu schaffen. Die Mütter und Väter kleiner Kinder waren besonders hart betroffen, denn die Berliner Schulbehörde hatte auf Präsenzunterricht bestanden. Sie mussten also jeden Morgen ihre Kinder dick anziehen und dazu bringen, durch die Eiseskälte in aus Kostengründen (this being Berlin) kaum beheizte Schulräume zu marschieren. Keine leichte Aufgabe.

Clemens betonte: »Ich habe es schon mal gesagt, aber ich wiederhole es und meine es ernst: Ich vertraue euch allen, wenn ihr aktuell die Arbeitszeit nicht schafft, schreibt die Stunden auf und holt sie irgendwann nach. Kein Antrag nötig, ihr müsst auch nicht Bescheid sagen. Einfach machen! Okay?«

Die anderen nickten.

»Und jetzt lasst uns noch mal über das Programm für das zweite Halbjahr sprechen. Vorschläge? Ideen?«

»Wir müssen auf jeden Fall einen ›Prepper‹-Kalender anbieten. Wie viele Liter Wasser und welche Mengen an Konservendosen und Batterien man jeweils im Haus haben soll, und welches Obst und Gemüse man wann zu Marmelade kochen oder sauer einlegen muss.«

»Ich weiß nicht, vielleicht wollen die Menschen lieber was Leichtes, Unterhaltsames. Wie wäre es mit einer Kartenserie, die irgendwie mit dem Begriff ›Hitze‹ spielt? ›Du bist heißer als meine Heizung letzten Winter‹ oder ›Sommer ist wie Winter, nur besser‹, sowas.«

»Vielleicht etwas mit mehr Tiefe. Wertige Klappkarten, die dann zugleich schon das Geschenk sind. Das spart dann insgesamt. Ich glaube, die Menschen werden tendenziell weniger ausgeben und erst mal abwarten, wie alles weitergeht. Da könnte man dann mehr reindrucken. Vielleicht sogar ein ganzes Gedicht, oder was vom Dalai Lama.«

»Oder wir könnten Karte und Minigeschenk kombinieren. Zum Beispiel ein Wollknäuel, Stricknadeln, eine Anleitung für Stulpen und eine Karte mit der Aufschrift ›Hot Stuff‹.«

Die Vorschlage waren weder besser noch schlechter als sonst, aber die Normalität der Begegnung tat Clemens gut. Eine halbe Stunde lang dachte er weder an sein abgebranntes Haus noch an Titus und Jana oder an die Eiszeit in Deutschland.

Kiel, 12:30 Uhr, -18,9 Grad

»Hier, deine Lieblingssuppe.« Lulu saß mit einem Kissen im Rücken im Bett. Anton stellte ein Tablett mit einem Teller Tomatensuppe auf ihren Schoß.

»Danke.« Sie hustete, dann legte sie das Handy zur Seite. »Wusstest du, dass ein einziger Baum genug Sauerstoff für 24 Menschen erzeugt? Und ein Kilo Holz speichert zwei Kilo Kohlendioxid!«

»Nein. Wie kommst du denn jetzt darauf?«

»Habe ich gerade gelesen. Ich chatte mit einem Biologen aus dem Tschad, der in seiner Freizeit dort Bäume pflanzt. Er war mal für die Regierung tätig. Die haben ihn rausgeworfen. Kein Geld mehr. Im Tschad ist es echt krass. Der Regierung ist einfach egal, wie es den Menschen geht, die dort leben. Hauptsache, den Regierungsmitgliedern und ihren Familien geht es gut. Deshalb hat die UN auch ihre Zahlungen eingestellt. Der Klimawandel kommt ja trotzdem, deswegen müssen die Bauern dort jetzt selbst versuchen, etwas dagegen zu tun.«

Sie nahm einen Löffel Suppe. »Lecker. Danke.«

Am Morgen war er mit Lulu bei Dr. Jung gewesen, der Kinder- und Jugendärztin. Sie bestätigte die Diagnose und den Behandlungsplan der Notärztin vom Vortag: deutliche Verkühlung – ausruhen und schonen.

»Weniger Bildschirmzeit wäre besser«, mahnte Anton. Er setzte sich auf die Bettkante, legte seine Hand auf Lulus Bein. »Du sollst dich ausruhen. Je weniger dein Gehirn arbeiten muss, desto besser. Fernsehen, Internet, das ist alles besonders anstrengend. Besser wäre ein Buch oder ein Hörbuch.«

»Du klingst ja schon wie Oma«, sagte Lulu. Dann hustete sie.

»Erics Mutter hat ja nicht immer unrecht.«

»Ich meinte *deine* Mutter.«

»Pah!« Anton grinste.

Lulu wurde wieder ernst. »Es ist echt schlimm da in Afrika. Wir jammern hier über die Kälte, bei denen sind an manchen Tagen über 40 Grad. Und es ist viel zu trocken. Ich spende schon seit Monaten mein halbes Taschengeld, und das meiste Geld vom Babysitten. Aber viel nützt das natürlich nicht. Vielleicht, meinst du, wenn ich euch mal zeige, was die mit dem Geld anfangen, würdet ihr auch etwas spenden?« Sie griff nach ihrem Handy.

»Iss erst mal auf«, sagte Anton. »Und dann mach ein bisschen die Augen zu. Sonst überlastest du deinen Körper, und am Ende kriegst du doch noch eine Lungenentzündung. Du kannst uns ja nachher den Link schicken, dann schauen Eric und ich uns das mal an, okay?«

»Nein, warte mal, hier.« Lulu öffnete eine Internetseite, startete ein Video. »Schau mal, das habe ich geschnitten.« Jemand positionierte vorsichtig einen Setzling in einem Loch im Sand, gab Pflanzenabschnitte und etwas Dung dazu, goss Wasser darauf. Es folgte eine Drohnenaufnahme von zahlreichen Bäumen in einer kargen Landschaft, unter denen Kinder spielten und einige Ziegen umherliefen. Dann ein älterer Mann, der in einem klapprigen Landrover durch die Wüste fuhr. Derselbe Mann, wie er mit einem kleinen, sensenartigen Werkzeug kleine Triebe kappte, um einen großen Trieb im Wachstum zu unterstützen. Anschließend wieder eine Luftaufnahme, noch mehr Bäume, bis zum Horizont und darüber hinaus.

»Wie, das hast du geschnitten?«

»Kito – das ist der Mann, der die Bäume pflanzt, und zugleich der Geschäftsführer der Stiftung dort – hat Videos aufgenommen und mir geschickt. Ich habe sie dann geschnitten, ein anderer *Volunteer* hat die Musik komponiert. Ist cool geworden, oder?«

Anton war beeindruckt. »Das muss ich mal Eric zeigen. Darf ich das mitnehmen?« Er hob ihr Handy.

Lulu nickte. Erst als er das Zimmer verlassen hatte und sie mit Suppe, aber ohne Handy im Bett saß, wurde ihr klar, dass sie gerade – bei allem glaubwürdigen Stolz Antons – geschickt beeltert worden war.

Marseille, 13:12 Uhr, +3,7 Grad

Ulrike lag auf dem Rücken, die Augen geschlossen. Faheem hatte eine schwere Decke über sie gebreitet. Er entzündete einen Stummel getrockneter, gepresster Kräuter. Der Duft war komplex: sanft, fast zimtig, mit einer Basis an Gras und Gewürzen und einem stechenden Unterton. In weiten Schwüngen wedelte er den Rauch über Ulrikes Körper hinweg. Dabei begann er mit einem leisen Singsang.

Amelie saß auf einem Stuhl am Rand des Behandlungszimmers. Faheem hatte vorgeschlagen, dass sie ihre Mutter in einer Stunde abholte, aber draußen war es einfach zu kalt. Sie schloss die Augen, ihr Kopf sank leicht vornüber, und auf einmal spürte sie eine umfassende Müdigkeit. Der Job, das Wetter, die Reise, ihre Mutter – es war alles so anstrengend. Sie war so furchtbar erschöpft.

Im Flur der Wohnung klingelte ein Handy. Erst war der

voreingestellte Standard-Ton zu hören, dann wechselte er auf einen rhythmischen Afro-Beat.

»Oh«, sagte Faheem mit seiner tiefen, ruhigen Stimme. »Das ist mein Bruder. Ich warte auf diesen Anruf. Es ist leider wichtig. Ich bin gleich zurück.«

Er legte die glimmenden Kräuter in eine Schale, ging hinaus, lehnte die Tür an.

»*Sannu!*«, meldete er sich. Amelie spitzte die Ohren – im Pflegeheim begegnete sie den unterschiedlichsten Sprachen, diese kannte sie nicht.

Nach wenigen Minuten kam Faheem zurück. Er erschien Amelie etwas bedrückt, sagte jedoch nichts. »Entschuldigung. Machen wir weiter.«

»Sag mal, wenn es dir nichts ausmachst, was sprichst du für eine Sprache? Arabisch war das nicht, oder?«

»Nein, das war Hausa. In Nigeria, Kamerun, dem Tschad und Niger werden viele verschiedene Sprachen und Dialekte gesprochen. Die meisten Menschen verstehen Arabisch, sind aber mit einer anderen Muttersprache aufgewachsen. Ein paar Dörfer weiter wird schon Kanuri gesprochen.«

»Hausa«, sagte Amelie. »Was heißt ›Guten Tag‹ auf Hausa?«

»*Barka da yamma*«, sagte Faheem. »Und als Antwort sagt man: *Barka kadai.*«

Er griff nach den Kräutern, blies vorsichtig auf das Bündel, um die Glut zum Leben zu erwecken. Dann nahm er den Gesang von vorhin wieder auf. Es folgten die kreisenden Bewegungen und die zarten Berührungen.

Faheem wirkte routiniert, erschien Amelie jedoch nach dem Anruf ein wenig abgelenkt. Immer wieder machte er Pausen, riss sich dann erkennbar zusammen und setzte seine Arbeit fort.

Schließlich beendete er die Behandlung.

Er faltete die Decke, verstaute sie in einem Sideboard. Dann half er Ulrike, sich aufzusetzen und ihre Schuhe wieder anzuziehen.

Anschließend schenkte er ihnen aus einer Thermoskanne je einen Becher fein duftenden roten Tee ein. »Habt ihr von der Sprengung gehört, wegen der es in Deutschland so kalt geworden ist?«, fragte er dann.

Amelie nahm einen Becher und nickte. Seit gestern Abend gab es in den Nachrichten und auf den sozialen Medien kaum ein anderes Thema.

Sie stellte den Becher neben ihrer Mutter auf die Liege, sodass diese ihn gut erreichen konnte.

»Die Mine, in der das passiert ist – dort kommen wir her«, sagte Faheem. »Mein Bruder arbeitet einige Kilometer entfernt bei einem Deutschen, der sehr anständig mit seinen Leuten umgeht. Aber das Hellhole … das ist wirklich das Tor zur Hölle. Niemand weiß genau, wer dahintersteckt. Die Arbeiter dort werden geschlagen, angeschrien, manchmal müssen sie in den Schächten schlafen. Es ist furchtbar. Und nun hat mein Bruder gehört, dass in den nächsten Tagen eine weitere Sprengung geplant ist. Sie soll noch heftiger ausfallen als die bisherigen. Er macht sich Sorgen deswegen.«

Faheem verschränkte seine Finger, verdrehte sie ein wenig, löste sie voneinander, dann begann er wieder von vorn. »Er hat mich gefragt, ob er versuchen soll, etwas zu unternehmen. Ich habe gesagt, auf keinen Fall – wer sich diesen Leuten in den Weg stellt, endet als Geierfraß im Straßengraben.«

Amelie war blass geworden. Die Eiseskälte in Deutschland hatte die Symptomatik ihrer Mutter deutlich verschlimmert.

Wenn nun eine neue Explosion die Lage vielleicht weiter verschlechterte …

»Wann … wie …?«, stammelte sie.

»Genaues weiß er auch nicht. Von einigen Arbeitern hat er gehört, dass bei der Happy Mining Co. – das ist der offizielle Name des Hellhole – große Mengen Sprengstoff angeliefert werden. Das war die letzten Male auch so. Außerdem heißt es, der Betreiber sei vor Ort. So wie ich ihn verstanden habe, kann es diese Woche so weit sein, vielleicht auch nächste. Es wäre auch möglich, dass keine weitere Sprengung geplant ist.«

»Hm«, machte Amelie.

»Er hat schon versucht, sich an die Landespolizei zu wenden, doch dort haben sie ihn ausgelacht. Klar, denn sie werden vom Besitzer der Mine bestochen. Amnesty International sagt, er müsse ihnen handfeste Beweise liefern, bevor sie etwas unternehmen können. Dann hat er Mails geschrieben an einige Naturschutzorganisationen, die im Tschad noch tätig sind, aber bisher keine Antworten erhalten.«

»Hm«, machte Amelie wieder. Sie nippte an ihrem Tee. Die Wärme breitete sich in ihrem Inneren aus. »Vielleicht habe ich eine Idee«, sagte sie dann.

Berlin, 14:15 Uhr, -18,3 Grad

Clemens stand auf dem Hof vor seinem Haus. Dunkle Wolken hingen tief am Himmel. Es stank nach feuchtem Rauch, salzig und schmierig. Ein Absperrband zog sich quer über den Hof.

Das Dach des Haupthauses war vorn links eingebrochen. Die Fensterscheibe des Gästezimmers herausgeplatzt. Die

Feuerwehr hatte das Tor der Doppelgarage aufgebrochen, Latten und Eisenstreben lagen auf einem Haufen davor. Der Stamm der Kastanie, die ihre Äste über die Garage streckte, war auf der zum Haus gerichteten Seite rußgeschwärzt.

Eine Nachbarin führte ihren kleinen wuscheligen Hund die Straße entlang. »Tut mir leid für Sie!«, rief sie Clemens zu.

»Danke.«

Eine hauchdünne Schicht aus feinem Eisgranulat hatte sich über die Reste der alten Feuerwache gelegt.

Clemens hob das Absperrband an, bückte sich darunter hindurch. Durch das gefrorene Löschwasser war der Boden noch glatter geworden. Vorsichtig ging er rechts am Haus vorbei auf die Rückseite. Hier sah es nicht ganz so schlimm aus. Offenbar war der Brand entweder in der Garage oder im vorderen Bereich des Obergeschosses ausgebrochen.

Sein Handy klingelte, aber er hatte jetzt keine Lust, mit irgendwem zu sprechen. Nicht mal mit Jana.

Er versuchte, seinen Schlüssel in das Schloss der Hintertür zu stecken. Doch es gelang nicht.

Er sah sich um. Auf einem kleinen Tisch stand ein umgedrehter Blumentopf. Clemens hob ihn hoch. Ha! Ein Feuerzeug!

Vorsichtig erhitzte er den Bart seines Haustürschlüssels, dann schob er ihn langsam ins Schloss. Diesmal klappte es.

Sein Handy klingelte erneut. Er ignorierte es weiterhin.

Er zog an der Tür, die sich mit einem Ruck öffnete. Kalter Gestank schlug ihm entgegen.

Clemens setzte einen Schritt in den Flur und rutschte sofort weg. Im letzten Moment gelang es ihm, sich an der Tür festzuklammern.

Er sah genauer hin. Der Boden, die Wände und sämtliche

Gegenstände – Bilder, Lampen, Jacken, Möbel – waren mit einer Eisschicht überzogen. Löschwasser!

Er seufzte und ließ den Kopf sinken.

Er würde das ganze Haus renovieren lassen müssen. Zum zweiten Mal. Wenn man es positiv sah, war es die ideale Gelegenheit, ein oder zwei Kinderzimmer vorzusehen. Aber um das Thema hatte Jana bisher einen weiten Bogen gemacht.

Zum dritten Mal klingelte sein Handy. Genervt nestelte er es aus der Tasche. Auch das noch – Amelie!

Er dachte an das, was Bakir ihm gesagt hatte. Er musste den Kontakt abbrechen, sonst würde er sie nie los – und sie wäre nie frei für jemand anderen.

Jetzt war seine Laune wenigstens schlecht genug, dass er sich gut dazu motivieren konnte. »Ja, Bach!«, blaffte er.

»Oh, du bist doch da. Gut. Ich habe dir eben auf die Mailbox gesprochen«, sagte Amelie.

Parallel dazu piepste und vibrierte sein Handy – der Hinweis auf die Mailboxnachricht.

»Pass auf«, sagte Clemens. »Ich muss dir was sagen.«

»Nein, warte«, unterbrach sie ihn. »Du hast eine Connection zu diesem Krisenstab, oder? Haben sie neulich im Fernsehen gesagt. Tut mir übrigens sehr leid mit deinem Haus. Ist es sehr schlimm?«

Er schaute in den Flur, atmete die fettige, verkohlte Luft.

»Ja, schon«, sagte er.

»Und dabei war es so schön, das Haus, und auch so nett eingerichtet.«

»Ja, wo wir schon darüber sprechen …« Bakir hatte recht, offenbar sah sich Amelie wirklich irgendwann hier einziehen, wenn sie nur lange genug am Ball blieb.

»Nein, ich muss dir zuerst was sagen. Vielleicht kannst du

es an die richtigen Leute weitergeben. Ich habe erfahren, dass in einer Mine im Tschad sehr wahrscheinlich eine weitere Sprengung geplant ist. Noch heftiger als die bisherigen. Sie heißt Happy Mining, wird aber Hellhole genannt. Kannst du das weitergeben?«

»Was?«, fragte Clemens entgeistert. Die Welt schien gerade ein paar Grad kälter geworden zu sein.

Amelie wiederholte: »Ich habe erfahren, dass von der Happy Mining Co. im Tschad eine weitere Sprengung geplant ist. Ich glaube, es wäre wichtig, wenn die Leute im Krisenstab das wüssten. Kannst du dafür sorgen?«

»Ich, äh, ja.« Er riss sich zusammen. »Ja, kann ich.«

»Okay«, sagte Amelie. »Danke.«

Sie legte auf.

Clemens stand da, das Handy in der Hand. Langsam drehte er sich um und schaute in den Garten. Gras, Sträucher, Bäume, der Zaun zum Nachbarn, alles unter einer weißen Kruste vergraben.

Und jetzt drohte eine *Verschlimmerung* dieser Situation?

Global Commodities Ltd., (Kourouadi, Tschad), 14:50 Uhr, +38,7 Grad

»Heute Morgen standen schon wieder vier Männer vor dem Tor, die um Arbeit bettelten«, berichtete Bushra Oduho seinem Boss, Frank Schachtschneider. »Die Zustände bei Happy Mining« – Schachtschneider bestand auf der offiziellen Bezeichnung – »scheinen immer schlimmer zu werden. Sie sagen, wenn sie weiter dort arbeiten müssen, droht ihnen der Tod. Aber wenn sie keine Arbeit haben, ebenfalls.«

Er reichte Schachtschneider einen Zettel mit Namen. »Außerdem ist offenbar eine weitere Sprengung geplant. Ich weiß nicht, was die dort vorhaben. Die Mine ist schon jetzt doppelt so groß wie unsere.«

Schachtschneider schüttelte den Kopf. »Ich bin dem Betreiber einmal begegnet, auf der Jagd. Ein unangenehmer Kerl. Unglaublich ehrgeizig. Und komplett größenwahnsinnig. Er hat aus dem fahrenden Jeep einfach angefangen auf Antilopen zu schießen – Peng, Peng, Peng. Die Tiere rannten natürlich in alle Richtungen davon, er schrie seinen Fahrer an und sie rasten hinterher. Dabei schoss er immer weiter aus dem Fenster. Einem angeschossenen Bock, den sie einfach haben laufen lassen, habe ich dann den Gnadenschuss gegeben. Unmöglich! Abends kreuzten dann hier irgendwelche Typen auf und verlangten im Auftrag ihres Chefs die Herausgabe des Tieres. Die armen Kerle zitterten vor Angst. Ich habe ihnen gesagt, wenn ihr Chef mal auf eine richtige Jagd gehen will, soll er sich bei mir melden.«

»Können wir den Männern helfen?«, hakte Oduho nach. »Zwei unserer eigenen Leute sind vor kurzem an Malaria erkrankt und wir könnten Unterstützung gut gebrauchen.«

»Gut, stell zwei als Ersatz ein«, sagte Schachtschneider. »Auch wenn es nur ein Tropfen auf dem heißen Stein ist. Und sorg dafür, dass die Familien der Kranken wenigstens genug zu essen haben.«

»In Ordnung, Boss«, sagte Oduho.

Schachtschneider nickte bedächtig, dann zog er sich zurück in das kühle Innere seiner schlichten Villa. Als er das Haus vor zwanzig Jahren übernommen hatte, war es das größte und komfortabelste weit und breit. Heute bauten sich diejenigen, die Geld hatten – bestechliche Politiker, Drogenhändler, Waffenhändler, Mullahs – Paläste, deren Gästehäuser opulenter ausgestattet waren als Schachtschneiders Haus.

Doch er brauchte nicht mehr. Seinem Vater, Gott hab ihn selig, hatte er den Gefallen getan, eine »ordentliche Ausbildung« zu absolvieren. Sogar promoviert hatte er in Betriebswirtschaftslehre. Seine Eltern waren stolz und erleichtert.

Danach, das war seine Bedingung gewesen, wollte er die Welt sehen. Er heuerte auf einem Frachter an, fuhr nach Südamerika, nach Afrika. Jobbte hier und dort, bis ihm ein Freund seines Vaters die Geschäftsführung bei Global Commodities anbot. Nach dessen Tod hatte er sie von den Erben übernommen. Er war in den vierzig Jahren seit dem Studium keine fünf Mal in seine Heimat gereist – einmal noch hatte er seine Eltern gemeinsam mit Lisha besucht, zur Hochzeit kamen sie nach Afrika. Dann die Beerdigungen seines Vaters, seiner Mutter, seiner älteren Schwester Frederike.

Mittlerweile war es zu spät. Er würde hier begraben werden, wo er sein Leben gelebt hatte. Er mochte das Land, die Menschen. Hier gehörte er hin.

Müde ließ er sich in seinen Sessel sinken.

Berlin, 14:59 Uhr, -18,1 Grad

»Wer sagt das?«

»Eine … alte Freundin von mir.«

»Du meinst, eine *Ex*-Freundin?«

»Was tut denn das zur Sache? Wenn sie recht hat, ist es eine wichtige Info und du solltest froh sein, dass du sie bekommen hast.«

»Aber vielleicht will sie sich ja auch nur aufspielen und

wichtig machen, hast du daran schon mal gedacht?« Jana wunderte sich über sich selbst. So zickig war sie doch sonst nicht. Irgendetwas an Clemens' Tonfall nervte sie. Er tat so beiläufig, dass sie ihm nicht traute.

»Amelie und ich … hatten mal was miteinander«, gestand er. »Sie war *ein Mal* bei mir zu Hause. Seitdem schickt sie mir ab und zu Nachrichten. Und manchmal antworte ich. Sie wohnt in Freiburg, da ist nichts. Können wir dann jetzt weitermachen?«

»Warum antwortest du manchmal, wenn da nichts läuft zwischen euch?«

»Weil ich ein höflicher Mensch bin, okay? Weil ich ihr nicht schreiben wollte: Lass mich in Ruhe! Wenn dir das zu sehr Waschlappen ist, dann kannst du dich ja an deinen Kumpel Titus halten.« So empört hatte sie Clemens noch nie erlebt. »Aber könnten wir vielleicht wieder zum Thema zurückkommen? Es gab zwei Sprengungen im Tschad, durch die diese verfluchte Eiszeit hier ausgelöst wurde – und es ist gut möglich, dass nun eine dritte geplant ist. Wenn das stimmt, und wenn die Erdkruste dadurch noch dicker wird, kann man Deutschland danach ja wohl wegschmeißen.«

Jana starrte auf ihren Bildschirm. Vor wenigen Minuten hatte das Auswärtige Amt Infos über den Betreiber der illegalen Mine im Tschad geschickt. Der reichste Mann Chinas, wahrscheinlich ganz Asiens. Gründer mehrerer Tech-Unternehmen, Investor von zahllosen Firmen. Das große Geld machte er offenbar mit dem illegalen Abbau weltweit dringend benötigter Rohstoffe.

Ein Sohn. Die Eltern verstorben, die Schwester bei einem Autounfall ebenso. Enge Beziehung zu seiner Nichte. Keine aktenkundige Partnerin, kein Partner.

Was machte jemand mit so viel Geld?

Warum wollten solche Männer immer reicher werden?

Zwei Fotos waren dem Dossier beigefügt. Huang hätte in jedem Agentenfilm problemlos eine Rolle als gnadenloser Oberboss bekommen, der sich nie selbst die Finger schmutzig machte. Das eine Bild war zwanzig Jahre nach dem anderen aufgenommen.

Verrückt, wenn man so reich war, dass sogar das Stirnhaar zurückkehrte.

»Okay, ja, du hast recht. Vergiss es. Ich weiß auch nicht, was mit mir ist. Einfach der Stress, vermutlich. Am besten wäre, ich spreche direkt mit deiner … mit, wie hieß sie noch? Amalie?«

»Amelie.«

»Ja. Schickst du mir ihre Nummer?«

»Klar.«

Kiel, 15:24 Uhr, -21,2 Grad

Anton klopfte mit einer Tasse Tee an Lulus Tür.

»Herein!«

»Puh, die Luft hier ist ja viel zu heiß und trocken.« Er stellte die Tasse auf Lulus Nachttisch und öffnete ihr Fenster.

»Bist du verrückt?«, kreischte sie. »Ich bin gestern gerade so nicht erfroren, und du lässt die Kälte rein? Willst du mich umbringen?«

»Nur kurz«, sagte Anton. Er blieb vor dem offenen Fenster stehen, rieb sich mit den Händen über die Oberarme. Sein Atem bildete dichte weiße Wolken. »Okay, reicht«, sagte er etwa nach einer halben Minute und schloss das Fenster wieder.

»Du bist echt ein schrecklicher Gesundheitsapostel«, jammerte Lulu. Dann beugte sie sich über den Tee und schnupperte. »Was ist das denn? Das riecht nach Unkraut!«

»Thymian, Rosmarin und Salbei aus dem eigenen Garten. Mit ein wenig Honig. Gut für die Bronchien und den Hals.«

»Aber eklig für den Mund!«

Anton lachte. »Du wirst es überleben.«

Lulu nippte und schnitt eine Grimasse. »Da bin ich nicht so sicher.«

Eric kam die Treppe hoch und stellte einen Wäschekorb auf ihren Schreibtisch.

»Geht's dir besser?«, fragte er. »Du kannst ja schon wieder meckern. Ich fand dein Video, das Anton mir vorhin gezeigt hat, übrigens echt gut. Das hast du auf dem Handy gemacht?«

Lulu nickte eifrig. »Ja, und wisst ihr was? Gut, dass ihr beide da seid. Ich habe nachgedacht. Eric sagt doch immer, er müsse mehr Urlaub machen. Und ihr beide sagt, gemeinsame Erlebnisse seien die besten Geschenke. Deshalb habe ich gedacht, also – ich dachte, wir könnten vielleicht für eine Weile hier weg und bei der Grünen Mauer helfen. Das wäre gut für meine Genesung, weil es im Tschad wärmer ist als hier, und es wäre ein gemeinsames Erlebnis, und es wäre gut für die Erde, und ich wünsche mir dann auch nichts anderes zum Geburtstag! Ich habe schon mit Kito gesprochen, er sagt, er hätte eine Unterkunft für uns. Es wäre also gar nicht so teuer, nur die Flüge. Was meint ihr?« Sie strahlte ihre Väter an.

»Einfach so in den Tschad, als kleine Reha?«, murmelte Eric.

»Süßi, da scheitern wir schon an den Flügen«, sagte Anton. »Denn niemand weiß, wann die wieder gehen. Und wenn man wieder fliegen kann, dann muss ich sicher zurück zur Arbeit.«

»Aber ich würde dort bestimmt viel mehr für das Leben lernen als in der Schule!«, protestierte Lulu aufgewühlt.

»Das wage ich zu bezweifeln«, sagte Eric. »Und Anton hat recht, man muss da gar nicht drüber nachdenken, weil wir da sowieso nicht hinkommen.« Er lächelte sie an. »Schön, dass deine Lebensgeister zurückkehren. Wenn du anfängst dich zu langweilen, kannst du ja auch morgen schon wieder in die Schule gehen.«

Anton schüttelte den Kopf. »Nein, Dr. Jung hat gesagt, mindestens drei Tage Bettruhe. Da gehe ich kein Risiko ein.«

Eric zuckte mit den Schultern. »Dann mal viel Spaß mit unserer kleinen Reisemaus.«

Berlin, 15:45 Uhr, -19,1 Grad

Jana rief Amelie an, erklärte, wer sie war, und fragte, woher diese die Info über die Sprengung hatte.

Amelie klang ganz nett, aber warum auch nicht. Wollte allerdings ihre Quelle nicht nennen. Sie würde nachfragen, woher die Person, die es ihr erzählt hatte, es wusste.

Zwei Minuten später schickte ihr Amelie eine Nummer mit der Vorwahl +235. Jana tippte sie in ihr Tischtelefon. Erst klingelte es tief, dann wechselte der Rufton auf einmal zu einem hohen Bimmeln. Schließlich meldete sich jemand. »*Sannu!*«, sagte eine Männerstimme.

Jana erklärte erneut, wer sie war und welches Interesse sie an den Informationen über eine mögliche Sprengung hatte. Der Mann – Bushra Oduho – arbeitete bei einem deutschen

Minenbesitzer. Viele Männer aus dem Ort, in dem er lebte, waren jedoch bei der Happy Mining Co. tätig. Sie berichteten, dass wohl bald eine weitere Expansionssprengung vorgenommen werden sollte.

Sie notierte Oduhos Angaben, dann rief sie Ingo Franke im Auswärtigen Amt an. »Meine Baustelle ist das jedenfalls nicht«, erklärte der direkt.

Jana hatte den Eindruck, der Leiter der Europaabteilung, »Abteilung E«, hätte durchaus erleichtert geklungen, die Verantwortung für das weitere Vorgehen nicht übernehmen zu müssen.

»Wer ist denn dann zuständig?«

»Ja, wenn man das so einfach sagen könnte …«

»Ich brauche dringend eine Ansprechpartnerin oder einen Ansprechpartner.«

»Verstehe ich. Ich kümmere mich darum.«

Eine Viertelstunde später hatte er sie zurückgerufen. »Ohne konkretere Informationen lässt sich die zuständige Abteilung nicht ermitteln. Aufgrund der möglichen Zeitsensitivität wäre es am einfachsten, eine Konferenzschaltung mit den möglichen Ansprechpersonen hier im Haus und Ihnen durchzuführen.«

»Okay.«

»Gut. Intern sind schon alle versammelt, ich schalten Sie jetzt dazu.«

Es klickte. »Liebe Kolleginnen und Kollegen, ich habe soeben Dr. Jana Hollmer vom Bundeswehr-Forschungszentrum für geopolitische und geophysikalische Entwicklungen dazugeschaltet. Frau Dr. Hollmer, anwesend sind Kolleginnen und Kollegen aus den folgenden Abteilungen: Internationale Ordnung, Vereinte Nationen und Rüstungskontrolle – die unwahrscheinlichste Option, aber nicht ausgeschlossen –, die Politische Abteilung drei – verantwortlich für die politischen Beziehungen zum Nahen und Mittleren Osten, Afrika, Lateinamerika –, die Rechtsabteilung – einfach um eine erste Einschätzung erhalten zu können, ob und inwiefern es sich überhaupt um sanktionsfähige Aktivitäten handelt – sowie die Abteilung für Klimaaußenpolitik, Wirtschaft und Technologie – aus naheliegenden Gründen. Frau Dr. Hollmer, können Sie bitte kurz den aktuellen Stand zusammenfassen?«

»Selbstverständlich. Uns haben glaubwürdige Informationen erreicht, dass von Happy Mining eine weitere Sprengung geplant ist, deren Umfang die bisherigen sogar überschreiten soll. Welche Konsequenzen das gegebenenfalls für die Bundesrepublik hätte, ist offen. Eine Verschlimmerung der klimatischen Situation ist jedoch nicht auszuschließen.«

»Wann soll die Sprengung stattfinden?«, fragte jemand.

»Das wissen wir derzeit noch nicht.«

»Wie sicher ist, dass eine weitere Sprengung Einfluss auf die kurz-, mittel- oder langfristige Temperatur Deutschlands hat?«

»Das ist unklar. Es ist davon auszugehen, dass diese Möglichkeit besteht.«

»Wie sicher ist, dass eine weitere Sprengung stattfindet?«

»Den aktuellen Informationen nach halte ich es für möglich, vielleicht sogar wahrscheinlich.«

»Wie eindeutig ist der Zusammenhang zwischen der Intensität der bisherigen Sprengungen und der Verdickung der Erdkruste? Handelt es sich um eine lineare oder anders eindeutig definierbare Beziehung?«

»Das können wir zu diesem Zeitpunkt nicht eindeutig beantworten. Es liegen schlicht zu wenig Daten vor.«

Jana hatte das Gefühl, in die Ecke getrieben zu werden.

»Frau Dr. Hollmer«, meldete sich nun Franke zu Wort, »wenn es Ihnen recht ist, parke ich Sie kurz im Warteraum und bespreche mich mit den Kolleginnen und Kollegen, in Ordnung?«

Bevor sie etwas sagen konnte, drang Dudelmusik aus dem Lautsprecher ihres Telefons.

Sie stand auf, ging zum Fenster, starrte auf den baumgesäumten Fußweg, der das BMI von der zwischen dem Ministerium und der Spree liegenden Polizei und Feuerwehr trennte.

Die kahlen Bäume reckten ihre Geisterfinger in die eisige Luft. Die Rasenflächen waren von verkrustetem Eis und Schnee bedeckt. Die Gehwege waren geräumt, doch nur ein einsamer Spaziergänger war mit seinem Hund …

»Hallo? Hallo, sind Sie noch da? Frau Dr. Hollmer!«, hörte sie auf einmal. Sie schrak zusammen, drehte sich um und rief: »Ja, ich bin hier! Entschuldigung!«

Sie kehrte an ihren Schreibtisch zurück.

»Kein Problem«, sagte Franke. »Frau Dr. Hollmer, ich habe mich mit den Kolleginnen und Kollegen besprochen. Das Problem ist, Außenpolitik ist unter den besten Bedingungen ein Minenfeld. Wenn privatwirtschaftliche Beteiligte und *failed states* ins Spiel kommen, noch viel mehr. Offen gesagt, wissen wir einfach zu wenig, und die vorhandenen Kenntnisse sind nicht belastbar genug, um im Moment aktiv zu werden. Im Grunde ist es ja alles Hörensagen. Die Kolleginnen und Kollegen – und ich – fürchten, dass wir sonst möglicherweise mehr Schaden als Nutzen anrichten. Aber sollte sich die Informationslage ändern, zögern Sie bitte nicht, sofort wieder auf uns zuzukommen. Die Kollegen sind gebrieft, das ist gut, wir können somit gegebenenfalls auch kurzfristig tätig werden.«

»Mit anderen Worten: Sie haben solchen Schiss, dass was schiefgeht, dass sie lieber eine dauerhafte Eiszeit in Deutschland in Kauf nehmen!« Jana zitterte vor Wut.

»Keineswegs. Bitte verstehen Sie – Außenpolitik ist keine exakte Wissenschaft. Es gibt hier nicht nur Richtig und Falsch. Viele Faktoren lassen sich schlicht überhaupt nicht einschätzen. Deswegen ist es umso wichtiger, dass die bekannten Elemente wirklich wasserdicht gesichert sind.«

Er legte auf.

Jana hätte am liebsten Telefon, Computer und Schreibtisch aus dem Fenster geworfen.

Sie riss sich zusammen. Wenn sie schon aus der Politik keine Unterstützung bekam, musste sie eben auf die Science-Community zurückgreifen. Sie hatte zahlreiche wissenschaftliche Mailinglisten abonniert. Bei den zwei anspruchsvollsten bat sie um Hilfe. Sie achtete darauf, nicht allzu viel preiszugeben oder gar Panik zu schüren. Seit Corona hatten sogar die Boulevardmedien Redakteure, die Preprint-Server überwachten. Aber jede Nerd-Liste? Das dann vermutlich doch nicht. »Nur mal rumgesponnen, wie könnte man die Wirkung auf Deutschlands Erdkruste minimieren, wenn es irgendwann noch einmal zu massiven Sprengungen kommen sollte?« Das war hoffentlich hypothetisch genug formuliert, dass sie jeden Bezug auf die Wirklichkeit abstreiten konnte – und herausfordernd genug, um echte Wissenschaftler sofort zu begeistern.

Happy Mining Co. (Kourouadi, Tschad), 17:00 Uhr, +32,1 Grad

Huang und Mamoun gingen auf das kleine Lager zu. Gabriel Mamoun trug wie immer ein Maschinengewehr auf dem Rücken und ein Messer am Gürtel. Mit einer massiven Taschenlampe beleuchtete er den Weg.

Mamoun wusste, dass Huang die sorgfältige und umfangreiche Vorbereitung der Sprengungen zu schätzen wusste.

Das kleine Lager befand sich etwa 500 Meter von der großen Lagerhalle entfernt. In der großen Halle wurden die im Alltag benötigten Werkzeuge und Gerätschaften aufbewahrt. Sie war tagsüber für jedermann zu betreten.

Neben der Tür des kleinen Lagers befand sich in Brusthöhe ein Kästchen. Mamoun legte seine Handfläche darauf. Ein Scanner erfasste seinen Handabdruck.

Nach dem erfolgreichen Abgleich erschien ein Zahlenfeld. Er tippte einen sechsstelligen Code ein. Das Zahlenfeld wurde durch einen grünen Punkt in der Größe einer Münze ersetzt.

Sirrend fuhr eine Metallplatte vor dem Schloss zur Seite. Mamoun zog einen Schlüssel aus der Tasche, schob ihn hinein und drehte ihn.

Er zog die Tür auf, ließ Huang den Vortritt.

Automatisch aktiviert flammte die Beleuchtung des kleinen Lagers auf.

Huang ging an den Regalen vorbei, strich dabei fast liebevoll mit einer Hand über die Kisten mit unterschiedlichen Gefahrstoffsymbolen: ätzend, giftig, entzündlich, brandfördernd und natürlich hochexplosiv.

»Wann sind wir so weit?«, fragte er.

»Übermorgen«, entgegnete Mamoun.

»Gut. Gut.« Er klopfte zufrieden auf eine der Kisten.

Mamoun achtete darauf, dass die Tür hinter ihnen sicher verschlossen war.

Nach dem Lager besichtigten sie die Mine selbst, in der 24 Stunden am Tag gearbeitet wurde. Mit Kleinbussen wurden die Männer aus dem knapp fünf Kilometer entfernten Ort herangeschafft. Sie schufteten zwölf Stunden, dann fuhr man sie zurück in den Ort. Die Mine in zwei statt der üblichen drei Schichten zu betreiben, war ein Geniestreich gewesen. Es sparte massiv Aufwand und Kosten.

Der alte Mann, der das Konkurrenzunternehmen auf der gegenüberliegenden Seite des Ortes betrieb, bot zwar die besseren Arbeitsbedingungen und auch einen höheren Stundenlohn. Aber er konnte bei weitem nicht alle Einwohner beschäftigen. Wer bei ihm keine Arbeit fand, hatte kaum eine andere Wahl, als für Huang zu schuften.

Die Expansionen der vergangenen Monate und insbesondere die kommende große Sprengung würden ihm Zugriff auf neue, noch reichere Vorkommen Seltener Erden verschaffen. Mit den Einnahmen würde er die Forschungsanstrengungen in Peking verdoppeln.

Mamoun hatte mehrfach vorgeschlagen, Global Commodities zu übernehmen. Doch das wäre dumm. Der alte Mann sorgte für stabile Verhältnisse vor Ort – er finanzierte die Schule, er unterstützte Kranke. Huang profitierte von Schachtschneiders Wohltätigkeit. So konnte er sich ganz auf die Ausbeutung der Erde – und der Menschen – konzentrieren.

Die Tatsache, dass Mamoun aus Kurzsichtigkeit seine Aggressivität kaum zügeln konnte, zeigte, warum Personen wie er niemals an der Spitze stehen würden. Als getreuer Befehlsempfänger jedoch leistete er gute Dienste.

Auch in den Stollen sah Huang nach dem Rechten. Er war nicht gern unter Grund, aber es war notwendig, Präsenz zu zeigen. Auf einmal packte einer der Arbeiter Huang am Arm seiner Safari-Jacke. »Gib mir etwas zu trinken!«, würgte er hervor. »Ich bin schon seit Tagen hier bei der Arbeit und habe solchen Durst! Ich kann nicht mehr, ich …«

Huang schlug dem Mann mit der Faust mitten ins Gesicht. Blut spritze. Seine Finger lösten sich von der Jacke, er taumelte zurück an die Wand, hielt sich die Nase.

Huang ging hinter ihm her, schlug noch einmal zu, und noch mal. Der Mann sank an der Wand herunter. Huang trat ihm mit dem Stiefelabsatz gegen den Brustkorb. Deutlich war das Knacken zu hören, mit dem die Rippen brachen.

Der Mann, der es gewagt hatte, seinen Boss anzufassen, würgte und rang nach Luft.

Huang ließ ihn los. Der Arbeiter sackte zu Boden, als hätte jemand einer Marionette die Fäden durchgeschnitten.

Der Boss musterte angeekelt den Ärmel seiner Jacke, zog sie aus, warf sie auf das röchelnde Bündel im Dreck.

Er schnaubte wütend, zog die Nase hoch, spuckte auf den Mann.

Mamoun winkte den Vorarbeiter heran und gab ihm Anweisungen.

Sie verließen den Stollen, kletterten über eine wackelige Leiter an die Oberfläche.

Im Haupthaus ließ Huang ihnen einen Whisky bringen. Auf der Flasche stand *Dalmore 62*. Mamouns Religion untersagte ihm Alkoholkonsum, doch er fürchtete seinen Boss mehr als Gott.

Huang genoss das Getränk langsam und in kleinen Schlucken. Als er fertig war, fragte er Mamoun: »Ist die Angelegenheit, die nach der letzten Sprengung zu Sprache kam, erledigt?«

Anwohner eines nahen Dorfes hatten Entschädigungen gefordert, weil die massiven Erschütterungen ihre Hütten beschädigt hatten.

»Ja, die Dorfbewohner wurden … umgesiedelt«, sagte Mamoun.

Unter die Erde.

»Gut.«

»Aber«, Mamoun hob die Hand. Es war der Moment, den er seit gestern fürchtete, »es gibt Neuigkeiten aus Europa. Eine deutsche Kommission hat errechnet, dass unsere Sprengungen schuld sein sollen an dem heftigen Temperatursturz, den Europa diesen Winter zu verzeichnen hat.«

Huang lachte laut und schenkte sich ein weiteres Glas ein. »Unsinn!«

»Sie sagen, die Schwingungen der Sprengung hätten die Erdkruste unter Deutschland verdickt.«

Huang schüttelte den Kopf. »Unsinn!«, wiederholte er. »Und selbst wenn, was wollen sie machen? Uns verklagen?« Er lachte wieder. »Das haben schon ganz andere versucht.«

Er klopfte Mamoun auf die Schulter. Der zuckte erschrocken zusammen, aber Huang meinte es als Zeichen seiner Zufriedenheit. »Mach dir keine Sorgen«, sagte er. »Von denen haben wir nichts zu befürchten.«

Berlin, 22:14 Uhr, -22,9 Grad ◐

Als Teil der Soforthilfe übernahm Clemens' Feuerversicherung für bis zu sieben Tage die Unterbringung in einem Mittelklassehotel. Er saß auf dem Bett und schaute Nachrichten. Das ›heute journal‹ hatte nahezu die gesamte Sendung den aktuellen Entwicklungen und den Spekulationen darüber gewidmet. Da nationale Sportwettbewerbe aus logistischen Gründen ausfielen, würden nun vor dem Wetterbericht nur noch ein oder zwei internationale Ergebnisse präsentiert werden.

Da fiel der Strom aus. Mit einem leisen »Ziump« erlosch das Fernsehbild, zugleich verabschiedete sich die Nachttischlampe. Auch die zahlreichen Lämpchen, die überall vor sich hin schimmerten, verdunkelten sich.

Jana hatte geduscht und war dabei gewesen, sich die Haare zu föhnen. Aus dem Bad war ein überraschter Schrei zu hören, dann ein Fluch. Es rumste, dann quietschte die Tür.

»Wo bist du?«, fragte Jana durch das Dunkel.

»Hier. Auf dem Bett. Piep!«, rief Clemens. Die Erinnerung an das Kinderspiel »Mäuschen sag mal Piep« kehrte zurück, obwohl er seit Jahrzehnten nicht daran gedacht hatte. »Piep … Piep«, machte er. Dann: »Warte. Ich weiß was Besseres.«

Er tastete auf dem Nachttisch umher, bis er sein Handy zu fassen bekam. Schaltete die Taschenlampe ein. »So. Bitte.« Er leuchtete Jana den Weg zum Bett.

Doch die ging an ihm vorbei zum Fenster und zog die Vorhänge auf.

»Scheiße«, sagte sie tonlos. Draußen war es genauso dunkel wie drinnen. Der Mond und die Sterne waren hinter einer

Wolkendecke verborgen. Und die Stadt lag schwarz und nahezu reglos da. Selbst die Ampeln und die Straßenlaternen waren ausgefallen.

Nur da und dort irrten ein Paar Scheinwerfer durch die Nacht.

»Ein Blackout«, flüsterte Jana. Dann begann sie, sich hektisch umzusehen. »Wo ist die Heizung?«, frage sie.

Clemens leuchtete unter das Fenster, an die Wand neben dem Schreibtisch – keine Heizung. »Ich vermute, das regelt die Klimaanlage«, sagte er.

»Mist. Bei einer traditionellen Heizung hätte man die Restwärme noch aufsteigen lassen können. Aber: kein Strom, keine Klimaanlage.« Ruckartig zog sie die Vorhänge wieder zu. »Ich fürchte, es wird bald verdammt kalt werden.«

Sie streichelte Alex, die in einem Handtuchnest auf dem Zweisitzer schlief, und kroch zu Clemens ins Bett. Er stellte sein Handy auf den Nachttisch, richtete die Taschenlampe an die Decke.

»Langsam macht mir das alles Angst«, gestand Jana. »Die Lage eskaliert so schnell. Und ein Blackout … der ist nicht so leicht in den Griff zu kriegen. Das kann jetzt echt lebensgefährlich werden.«

»›Wer vor nichts Angst hat, wird durch die Gefahr überrascht‹. Konfuzius«, sagte Clemens. Entgeistert starrte sie ihn an, dann brach sie in Gelächter aus. »Nicht schlecht«, sagte sie schließlich und wischte sich die Tränen aus den Augen. »Das hat meine Stimmung mal eben auf den Kopf gestellt.«

Sie küsste Clemens, dann ließ sie sich zurück in das Kissen sinken, schaute an die Decke. »Es ist echt verrückt«, sagte sie dann. »Wir wissen so viel und zugleich so wenig. Wir können auf den Mond fliegen – und kriegen diesen Extremwinter nicht in den Griff. Ich bin eine totale Freundin der Demokratie, wirklich. Aber im Moment wünsche ich mir eine wohlwollende, allwissende Kaiserin, die nicht auf Gott und die Welt Rücksicht nimmt und dauernd ihren Arsch covern will, sondern einfach alles über Nacht zum Guten wendet.«

»›Fordere viel von dir selbst und erwarte wenig von den anderen‹«, kommentierte Clemens. Jana schnaufte. »Versuch ich doch.« Sie griff nach ihrem Handy, schaute auf das Display. »Sogar die Mobilfunkverbindungen sind ausgefallen. Alter.« Sie ließ das Gerät enttäuscht neben dem Bett auf den Teppich fallen. Dann wandte sie sich Clemens zu. »Ich hab mir heute einen Tipp von deiner Ex geben lassen, die offenbar mit irgendwelchen Illegalen zu tun hat, jedenfalls will sie nicht sagen, woher sie von der Sprengung weiß. Aber sie hat mir den Kontakt der ursprünglichen Quelle gegeben, und dann habe ich mit einem Schamanen – ja, echt – in Zentralafrika telefoniert. Der hat Kontakte in die Mine, in der alles losging. Die planen eine weitere Sprengung. Allerdings weiß ich nicht, für wann. Dem Außenministerium ist das nicht belastbar genug, Hörensagen und so. Die hätten gern *echte* Beweise. Sonst ist ihnen die Sache zu heiß. Bevor sie es sich da mit irgendwelchen War Lords verderben, lassen sie uns lieber hier alle draufgehen. Ich könnte kotzen. Warum habe ich mich auf diesen Mist eingelassen? Warum bin ich nicht einfach schön bei der Wissenschaft geblieben? Da weiß man, was wie ist und warum. Jedenfalls wird da nicht so rumgeeiert. Politiker sind verdammte Angsthasen, wusstest du das?«

»›Es ist besser, ein einziges kleines Licht anzuzünden, als die Dunkelheit zu verfluchen.‹ Konfuzius passt wirklich immer.« Jana lachte erneut. »Da hast du natürlich recht.«

Es klickte und klackte, dann erwachten nach und nach die

zahlreichen Elektrogeräte im Raum – ebenso wie im gesamten Großraum Berlin – zum Leben. Doch kaum hatten die Lämpchen zu leuchten begonnen, gingen sie wieder aus.

»Überlast. Sie fahren das Netz hoch, zigtausend Verbraucher greifen sofort darauf zu, jeder Kühlschrank, jedes Handyladegerät, und der übergroße Bedarf lässt das Netz sofort wieder in die Knie gehen. Als ob man die komplette Weihnachtsbeleuchtung auf einmal einschaltet, und zack, fliegt die Sicherung raus. Da werden ein paar Ingenieure gut zu tun haben heute …«

Noch bevor sie den Satz beenden konnte, schalteten sich die Geräte wieder ein. Durch einen Spalt im Vorhang drang das Licht der Straßenlaternen herein. Doch so schnell, wie das Licht gekommen war, verschwand es. Erneut wurde es dunkel.

Rede der Bundespräsidentin

»Sehr verehrte Bürgerinnen und Bürger,
ich wende mich an Sie in einer Zeit der Sorge und der Herausforderungen. Nicht nur jede einzelne Bürgerin und jeder einzelne Bürger leidet unter den schwierigen Zuständen, die gerade in unserem Land herrschen. Dieser Winter war, man kann es nicht anders sagen, ein Epochenbruch. In den letzten Monaten ist unser Erfolgsmodell der weltweit vernetzten Volkswirtschaft unter Druck geraten. Der gesellschaftliche Zusammenhalt und das Vertrauen in die Demokratie haben, ebenso wie das Vertrauen in uns selbst, Schaden genommen.

Politik kann keine Wunder vollbringen. Doch ich bin sicher, wenn wir uns einen Begriff machen von dem neuen Zeitalter, das begonnen hat, dann kann und wird es gelingen, den Blick dafür zu schärfen, was jetzt von uns verlangt ist. Und ich bin sicher: dann müssen wir dieser Zukunft nicht angstvoll entgegensehen, sondern können, so wie es bereits Generationen vor uns in schwierigen Zeiten gelungen ist, von dieser herausfordernden Situation lernen und profitieren.«

Zeit Online: Umfrage

Frust-Frühling nach Wut-Winter?

Vertrauen Sie den aktuellen Bemühungen der Regierung um die Behebung der Kälte-Krise?

JA NEIN

Bisheriges Abstimmungsergebnis:

JA: 26 % NEIN: 74 %

Berliner Stadtwerke, Pressemitteilung

Von 22:17 Uhr am gestrigen Abend bis 05:42 Uhr heute Morgen kam es im Großraum Berlin zu Stromausfällen. Ursache war eine Überlastung des Stromnetzes.

Das Hochfahren des Netzes musste mehrfach gestartet werden. Erfolgreich war schließlich in den frühen Morgenstunden ein inkrementelles Vorgehen, bei dem nicht der gesamte Versorgungsraum der Stadtwerke gleichzeitig wieder ans Netz genommen wurde. Stattdessen erfolgte der Neustart stadtteilweise, beginnend mit Berlin-Mitte und endend mit dem Potsdamer Umland.

Um dies zu ermöglichen, mussten an wichtigen Knotenpunkten händisch spezielle Einstellungen vorgenommen werden.

Die Berliner Stadtwerke bitten bei allen betroffenen Kundinnen und Kunden um Entschuldigung.

BZ online

Aufgrund des unerwarteten Stromausfalls gestern Nacht kam es zu mehreren Unfällen, von denen einer tödlich endete. Da bei dem Stromausfall auch die Straßenbeleuchtung und sogar die Ampeln ausfielen, kam es an der Kreuzung Helmholtzstraße/Franklinstraße zu einem schweren Zusammenstoß zweier Pkw. Die Anforderung eines Krankenwagens war unmöglich, da das Mobilfunknetz ebenfalls gestört war.

Bei einem der Wagen wurden die Front- und Seitenscheiben zerstört, sodass Kälte ungehindert in das Wageninnere eindringen konnte. Der Fahrer konnte sich nicht aus dem Fahrzeug befreien und erfror. Bei einer Temperatur von rund -12 Grad Celsius trat der Tod, so das gerichtsmedizinische Institut auf Anfrage, aller Wahrscheinlichkeit innerhalb von höchstens 20 Minuten ein.

Kasseler Nachrichten

Aus Kostengründen haben die drei größten deutschen Logistikunternehmen DHL, Hermes und DPD ihre Auslieferungen zusammengelegt. Die Unternehmen beklagen in den letzten Monaten einerseits steigende Kosten und akute Behinderungen durch die anhaltende Kältewelle. Andererseits gelangen von Seiten der Auftraggeber aufgrund der zunehmenden Lieferschwierigkeiten über alle Wirtschaftsbereiche hinweg deutlich weniger Waren in den Versand. Um diese Situation zu entschärfen, kooperieren die Konkurrenten ab sofort. Beschlossen wurde, dass jeweils nur ein Unternehmen die gesamte Auslieferung eines bestimmten Gebietes übernimmt, um eine bessere Auslastung zu gewähren.

Alle drei Unternehmen haben zugleich ihre Gewinnerwartung nach unten korrigiert.

Ein Sprecher des Deutschen Logistikverbandes bezeichnete die Vorgehensweise als »weitsichtig«. Die Umweltschutzorganisation Last Generation hingegen forderte die vollständige Einstellung sämtlicher Transportfahrten und die komplette Versorgung aller Bürger mit regionalen Produkten.

Deutscher Wetterdienst, Ad-hoc-Pressemitteilung

Erster neuer Gletscher in Deutschland seit über 300 Jahren

Bis 2022 gab es fünf Gletscher in den deutschen Alpen. Doch nach dem heißen Sommer 22 musste dem Südlichen Schneeferner dieser Status aberkannt werden. Da waren es nur noch vier: der Nördliche Schneeferner auf der Zugspitze, der Höllentalferner im Wettersteingebirge, der Watzmanngletscher und der Blaueisgletscher in den Berchtesgadener Alpen. Sie alle waren in den letzten Jahren durch massives Abschmelzen bedroht, denn in den Bergen war es im Durchschnitt bereits um zwei Grad wärmer geworden. Die Gesamtfläche der verbliebenen vier Gletscher betrug Ende 2022 nur gut vierzig Hektar – das ist etwa die Größe der Münchner Theresienwiese, auf der das Oktoberfest stattfindet.

Gletscher bilden sich dort, wo mehr gefrorener Niederschlag fällt als schmilzt. Sie werden vor allem durch Schneefall genährt und bestehen in erster Linie aus verdichtetem Eis.

Nun haben Forscher einen möglichen neuen Gletscher im Kellwassertal entdeckt, einem Nebental des Oberharzer Okertals. Hier ist in den vergangenen Monaten so viel Schnee gefallen, dass ein vollständiges Abschmelzen in den kommenden Sommermonaten – selbst unter der Annahme, dass die Temperaturen in den Normalbereich zurückkehren – ausgeschlossen ist. Das geschätzte Volumen des Gletschers beträgt zwischen 180 000 und 217 000 Kubikmeter.

In Wirklichkeit gibt es nur Atome
und das Leere. – Demokrit

Dienstag, 08. März

Berlin, 07:54 Uhr, -18,2 Grad

Vor dem Innenministerium drängten sich Journalisten, Kameraleute, Demonstranten. Die Polizei hatte den Eingangsbereich mit Absperrungen geschützt. Alt-Moabit und die Kreuzung zur Emma-Herwegh-Straße waren durch quer über die Fahrbahnen geparkte Einsatzwagen blockiert. Blaulichter tanzten chaotisch durch die Dämmerung, kurz hatte Jana den Eindruck, in einem aus dem Takt geratenen Rave gelandet zu sein.

Auf den Transparenten standen Parolen wie *Heimatschutz statt Stromausfall*, *Es gibt keinen Planeten B* oder *Profis, an die Arbeit!* Einige der Protestierenden riefen immer wieder: »Streik in der Schule, Streik in der Fabrik, das ist unsere Antwort auf eure Politik!«

Jana konnte den Unmut der Menschen verstehen, aber wer was hätte tun können, um die aktuelle Lage zu verhindern, wusste sie auch nicht. Und kurzfristig die Temperatur zu beeinflussen war eben leider nicht möglich – eine Lektion, welche die Menschheit schon in den vergangenen 50 Jahren nicht hatte lernen wollen.

Ein feiner Schneegriesel lag in der Luft, der auf Uniformen und Winterjacken langsam zu einer glänzenden Eisschicht kristallisierte.

In der linken Hand hielt sie eine Tüte mit einem belegten Brötchen und einen Becher Kaffee. In der rechten Alexandras Leine.

»Entschuldigung, darf ich mal durch?«, versuchte sie, sich den Weg zum Eingang zu bahnen. Doch niemand achtete auf sie.

Sie versuchte es an einer anderen Stelle. Diesmal drehte sich einer der Demonstranten zu ihr um, musterte sie von oben bis unten, spuckte dann vor ihr in den Schnee und wandte sich wieder ab.

Alex bellte einmal.

Da kam Bewegung in die Gruppe. Jana stellte sich auf die Zehenspitzen. Ticheloven, der Talkshow-Held, war eingetroffen. Vor ihm teilten sich die Menschenmassen natürlich respektvoll. Jana beeilte sich, hinter ihm herzulaufen.

Auf der obersten Stufe der Eingangstreppe blieb Ticheloven unerwartet stehen. Jana stieß von hinten gegen ihn, klammerte sich reflexhaft an seinen Schultern fest, um nicht zu stürzen.

Ticheloven starrte auf ihre Finger, als wären es Insekten.

Sie ließ los, er drehte sich langsam um zu den Demonstranten. Es wurde ruhiger. »Liebe Mitbürgerinnen und Mitbürger!«, rief er theatralisch. »Ja, liebe Mitbewohnerinnen und Mitbewohner dieser wundervollen Welt! Ich kann euch versichern, einige der Klügsten und Mächtigsten, und in manchen Fällen sogar beides« – dem Scherz folgte ein eitles Zurückstreichen der Haare aus der Stirn, nur falls irgendwer noch nicht begriffen hatte, dass er sich meinte – »sitzen in diesem Krisenstab«, fuhr er fort. »Richtige Profis in der Krisenbewältigung. Ich verspreche euch: Wir werden eine Lösung finden! Denn so kann es nicht weitergehen! Die Welt ist nichts ohne die Kraft der Gedanken, und die Kraft unserer Gedanken erschafft die Welt!«

Was redete der Mann denn da? Was sollte das überhaupt bedeuten?

»Verliert nicht eure Zuversicht, so wie wir nicht den Blick verlieren auf den kleinen Mann auf der Straße!«

Was für ein arrogantes Arschloch. Jana wandte sich ab, zeigte ihren Ausweis, betrat das Gebäude. Bevor die Fahrstuhltüren sich schlossen, huschte Ticheloven zu ihr in die Kabine. Er überprüfte im Spiegel seine Frisur, dann schenkte er Jana ein Lächeln. »So, das wäre schon mal geschafft«, sagte er. »Es ist wichtig, dass die Menschen sich ernst genommen fühlen.«

Ach, dafür hielt er sein Gequatsche also.

Im Konferenzraum begrüßte Fischer die Anwesenden. Hildebrandt, Beck und Senwald hatten den kurzfristigen Termin nicht wahrnehmen können und waren per Video zugeschaltet. »Schlechte Nachrichten«, kam Fischer gleich zur Sache. »Die Info über eine geplante weitere Sprengung scheint korrekt. Eine Überprüfung der Liefermanifeste der letzten Wochen ergab jedenfalls eine deutlich, nein, sehr deutlich beunruhigende Menge an Sprengstoffen für Happy Mining.« Er machte eine Pause, warf einen Blick auf das Blatt, das vor ihm auf dem Tisch lag. »Offen ist allerdings noch der mögliche Zeitpunkt. Immerhin haben die Datenanalysten aus dem Auswärtigen Amt«, er schaute kurz in Frankes Richtung und nickte, »feststellen können, wer hinter der Mine steckt. Es handelt sich um den chinesischen Unternehmer und Milliardär Min Zhu Huang. Ein vorläufiges Dossier habe ich Ihnen allen per Mail zukommen lassen. Unternehmensbeteiligungen, Investments, bekannte Geschäftskontakte, Vermögenswerte sowie familiäre Verbindungen. Huang ist geschieden und hat einen Sohn. Gemäß ungesicherten Informationen unterhält er informelle, aber sehr enge Beziehungen zu einigen afrikanischen Regierungen, unter anderem der des Tschad. Analysten gehen seit langem davon aus, dass ein Teil der Finanzierung der Staaten in der Sahelzone durch Mittel aus dem asiatischen Raum erfolgt. Russland erkauft sich die politische Solidarität durch militärische Unterstützung, China investiert. Wie dem auch sei – das zugrundeliegende Problem werden wir heute nicht lösen –, wir können vorläufig davon ausgehen, dass Huang Betreiber, Finanzier und Inhaber von Happy Mining ist. Damit stünde er zugleich unter dem Schutz der Militärregierung. Anders wäre ein solches Unternehmen nicht durchführbar.

Die von ihm abgebauten Rohstoffe kann er über Zwischenhändler weißwaschen und in den Markt einspeisen. Erste Hinweise deuten darauf hin, dass er die zugehörigen finanziellen Transfers zu großen Teilen in Kryptowährungen vornimmt, die anonym sind wie Bargeld. Die Bank of Central African States hat zwar von Krypto-Börsen entsprechende Meldungen erhalten und diese als mögliche Geldwäsche gekennzeichnet. Doch ohne begründeten Anfangsverdacht – und, um offen zu sprechen, ohne ernsthaftes Ermittlungsinteresse – sind diese Infos das Papier nicht wert, auf dem sie stehen.

Daher kann das AA derzeit keinen Vorschlag zu einer möglichen diplomatischen Vorgehensweise machen.«

Mit »diplomatisch« meinte Fischer ganz offensichtlich Erpressung: Wenn du deine Sprengung nicht unterlässt, sperren wir deine Konten – das war eine Sprache, die Despoten und Multimilliardäre gut verstanden.

»Haben wir militärische Optionen?«, fragte Fischer Bösing.

Der schüttelte den Kopf. »Wir haben einige Hundert Soldaten in Mali, aber das ist zwei Staaten weiter. Davon abgesehen wäre ein ungenehmigter Militäreinsatz gegen einen chinesischen Bürger in einem Drittstaat … das sollten wir uns schon sehr, sehr gut überlegen.«

Fischer nickte, als hätte er genau diese Antwort befürchtet.

Jana war angetan davon, dass Bösing endlich mit seinem breitbeinigen Säbelrasseln aufgehört hatte.

Natürlich war es wieder Ticheloven, der das zugleich naheliegende und provokativ politisch Unkorrekte aussprach: »Ich bin ja nur ein kleiner Wissenschaftler« – Jana drehte sich der Magen um bei der Vorstellung, mit diesem Mann in einen Topf geworfen zu werden, und sie war sicher, dass es den übrigen Forscherinnen und Forschern in der Runde ähnlich ging –, »aber ist genau so etwas nicht ein Fall für den ›Geheimdienst‹?« Er hob, als er das Wort »Geheimdienst« wählte, sogar die Finger und malte Anführungszeichen in die Luft.

Ausgerechnet der nüchterne Dirk Martius aus der Bundesverwaltung konterte: »Der MAD – der Militärische Abschirmdienst – ist dafür zuständig, militärische Angriffe abzuwehren. Also nicht zuständig. Der Verfassungsschutz soll Angriffe auf die Verfassung verhindern. Ist auch nicht der Fall. Und der BND schließlich, der Bundesnachrichtendienst, ist ja genau die Stelle, von der die Kollegen im AA – dem Auswärtigen Amt – sicherlich ihre Informationen bezogen haben. Würden sie eine Möglichkeit sehen, im Rahmen ihres Auftrags aktiv zu werden, hätten sie dies sicher erwähnt.«

Ticheloven schüttelte den Kopf, dass die Haare flogen. »Das ist doch nicht Ihr Ernst. Da plant jemand einen Angriff auf unser schönes Land, und Sie wollen ihn einfach machen lassen? Wie soll ich das denn heute Abend den Menschen vor den Bildschirmen erklären?«

»Vielleicht«, sagte Martius gereizt, »sollten Sie denjenigen, die finden, wir müssten jetzt ohne jede demokratische Legitimation Agenten und Militärkommandos losschicken, raten, in eines der Länder zu ziehen, die das gern tun: Großbritannien beispielsweise, die USA oder natürlich Russland.«

Ticheloven starrte Martius mit aufgeblasenen Wangen an, als versuchte er, ihn mit seinem Laserblick zu Staub zerfallen zu lassen.

Martius blieb vollkommen ungerührt. Es hatte auch sein Gutes, an die Relevanz von Verwaltungsakten zu glauben.

»Wir haben zahlreiche Kontakte zu Umweltschutzgruppen in Zentralafrika«, meldete sich nun Paulina Neubaur zu Wort. »Falls das jemandem etwas nützt.«

Fischer nickte und machte sich eine Notiz.

»Darf ich Ihre Aufmerksamkeit einmal auf die Kryptozahlungen lenken?«, sagte auf einmal Moritz Riemann-Dittmar, die neoliberale Nervensäge vom Deutschen Institut für Wirtschaftsforschung. »Die meisten Menschen denken, diese Zahlungen seien anonym und nicht nachvollziehbar. Beides ist jedoch nicht der Fall. Vielleicht bietet sich hier ein Angriffspunkt – und ich wüsste genau den richtigen Mann, um das herauszufinden.«

Berlin, 8:30 Uhr, -18,1 Grad

Moritz Riemann-Dittmar saß hinter einem halb vertrockneten Dekogras auf einem Sessel im Flur vor dem Konferenzraum, das Handy am Ohr.

Für das Finanzministerium hatte das DIW im vergangenen Sommer die mögliche Einführung einer deutschen Kryptowährung geprüft. Sie hatte mittelfristig Bundesanleihen ablösen sollen. Letztlich war das Projekt zu etwa gleichen Teilen an technischen Feinheiten und finanzpolitischen Bedenken gescheitert.

»Ja, genau. Ich weiß, dass nichts daraus geworden ist. Aber es gab da einen ITler, der Stories erzählt hat, wie sich Bitcoins rückverfolgen lassen.«

Riemann-Dittmar hörte zu. Dann sagte er: »Nein, das kann nicht sein, ich bin ihm begegnet. Der war nicht nur *remote.*«

Wieder hörte er zu. Dann begann er zu nicken. »Ja, genau. Das klingt richtig. Den meine ich. Können Sie mir seine Kontaktdaten …« In diesem Moment vibrierte sein Handy bereits. »Hervorragend, danke.«

Er rief die Nachricht auf, tippte auf die Telefonnummer. Freizeichen.

Halb neun, ganz schön früh. Aber vielleicht hatte er ja Glück.

Kiel, 08:35 Uhr, -19,8 Grad

»Ja, natürlich erinnere ich mich«, sagte Eric.

Der Anrufer, Moritz Riemann-Dittmar vom Deutschen Institut für Wirtschaftsforschung in Berlin, erklärte, worum es ging: »Letzten Sommer haben Sie von einer internationalen Ermittlung erzählt, an der Sie beteiligt waren. Da wurden Bitcoins zurückverfolgt zu Pädophilen. Wir haben hier eine Situation, bei der wir ebenfalls gern Krypto-Transaktionen auf die Spur kommen wollen. Ist das möglich?«

Eric rückte seine Brille zurecht. »Kommt drauf an«, sagte er. »Auf die Kryptowährung, auf die Art der Transaktionen und auch darauf, wie vorsichtig die Akteure vorgegangen sind.«

»Das wissen wir nicht. Die Kollegen können Ihnen die bisher bekannten Transaktionen übermitteln. Es ist den Versuch wert. Es geht um ... ich bin hier im Krisenstab der Bundesregierung. Die ganze Angelegenheit ist selbstverständlich vertraulich. Ich lasse Ihnen ein NDA mitschicken, die Verschwiegenheitserklärung. Es geht darum, eine weitere Abkühlung Deutschlands zu verhindern. Wir müssen einen Weg finden, Druck auf jemand auszuüben. Und Geld ist dafür immer eine gute Möglichkeit.«

Eric lachte. »Allerdings.«

»Allerdings eilt es sehr. Wir benötigen die Infos ASAP.« Riemann-Dittmar sprach die Abkürzung wie ein eigenständiges Wort aus, »Eysäp«.

»Schicken Sie mir, was Sie haben, und ich werde sehen, was ich tun kann.«

Eric legte auf und startete den Brühvorgang für eine neue Kanne Kaffee.

Mit dem ersten Becher in der Hand ging er zu sich ins Büro. Es war kalt, und er drehte die Heizung auf, denn der automatische Thermostat war auf halb zehn eingestellt.

Er öffnete die eingegangenen E-Mails, speicherte die Anlagen, überflog die Informationen.

Offenbar war die Zielperson der Aktion ein chinesischer Geschäftsmann namens Min Zhu Huang. Ihm gehörten zahlreiche Internetunternehmen, in den letzten Jahren hatte er zudem massiv in Immobilien investiert. Die Unterlagen ergaben, dass man vermutete, er sei darüber hinaus Geldgeber einer illegalen Mine im Tschad, in der Seltene Erden abgebaut wurden.

Seltene Erden wurden für den Bau von Computerchips, Smartphones, Batterien für E-Autos und hochwertige Gläser und Linsen benötigt. Sie kamen weltweit vor. Vor allem in

Afrika, teilweise auch in Südamerika, stammte ein Großteil der Rohstoffe aus illegalen Minen. Manche Menschen gruben einfach in ihrem Garten ein Loch in der Hoffnung, auf wertvolle Stoffe zu stoßen. Andere arbeiteten unter armseligen Bedingungen in größeren Minen. Vielfach waren dort Kinder tätig – ihre Familien waren auf die kargen Einnahmen angewiesen, um zu überleben.

Aufgrund von Lieferkettengesetzen und internen Compliance-Vorgaben konnten zumindest Großfirmen wie Apple oder Samsung die nötigen Rohstoffe nicht direkt aus dubiosen Quellen kaufen. Daher hatte sich ein Netzwerk aus Aggregatoren und Wiederverkäufern etabliert. So mischten sich die Warenströme aus legalen und illegalen Quellen, bis der Warenfluss nicht mehr nachvollziehbar war.

An dieser Stelle schienen die Ermittlungen der Kollegen anzusetzen.

Die Tür öffnete sich, Anton kam herein und ließ sich mit einer Tasse Tee auf das kleine Sofa im Büro plumpsen. »Hast du kurz Zeit, über die Ostergeschenke für Lulu zu reden?«, fragte er. »Es sind ja nur noch ein paar Wochen, und sehr wahrscheinlich müssen wir ja etwas bestellen. Die Läden sind ja wie leer gefegt. Andererseits ist bestellen natürlich auch riskant, weil man nie wissen kann …«

»Jetzt ist nicht so günstig«, sagte Eric, ohne den Blick vom Bildschirm zu lösen. »Ich soll ein Krypto-Tracing für den Krisenstab der Bundesregierung machen.«

»Ach, nicht das schon wieder«, sagte Anton und verdrehte die Augen. »Das war im Sommer schon so ein Theater.«

In der Endphase, als es darum ging, ob sie bestimmte technische Spezifikationen einhalten konnten, hatte Eric fast rund um die Uhr gearbeitet.

»Das hier ist eine völlig andere …«

»Das sagst du immer«, unterbrach ihn Anton und stand auf. Sein Tee schwappte über und tropfte auf den Teppich. »Aber es ist eben nicht anders. Es ist immer dasselbe. Ich wollte mit dir nur über Ostergeschenke reden. Hätte wirklich nicht lange gedauert. Aber gut, der Herr ist beschäftigt.«

Er verließ das Büro und zog die Tür lautstark hinter sich ins Schloss.

Eric seufzte, schloss kurz die Augen, kreiste mit dem Kopf, um die Spannung im Nacken zu lösen.

Dann konzentrierte er sich wieder auf den Bildschirm.

Die Ermittler hatten massive Krypto-Transaktionen bemerkt, die eine Verbindung zwischen Zentralafrika und Peking herzustellen schienen. Sie wollten wissen, ob sich genauere Angaben über die Herkunft des Geldes sowie über seine weitere Verwendung machen ließen.

Berlin, 9:25 Uhr, -17,4 Grad

»Jana, ich habe jemanden in der Leitung, der einen Vorschlag machen möchte. Es hat etwas mit einer bevorstehenden Sprengung zu tun. Okay, wenn ich deine Nummer rausgebe?«, fragte Eckard Schuldenzucker, Hollmers Büroleiter aus Leipzig.

»Durchstellen kannst du nicht?«

»Nein. Ich kann auch nach seiner Nummer fragen.«

»Ja, das ist besser. Ich bleib dran.«

Es klickte einmal, dann kam Warteschleifenmusik, etwa eine Minute später klickte es erneut, und Eckard war wieder dran. »Die Arbeitsgruppe eines Professor Friedrich Arnd aus

Karlsruhe.« Der Name war Jana natürlich ein Begriff. Schuldenzucker nannte Jana die Nummer.

»Okay, danke.«

Sie wählte die Nummer, die sie notiert hatte. An die Angerufenen wurde jeweils nur die zentrale Rufnummer des BMI übermittelt.

»Arnd.«

»Hollmer.«

»Wunderbar, danke für den Rückruf. Wir haben hier – ich rufe an aus dem Karlsruher Institut für Technologie. Wir haben Ihren Post gelesen, dass möglicherweise eine weitere Sprengung erfolgen könnte, die zu einer zusätzlichen Verdickung der Erdkruste unter Deutschland führen würde. Das ist für meine Mitarbeiter und mich natürlich ein interessantes Problem. Daher haben wir mit dem Seminar über die Detektion von Fluiden in der Erdkruste darüber diskutiert, ob es möglich sein könnte, den Einfluss zu neutralisieren. Einige Doktoranden haben die Nacht über gerechnet, und wir glauben, eine solche Möglichkeit gefunden zu haben. Wichtig dafür wäre, wie genau Sie den Ursprungsort der Schwingungen, also den Ort der Sprengung, kennen.«

Jana war wie elektrisiert. Arnd glaubte ihre Theorie offenbar. Am KIT! Ihr fiel ein Stein vom Herzen. Nach den kritischen Stimmen der letzten Tage hatte sie schon selbst angefangen zu zweifeln.

Und die Auswirkungen einer erneuten Sprengung zu neutralisieren, bevor sie Schaden anrichten konnte, war eine gewagte, aber durchaus verfolgenswerte Idee!

»Mindestens auf einen Kilometer genau. Das ist der Radius der Mine, soweit bekannt. Worüber wir derzeit gar nichts wissen, ist die Tiefe, in der die Sprengung erfolgt.«

»Dann könnte es klappen. Unsere Idee ist, grob skizziert, folgende: Angenommen, die Wellen treten in derselben Tiefe auf wie bei den vorigen Ereignissen, dann wäre es möglich, diese nach dem Prinzip der Geräuschunterdrückung bei Kopfhörern unschädlich zu machen. Noise-Cancelling-Kopfhörer nehmen die Umgebungsgeräusche auf und erzeugen komplementäre Schallwellen, die Außengeräusche neutralisieren. Den sogenannten Anti-Schall.«

Jana sah sofort vor sich, was ihr Gesprächspartner zu beschreiben versuchte. Schallwellen verfügten, wie alle Wellen, über »Berge« und »Täler«. Setzte man ihnen nun – aus der Gegenrichtung – um genau eine halbe Amplitude verschoben exakt gleich hohe »Berge« und »Täler« entgegen, entstand im Durchschnitt eine flache Linie.

»Wie …?«, begann sie.

»Am Ausganspunkt wird, soweit wir das jetzt überblicken, eine subsonische Sprengung initiiert, die bei gleichem Detonationsdruck eine geringere Zertrümmerung verursacht als eine supersonische Durchführung, aber höhere Erschütterungen.« Arnd war bereits drei Schritte weiter als sie. »Das hat vermutlich technische Gründe. Wir müssten eine ausgesprochen präzise berechnete Gegensprengung durchführen. Und, ganz wichtig, diese muss ›gerichtet‹ sein. Das lässt sich unter Tage mithilfe des Füllungsgrads, der Sprengstoffdichte, der Detonationsgeschwindigkeit, des Winkels an den Machfronten sowie der Zündfolge gezielt beeinflussen. Denn wenn wir ankommende Wellen neutralisieren, unsererseits hingegen wiederum Schwingungen nach Norden austreten, ist nichts gewonnen. Wir müssen die Freifeldausbreitung komplett neutralisieren. Dafür können wir Infos über die Tiefe der bisherigen Sprengungen aus den vorliegenden Daten entnehmen. Für die korrekte Berechnung benötigen wir jedoch zusätzlich möglichst detaillierte Infos über die Zusammensetzung der Sprengladung. Also über die Sprengstoffe, mit denen gearbeitet wird. Können Sie diese beschaffen?«

Es schmerzte sie, aber Ticheloven würde doch irgendwie recht behalten: Sie brauchten einen Spion vor Ort.

Berlin, 14:54 Uhr, -17,1 Grad

Seit Stunden hing Jana pausenlos am Telefon, parallel schrieb sie Mails und recherchierte im Internet. Mittagessen war ausgefallen. Ingo Franke war aus dem AA zurück ins BMI gekommen und saß am Schreibtisch gegenüber.

Jana hatte ihren Kontakt im Tschad angerufen. Der hatte eine Cousine, die in Huangs Mine arbeitete. Die berichtete ihm, dass die sonst stets sicher verschlossene Tür zum Sprengstoffdepot heute offen stand, denn das Material wurde in die Schächte eingebracht. Einer der Wachposten, mit dem sie sich angefreundet hatte, ließ sie Fotos der sich leerenden Regale anfertigen. Die Sprengung, sagte er, sei für zwölf Uhr mittags am folgenden Tag geplant – alle Arbeiter sollten eine halbe Stunde zuvor die Schächte verlassen.

Prof. Arnd und seine Doktoranden konnten aus den Lücken auf den Paletten die mögliche Gesamtmenge und Zusammensetzung der Sprengladungen extrapolieren. Auf dieser Grundlage kamen sie zu dem Ergebnis, dass eine Gegensprengung in Südfrankreich, Italien oder Griechenland erfolgen müsste. Italien war der Favorit, weil es auf gerader Linie zwischen Deutschland und dem Tschad lag. Das vereinfachte alle weiteren Berechnungen erheblich.

Franke telefonierte mit seinen Kolleginnen und Kollegen in den südeuropäischen Ländern, doch die Solidarität ließ zu wünschen übrig. Erstens glaubten sie nicht an die Theorie der Verdickung der Erdkruste unter Deutschland. Zweitens fürchteten sie, dass eine massive Sprengung ohne entsprechende monatelange Vorbereitung für die direkte Umgebung große Risiken barg. »Stellen Sie sich das mal vor, wir stellen Ihnen das Hinterland der Côte d'Azur zur Verfügung, und als Folge kommt es zu Beschädigungen der Fundamente in Marseille oder, schlimmer noch, in Nizza oder gar Monaco. Was dann?«

Ähnlich besorgt sahen die Griechen schon die Akropolis und den Palast von Knossos in sich zusammenbrechen, und die Italiener mutmaßten sogar – und, wie Jana fand, tatsächlich nicht zu Unrecht –, dass eine derartige Sprengung den Vesuv ausbrechen lassen könnte.

»Gott verdammt noch mal!« Wütend knallte Franke den Hörer auf die Basis. »Als wären wir nicht die größten Beitragszahler in der EU und hätten nicht jeden von denen schon mal aus der Scheiße geholt!«

Jana kniff wiederholt die Augen zusammen. Sie war so überanstrengt, dass sie gar nicht mehr scharf sehen konnte. Gerade hatte sie einen Gedanken gehabt, jetzt war er verschwunden. Es hatte etwas zu tun mit dem, was Franke eben …

Gott!

Gott verdammt noch mal!

Der Vatikan.

»Der Vatikan«, murmelte sie. Dann, lauter: »Der Vatikan. Erstens ein eigener Staat …«

»Die lassen uns sicher nicht ihre Sixtinische Kapelle in die Luft jagen«, unterbrach Franke.

»Das mag sein. Aber die Kirche wird in Italien doch sehr respektiert. Und vor allem …«

Sie griff nach dem Hörer, rief Friedrich Arnd zurück. Längst waren sie zum Du übergegangen. »Könnt ihr alle katholischen Kirchen in Italien berechnen, die als Standort für die Sprengung infrage kämen?«

Sie beendete das Gespräch mit Arnd, erklärte dann Franke ihren Gedankengang: »Vielleicht haben wir Glück und ein kirchliches Grundstück kommt infrage. Dann hätten wir es mit einem privatrechtlichen Gesprächspartner zu tun, der zugleich hoch angesehen ist.«

Da kam schon die Mail von Arnd. Sie klickte darauf, es erschien eine Liste von zehn Kirchen. Eine war gelb markiert, offenbar die beste Option: »Cappella Palatina, Sizilien«.

Jana kopierte den Begriff in die Suchzeile des Browsers. »›Die Cappella Palatina ist Teil des UNESCO-Weltkulturerbes‹«, las sie vor, »›die Palastkapelle gilt als schönste Hofkapelle der Welt.‹ Okay, das wird nicht einfach.«

Franke wählte bereits die Nummer der diplomatischen Vertretung des Vatikanstaats.

Erklärte den Sachverhalt, wurde durchgestellt, erklärte erneut. Mehrfach verwies er auf die Dringlichkeit der Situation, bat um Unterstützung, betonte den Wert von Solidarität und Nächstenliebe. Selbstverständlich würde Deutschland die Kosten für den Wiederaufbau übernehmen.

Es half alles nichts. Er lief während des Gesprächs immer röter an, bis er schließlich wütend auflegte.

»Gott verdammt noch mal«, fluchte er.

Kiel, 15:12 Uhr, -19,1 Grad ☁

Eric Kimmerers Recherche war aufwändig und kleinteilig. Um Krypto-Transaktionen nachzuverfolgen, mussten Tausende, manchmal Zehn- oder sogar Hunderttausende von Log-Einträgen überprüft werden.

Als Bitcoins 2008 eingeführt wurden, gehörte zu ihren verlockendsten Eigenschaften, dass zentral nur gespeichert wurde, welche Coins sich in welcher digitalen Geldbörse – der »Wallet« – befanden. Um eine solche Wallet zu besitzen, brauchte man eine E-Mail-Adresse, musste aber keinerlei Identifikation vorlegen. Ganz anders als für die Eröffnung eines Kontos oder die Beantragung einer Kreditkarte.

Das machte anonyme Zahlungen möglich. Wer seine Login-Daten vergaß, kam an die Coins allerdings nicht mehr ran.

Daraus schlossen Libertarier, Drogendealer und Pädophile, Bitcoins und Kryptowährungen seien unter allen Umständen anonym. Was sie dabei nicht bedachten: In der Blockchain wurde jede Transaktion öffentlich überprüfbar archiviert.

So ließen sich die Summen von einem Besitzer zum nächsten verfolgen. Möglicherweise war zum Beispiel der aktuelle Besitzer nicht bekannt – wohl aber derjenige, der ihm die Zahlung zukommen ließ. Per Computeranalyse ließen sich zudem Krypto-User clustern, also zu Gruppen zusammenfassen. Wenn beispielsweise Coins von drei unterschiedlichen Adressen in einer gemeinsamen Transaktion genutzt wurden, ließ sich daraus schließen, dass die drei Wallets einem Besitzer zuzuordnen waren.

Außerdem waren manche Coins mittlerweile ausgesprochen wertvoll geworden. Ein Bitcoin entsprach derzeit umgerechnet über 15 000 Dollar. Viele Transaktionen beinhalteten daher Bruchteile von Coins. Es ließ sich dann rekonstruieren, welche weiteren Zahlungen mit weiteren Anteilen desselben Coin vorgenommen worden waren. So ließ sich häufig der Anfang oder das Ende eines Zahlungsverlaufs ermitteln.

Es war ein bisschen so, als fände man Videoaufnahmen von einem Drogendeal mit Bargeld. Die Zahlung selbst war anonym erfolgt, aber mithilfe von Gesichtserkennungssoftware ließen sich der Aufzeichung nachträglich Namen zuordnen.

Besonders wichtig dafür waren der Kauf und der Verkauf der Kryptowährung. In einem aufsehenerregenden Coup war es Strafverfolgungsbehörden 2017 gelungen, einen Kinderpornoring hochzunehmen, weil viele der Kunden ihre Coins einfach mit der eigenen Kreditkarte bezahlt hatten.

Berlin, 15:25 Uhr, -17,2 Grad

Jana musste sich bewegen. Es war zum Aus-der-Haut-Fahren. Sie hatten eine Möglichkeit gefunden, Deutschland vor einer ewigen Eiszeit zu retten – und scheiterten dann an kleinlichen bürokratischen Bedenken.

Na ja, das war vielleicht auch etwas harsch formuliert. Aber trotzdem.

Sie holte ihr Springseil aus der Handtasche, zog die Schuhe aus, jagte fünf Minuten lang ihren Puls nach oben. Dann zog sie die Schuhe wieder an, steckte das Seil weg, ging in die Kaffeeküche. Ließ einen Kaffee aus dem Automaten laufen, schaufelte zwei Löffel Zucker hinein. Wählte Clemens' Nummer.

»Hi, seid ihr fertig mit Weltretten?«

»Leider nicht. Im Gegenteil.«

Sie ging mit ihrer Tasse zurück ins Büro, berichtete ihm dabei von den Ereignissen des Vormittags. Die massiven Kryptozahlungen, denen jetzt irgendein Experte auf die Spur kommen sollte, der sonst die Konsumenten von Kinderpornos ermittelte. Dann der Anruf aus Karlsruhe und die Idee der Kollegen, morgen eine Gegensprengung durchzuführen. »Nur leider spielen die Italiener nicht mit. Noch nicht mal der Vatikan. Und von denen würde man es doch denken. Der beste Ort für die Sprengung wäre nämlich eine alte Kapelle auf Sizilien. Und der Vatikan könnte das erlauben, auch wenn Italien Nein sagt. Tun sie aber nicht. Und jetzt wissen wir nicht mehr weiter, und die Zeit läuft uns davon.«

»Okay, wenn ich Amelie mal frage?«

»Was hat die denn damit zu tun?«

»Ich bin nicht mehr ganz sicher, aber ich glaube, sie hat mir erzählt, sie sei Halbitalienerin. Ihr Vater sei irgendein hohes Tier. Ich weiß es nicht mehr genau. Wenn ich mich irre, ist es egal. Wenn nicht, könnte es etwas nützen.«

Jana nahm einen Schluck Kaffee, verbrannte sich die Zunge. »Ach, mach doch, wenn du willst«, sagte sie trotzig. »Klar, mach doch. Bis später. Ich melde mich, wenn ich absehen kann, wann ich komme.«

Sie legte auf. Ausgerechnet Amelie! Der Anruf hatte ihr weniger gutgetan, als sie gehofft hatte.

Berlin, 15:29 Uhr, -17,2 Grad

Als Erstes wählte Clemens die Nummer seines italienischen Co-Verlages. Sie taten sich manchmal zusammen, um auf internationale Kalender zu bieten, und hatten schon ein in der Herstellung besonders aufwändiges Grußkartenset gemeinsam realisiert. Er schilderte kurz die Situation und fragte, ob Matteo vielleicht hilfreiche Kontakte habe, doch der verneinte.

Dann rief er einen Literaturagenten in München an, der bei einer europaweit tätigen Agentur arbeitete. Der ging mit dem Schnurlostelefon hinüber zur für Italien zuständigen Kollegin. Auch die hatte keine hochrangigen Connections.

So ging es weiter. Papiermühlen, Lieferanten, eine in der Toskana ansässige freie Autorin. Wie erwartet: Wo Jana und das Auswärtige Amt sich die Zähne ausbissen, kam auch er nicht voran.

Nachdem Janas Reaktion auf Amelies Namen so deutlich gereizt ausgefallen war, hatte er es eigentlich vermeiden wollen, sie anzurufen. Aber nun tat er es trotzdem. Und sei es, um sich nicht später vorwerfen zu müssen: hättest du mal.

Marseille, 15:49 Uhr, +3,9 Grad

»Clemens«, leuchtete es auf Amelies Display auf, dazu das Bild, das sie von Clemens' Verlagsseite heruntergeladen hatte.

Amelie zuckte zusammen. Er rief sie an! Was sollte sie jetzt machen? Cool tun und es fünfmal klingeln lassen? Sofort rangehen? Oder gar nicht und ihn später zurückrufen?

Nach dem dritten Klingeln hielt sie es nicht mehr aus.

»Ja, hi«, meldete sie sich mit einem albernen Kichern. Sie schüttelte entgeistert über sich selbst den Kopf.

»Hi. Clemens hier. Bach. Clemens Bach. Wir haben gestern … also, wir haben ja gestern schon wegen dieser Sache da im Tschad telefoniert. Und jetzt habe ich noch mal eine Frage dazu.«

Amelies Herz sank. Insgeheim hatte sie gehofft, Clemens riefe *ihretwegen* an. »Ja, schieß los«, sagte sie.

»Ich meine mich zu erinnern, dass du gesagt hättest, dein Vater sei Italiener und irgendwie jemand Wichtiges. Kann das sein?«

»Ja, schon«, entgegnete sie. Sie hatte sich bei Clemens damals richtig ausgeheult. Schließlich würde sie ihn nie wiedersehen – hatte sie gedacht. »Warum?«

»Jana – meine Freundin – sagt, eine weitere Sprengung wäre ernsthaft gefährlich für Deutschland. Deshalb wollen sie die Explosion neutralisieren durch eine Gegensprengung. Die muss an einem bestimmten Ort passieren, damit alles gut funktioniert. Problem: Dieser Ort ist eine weltberühmte Kapelle auf Sizilien. Italien sagt Nein, der Vatikan sagt Nein – du merkst schon, worauf das rausläuft. Und wie lächerlich die Frage eigentlich ist. Aber schaden kann es ja nicht.«

»Du meinst, ob mein Vater den Papst dazu bewegen kann, eine unwiederbringliche Kapelle zu opfern, weil ein paar deutsche Wissenschaftler ausgerechnet haben, dass nur dort eine Sprengung stattfinden kann?«

Ulrike, die Amelie am Küchentisch gegenübersaß und auf ihrem Handy mit irgendwem Nachrichten schrieb, hatte die letzten Sätze mitbekommen und begann, hektisch den Kopf zu schütteln.

»Klar, gar kein Problem.« Sie legte auf.

Von einem Moment zum nächsten war Ulrike derart gestresst, dass ihre Arme sich krümmten wie die Tentakel einer Seeanemone. Ihr Gesicht war schmerzverzerrt, aber sie war vollkommen fokussiert auf Amelie und schien es gar nicht zu bemerken. »Auf keinen Fall wirst du deinen Vater in irgendetwas hineinziehen! Und woher weißt du überhaupt …? Und du hast ja noch nicht mal seine Nummer!«, sagte sie.

»Mama, ich bin doch nicht dumm. Ich weiß, wer er ist.«

»Das kannst du nicht! Wir haben dir nie …« Sie unterbrach sich. An der Veränderung ihres Gesichtsausdrucks war abzulesen, wie sie langsam begriff, was Amelie gesagt hatte.

»Als kleines Mädchen habe ich gedacht, mein Papa ist Geheimagent. Dann später, in der Schule, dachte ich, er ist ein wichtiger Manager. Vor ein paar Jahren habe ich dann kapiert: Es muss andere Gründe haben, dass er nur alle paar Monate kommen kann, manchmal sogar seltener. So weit ist Italien von Freiburg nicht entfernt. Dann bin ich draufgekommen: Er hat nicht nur ein paar meiner Geburtstage verpasst – er war *nie* da bei öffentlichen Terminen. Einschulung, Entlassung, Abschluss der Ausbildung … Immer hast du gesagt, er kommt, aber ist er nicht.«

Sie wischte sich eine Träne weg, die sie nicht hatte kommen sehen.

»Von da war es dann nur noch ein kleiner Schritt. Ich habe ein Selfie von ihm und mir gemacht, mich rausgeschnitten und eine umgekehrte Bildersuche im Internet gemacht. Was glaubst du, wie überrascht ich war, als der Mann, den ich immer nur in Jeans und Karohemd gesehen hatte, eine rote Soutane trägt und dazu so ein rotes Hütchen!«

Ulrike war bleich geworden und schüttelte verzweifelt den Kopf.

»Arrigo Fiore«, sagte Amelie. »Die Story von deinem Auslandssemester im Studium war klasse, weil sie ja vermutlich sogar stimmt. Und weißt du, was besonders verrückt ist?« Sie wartete die Reaktion ihrer Mutter gar nicht erst ab. »In einem Interview hat er auf die Frage, welche Sünde er bereits begangen habe, geantwortet: ›Cannoli, regelmäßig.‹«

»G… gut«, stotterte Ulrike. »Du w… weißt seinen Namen. Aber du kannst ihn t… trotzdem nicht einfach …«

»Doch«, sagte Amelie. »Seit vier Jahren weiß ich, wer er ist. Vor zwei Jahren habe ich mich getraut, ihm das bei einer Wanderung auf den Schauinsland zu sagen. Ich hatte Angst, er würde nie wiederkommen. Stattdessen schien er erleichtert. Er hat lange geschwiegen, und zum Abschied hat er mir seine Handynummer gegeben. Wir schreiben uns regelmäßig.«

Ulrike öffnete den Mund, schloss ihn wieder. Mit der linken Hand rieb sie die Knöchel der rechten.

Amelie setzte sich ihr gegenüber, streckte die Hände aus, Handflächen nach oben. Ulrike zögerte kurz, dann legte sie ihre Hände in die ihrer Tochter.

Sanft hielt Amelie Ulrikes Finger, massierte sie ganz vorsichtig mit den Daumen. »Es ist okay«, sagte sie. »Wirklich. Alles in Ordnung. Ich bin dir nicht böse, er ist dir nicht böse. Du hast alles richtig gemacht.«

Ulrike kniff die Augen zusammen, zog die Nase hoch. Tränen liefen ihr über die Wangen. Sie ließ sie laufen.

Einige Minuten saßen sie so da, dann sagte Ulrike: »Nein. Das darfst du nicht. Ich habe auch noch Kontakte aus meiner Arbeitszeit. Die rufe ich an, und dann …«

Amelie schüttelte den Kopf. »Nein, Mama. Es muss jetzt schnell gehen. Und selbst wenn dich in der Stadtverwaltung Freiburg noch irgendwer kennt, haben die bestimmt keinen direkten Draht in den Vatikan.« Vorsichtig legte sie die schmerzenden Hände ihrer Mutter auf der Tischplatte ab. Dann griff sie nach ihrem Telefon.

Kurz überlegte sie, aus dem Zimmer zu gehen. Doch dann blieb sie sitzen.

Sie wählte Fiores Nummer. Trotz allem war sie nervös. Ja, sie hatten einander Textnachrichten geschickt, aber sie hatte ihren Vater noch nie angerufen.

Er meldete sich.

»Amelie hier«, sagte sie. »Ich hoffe, ich störe dich nicht. Ich muss dich um einen großen Gefallen bitten. Es ist wirklich sehr wichtig.«

Berlin, 16:03 Uhr, -17,2 Grad

Franke hörte nicht auf zu telefonieren. Er arbeitete jeden Kontakt ab, forderte jede Gefälligkeit ein. Zeitgleich bemühten sich seine Kollegen darum, politischen Druck auf den Tschad, China und Huang aufzubauen. Bislang ergebnislos.

Die diplomatische Vertretung des Tschad hatte wissen lassen, erstens gebe es keine Beweise für die Vorwürfe, diese stünden somit »in der Tradition des Kolonialismus, in dem die reichen Staaten Europa Handlungen vorgeben«. Und zweitens, selbst wenn die Annahmen zuträfen, wäre das so eine Art ausgleichende Gerechtigkeit. »Jahrhunderte haben die Staaten Europas von den problematischen Lebensbedingungen in Afrika profitiert. Höchste Zeit, dass sie mal merken, wie diese Medizin schmeckt«, sollte der Konsul erklärt haben – natürlich *off the record* und *unter vier Augen.*

China hatte die Wünsche und Forderungen der Bundesrepublik entgegengenommen und übermittelt; man werde diese »prüfen«. Diplomaten-Sprech für: Ablage rund.

Jana drehte mittlerweile Runden neben dem Schreibtisch. Verzweifelt überlegte sie, was noch getan werden konnte. Die Neutralisierung der Sprengung durch das Erzeugen komplementärer Wellen war smart, aber ließ sich nicht durchführen. Als privater Geschäftsmann war Huang weder für Argumente der Solidarität noch der Zwangsläufigkeit langfristiger Beziehungen zugänglich. Mit Sanktionen kamen sie an ihn nicht ran, der offizielle Teil seiner Einnahmen fiel größtenteils in China an, und die inoffiziellen Gelder waren erst recht nicht im Zugriff.

Und was, wenn sie sich geirrt hatte? Wenn sie einem Phantom nachjagten?

Sie ging im Geiste alles zum hundertsten Mal durch. Die Erdkruste unter Mitteldeutschland hatte sich verdickt. Diese Beobachtung war mittlerweile durch zahlreiche neue Messungen und Berechnungen von vielen Wissenschaftlerinnen und Wissenschaftlern weltweit bestätigt worden. Es bestand ein unbezweifelbarer zeitlicher Zusammenhang zwischen den Sprengungen im Tschad und der Verdickung. Kausal ließ er sich nachvollziehbar darstellen, aber ein Beweis war das nicht.

Ähnliche Beobachtungen aus anderen Teilen der Welt lagen nicht vor. Das musste jedoch nichts heißen – die Erdkruste war sehr unterschiedlich aufgebaut. Wenn Janas Theorie stimmte, dann handelte es sich um einen unglaublich unwahrscheinlichen Zufall, dass ausgerechnet diese Sprengung mit ausgerechnet dieser Schwingung an ausgerechnet diesem Ort die Resonanzfrequenz der Erdschichten unter Deutschland traf.

So verrückt das alles klang, bisher hatte jedenfalls niemand eine bessere Erklärung liefern können.

Dass Huang nun eine weitere, dritte Sprengung plante, schien ebenfalls den Tatsachen zu entsprechen. Die Mine selbst hatte dies weder bestätigt noch abgestritten, sondern alle Nachfragen schlicht ignoriert. Das sprach ja seine eigene Sprache.

Franke hielt die Sprechmuschel seines Telefons zu, winkte Jana. Dann deutete er auf ihren Schreibtisch und zischte: »Dein Handy!«

Clemens.

»Ja?«

»Gute Nachrichten. Ihr könnt eure Kapelle in die Luft jagen.«

»Was?« Jana begriff zuerst nicht einmal, wovon er redete.

»Ich hab dir doch gesagt, Amelies Vater ist ein hohes Tier in Italien. Mehr weiß ich auch nicht. Aber jedenfalls hat er die Sprengung auf Sizilien genehmigt.«

Im selben Moment rief Franke laut: »Was?!« Er starrte entgeistert auf den Bildschirm. Dann sah er zu Jana auf. Er zeigte auf seinen Monitor. »Das ist die Freigabe …«

»… zur Sprengung des Palazzo Reale«, beendete Jana seinen Satz.

»Okay, danke«, sagte sie dann zu Clemens und legte auf.

Krass.

Großartig.

Wie sollten sie das jetzt bis morgen Mittag organisieren?

Und warum musste es ausgerechnet Clemens' Ex sein, die Deutschland rettete?

Zugleich ärgerte sie sich darüber, dass sie das so ärgerte. Schließlich war sie diejenige gewesen, die bisher die zwangsläufige Distanz des Arrangements super gefunden hatte.

Berlin, 16:54 Uhr, -17,2 Grad

»Was soll das heißen, wir können keinen Sprengstoff nach Sizilien transportieren?« Fischer sah aus, als würde er gleich platzen.

Bösing blieb ruhig. Er tippte auf die Liste aus dem KIT. »Sprengstoff kann aus Sicherheitsgründen nicht per Luftfracht transportiert werden«, erklärte er dem Kanzleramtsminister. »Und schon gar nicht in diesen Mengen. Und auf der Straße schaffen wir es zeitlich nicht mehr, selbst wenn wir die Organisation und Beladung außen vor lassen.«

»Und das fällt Ihnen jetzt ein?«, blaffte der Kanzleramtsminister.

»Nein, aber es wird jetzt relevant.«

Janas Handy vibrierte. Eine Nachricht von Titus: »Ich hoffe, in Wirklichkeit läuft es besser, als es in den Medien aussieht.«

Ha! Wenn der wüsste …

»Die italienischen Streitkräfte, die *Forze armate italiane*, haben grundsätzlich ihre Hilfe zugesagt. Allerdings fehlen dort die Materialien. Das wäre, ehrlich gesagt, für uns wahrscheinlich auch noch ein Problem. Derartige Mengen Explosivstoffe haben wir natürlich nicht einfach herumliegen. Die Logistik allein …«

Klick. Logistik. Moment mal.

Jana hob die Hand, um Fischer zu signalisieren: Bin gleich

wieder da. Sie verließ den kleinen Konferenzraum. Aus dem Flur rief sie Titus an.

»Hey, schön von dir zu hören, ich dachte schon …«, begann der.

»Warte, warte, wir haben hier ein Problem«, unterbrach sie ihn. »Und es eilt sehr. Wie gut sind deine Kontakte nach Italien?«

»Na ja, wir sind eine Reederei, natürlich kennt man ein paar Leute«, sagte er. »Ach ja, und wir sind vor Corona eine strategische Partnerschaft mit einer dort ansässigen, europaweit tätigen Spedition eingegangen. Eigentlich sollte man dann alles aus einer Hand buchen können. Aber die Integration wurde bislang nicht durchgeführt.«

»Oh, das wäre perfekt. Wir müssen jede Menge Sprengstoff nach Sizilien befördern. Den Sprengstoff haben wir allerdings noch nicht, den müssen wir organisieren, und …«

»Da wiederum kann ich euch wahrscheinlich helfen. Eines der größten Chemikalienwerke, zugleich Lieferant sämtlicher Sprengstoffe für das italienische Militär, ist ein guter Kunde von uns. Sie beliefern nämlich auch die norwegische Armee, und irgendwie müssen die Güter ja aus Italien in den Norden kommen.«

»Warte, ich stelle dich auf Lautsprecher und schicke dir eine Liste!« Sie kehrte zurück in den Konferenzraum, fertigte ein Foto der Liste aus Karlsruhe an, schickte sie an Titus.

Fischer, Bösing und Franke schauten sie erwartungsvoll an. »Ich warte auf den Rückruf«, sagte sie.

Die folgenden zehn Minuten verbrachten die drei Männer damit, einander unausgesprochene Vorwürfe zu machen.

Schließlich rief Titus zurück. »Läuft«, sagte er. »Klappt auch zeitlich. Der Transporter ist früh genug da, dass der

Sprengmeister alles arrangieren kann. Einen Sprengmeister habt ihr, oder?«

»Können wir einen Sprengmeister vor Ort haben?«, fragte Jana die übrigen Anwesenden. Bösing wackelte mit dem Kopf.

»Sie können sonst einen mitnehmen«, sagte Titus. »Ich sag, das sollen sie machen, sicherheitshalber.« Er legte auf.

»Puh«, machte Fischer leise.

Die Anspannung und Hoffnungslosigkeit schienen aus dem Raum zu entweichen. Zum ersten Mal seit sechs Stunden gab es wieder Hoffnung.

Global Commodities Ltd.
(Kourouadi, Tschad), 17:30 Uhr, +34,1 Grad

Kito Dallami, Bushra Oduho und Kurt Schachtschneider saßen auf der Veranda von Schachtschneiders Villa. Die Sonne war bereits untergegangen, langsam wurde die Luft erträglich.

Eine Bedienstete servierte eisgekühlten *Karkanji*.

Dallami kannte Oduho seit Jahren. Er war eng mit der Mutter der Oduho-Brüder befreundet gewesen.

»Es kann so nicht weitergehen«, sagte er auf Französisch. »Die Betreiber des Hellhole beuten die Menschen aus, schikanieren sie, bringen sie in Lebensgefahr. Sie zahlen den Menschen so wenig, dass sie trotzdem noch wildern. Erst vor zwei Tagen habe ich eine zerstückelte Mendesantilope gefunden. Es ist furchtbar. Die Bosse zahlen hier keine Steuern, nur Bestechungsgelder. Sie plündern unser Land aus, statt es reicher zu machen. Dazu kommt, und das ist für viele sicher kein großes Problem, aber dennoch zeigt es die Rücksichtslosigkeit dieser Menschen: Wenn Happy Mining mit der geplanten Vergrößerung des Abbaugebietes fortfährt, wird der letzte Bereich, in dem eine ganz besondere Art Tamarisken gedeihen, zerstört und eine weitere Art unwiederbringlich vernichtet. Wir müssen uns wehren! Notfalls mit Gewalt!«

Dallami hatte sich in Rage geredet.

»Nun ja«, sagte Schachtschneider, nahm einen Schluck Tee und schaute ins Dunkel.

Dann schwieg er.

Oduho ergriff das Wort. »Wir tun bereits, was wir können. Benötigte Arbeiter rekrutieren wir bevorzugt unter denjenigen, die bei Happy Mining aufhören wollen. Zudem unterstützen wir die Schule im Ort finanziell, damit die nächste Generation andere Möglichkeiten hat. Und wir geben, wo es uns möglich ist, Mikrodarlehen an die Frauen, damit sie unabhängig werden von den Einnahmen der Männer.«

»Ja, das ist alles gut und schön«, sagte Dallami. »Aber es reicht nicht. Ihr Einsatz, und auch meiner, genügt nicht, um den Menschen hier eine Alternative zu bieten. Sie arbeiten aus Not im Hellhole. Aus schierer, nackter Notwendigkeit. Niemand, der eine Wahl hätte, würde sich dem aussetzen. So kratzen manche von ihnen mit den bloßen Fingern Rohstoffe aus der Erde, die von der Industrie dringend benötigt werden. Und sie erhalten dafür nur einen Hungerlohn. Es gibt keine Schutzmaßnahmen gegen Unfälle, Stolleneinbrüche oder Vergiftungen. Die Menschenrechte werden dort mit Füßen getreten. Wir *müssen* etwas unternehmen! Das weiter zu dulden, kommt einer Mitschuld gleich.«

Schachtschneider zuckte mit den Schultern. »Ich weiß Ihr Engagement zu schätzen, *Sayyid*. Aber Sie müssen bedenken:

Ein offener Kampf gegen Happy Mining und die Hintermänner der Unternehmung ist nicht zu gewinnen. Zu viel steht auf dem Spiel – Geld, Macht, Status. Wir würden nicht nur nicht gewinnen. Wir würden verlieren, was wir haben.«

»Kann die wissentliche Duldung solchen Unrechts wirklich die richtige Entscheidung sein?« Schachtschneiders Argument überzeugte Dallami nicht. »Wenn die Arbeiter im Hellhole zu einem Aufstand bereit wären – können Sie im Anschluss die Anlage übernehmen?«, fragte er offen.

Schachtschneider zog eine Zigarre aus seiner Hemdtasche, knipste die Spitze ab, steckte sie in Brand. Er paffte, bis sie ordnungsgemäß glühte.

Dallami wartete geduldig auf eine Antwort, doch Schachtschneider schwieg.

Berlin, 18:20 Uhr, -18,2 Grad

Titus startete einen Videoanruf zu Aneke. »Wie geht es Johannes?«, erkundigte er sich.

»Er macht sich Sorgen«, sagte sie. »Das tut ihm nicht gut.«

»Um seine Gesundheit? Die Ärzte sagen, sie haben das im Griff.«

»Um die Firma. Und dass du jetzt einfach weg bist, hilft nicht. Er fürchtet, dass du nur Spesen verursachst und es zu nichts führt. So, wie ich dich verteidige, könnte man glauben, wir wären frisch verliebt.«

Titus lachte auf. »Danke dir.« Dann wurde er wieder ernst. »Dein Einsatz ist nicht umsonst. Es ist nützlich, dass ich hier bin. Ich darf aktuell nichts sagen, aber vor ein paar Stunden konnte ich – konnten wir –mit den Verbindungen der Rederij van Dijk der deutschen Regierung helfen. Ich bin sicher, das wird man dort nicht so schnell vergessen.«

»Das ist gut. Ich hoffe nur, du vergisst auch nicht, wer dein Gehalt zahlt. Und das ist nicht die deutsche Bundesregierung. Sondern mein Vater.«

»Aneke. Ich verspreche dir: Ich lasse die Reederei nicht in Konkurs gehen. Wir werden eine Lösung finden. Doch damit das möglich ist, müssen erst einmal wieder geordnete klimatische und politische Verhältnisse herrschen. Daran arbeiten sie hier, und wenn ich dabei meine Unterstützung anbieten kann, dient das mittelfristig auch uns.«

»Das mag sein, aber du bist jetzt schon seit vier Tagen in Berlin, und ich werde den Verdacht nicht los, dass mehr dahintersteckt als eine strategische Zusammenarbeit. In dem Videobeitrag neulich hat dich diese Blondine jedenfalls ganz schön angehimmelt.«

»Videobeitrag?«

»Von dem Brand. Ich habe einen Suchmaschinen-Alert auf deinem Namen laufen. Immerhin bin ich zuständig für das Marketing bei uns.«

Titus verdrehte die Augen. »Das war … das hat nichts miteinander zu tun. Ich habe … wir waren nach einem Businesstreffen noch essen. Dann hat es bei dem Freund der Mitarbeiterin aus dem Krisenstab – ja, meiner Ansprechpartnerin dort, siehst du, keine Geheimnisse! – gebrannt. Er ist einfach reingerannt. Weil er ein Gedicht retten wollte. Ein Original. Aber dann kam er nicht wieder raus. Also bin ich hinterher.«

Während die Feuerwehrleute ihre Schläuche quer über den Hof gezogen und der Notarzt ihn untersuchte hatte, hatte ihm irgendwer ein Handy ins Gesicht gehalten und Fragen gestellt. Daran konnte er sich erinnern, allerdings hatte er nicht die geringste Ahnung, was er geantwortet hatte.

»Das war direkt danach, ich hatte es schon komplett vergessen. Wenn Jana mich da irgendwie angeguckt hat, dann sicher dankbar dafür, dass ich ihren Freund aus dem brennenden Haus gerettet hatte.«

»Aha«, sagte Aneke. »Jana. Na ja, du bist ein freier Mensch.«

»Ich weiß. Da ist nichts.«

»Wenn du es sagst.«

Titus verdrehte die Augen. »Sag Johannes, er muss sich keine Sorgen machen. Es läuft gut, und bald wird es hoffentlich auch wieder wärmer. Wir arbeiten dran.« Er zögerte kurz, dann setzte er hinzu: »Du kannst ja morgen Mittag mal die Nachrichten schauen. Dann wirst du sehen, was ich meine.«

»Was …?«

Er schüttelte den Kopf, ärgerte sich über sich selbst. »Nein. Mehr darf ich auf keinen Fall sagen. Eigentlich war das schon zu viel. Bis bald, ich melde mich.«

Er legte auf, starrte auf den belanglosen Aquarelldruck über dem Schreibtisch.

Anekes Vorwürfe nervten ihn.

Berlin, 19:18 Uhr, -18,4 Grad

Jana musste die Listen für morgen noch einmal überprüfen, aber mittlerweile verschwammen die Buchstaben vor ihren Augen. Sie druckte die Seiten aus, stopfte sie in ihre Tasche.

Clemens war in einem Aparthotel an der Luisenstraße untergebracht, das waren zu Fuß vielleicht zwanzig Minuten. Die frische Luft würde ihr guttun. Dann konnte sie im Hotel mit klarem Kopf die Infos durchsehen. Und Alexandra musste auch dringend raus.

Sie ging auf die Damentoilette, zog die Leggins unter die Jeans, die Sweatjacke über den Pullover. Darüber kam die Daunenweste, dann die Winterjacke. Mütze, Handschuhe, fertig. Am Ausgang streifte sie Alex die Thermofüßlinge über. Mittlerweile hatte die Hündin sich daran gewöhnt.

Sie nahm die Moltkebrücke, rechter Hand die seit Wochen stillgelegte Baustelle des Kanzleramts, ging dann in den Ludwig-Erhard-Ufer-Garten im Spreebogenpark. Ein kleiner Umweg, aber dafür ein bisschen Grün.

Stramm marschierte sie den Weg entlang, um ihren Kreislauf in Gang zu bringen. Ihre Augen tränten von der Kälte.

Es war noch früh am Abend. Für Berliner Verhältnisse war wegen der Minustemperaturen wenig los, dennoch begegnete sie alle paar Hundert Meter anderen Fußgängern. Auch die grellen LED-Leuchten am Wegrand vermittelten ihr Sicherheit.

Zuerst bemerkte sie das Knirschen der Schritte, die ihr folgten. Der Abstand schien etwa gleich zu bleiben. Sie sah sich um. Jemand befand sich gute zwanzig Meter hinter ihr, ebenfalls bis zur Unkenntlichkeit bekleidet.

Stehen bleiben, umkehren, weitergehen? Sie konnte zwei Menschen sehen, die ihr entgegenkamen. Einer hatte einen Hund dabei und war noch gut fünfzig Meter entfernt. Die andere Person war allein und deutlich weiter weg.

Jana entschied sich weiterzugehen.

Es wäre ja auch vollkommen absurd, wenn eine erwachsene Frau wie sie nicht ohne Angst am frühen Abend durch einen Park im Berliner Regierungsviertel gehen könnte.

Sie passierte erst den Mann – jedenfalls vermutete sie das – mit dem Hund, dann die zweite Spaziergängerin. Gegenüber leuchteten die Schlitzfenster eines Ministeriums. Sie konnte den Ausgang an der Kronprinzbrücke schon sehen. Noch etwas mehr als hundertfünfzig Meter.

Jemand packte Jana am Arm, hielt sie fest, drückte gegen ihren Schal.

Ihr Kopf zuckte herum. Der Mann trug keine Mütze, sondern eine Sturmhaube, die sein gesamtes Gesicht verdeckte außer den Augen.

»Gib mir deine Tasche!«, befahl er.

Alexandra knurrte und begann dann laut zu bellen.

Janas Herz raste. Was sollte sie tun? Sich wehren? Ihm geben, was er verlangte? In ihrer Tasche steckten Unterlagen, die sie besser nicht aus dem Büro hätte mitnehmen sollen.

»Ja«, krächzte sie. »Geld. Handy. Moment.«

Sie zerrte die Handschuhe herunter, ließ sie fallen. Schob die Hand in die Manteltasche, zog das Handy heraus. Streckte es in die Höhe.

Der Mann schlug es ihr aus der Hand. »Schnauze!« Er trat nach der Hündin, verfehlte sie jedoch. »Deine Tasche!«, befahl er erneut.

Janas Beine begannen zu zittern. »Ich geb dir mein Geld, das Portemonnaie.« Langsam zog sie den Reißverschluss ihres Mantels halb herunter, wollte die Hand in Richtung der Innentasche strecken.

»Die Tasche!«, befahl er.

»Nein«, sagte sie. Es klang wie ein kleines Mädchen. Deswegen wiederholte sie lauter: »Nein. Nicht die Tasche. Da ist nichts Wertvolles drin.«

»Gib mir deine Tasche, du blöde Kuh!«, herrschte der Mann sie an. »Los, gib mir deine Tasche. Ich stech dich ab, willst du das?«

Reflexhaft umklammerte Jana den Riemen ihrer Tasche.

Der Mann erhöhte den Druck auf ihren Hals. Jetzt erst begriff sie, was er gegen ihren Schal presste – ein Messer.

Die Hündin bellte und bellte, aber weder Jana noch ihr Gegenüber schienen es zu bemerken.

»Ich … nein …«, stammelte sie.

Sollte sie versuchen, sich loszureißen?

So tun, als gäbe sie ihm die Tasche, und sie dann über das Geländer in den Fluss werfen? Die Spree war gefroren. Wenn er die Unterlagen wollte, machte sie ihm damit mehr Arbeit, das war's.

Jana schloss die Augen. »Ja. Hier«, sagte sie schließlich tonlos und nahm den Riemen der Tasche langsam von der Schulter. »Hier.«

Der Mann riss ihr die Tasche aus der Hand. »Und jetzt hau ab«, sagte er und stieß sie von sich.

Sie rannte los. Alex neben ihr her.

Zweihundert Meter weiter verlangsamte sie, sah sich um. Der Dieb war verschwunden. Ihre Beine trugen sie kaum, als sie den Weg fortsetzte.

Marseille, 19:27 Uhr, +6,5 Grad

Diesmal hatte Amelie in der Küche gewartet, sie vertraute Faheem mittlerweile.

Er kam aus dem Behandlungsraum, schenkte Amelie, sich und Ulrike je einen Becher Tee ein. Er schmeckte etwas bitter und ein wenig nach Gras, und trotz seiner Milde brannte er leicht im Hals.

»Amelie, mehr kann ich für deine Mutter nicht tun. Ich

habe ihre Selbstheilungskräfte aktiviert, das energetische Ungleichgewicht korrigiert und die höheren Mächte auf ihre Situation aufmerksam gemacht.« Er reichte ihr ein kleines Fläschchen mit einer gelben Flüssigkeit. »Das ist ein Öl, das ich eben benutzt habe. Tragt es morgens und abends auf die betroffenen Körperstellen auf und massiert es vorsichtig ein, wenn das ohne Schmerzen möglich ist. Besserung sollte innerhalb von wenigen Wochen eintreten.«

»Und wie geht es jetzt weiter?«, fragte Amelie ratlos. Sie hatte damit gerechnet, dass sie zumindest noch einige Tage in Marseille bleiben würden.

»Richtet euren inneren Kompass gen Süden, denn Minusgrade hemmen die notwendigen Energien im Körper.«

Hätte ihr vor ein paar Jahren jemand diesen Quatsch erzählt, wäre sie schreiend davongerannt. Aber jetzt hoffte sie, dass vielleicht doch etwas dran war. Auf alle Fälle schien die Behandlung Ulrike dabei geholfen zu haben, persönliche Klarheit und Orientierung zu finden. Das war gut, denn eine Besserung musste sicher zu gleichen Teilen körperlich wie emotional erfolgen.

Ulrike hatte sich mittlerweile angekleidet. Sie dankten Faheem beide, Ulrike umarmte ihn im letzten Moment sogar, dann gingen sie.

Es war dunkel und nasskalt, daher wählten sie den kürzesten Weg zur Unterkunft. Amelie hatte den Eindruck, als fiele das Gehen ihrer Mutter ein wenig leichter als sonst. Wahrscheinlich war das nur Wunschdenken.

Bei dem Imbiss unten im Haus nahm sie zwei *Mitraillette* mit: je ein halbes Baguette mit veganem Dönerfleisch, etwas Salat, reichlich Pommes und Barbecue-Sauce. Gewöhnungsbedürftig, aber preiswert, nahrhaft und warm.

In der Küche wickelte sie die Baguettes aus, legte sie auf Teller. Zündete die Kerze auf der Fensterbank an.

»Faheem hat gesagt, wir sollten besser noch im Warmen bleiben«, sagte sie.

»Mir gefällt die Stadt auch ganz gut«, entgegnete Ulrike überraschenderweise.

Sie hatte sich eine Gabel genommen und pickte einzelne Pommes und vegane Fleischstückchen von ihrem Teller. Sie schien die Gabel etwas besser halten zu können.

»Ich glaube, er meinte eher Marokko oder Tunesien. Das wäre klimatisch ideal im Winterhalbjahr. Ich könnte meine Überstunden abbummeln.« Amelie zog ihr Handy aus der Tasche und suchte nach einem Flug. »Ach, verdammt«, sagte sie dann und knallte das Gerät auf den Tisch. »Afrika hat ja die Grenzen zugemacht. Also gibt es keine Flüge.« Sie packte ihr Baguette mit beiden Händen und drückte zu, als wollte sie es erwürgen. »Es gibt bestimmt Schlepper, die einen im Schlauchboot aus Gibraltar nach Tanger bringen, aber das ist ja lebensgefährlich.« Sie biss ab und kaute. »Vielleicht Mallorca«, sagte sie dann. »Wir könnten nach Barcelona trampen und von dort mit der Fähre …« Sie ließ sich auf dem Handy mögliche Routen anzeigen. »*Fuck*, nicht deren Ernst!«

»Amelie!«

»Schon gut. Aber ist doch wahr. Jetzt haben sie auch die Reisefreiheit in der EU ausgesetzt. Grenzübertritte sind nur noch in das Land des ersten Wohnsitzes zulässig.« Sie las weiter. »Wer dieses nicht direkt erreichen kann, muss bei der Einreise in das Transitland die gesamte Reiseroute glaubwürdig nachweisen können, beispielsweise durch Hotelbuchungen. Zudem wird bei der Einreise in Transitländer ein Pfand in Höhe von – die spinnen ja wohl! … von zweitausend Euro pro Person erhoben. Immerhin, unbare Zahlungen sind möglich. Das Pfand, im Grunde ja eher eine Kaution, bekommt man bei der Ausreise zurück. Krass.«

Sie schüttelte den Kopf. »Dann bleibt uns ja wohl nichts anderes übrig, als wieder nach Hause zurückzukehren.«

Ulrike hatte ihre Gabel beiseitegelegt, obwohl sie kaum etwas gegessen hatte. »Oder wir bleiben doch noch hier«, sagte sie leise.

Berlin, 19:50 Uhr, -18,4 Grad

Das Hotelzimmer verfügte über eine kleine Küchenzeile mit Kaffeemaschine, Backofen, Mikrowelle, Zwei-Platten-Herd und einer Spüle. So konnten sich Langzeitgäste mal selbst eine Pizza aufbacken, statt sie immer nur zu bestellen.

Clemens hatte Nudeln, Tomatensoße, gehobelten Parmesan, ein Bund Basilikum und eine Flasche Rotwein gekauft.

Es fiel ihm schwer, wirklich zu begreifen, was geschehen war. Warum er hier vor dieser albernen Küchenzeile stand statt in seiner schönen Wohnküche. Er vermisste sein Haus, sein Bett, sein Leben.

Um diese nutzlose Schwermut zu vertreiben, hatte er sich entschlossen, ein einfaches Gericht aus einfachen Zutaten zu kochen. Diese Freude wollte er sich nicht nehmen lassen.

Er schaltete gerade die Platte mit dem Kochwasser für die Nudeln ein, da hämmerte jemand gegen die Tür. Clemens zuckte zusammen, trat einen Schritt zurück.

WUMM-WUMM-WUMM-WUMM-WUMM-WUMM!

Dann Stille.

Langsam näherte er sich der Tür, schaute durch den Spion.

Er sah einen blonden Hinterkopf. Und hörte er ein Schluchzen durch die Tür?

»Jana?«, rief er. »Bist du das?«

Statt einer Antwort folgte nur eine dumpfe Erschütterung.

Vorsichtig öffnete er die Tür. Jana sank ihm in die Arme. Sie weinte.

»Jana, komm rein, was ist passiert?« Er versuchte, sie in den Flur zu bugsieren, aber sie rührte sich nicht.

Also hielt er sie nur, während sie sich an ihn klammerte.

»Komm«, sagte er nach einer Weile. »Komm rein.« Er führte sie an der Küchenzeile vorbei, schaltete im Gehen das Kochwasser wieder aus, ging zur Couch, die sich dem Bett gegenüber befand. Alex tapste hinter ihnen her.

»Setz dich.« Jana sackte auf das Sofa, zog ihn mit sich. Er hielt sie weiter in den Armen.

»Was ist passiert?«, fragte er schließlich noch einmal.

Jana sah auf, zwinkerte mit den Augen. »Ich … ich wurde überfallen. Im Park. Er hat … meine Tasche. Mein … meine …«

»Hast du die Polizei verständigt?«

»Ich … nein. Das bringt doch nichts. Die Tasche ist weg, mein Handy auch, und die finden den sowieso nicht. Wichtiger ist, dass ich Fischer anrufe.«

Clemens griff zum Hörer des Telefons auf dem Beistelltisch und wählte 110.

»Meine Freundin wurde überfallen. Im Park.« Er hielt die Sprechmuschel zu. »In welchem Park?«, fragte er Jana.

Die zuckte mit den Schultern. »Er ist doch längst weg. Im Spreebogenpark. Auf der Ostseite.«

»Spreebogenpark. Ostseite«, wiederholte Clemens. »Aber wir sind nicht mehr dort. Wir sind bei mir im Hotelzimmer.«

Er nannte den Namen, die Adresse und seine Zimmernummer. »Ja, das ist gut. Ja, machen Sie das. Wir sind hier. Ja.« Er legte auf.

»Sie schicken eine Streife in den Park, und parallel kommt jemand her und nimmt deine Aussage auf.«

Sie schwiegen. Jana verkroch sich in Clemens' Armen.

»Mit dir ist alles okay, oder?«, fragte er nach einer Weile.

»Ja.«

Einige Zeit später löste sie ihren Kopf von seiner Brust. »Ich hatte vertrauliche Unterlagen in meiner Tasche«, sagte sie. »Jemand muss mir gefolgt sein. Er wollte unbedingt meine Tasche. Nicht das Handy, nicht mein Geld. Das kann doch nur eins heißen: Wir haben einen Maulwurf im Krisenstab!«

»Bist du sicher?«

»Ja, anders ist es nicht zu erklären. Woher soll er sonst gewusst haben, was für Unterlagen ich in der Tasche hatte?«

»Aber hat dich denn jemand gehen sehen?«

Jana zuckte mit den Schultern. »Auf sowas achtet man ja nicht.«

Clemens wollte gerade noch etwas sagen, da klopfte es an der Tür. Er stand auf, ließ die Polizisten herein. Ein Mann Mitte dreißig, schlank, kurze Haare. Eine Frau, sicher zehn Jahre älter und zwanzig Kilo schwerer, mit einer wilden Lockenmähne, die sie zu einem Pferdeschwanz gebunden hatte. Sie trug Lippenstift und lächelte, er schaute grimmig. Die Rollenverteilung des Duos war klar.

Clemens führte sie durch den Zimmerflur zu Jana. Die Polizistin setzte sich ihr gegenüber auf die Bettkante. Der Kollege blieb stehen. Clemens setzte sich neben Jana, nahm ihre Hand.

»Erzählen Sie mal, was vorgefallen ist«, sagte die Polizistin.

Jana schluckte, begann dann zu berichten. Mit jedem Satz wurde ihre Stimme fester. »Ich bin Mitglied des aktuellen Krisenstabs. Es muss also ein gezielter Auftrag gewesen sein. Der Mann wollte unbedingt meine Tasche. Darin hatte ich vertrauliche Unterlagen. Er hat gesagt, wenn ich ihm die Tasche nicht gebe, sticht er mich ab.« Sie stand auf, holte ihr Portemonnaie aus der Jacke, öffnete es. »Hier. Geld, Kreditkarten, Pille, Hausausweis, warum wollte er nicht wenigstens das Geld?«

Sie schüttelte den Kopf. »Ich habe ihm mein Handy gegeben. Das hat er einfach auf den Boden fallen lassen. Vielleicht könnten Ihre Kollegen es suchen?«

Die Polizistin griff nach ihrem eigenen Handy.

»Warum haben Sie uns nicht gleich verständigt?«, fragte der Polizist.

»Ich … weil ich mein Handy nicht hatte«, entgegnete Jana. »Ich habe einfach … ich habe …«

»Es gibt eine Notrufsäule an der Brücke. Oder Sie hätten einen Spaziergänger bitten können, die Polizei zu verständigen.«

»Ich … darauf bin ich nicht gekommen. Ich wollte nur weg, in Sicherheit.«

Die Polizisten tauschten einen Blick. »Waren das seine genauen Worte? ›Ich stech dich ab‹?«, fragte die Polizistin.

Jana schwieg, horchte in sich hinein. »Ich glaube … ich bin nicht sicher«, sagte sie schließlich. »So in etwa.«

»Okay. Und Sie haben ihm die Tasche gegeben?«

»Ja. Und dann bin ich weggerannt. Hierher.«

Die Polizistin richtete ihren Blick auf Clemens: »Sie haben die Polizei verständigt?«

Er nickte. »Ja.«

»Warum?«

»Wie, warum? Weil meine Freundin überfallen, bedroht und bestohlen wurde! Ist es nicht Ihr Job, sich darum zu kümmern?«

»Und, und, und weil wir einen Maulwurf im Krisenstab haben«, mischte sich Jana ein. »Das ist die einzige mögliche Erklärung. Wir haben … Sie haben sicher von den Sprengungen in Afrika gehört, die zu dieser verdammten Eiszeit hier geführt haben?«

Die Polizisten nickten.

»Wir haben Informationen, die eine Verschlimmerung der Situation bedeuten könnten, und wir planen aktive Gegenmaßnahmen. Diese Informationen sind für die …« Sie unterbrach sich. »Ich kann Ihnen sagen, wer dahintersteckt! Jedenfalls ganz am Ende, als Auftraggeber. Sein Name ist Huang, Min Zhu Huang. Chinesischer Multimilliardär und Investor im Tschad. Er steckt dahinter. Wir versuchen, ihn aufzuhalten, aber er … es gibt keine andere Erklärung. Sonst hätte er doch mein Geld und das Handy und die Kreditkarten gewollt.«

Sie fing sich.

»Ich brauche Personenschutz. Es gibt außer mir noch drei, nein, vier Personen, die unseren Plan kennen und Zugriff auf die Daten haben: Ingo Franke, Leonhard Bösing, Dominic Fischer, Titus van Dijk. Sie müssen unbedingt Personenschutz veranlassen, für alle!«

»Wie sah der Täter denn aus?«, fragte der Polizist. »Ist Ihnen etwas Besonderes aufgefallen? Es war ein Mann, oder?«

Jana nickte. »Ja, ein Mann. Dick angezogen, wie wir alle. Er trug eine dieser Mützen, die das ganze Gesicht verdecken außer den Augen. Die Augen … ich glaube, sie waren eher hell. Oder … ich bin nicht sicher. Vielleicht blau oder grün. Oder braun. Braungrün. Seine Stimme war … er klang ganz normal. Nicht besonders hoch, nicht besonders tief.«

»Sprach er mit Dialekt oder Akzent?«, fragte die Polizistin.

Jana dachte nach. »Nein, ich glaube nicht. Nein.« Sie schüttelte den Kopf.

»Er hat wahrscheinlich gedacht, Sie hätten einen Laptop dabei. Die lassen sich derzeit ganz gut verscherbeln. Lieferkettenprobleme. Bargeld hat kaum jemand mehr bei sich, Ausweise und Kreditkarten sind schnell gesperrt. Die meisten Handys sind nichts wert, jeder hat schon eins. Wie sieht Ihre Tasche denn aus?«

Jana beschrieb sie.

»Ich denke, dann haben wir alles«, sagte die Polizistin und erhob sich.

»Benötigen Sie nicht noch Angaben zu den anderen, für den Personenschutz?«

Der Polizist verdrehte die Augen. Seine Kollegin blieb höflich: »Dafür wäre, wenn überhaupt, das BKA zuständig, weil der Krisenstab ja eine Angelegenheit des Bundes ist. Wir geben Ihren Wunsch selbstverständlich weiter. Aber ich muss sagen … ich sehe nicht, dass die Kollegen darauf anspringen werden. Für uns sieht das nach jetzigem Stand … Moment.« Sie unterbrach sich, zog ihr Handy aus der Tasche, schaute auf das Display. »Ihr Handy haben die Kollegen schon gefunden. In einer halben Stunde haben Sie es zurück.«

»Das Wichtigste sind die Unterlagen in der Tasche!«, insistierte Jana. »Auf die hatte er es abgesehen! Darum ging es, und deshalb sind meine Kollegen ebenfalls in Gefahr!«

»Sind Sie sicher, dass der Täter darüber im Bilde war, dass Sie diese Dokumente bei sich trugen? Immerhin unterlagen die doch wohl der Geheimhaltung. Insofern stellt sich die Frage, woher er das hätte wissen können.«

»Ich sage doch, es muss einen Maulwurf geben, einen Verräter, jemanden, der die Infos verkauft hat. Sie können sich gar nicht vorstellen … nicht mal ich kann mir vorstellen … der Mann, um den es geht, gehört zu den reichsten Menschen der Welt. Aber er hat noch immer nicht genug. Ich kann das nicht verstehen. Solche Leute machen vor nichts Halt, um ihren Willen durchzusetzen.«

»Das mag sein, aber aktuell können wir nichts weiter für Sie tun. Die Kollegen durchkämmen den Park und die Umgegend. Wir fügen Ihre Angaben in die Datenbank ein. Mit Glück ergibt sich etwas.«

Jana schüttelte müde den Kopf und ließ das Kinn sinken.

»Wenn Sie akut in Gefahr sind, zögern Sie bitte nicht, 110 zu wählen«, sagte der Polizist so unhöflich, als meinte er das Gegenteil. Er wandte sich zum Gehen.

Seine Kollegin setzte hinzu: »Wenn Sie sich wirklich Sorgen um Ihre Sicherheit machen, sprechen Sie mit den Verantwortlichen für den Krisenstab. Glauben Sie mir, die haben wesentlich mehr Ressourcen zur Verfügung als die Berliner Polizei.«

»Ja. Mache ich. Danke.«

Jana blieb sitzen. Clemens begleitete die Polizisten zur Tür. Auf dem Rückweg blieb er vor der Küchenzeile stehen. »Meinst du, du kannst eine Kleinigkeit essen?«, fragte er.

Berlin, 22:45 Uhr, -18,6 Grad

Ein Streifenpolizist brachte Janas Handy. Die rief erst Franke, dann Fischer an. Franke informierte einen im BMI für Innere Sicherheit zuständigen Kollegen, der sich bei ihr meldete und sie noch einmal alles erzählen ließ. »Und warum genau haben Sie klassifizierte Unterlagen aus dem Ministerium in der *Handtasche* mitgenommen?«, fragte er. Als wäre das Problem die Handtasche und nicht der Status der Dokumente.

»Nichts war klassifiziert. Es sind Unterlagen, die für die Gegenseite von größtem Nutzen sein können, aber es waren keine Geheimsachen!«

»Aha. Gut. Wir werden die Sachlage überprüfen. Ein Kollege meldet sich morgen bei Ihnen.«

Jana aß nur ein paar von den Nudeln, die Clemens gekocht hatte. »Lieb gemeint, aber ich habe keinen großen Hunger.«

»Kann ich verstehen.«

Dann fragte er: »Sag mal, wenn ich es richtig verstehe, plant dieser Huang im Tschad eine Sprengung, um an irgendwelche Rohstoffe in seiner Mine zu kommen, richtig?«

Sie nickte.

»Und die Sprengung könnte die Situation für Deutschland verschlechtern?«

Wieder nickte sie.

»Und ihr plant nun eine Gegendetonation, um den Effekt zu eliminieren.«

»Genau.«

»Und das sind die Unterlagen, die dir entwendet wurden.«

»Ja.«

»Aber diesem Huang kann das doch völlig egal sein.« Clemens fegte einige Parmesanspäne vom Tisch in seine Hand, schüttete sie auf seinen leeren Teller. »Sein Rohstoffzugang klappt, egal ob ihr dagegensprengt oder nicht. Warum sollte er also Interesse an den Unterlagen haben?«

Jana war sprachlos. »Auf wessen Seite bist du eigentlich?«, herrschte sie ihn an. Rückblickend musste sie zugeben, dass das ungerechtfertigt gewesen war.

»Auf deiner. Ich glaube nur, der entstandene Schaden ist gering. Oder eigentlich, dass gar kein Schaden entstanden ist außer für dich.«

»Aber …«

Er hob die Hand. »Es kann ja sogar sein, dass er dahintersteckt. Es konnte ja niemand wissen, was für Unterlagen du bei dir trägst. Wenn das wirklich so ist, dann wären sie für ihn nutzlos – weil egal. Das ist gut. Finde ich jedenfalls.«

Sie starrte ihn erst wütend an, dann wurde ihr klar, dass er recht hatte. Wenn Huang wirklich hinter dem Überfall steckte, würde er nur herausfinden, dass Europa sich vor den Detonationswellen schützen konnte. Das war ihm aber so oder so egal.

Er plante ja nicht die Abkühlung Europas, sondern gierte nur nach Bodenschätzen. Die Eiszeit in Deutschland war eine ungeplante Nebenwirkung, die er auch jetzt noch eiskalt – *pun intended* – in Kauf nahm. Was ein Verbrechen für sich ist. Doch die Klimaveränderung war nicht sein Ziel. Insofern würde ihm die Gegenmaßnahme auf Sizilien egal sein.

Sie spülten, trockneten ab, räumten die kleine Küche auf. Die ganz normalen Dinge des Alltags taten gut. Langsam beruhigte Jana sich wieder.

Danach setzten sie sich mit einem weiteren Glas Wein aufs

Bett und schalteten den Fernseher ein. Jana zappte, bis sie einen Kanal fand, auf dem Musikvideos liefen: One-Hit-Wonders aus den Neunzigern.

»Ich kann mich … ich *weigere mich*, mich erpressen zu lassen«, sagte sie nach einer Weile.

»Von …?«

»Huang! Ich bin sicher, er steckt dahinter. Erstens wegen der Unterlagen. Zweitens, um uns einzuschüchtern. Wir versuchen ja auf viele Arten, Druck auf ihn auszuüben. Und Typen wie der … ich meine, erstens ist er Boss einer illegalen Mine im Tschad. Natürlich nicht *on paper*, aber offenbar ist es kein großes Geheimnis. Doch man wird nicht so reich – und mächtig –, ohne ein paar Leichen im Keller zu haben. Und von den Leichen *anderer* in deren Keller zu wissen. Deshalb sind solche Leute einerseits gefährlich, weil man nie wissen kann, wann es eng für sie wird und sie um sich beißen.«

Nachdenklich löste sie ihre ohnehin ramponierte Flechtfrisur und kämmte mit den Fingern die Strähnen auseinander.

»Andererseits ist die Lage für Huang möglicherweise problematisch. Kann gut sein, dass wir irgendwas auf der Spur sind oder entdecken könnten, was er lieber geheim halten würde. Also versucht er, uns einzuschüchtern. Vielleicht war es reiner Zufall, dass er mit mir angefangen hat. Oder jemand anders wurde auch angegriffen, und wir wissen es nur noch nicht. Ich hoffe, dass Franke seine Arbeit macht und alle informiert.«

Immer wieder schossen ihre Gedanken zurück zu dem Schreckmoment im Park, das Messer an ihrer Kehle. Dann zuckte sie zusammen und musste sich bewusst auf das Hier und Jetzt konzentrieren: Clemens, Neunziger-Hits, der Wein.

Irgendwann schalteten sie den Fernseher aus, schmiegten sich aneinander. Clemens überließ ihr stets die linke Bettseite, auch bei ihm zu Hause. Jana schlief gern auf der linken Seite liegend ein, und sie mochte es, wenn Clemens sie dabei im Arm hielt.

Im Dunkel überlagerten sich für sie auf einmal zwei Bilder: sie im Doppelbett von Titus, auf der rechten Seite. Und jetzt hier mit Clemens.

Er hatte nicht gefragt, wo sie die Nacht verbracht hatte, die er im Krankenhaus gewesen war, und sie hatte es nicht erzählt.

Sie rutschte einige Millimeter dichter an ihn heran. Titus hatte ihr in einem Moment der Not geholfen, ein Dach über dem Kopf angeboten. Was in jener Nacht sonst noch geschehen war, hatte keine Konsequenzen für Clemens und sie.

Oder?

Clemens war bereits eingeschlafen. Jana versuchte, ihren Atem bewusst an seinen ruhigen Rhythmus anzupassen.

Mitten in der Nacht schreckte sie auf. Ein scharfes Knacken hatte sie geweckt. Orientierungslos lag sie im Dunkeln, hielt panisch den Atem an. Sie brauchte einen Augenblick, um zu begreifen, wo sie war. Ein Hotelzimmer, mit Clemens.

Was war das für ein Geräusch gewesen? Jana stand auf, ging um das Bett herum. Vielleicht ein Auto? Sie zog den Vorhang zur Seite. Eisige Kälte schlug ihr entgegen. Eines der Fenster hatte einen Riss bekommen, der sich aus der unteren Ecke diagonal über die halbe Scheibe zog.

Jana ließ den Vorhang sinken, ging ins Bad, holte sämtliche Handtücher. Gefaltet baute sie daraus auf der Fensterbank einen Turm vor dem Riss.

Dann kehrte sie ins Bett zurück und schlief wieder ein,

ohne auch nur einmal an den Überfall von gestern oder die Sprengung am nächsten Tag gedacht zu haben.

Bundesamt für Katastrophenschutz (Webseite)

Das Bundesamt für Katastrophenschutz hat den »Ratgeber für Notfallvorsorge und richtiges Handeln in Notsituationen« überarbeitet. Die aktuelle Version können Sie als PDF hier herunterladen. Neu aufgenommen wurden zu den bisher bekannten möglichen Auslösern für Katastrophenalarm – extreme Unwetter, Feuer, Hochwasser sowie die Freisetzung von Gefahrstoffen – nun auch länger anhaltende Hitze- und Kälteperioden.

Für's Überleben wichtig: Essen und Trinken bevorraten! Aber was genau gehört in den Vorrat? Der Vorrat sollte auf zehn Tage ausgelegt sein. Der Umfang richtet sich nach der Anzahl der Personen im Haushalt. Für Tiere muss ebenfalls vorgesorgt werden. Was letztlich benötigt wird, hängt von der Art des Notfalls ab.

Empfohlen werden pro Person ca. 14 l Flüssigkeit pro Woche. Ergänzt wurde aufgrund aktueller Erkenntnisse der Hinweis, diese frostsicher zu lagern.

Aus aktuellem Grund wurde ebenfalls die Information hinzugefügt, dass in Innenräumen keinesfalls ein offenes Feuer entzündet werden darf. Ebenso sind Grills nicht zum Heizen geeignet. Sämtliche Heizgeräte müssen von entsprechenden Fachleuten abgenommen werden, sonst kann es zu Bränden kommen oder es kann Erstickungsgefahr entstehen.

Mittel- und langfristig rät das Bundesamt für Bevölkerungssicherheit und Katastrophenschutz zudem zu einer zumindest teilautonomen Energieversorgung von Haushalten, im Idealfall aus mehreren Quellen. Mehr Informationen über regenerative Energien finden Sie hier.

werben & verkaufen

Die Agentur Scholz & Friends stellte heute auf Instagram erste Entwürfe im Rahmen der von der Bundesregierung in Auftrag gegebenen 120 Millionen Euro schweren Kampagne »Kalt, aber schön! Heimat Deutschland« vor.

Marlies Näther, Kreativdirektorin der Kampagne, erklärte, dass auf diese Weise kostengünstig die Resonanz auf unterschiedliche Motive und Herangehensweisen getestet werden solle.

Einige der Bilder zeigten traditionelle Winterziele wie den Harz, die Zugspitze oder Rügen. Andere fokussierten auf Städte im Winter, darunter Berlin, München und Köln. Eine dritte Variante zeigte Menschen in kuscheligen Situationen in Innenräumen.

Ziel der Kampagne, so Näther, sei es, die noch zu verkraftenden, aber stetig zunehmenden Migrationsbewegungen vor allem in südeuropäische und nordafrikanische Länder zu stoppen. Auf diese Weise solle sowohl ein Sinken der Steuereinnahmen wie auch eine Zunahme des Fachkräftemangels verhindert werden.

Algeria Daily (Meldung)

Mit Entsetzen reagierten Politiker aller Parteien auf das Foto eines deutschen Jungen, der ertrunken am Strand vor Annaba aufgefunden wurde. Aktuell ist unklar, wie es zu dem Unglück kommen konnte.

Seit Monaten nimmt der Strom illegaler Flüchtlinge aus Europa, speziell Mitteleuropa, zu. Die Regierung erklärte, dass sämtliche Asylgesuche in der Reihenfolge der Antragstellung bearbeitet würden. Reiner Asyltourismus aufgrund der dramatischen, teilweise lebensgefährlichen Abkühlung Mitteleuropas sei jedoch nicht akzeptabel.

Um die Sicherheit der Bevölkerung zu gewährleisten, setzt

die algerische Marine Abfangboote ein. Auch an den Stränden patrouillieren Soldaten.

Das Foto verbreitete sich in den sozialen Medien wie ein Lauffeuer. Anfänglich wurde seine Echtheit teilweise bezweifelt, mittlerweile wurde die Authentizität bestätigt. Laut vorläufigen Angaben der Gerichtsmedizin war der Junge etwa fünf bis sechs Jahre alt. Er trug keine Ausweisdokumente bei sich. Für seine Herkunft aus Deutschland spricht, dass einige seiner Kleidungsstücke von deutschen Modeherstellern stammen.

»Irgendwo weint eine Mutter, weint ein Vater um ihr Kind«, sagte Lakhdar Haddad von der Polizei Annaba. »Wir werden die Ermittlungen erst einstellen, wenn wir die Identität des Kindes geklärt haben.«

Die zunehmende Zahl von Flüchtlingen aus Europa sorgt seit Monaten für Unruhe in den Parlamenten der Mittelmeeranrainerstaaten. Da zahlreiche Flugverbindungen ausgesetzt wurden, begeben sich Tausende notleidender Menschen in die Hände von Schleppern.

Mainzer Nachrichten

Die Schott AG, mit über 17 000 Mitarbeitern in mehr als 30 Ländern einer der größten Glashersteller der Welt sowie ein wichtiger Arbeitgeber der Region, hat heute ein Schutzschirmverfahren beantragt, um eine mögliche Insolvenz abzuwenden. Das 1884 in Jena gegründete Unternehmen fertigt unter anderem hitzebeständige Kochgeschirre aus Glas, hochpräzise Linsen für den Einsatz in wissenschaftlichen Kontexten sowie Fensterscheiben und Glas für Mobilfunkgeräte.

»Niemand konnte mit einem derartigen Kälteeinbruch in Deutschland rechnen«, sagte Gabriel Tiede, Pressesprecher des Unternehmens. Einige Produkte des Hauses sind der bitteren Kälte nicht gewachsen. Handydisplays splittern, wenn Nutzerinnen oder Nutzer darauftippen. Fotografen beschweren sich darüber, dass ihre Objektivlinsen Haarrisse bekommen. In seltenen Fällen wurden auch Glasfenster und -türen beschädigt.

Das Unternehmen rechnet mit Garantieforderungen in Milliardenhöhe, die nicht zu bewältigen wären. Daher müsse aufgrund der Sondersituation der Kundenschutz modifiziert oder anderweitig finanziert werden. Im schlimmsten Fall könnte es zu einer Insolvenz des Unternehmens und in der Folge zum Verlust sämtlicher Arbeitsplätze kommen.

»Aktuell sind die Jobs nicht in Gefahr«, betonte Tiede. »Die Beantragung des Schutzschirmverfahrens ist eine reine Vorsichtsmaßnahme, um böse Überraschungen zu vermeiden.«

Schutzschirmverfahren sind eine Besonderheit des deutschen Insolvenzrechts. Sie ermöglichen eine Sanierung in weitgehender Eigenverwaltung. Bekannt wurde das Verfahren durch die Kaufhauskette Galeria Kaufhof, die 2020 und erneut 2022 auf diese Weise vor der Pleite gerettet wurde.

c't

Microsoft bietet ein echtes Schmankerl für alle Sicherheitsfreaks. In den letzten Wochen kam es bekanntermaßen zu zahlreichen kältebedingten Ausfällen in den Rechenzentren nicht nur des Unternehmens aus Seattle, sondern auch bei T-Systems, Ionos und Strato. Kleinere Anbieter, die ohnehin teilweise ihre Angebote bei den Majors hosten, waren ebenfalls betroffen. Um diese Scharte auszuwetzen und Kund*innen zum Wechseln zu animieren, führt Microsoft eine temparaturbasierte Kostenstruktur für sogenanntes Glacier-Storage ein. Cold-Storage ist die kostengünstigste Form der externen Datenspeicherung und wird für Informationen genutzt, die langfristig vorgehalten, aber nicht sofort abrufbar sein müssen, wie beispielsweise ältere Back-ups, Buchhaltungsdaten und Archive.

Im Rahmen der mindestens ein Jahr gültigen »Eiskalt!«-Promotion betragen die Kosten pro GB hierbei 0,00 Ct, solange die Mittagstemperatur, gemessen auf der Nordseite der Microsoftzentrale in München, unter null liegt. Zwischen 0 und 10 Grad Mittagstemperatur steigt der Preis auf 0,001 Ct pro GB, zwischen 10 und 20 Grad beträgt er 0,01 Ct und unterhalb 20 Grad 0,1 Ct. Der Preis wird tagesgenau ermittelt und monatlich berechnet.

n-tv

Das schwedische Möbelhaus Ikea gab soeben bekannt, dass sämtliche Verkaufsaktivitäten in Deutschland bis auf Weiteres ausgesetzt werden. Die Verkäufe seien in den vergangenen Monaten so dramatisch eingebrochen, dass sich ein Offenhalten der Verkaufsflächen nicht lohne. Als mögliche Erklärung dafür gibt der Möbeldiscounter die Tatsache an, dass die Menschen aufgrund der gegenwärtigen Unsicherheiten sparen und ihr Geld beisammenhalten, darüber hinaus aber auch Transportschwierigkeiten aus dem Möbelhaus zum Kunden. Die Tarife von Speditionsunternehmen seien aufgrund der problematischen Bedingungen ebenfalls um mehrere Hundert Prozent gestiegen.

Im Großraum Berlin stellt das Möbelhaus die Filialen als Notunterkünfte zur Verfügung. »Es gibt Betten, Küchen, Wohnzimmer – warum sollten diese Ressourcen ungenutzt bleiben?«, begründete der Berliner Bürgermeister die ungewöhnliche Kooperation. Die Stadt Berlin übernimmt im Gegenzug sämtliche Energie- und Personalkosten und verpflichtet sich, vor der Wiedereröffnung der Filialen alle Möbel aus der Ausstellung mit einem Rabatt von 36 Prozent zu erwerben. Zeitgleich mit dem Beginn der Kooperation stellt Berlin den Kältebus, der eine Notversorgung Obdachloser gewährleisten sollte, ein.

Eine Unterkunft in den umgewidmeten Möbelhäusern erhalten kann jede und jeder, die oder der einen gültigen, in Berlin ausgestellten Personalausweis vorlegen kann.

Online-Petitionen an die übrigen Landesregierungen, das Projekt zu kopieren, erreichten innerhalb weniger Stunden jeweils mehrere Tausend Unterschriften.

Watson.de

5 eiskalte Fakten über die Kälte

1. Auf der Zugspitze, Deutschlands höchstem Berg, herrschten schon einmal -30,5 Grad Celsius Nachttemperatur. Kälter war es in 120 Jahren Wetteraufzeichnung noch nie!
2. Die Kältepole der bewohnten Welt liegen im sibirischen Jakutien: In Werchojansk (1892) und Oimjako (1933) fiel das Thermometer auf -67,8 Grad. An der russischen Forschungsstation Wostok in der Ostantarktis wurden sogar schon -89,2 Grad gemessen. Ab -80 Grad gefriert der Atem und fällt in Eisstückchen zu Boden.
3. Wind lässt Kälte noch kälter erscheinen. Der sogenannte Windchill-Effekt entsteht, weil warme, körpernahe Luft weggeweht wird. Das erhöht die Verdunstungsrate, dem Körper wird Energie entzogen. Kräftiger Wind kann so aus -5 Grad eine gefühlte Temperatur von -13 Grad machen.
4. Frauen frieren schneller als Männer. Ihre Haut ist im Schnitt 2,8 Grad kühler. Das liegt daran, dass Männer – sogar bei gleicher Größe – mehr Körpermasse haben, zudem ist der Muskelanteil höher. Muskeln produzieren auch im Ruhezustand mehr Wärme. Besonders schlecht werden die

Füße und Zehen von Frauen durchblutet, sie können bis auf 8 Grad abkühlen.

5. Bei Hitze dehnen sich Festkörper aus, bei Kälte schrumpfen sie. An einem kalten Wintertag ist der Pariser Eiffelturm daher bis zu 15 Zentimeter kleiner als im Sommer. Wer eine wirklich gute Aussicht genießen will, fährt daher im Hochsommer in die Stadt der Liebe!

Die Seele ist wie die Luft. Niemand sieht sie und dennoch kann sie der Physiker wägen. – Karl Ferdinand Gutzkow

Mittwoch, 09. März

Berlin, 6:35 Uhr, -18,5 Grad

Jana Hollmer konnte nicht wieder einschlafen. Sie ärgerte sich sehr über ihre Wehrlosigkeit gestern Abend im Park. Vor Jahren, an der Uni, hatte sie an einem Selbstverteidigungskurs teilgenommen. Was hatte es ihr gebracht? Gar nichts!

Sie stand auf. Es war kühl im Zimmer. Ach ja, die kaputte Scheibe! Sie ging zum Fenster, wollte die Heizung aufdrehen, aber es gab keine. Im Flur fand sie den Regler für die Klimaanlage und drehte die Temperatur höher.

Kaffee? Jana wechselte die Kapsel in dem Gerät, hielt dann inne. Sie brauchte kein Koffein, sie brauchte Selbstwirksamkeit.

Sie holte ihr Handy vom Nachttisch und ging ins Bad, damit Clemens weiterschlafen konnte. Die Dojos und Sportvereine hatten um diese Zeit natürlich alle noch geschlossen. »24/7 Security Personenschutz« gab sie in das Suchfeld ein. Treffer! Gleich zwei Anbieter, beide mit guten Bewertungen. Sie wählte die erste Nummer, erklärte der Callcenter-Mitarbeiterin, was sie wollte.

Um Punkt sieben betrat Jana die nächstgelegene Filiale Ihres 24-Stunden-Fitnessstudios. Ben erwartete sie bereits. Er absolvierte seine Fitnessroutine immer am frühen Morgen. Sein Tanktop war dunkel vom Schweiß, seine Schultern und Oberarme glänzten.

»Du willst dich wehren können?«, fragte er.

Jana nickte.

»Okay.«

Sie zog sich um, traf Ben im Bereich der freien Gewichte. Er ließ sie fünf Minuten Seilspringen, dann kamen zahlreiche

Rotationen, Stretches, Dehnungen. Nach zwanzig Minuten wechselten sie in einen ungenutzten Übungsraum. Ben hatte ein Quadrat aus Matten vorbereitet. Er streifte einen Schutzanzug über.

»Wenn der Angreifer weiß, dass du dich wehrst, hast du keine Chance. Das Wichtigste ist der Überraschungseffekt«, erklärte Ben. »Ein potenzieller Dieb oder Vergewaltiger rechnet nicht mit Gegenwehr. Der fühlt sich sicher. Sonst würde er nicht angreifen. Du hast dann fünf, vielleicht zehn Sekunden, um die Lage zu drehen. In dieser Zeit musst du den Angreifer zu Boden bringen, verletzen, schreien und weglaufen.«

Jana nickte.

»Schlag mich mal«, forderte Ben sie heraus und streckte ihr die Brust entgegen.

Sie zögerte.

»Los. Schlag mich.«

Sie ballte die Faust, boxte vorsichtig gegen seine Brust.

Er brüllte: »Schlag mich, du Schlampe!«

Jana zuckte erschrocken zurück.

»Okay.« Ben grinste schon wieder. »Komm. Wir müssen dich erst mal in Stimmung bringen.«

Er führte sie zu einem Boxsack, der von der Decke hing. »Schlag mal dagegen.«

Sie tat es. Puff!

»Schneller!«

Puff-puff!

»Noch schneller! Und immer weiter!«

Puff-puff-puff-puff-puff!

Ihre Knöchel schmerzten, aber ein Grinsen breitete sich auf ihrem Gesicht aus.

»Nicht schlecht. Und jetzt halt die Faust mal hochkant, nicht quer.«

Jana versuchte es. Sie musste so die Arme nicht so weit durchstrecken, konnte näher an den Sack treten. Die Schläge folgten schneller aufeinander, und die Finger taten weniger weh.

»Das ist eine Handhaltung aus dem Krav Maga, dem Selbstverteidigungssystem der israelischen Armee«, erläuterte Ben. »Kannst du deine Angst in Wut verwandeln und die Wut in Kraft?«, fragte er.

Puff-puff-puff-puff! Der Sack begann im Takt ihrer Schläge vor- und zurückzuschwingen.

»Sehr gut. Okay, Pause.«

Jana stieß die Luft aus, ließ die Arme sinken.

»Die besten Ergebnisse erzielst du mit Angriffen auf Schienbein, Brust, Kehlkopf, Kopf – in dieser Reihenfolge«, sagte Ben. »Ein Kick, dann drei Schläge. Schreien, umdrehen, weglaufen. Probier mal.«

Er ging vor ihr in Position. Zögerlich führte Jana die genannte Schlagfolge aus. »Noch mal«, sagte Ben. »Und weniger schüchtern.«

Sie trat und schlug, trat und schlug.

»Gut«, sagte Ben schließlich und hob die Hand. »Jetzt noch was anderes. Wenn jemand zu dicht steht für einen sauberen Schlag oder wenn er dich schon im Klammergriff hat – was kannst du machen?«

Jana zuckte mit den Schultern. »Ihn an den Haaren ziehen?«, scherzte sie.

»Gar nicht mal so falsch. An den Ohren packen und daran reißen. Das tut höllisch weh. Oder mit den Fingern in die Augen stechen. Das ist sehr effektiv. Mit dem Knie zwischen die Beine. Oder, wenn er hinter dir steht, den Ellenbogen in seinen Solarplexus. Hier, unter dem Brustbein.« Er deutete auf die entsprechende Stelle.

Ben trat näher an Jana heran. »Wehr dich«, forderte er sie auf.

Sie zögerte kurz, da packte er sie schon und zog sie an sich. Wütend stampfte sie mit dem Fuß auf.

Ben ließ sie wieder los. »Noch einmal«, sagte er und trat näher. Diesmal griff sie sofort nach seinen Ohren, packte sie fest. »Sehr gut!«, rief Ben.

Jana ließ los. Ben trat einen Schritt zurück, ging dann um sie herum, näherte sich von hinten. Er schlang seinen Arm um ihren Hals. »Und jetzt?«, zischte er ihr ins Ohr.

Sie kniff die Augen zu, konzentrierte sich. Hämmerte den Ellenbogen mit aller Kraft in Richtung seines Bauches. Traf die Schutzkleidung.

Ben ließ sie los. »Gut. Genau getroffen. Aber das geht noch schneller. Und mit mehr Kraft.«

Langsam entwickelte sich ein Tanz zwischen ihnen. Er kam aus unterschiedlichen Richtungen auf sie zu, sie wehrte ihn ab mit Tritten, Schlägen, Stößen.

Um zwanzig vor zehn beendete Ben das Training. Jana war vollkommen erledigt, fühlte sich jedoch zugleich energiegeladen und hoffnungsvoll wie lange nicht.

Sie duschte, bürstete ihre Haare und flocht sie neu, schickte Clemens einen Kuss-Emoji und ging zum BMI.

Nach dem Workout und der Auffrischung ihrer Selbstverteidigungskenntnisse fühlte sie sich deutlich besser.

Um zehn sollten die Ergebnisse der Krypto-Nachverfolgung präsentiert werden. Titus hatte ihr eine Nachricht geschickt, dass in Italien alles nach Plan laufe, in weniger als dreißig Minuten werden die Laster auf die Fähre rollen.

Somit verfügten sie weniger als 24 Stunden nach der Entdeckung der Gefahr über einen Plan A – je nachdem, was der Krypto-Experte herausbekommen hatte, konnten sie Huang vielleicht zum Einlenken bewegen – und einen Plan B, die Gegensprengung.

Ihre Stiefel knirschten auf dem Gemisch aus Streusand und Eis, das alle Gehwege der Stadt bedeckte. Sie war froh, dass es ihnen gelingen würde, eine weitere Verschlimmerung der Situation, die Deutschland ganzjährig unbewohnbar machen würde, zu verhindern.

Kiel, 9:25 Uhr, -20,1 Grad

Letztlich war es Eric Kimmerer gelungen, Folgendes herauszufinden:

- Ein User mit der E-Mail-Adresse gagnant@mananotel.com tauschte regelmäßig größere Beträge CFA-Francs – die Währung der Zentralafrikanischen Republik, die auch in Äquatorialguinea, Gabun, Kamerun, der Republik Kongo und im Tschad akzeptiert wurde – in unterschiedliche Kryptowährungen.
- Der Käufer hatte seinen PGP-Key, mit dessen Hilfe er verschlüsselte Nachrichten senden konnte, auf dem PGP-Server mit seiner Mailadresse verlinkt. Das ermöglichte eine eindeutige Identifikation.
- Etwa die Hälfte der Summen wurde in Bitcoin gewechselt, der seit 2022 von der Zentralafrikanischen Republik als offizielles Zahlungsmittel anerkannt wird. Ebenso wie seit 2021 von El Salvador.
- Gleichlautende Beträge wurden in El Salvador bar in Dol-

lar ausgezahlt, seit 2001 die offizielle Währung des Landes.
- Direkt anschließend wurde für exakt 95 Prozent der Dollarbeträge eine andere Kryptowährung erworben, dann wurden die Summen nach China weitergeleitet.
- Über die gleiche E-Mail-Adresse wurden Beträge i. H. v. etwa der Bitcoin-Zahlungen erworben in zahlreichen weiteren Kryptowährungen, darunter Ethereum, Curve, Dogecoin, Polygon und Tezos.
- Gewählt wurde im Regelfall (>89 Prozent der Summen, >90 Prozent der Transaktionen) eine zum Zeitpunkt des Kaufs als stabil anzusehende Kryptowährung. Das spricht gegen spekulative Investments und Geldwäsche bzw. zumindest unbemerkte Transfers großer Geldmengen als Ziel.
- Alle Erwerbungen außer Bitcoin wurden über mindestens fünf, teils auch mehr, in China gehostete Mailadressen auf die finale Adresse wg@sohu.cn weitergeleitet.
- Auf dieser Mailadresse treffen sich die Zahlungsströme aus Westen und Osten. Die Umrechnungsverluste und Transaktionskosten belaufen sich auf ca. drei Prozent der Gesamtsumme.
- Insgesamt wurden auf diese Weise Gelder i. H. v. knapp 16 Millionen Dollar aus dem Tschad nach China verschoben. Dort wurden sie in Yuan konvertiert. Eine weitere Nachverfolgung mit den hier gewählten Methoden ist nicht möglich.
- Die Auszahlungen erfolgen zum Großteil (>65 Prozent der Summen, über >79 Prozent der Transaktionen) im Pekinger Stadtteil Chongwen.

Um die Menge der Dokumente in der kurzen Zeit sichten zu können, hatte Eric auf Crowdsourcing zurückgreifen müssen.

Er hatte die vorliegenden Informationen geteilt und verschiedene Communities gebeten, bestimmte Werte zu überprüfen.

Anschließend hatte er die einzelnen Erkenntnisse zu einem Ganzen zusammengefügt und versucht, aus dem Vorgehen Sinn und Zweck der Aktionen zu erschließen.

Kurz nach acht hatte er Fischer, dem Leiter des Krisenstabs, gemailt, dass er um zehn seine Ergebnisse präsentieren könne.

Stumm knallte Anton ihm einen Becher Kaffee auf den Tisch.

»Jetzt krieg dich mal wieder ein«, fauchte Eric. »Wenn die Überweisung kommt, beschwerst du dich ja auch nicht.« Er wusste, dass Anton sauer war, weil Eric sich gestern so abrupt aus dem Familienleben verabschiedet hatte.

Anton wandte sich mit zusammengepressten Lippen wortlos ab.

»Du kannst echt so ein Arschloch sein«, rief Eric ihm hinterher.

Er seufzte und versuchte, sich zu konzentrieren. Betrachtete die Übersicht seiner *Key Findings*. Mit seinen Mitteln konnte er der Spur des Geldes nur bis zur Rückumwandlung in eine konventionelle Währung folgen. Das betraf gut zwei Drittel der Summen.

Was er noch nicht zu deuten wusste, war die Tatsache, dass ungewöhnlich viele der verbliebenen Coins bei zwei Händlern im Darknet auftauchten. Dort gab es vor allem Drogen, Sex und Waffen. Die Händler waren spezialisiert auf chemische Drogen.

Vielleicht wurde hier ein Teil des illegalen Gewinns aus dem Tschad in Peking erneut investiert, um mehr Menschen auszubeuten – diesmal Drogensüchtige.

Möglicherweise waren die Zahlungen – die insgesamt unter 15 Prozent der Gesamtsummen betrafen – auch vollkommen unabhängig. Bisher war es Eric nicht gelungen, den Weg im Darknet lückenlos nachzuvollziehen. Das wäre möglich, brauchte aber mehr Zeit.

Vielleicht wechselten die Coins also einfach den Besitzer, und dass dann für einen substanziellen Anteil Drogen gekauft wurden, mochte nicht verwundern.

Er überlegte lange, ob er diesen letzten Datenpunkt erwähnen oder weglassen sollte. Letztlich entschied er sich dafür, ihn auf einer eigenen Folie kurz anzusprechen.

Marseille, 10:16 Uhr, +8,0 Grad

Aus Sicherheitsgründen hatte Amelie sich entschieden, die Rückreise in zwei Etappen durchzuführen.

Auf keinen Fall wollte sie riskieren, auf freier Strecke stehen zu bleiben. Heute würden sie bis Lyon fahren. Wenn alles glatt lief, konnten sie einen Anschlusszug nach Dijon oder Genf nehmen.

Dijon wäre günstiger, allerdings war die Verbindung knapp. Der Zug nach Genf fuhr etwas später in Lyon ab. Außerdem war Genf astronomisch teuer, andererseits konnten sie wegen der vielen Botschaften und UN-Behörden sicher sein, dort eine Unterkunft zu finden.

Am frühen Abend in Dijon ein Zimmer suchen zu müssen, wäre vielleicht doch keine so gute Idee.

»Alles in Ordnung?«, fragte Amelie ihre Mutter, die schweigend aus dem Fenster schaute.

»Ja. Ich verstehe nicht, warum wir so überstürzt aufbrechen mussten, aber du wirst schon wissen, was du tust.«

Ulrikes Handy gab einen Signalton von sich. Sie zog es aus der Tasche, las die eingegangene Nachricht, lächelte.

»Ich fand Faheem wirklich sehr nett«, sagte sie dann. »Es war eine sehr gute Idee von dir, dass wir zu ihm gefahren sind. Ich glaube, es hat mir wirklich geholfen.«

Sie legte ihr Handy in den Schoß und demonstrierte Amelie, wie sie ihre Hände schon wieder viel besser öffnen und schließen konnte.

»Immerhin«, sagte Amelie. »Ich hoffe, es bleibt so – oder wird sogar besser.« Nach einer Pause fügte sie hinzu: »Vielleicht sollten wir doch einfach in Lyon bleiben und morgen weiterfahren. Das ist die sicherste Variante.«

Ulrike schrieb jetzt ihrerseits eine Nachricht. »Ganz wie du meinst«, sagte sie abgelenkt. »Du wirst schon wissen, was du tust.«

Amelie schaute zum Fenster hinaus. Im Sommer mochte Südfrankreich bezaubernd sein, jetzt hingen bloß graue Wolken über matten Grün- und Brauntönen.

Es dauerte eine knappe Stunde bis ans Ziel, aber es gelang ihr nicht, sich zu entspannen.

Berlin, 10:45 Uhr, -18,1 Grad

Jana schwirrte der Kopf. Der Bericht des Krypto-Spezialisten war hilfreich gewesen. Sie hatte sich bisher nicht mit digitalen Währungen beschäftigt. Wer, außer Kriminellen, brauchte das?

Kimmerer hatte die Spur aus dem Tschad jedenfalls lückenlos bis nach Peking verfolgen können. Dort kam er nicht weiter, weil das Geld wieder analoge Form annahm.

Franke hatte sofort jemanden beim BND kontaktiert, der

für Organisierte Kriminalität im Zusammenhang mit dem Großraum Asien zuständig war. Alles war unglaublich schnell gegangen, und Jana versuchte noch, es nachzuvollziehen.

Der BND-Mann hatte seinerseits jemanden auf Bareinzahlungen in passender Höhe auf chinesische Konten angesetzt. Immerhin waren die Zeitpunkte bekannt. Außerdem sprang er auf die Darknet-Käufe an: »Das sind keine Drogen, das sind Bestandteile experimenteller Medikamente.«

Weil die Ethikvorgaben für medizinische Versuche in Europa und den USA, mittlerweile auch in Südamerika und sogar in einigen afrikanischen Staaten, so hoch waren, wichen manche Forscher nach Russland, Indien oder China aus. »Dort kann man machen, was man will, wenn man die richtigen Leute kennt.«

Clemens hätte daraufhin gesagt, das wäre hierzulande doch ebenso der Fall, aber Jana war klar, wie der Geheimdienstler es meinte.

Nach der Sitzung wartete eine Mailboxnachricht auf sie: »Frau Dr. Hollmer, hier Weber von der Wache Hauptbahnhof.« Die Polizistin mit der Lockenmähne. »Ich habe eine gute Nachricht für Sie. Wir konnten den Täter des gestrigen Überfalls auf Sie ermitteln. Er hat versucht, eine Ihrer Kreditkarten einzusetzen. Der Mann ist geständig. Von Ihrer Seite ist nichts weiter zu tun. Ihre Handtasche können Sie bei uns auf der Wache abholen. Ein Strafverfahren wird automatisch eingeleitet, die Strafanwaltschaft wird Sie diesbezüglich auf dem Laufenden halten. Einen schönen Tag noch!«

Sie ließ sich mit der Nummer verbinden, von der der Anruf gekommen war.

»Hat der Täter gestanden, wie Huang ihn rekrutiert hat?«, fragte sie.

»Frau Dr. Hollmer, wir haben diese Hypothese selbstverständlich überprüft. Es gibt zum gegenwärtigen Zeitpunkt keine Anhaltspunkte dafür, dass es sich um eine gezielte Tat gehandelt hat. Der Täter ist polizeibekannt, er hat schon öfter Überfälle begangen. Bisher ist er mit Bewährungsstrafen davongekommen, einmal wurde der Aufenthalt in U-Haft auf die verhängte Strafe angerechnet. Sie wissen, wie das ist. Er hat nie jemanden verletzt, aber schon mehrfach die Opfer mit einem Messer bedroht. Auch der Ort der Tat passt zu der Annahme, dass es sich um einen opportunistischen Einzeltäter handelt. Der Mann hat mindestens drei Überfälle in Mitte begangen, einen weiteren in Kreuzberg.«

»Nein, das kann nicht sein. Die Unterlagen … sind die Unterlagen noch in der Tasche? Sicher nicht! Oder er hat sie abfotografiert und …«

»Der Inhalt der Tasche wurde durchwühlt. Die von Ihnen genannten Unterlagen sind noch da. Ehrlich, es mag für Sie unplausibel klingen, aber Sie hatten einfach Pech. Zur falschen Zeit am falschen Ort. Das passiert in der Großstadt leider manchmal.«

Verärgert legte Hollmer auf. Möglich, dass die Polizistin recht hatte. Aber ein bisschen engagierter hätten sie der Spur schon nachgehen können. Zum Beispiel, indem sie das Handy des Täters auf verdächtige Nachrichten und Anrufe überprüften. Oder vielleicht hatte ihn jemand dort mit dem Überfall beauftragt, wo er sich normalerweise tagsüber aufhielt. Gerade wenn es sich um eine bereits systembekannte Person handelte, konnte man seinen Aussagen doch nicht einfach so trauen!

Aber bei aller Wut und Empörung wusste Jana auch, dass Zufall und Pech die viel naheliegenderen Erklärungen waren.

Was zugleich bedeutete, dass sie Huang gar nicht so bedrohlich erschienen, wie sie gedacht hatten. Möglicherweise war die geballte Ermittlungsmacht der deutschen Strafverfolgungsbehörden für einen superreichen internationalen Akteur wie ihn nur wie das Krabbeln eines Flohs irgendwo im Fell. Lästig, aber nicht wirklich problematisch.

Ihr Tischtelefon klingelte. Fischer bat zurück in den Konferenzraum, es gab Neuigkeiten.

Am Kopfende saß ein bislang unbekannter Mann. »Der Kollege des BND ist so nett, die Erkenntnisse darzustellen«, sagte Fischer. Offenbar behielten Mitarbeiter des Geheimdienstes ihre Namen lieber für sich.

»Es ist uns gelungen, die Informationen von Eric Kimmerer in Verbindung mit bereits vorliegenden Ermittlungsergebnissen zu bringen«, erklärte der Mann. Mit einem Klick der Fernbedienung schaltete er den Beamer ein und dimmte das Licht. An der Wand erschien ein Foto, offensichtlich aus Hüfthöhe mit einer versteckten Kamera aufgenommen. Es zeigte eine Reihe Kinder in Elektro-Rollstühlen in einem Flur. »Eine Menschenrechtsorganisation hat uns aufmerksam gemacht auf eine als Pflegeheim getarnte Einrichtung, in der an Waisenkindern ethisch nicht vertretbare medizinische Tests vorgenommen werden. Den Kindern werden zuerst operativ Verletzungen des Rückgrats zugefügt, die zu unterschiedlichen Querschnittslähmungen führen: Paraplegie sowie Tetraplegie beziehungsweise Quadriplegie. Anschließend werden sie auf unterschiedliche Weise behandelt: Nerven werden vernäht, künstliche Nervenbahnen eingesetzt, die unterschiedlichsten Medikamente verabreicht, um die Kontrolle der Extremitäten wieder zu ermöglichen.

Wir haben von der Einrichtung seit zwei Jahren Kenntnis,

es ist aber aus den durchgeführten Experimenten abzuleiten, dass sie bereits länger bestehen muss.

Da für die Experimente gesunden Menschen schlimmste Schäden zugefügt werden und zumal die Kinder ohnehin nicht zustimmungsfähig sind, handelt es sich um ein sogar in der Volksrepublik untersagtes Vorgehen.«

Er wechselte das Bild, nun war ein beeindruckendes Gebäude von außen zu sehen, davor ein Park.

»Für uns war die Information ein Nebenprodukt. Es ist nicht unsere Aufgabe, die Arbeit der chinesischen Strafverfolgungsbehörden zu machen – und diese würden es auch nicht begrüßen, wenn wir es täten. Die Tatsache dieser – um es einmal deutlich zu sagen – ekelhaften und menschenverachtenden Experimente ließ sich bislang nicht mit weiteren Informationen verknüpfen.«

Das nächste Bild zeigte einen älteren Chinesen mit einem hoch aufgeschossenen jungen Mann. Es war aus einiger Entfernung aufgenommen worden und entsprechend körnig.

»Den kennen Sie ja schon. Min Zhu Huang ist – qua seines Reichtums und seiner Verbindungen zur Parteispitze – für uns eine Person von Interesse. Der Spargel ist sein Sohn. Die Mutter ist vor Jahren verstorben. Der Sohn ist Umweltaktivist und offen parteikritisch – eine echte Gefahr für Huang.«

Nächstes Bild: derselbe ältere Mann, diesmal mit einem bildhübschen Mädchen in einem Rollstuhl. Neben ihnen stand eine schwarze Limousine, der Fahrer stieg gerade aus.

»Eine weit bessere Beziehung unterhält Huang zu seiner Nichte. Sie wurde bei einem Autounfall schwer verletzt. Ihre Mutter – Huangs Schwester Lien – starb.«

Er ließ das Bild stehen und seine Bedeutung einsinken.

Schließlich fuhr er fort: »Damit ist der Grund für den

Transfer der Gelder via Krypto, und zugleich die Finanzierung der grausamen Experimente, wohl offensichtlich.«

Er schaltete den Beamer aus. Das Licht ging an.

Jana wusste nicht, was sie fühlen sollte. Ein Mann, der alles tut, damit seine geliebte Nichte wieder gehen kann, ist eben zugleich ein Mann, der – die entsprechenden grenzenlosen Ressourcen vorausgesetzt – tatsächlich *alles* tut, damit seine geliebte Nichte wieder gehen kann.

Der BND-Mann sagte: »Wenn ich den Kollegen Franke richtig verstanden habe, haben Sie ein starkes Interesse daran, Huangs Verhalten zu manipulieren. Die – wie ich betonen möchte, absolut inoffizielle – Einschätzung unseres Hauses ist, dass die vorliegenden Infos dazu ausreichen *könnten*, mit ihm ins Gespräch zu kommen. Huang wird sicher kein Interesse daran haben, dass die Forschung unter dem Deckmantel der *Tiantan Residence* öffentlich wird. Andererseits wäre eine Schließung der Anlage für ihn auch nur ein kurzfristiger Rückschritt. Seine Mittel sind derart groß, dass er schlicht woanders neu beginnen würde. Eine Kollegin aus der Analyse, die sich mit solchen Situationen besser auskennt, mutmaßte, dass Huang schon aus reinem Narzissmus keinesfalls auf Ihre – unsere – Forderungen eingehen wird. Egal, was es ihn kostet.«

Er steckte seinen Laptop ein und verabschiedete sich.

Fischer, Franke, Hollmer und Bösing berieten sich kurz. Zwar neigten sie alle ebenfalls zu der Annahme, dass Huang sich nicht aufhalten lassen würde. Sie mussten es trotzdem versucht haben.

Der BND hatte die Übernahme der Verhandlung bereits abgelehnt. Franke wandte sich daher an einen ehemaligen Kollegen aus dem AA, der mittlerweile für die Bundespräsidentin Reden schrieb.

Sie holten Kaffee, warteten. Zehn Minuten später die Antwort: Die Nummer, die der BND ihnen zur Verfügung gestellt hatte, funktionierte – aber Huang hatte die Forderungen gar nicht angehört, sondern das Gespräch sofort beendet.

Peking, 17:02 Uhr Ortszeit, (Zeitzone Berlin: 11:02 Uhr)
+9,1 Grad

Wei Gao schaltete seinen Rechner aus, ordnete Tastatur, Maus und zwei Kugelschreiber sauber an und wollte gerade das Licht löschen und sich auf den Heimweg machen, als sein Handy klingelte.

HUANG, stand im Display.

Mit zitternden Fingern nahm er den Anruf an. Wenn der Boss anrief, gab es immer Ärger. Huang gehörte zu denjenigen, die ihre Wut stets am jeweiligen Gesprächspartner ausließen, egal ob derjenige etwas dafür konnte oder nicht.

»*Zăo shang hăo*«, meldete sich Gao mit der respektvollen Grußformel auf Mandarin.

Huang brüllte sofort los. »Eben hat mich der deutsche Geheimdienst angerufen. Sie wissen von den Krypto-Transaktionen und von den Experimenten in der *Tiantan Residence*. Wie kann das sein? Krypto ist doch anonym! Finde es heraus und sorg dafür, dass es nicht wieder vorkommt. Ruf mich in einer Stunde mit Ergebnissen zurück.« Er legte grußlos auf.

Gao zitterte. Er ließ sich auf einen Stuhl sinken, weckte den Rechner mit einer Mausbewegung. Eine ganze Zeit war er nicht in der Lage, sein Passwort einzugeben. Als er seine Finger endlich wieder unter Kontrolle hatte, startete er ein VPN-Programm, um die Rückverfolgung seiner Internetaktivitäten zu verhindern. Die Nutzung eines VPN stellte selbst ein gewisses Risiko dar, weil diese Programme in China untersagt waren. Doch der Verstoß war, so hoffte er jedenfalls, nicht gewichtig genug, um Ermittlungen gegen das Unternehmen eines derart geschätzten Parteimitgliedes wie Min Zhu Huang einzuleiten.

Systematisch überprüfte er die Zahlungsströme. Irgendwo musste es eine undichte Stelle geben, wie sollte es sonst möglich sein, die anonymen Transfers nachzuverfolgen? Hektisch wechselte er von einer Wallet zur anderen, überflog jeweils die Logs der letzten Monate. Alles wie immer.

Im Tschad war Mamoun der Einzige, der von den Transaktionen wusste. Er bekam das Geld der Zwischenhändler und zahlte es bei Western Union in seine Krypto-Wallet ein.

Hier in Peking war er derjenige, der die Gelder in Empfang nahm. Einen Teil nutzte er für Käufe im Darknet, den Großteil tauschte er in Yuan.

Dabei nutzte er in unregelmäßigen Abständen verschiedene Trader. Unmöglich, ihm auf die Spur zu kommen.

Er sah sich Mamouns Einzahlungen an. Der hatte aufgrund der örtlichen Gegebenheiten weniger Auswahl, nur zwei Zahlungsdienstleister führten die nötigen Aktionen durch.

Gao sah auf die Uhr. 40 Minuten waren bereits vergangen.

Er sprang auf, warf seine Jacke über, ließ den Rechner laufen, schloss sein Büro ab. Die Räumlichkeiten der Holding befanden sich im 40. Stock eines Hochhauses. Gao lief zum Fahrstuhl, trat ungeduldig von einem Fuß auf den anderen. Kaum öffneten sich die Türen, drückte er hektisch auf den Knopf für das Erdgeschoss.

Die Nutzer der obersten zehn Stockwerke, zu denen die

MZH Holding gehörte, wurden bevorzugt behandelt und mit dem Expressfahrstuhl jederzeit direkt an ihr Ziel befördert. Mit 20 Meter pro Sekunde, also gut 70 Stundenkilometern. In Gaos Ohren knackste es.

Er rannte durch das Foyer, auf die Straße, nach links. An der Kreuzung musste er stoppen, weil die Ampel Rot zeigte. Kameras überwachten automatisiert das Wohlverhalten der Bürger der Hauptstadt, und er konnte es sich auf keinen Fall leisten, *Social Credits* einzubüßen. Im nächsten Block befand sich eine kleine Ladenzeile: einige Restaurants, in denen die Arbeitenden aus der Umgebung ihren Lunch bestellten, ein Zeitungsladen, eine WU-Filiale.

Gao lief hinein. Es war sicherer, wenn er seine Frage in Person stellte, als anzurufen. Anrufe ließen sich nachverfolgen.

Der Besitzer erkannte ihn. »Ah, wieder Geld holen?«, fragte er.

Gao schüttelte den Kopf. »Nein. Heute nicht. Ich möchte nur wissen, ob in den letzten Tagen jemand auffällige Fragen gestellt hat. Nach mir oder nach Barauszahlungen höherer Summen.«

Der Besitzer schüttelte den Kopf. »Nein, alles ist wie immer.«

»Sicher?«

Das Wandtelefon klingelte. Der Besitzer ignorierte es.

»Auch keine ungewöhnlichen Anrufe?«, fragte Gao.

Der Ladenbesitzer hatte schon begonnen, den Kopf zu schütteln, doch dann stoppte er. »Gestern eine ausländische Nummer. Mehrfach. Ich gehe nie an das Telefon. Es war schon da, als ich den Laden übernahm. Gestern stand eine ungewöhnlich lange Nummer im Display. Mehrere Male.«

»Darf ich?«, fragte Gao, während er um den Tresen kam. Er

wusste, der Mann würde einem guten Kunden wie ihm nichts abschlagen.

Er rief die Liste der letzten eingegangenen Anrufe auf, zog sein Handy heraus und machte ein Foto. Der Ladenbesitzer hatte recht, eine Nummer war auffällig lang. Der Ländercode lautete 49, das musste irgendwo in Europa sein, wenn Gao sich nicht irrte.

»*Xièxiè*«, rief er, »danke«, und verließ den Shop.

Der Fahrstuhl schoss ihn in 20 Sekunden zurück in den 40. Stock. Ihm blieben noch acht Minuten, bis der Boss seinen Bericht erwartete. Und wenn Huang eine Stunde sagte, meinte er eine Stunde.

Er rief Mamoun an. »Kannst du herausfinden, ob eine Nummer mit der Landesvorwahl 49« – jetzt erst schaltete er, das musste natürlich Deutschland sein – »die WU-Zahlstelle in Kourouadi angerufen hat? Und zwar in den nächsten« – er sah auf die Uhr – »fünf Minuten!«

Gao legte auf, bevor Mamoun widersprechen konnte. Zwei Minuten später ging eine Textnachricht des Söldners ein. Sie enthielt dieselbe Telefonnummer, die auf seinem Foto zu sehen war.

Er gab die Nummer in eine internationale Suchmaschine ein.

Treffer! Die Nummer tauchte im Impressum einer Wordpress-Seite auf. Er klickte auf »übersetzen«. Der Text verwandelte sich in chinesische Schriftzeichen. »Herzlich willkommen auf der Webpräsenz von Familie Kimmerer-Schurmann«, stand auf der ersten Seite. Die Menüpunkte lauteten: »Eric Kimmerer«, »Anton Schurmann«, »Lulu Kimmerer-Schurmann«, »Bienen«, »Bromelien«. Gao klickte auf »Eric Kimmerer«.

»IT, Daytrading, Krypto. Das sind meine beruflichen Leidenschaften. Privat faszinieren mich Bienen und Bromelien. Diese Interessen verbinden das, was kommt, mit dem, was es zu bewahren gilt.«

Noch drei Minuten. Anton Schurmann war offenbar Kapitän, Lulu die Tochter der beiden Männer. Sie züchteten Bienen, stellten ihren eigenen Honig her und hatten ein Gewächshaus voller seltener, teilweise vom Aussterben bedrohter Pflanzen.

Gao kehrte auf die Seite von Kimmerer zurück. Kopierte dessen Namen in die Suchmaschine, erhielt einen weiteren Treffer: »… Mitglieder des Beirats zur Überprüfung der Einführbarkeit einer deutschen Kryptowährung: Fabian Pfitzner, Marie Wand, Eric Kimmerer, Dr. Matthias Priggemeyer …«

Unmöglich, dass es sich um einen Zufall handelte.

Gao wusste nicht wie, aber es war diesem Kimmerer gelungen, Huangs Geheimnissen auf die Spur zu kommen.

Sein Handy klingelte. Er erstattete dem Boss Bericht.

»Schick die Daten an Mamoun«, sagte der danach. »Wir kümmern uns darum.«

Gao leitete Kimmerers Adresse und Telefonnummer an Mamoun weiter, dann schloss er erschöpft die Augen. Erst jetzt bemerkte er, wie sein Herz raste. Dieser Job würde ihn früher oder später ins Grab bringen. Er schaltete erneut seinen Rechner aus, rückte Maus, Tastatur und Stifte zurecht.

Verließ das Büro, fuhr mit dem Fahrstuhl in die Garage.

Er dachte lieber nicht darüber nach, was Mamoun mit den Informationen machte, die er ihm gerade geschickt hatte.

11:35 Uhr, Cappella Palatina (Palermo, Sizilien), +6,8 Grad

Schon die Eltern und die Großeltern von Rosalie Messina hatten am neunten März in der Capella Palatina geheiratet. Und nun auch sie. Rosalie konnte ihr Glück noch immer nicht fassen. Mit Stefano hatte sie einen Mann gefunden, der sie liebte, der bereit war, für sie Verantwortung zu übernehmen und mit ihr eine Familie zu gründen, und der noch dazu hervorragend aussah. Alle ihre Freundinnen waren neidisch!

Die Hochzeit hatten sie seit über einem halben Jahr geplant – und der Ort war perfekt! Der Fußboden der Kapelle bestand aus Marmor, die Decke aus kunstvoll geschnitztem Holz. Die Mosaiken an den Wänden und der Kuppel des Altarraums waren aus farbigem, teilweise mit Blattgold verziertem Glas. Nirgends würde sie Gott im Moment ihres Ehegelübdes so nah sein können wie hier.

Im Pfarrbüro wartete sie darauf, dass es endlich so weit war. Rosalie trug bereits ihr Hochzeitskleid. Leider war ihre Großmutter mütterlicherseits, nach der sie benannt worden war, im Januar verstorben. Aber Rosalie spürte, dass die *Nonna* bei ihr war. Auf dem Tisch vor ihr lag der Ring, den der Großvater einst der Großmutter an den Finger gesteckt hatte.

Vorsichtig tupfte Rosalie sich eine Träne aus dem Augenwinkel. Jetzt bloß nicht weinen und das aufwändige Make-up verschmieren!

Noch nie in ihrem Leben war Rosalie so glücklich gewesen. Es war der schönste Tag ihres Lebens. Stefano und sie würden heiraten, Kinder bekommen, später in das Haus seiner Eltern ziehen. Sie sah die Zukunft bereits vor sich.

Ihre Mutter setzte sich zu Rosalie und nahm schweigend ihre Hand.

Auf einmal waren im Außenbereich laute Rufe zu hören. Rosalie schaute zum Fenster hinaus. Zahlreiche Männer in Militäruniformen liefen daran vorbei.

Türen schlugen, Stimmen hallten zu ihnen. Rosalies Mutter erhob sich, da flog die Tür auf und knallte gegen die Wand. »*Rapido, rapido*«, rief ein Soldat. Er trug einen Helm und hatte ein Maschinengewehr quer vor der Brust. »*Fuori! Fuori!*«

Schnell, raus!

»Auf keinen …«, begann Rosalie, aber der Soldat packte sie grob am Arm. Weitere Soldaten quollen in das kleine Pfarrbüro, zogen an ihr. Vor lauter Schreck fing sie an zu weinen.

Ihre Schminke!

Sie zog die Nase hoch, wischte sich mit dem Handrücken über die Wangen. Sie stolperte in den hochhackigen Pumps, verlor einen der Schuhe. Rücksichtslos zerrten die Soldaten sie und ihre Mutter aus der Kirche.

Aus der Gegenrichtung kamen ihnen Stefano und dessen Mutter entgegen, dazu einige seiner Trauzeugen. Rosalie schloss für einen Moment die Augen, weil sich Braut und Bräutigam ja vor der Hochzeit eigentlich nicht sehen sollten. Doch sie geriet augenblicklich ins Stolpern, und ohnehin waren dies ja außergewöhnliche Umstände. Stefano nahm ihren Arm, als er sie erreichte, und stützte sie.

»Was ist los?«, rief er einem der Soldaten zu.

»Wir müssen das Gebäude evakuieren!«, rief der zurück. Jemand zog an Rosalie, jemand anders schubste sie.

Sie streifte den zweiten Schuh ab, lief nun barfuß. Es war über null, aber dennoch viel zu kalt dafür.

Die Soldaten trieben sie in den gegenüberliegenden Park,

an einem Marmordenkmal vorbei, über eine Straße, in den nächsten Park, Richtung Hafen.

Auf einmal blieb Rosalie stehen, Stefano riss sie beinahe um, ein Soldat prallte von hinten gegen sie. »Der Ring!«, rief sie und hob ihre Hände, die Finger gespreizt. »Ich habe den Ring in der Kapelle liegen lassen. Wir müssen zurück!«

Berlin, 11:42 Uhr, -19,1 Grad

Bösing hatte eine Hundertschaft Soldaten mobilisiert. Titus van Dijk war es gelungen, drei Laster in Mittelitalien mit Sprengstoffen beladen zu lassen. Bösing hatte mithilfe der italienischen Armee eine Fähre reklamiert, sodass die Transporter um sieben Uhr in Villa San Giovanni an Bord und vierzig Minuten später in Messina wieder herunterfuhren.

Von dort benötigten sie drei Stunden bis Palermo.

Der Sprengmeister war bereits am Vorabend eingeflogen worden. Er bestätigte die Prognose aus Karlsruhe: eine geschickt gerichtete Sprengung in der Capella Palatina würde zwar das Fundament des Gebäudes selbst zerstören – und damit auch die darüber gelegene Kapelle in Gefahr bringen –, stellte aber für die umliegenden Gebäude der Stadt und die Insel insgesamt kein Risiko dar.

Vier Kameramänner übertrugen seit einer Stunde das Geschehen auf einer gesicherten Verbindung live nach Berlin.

Der Großteil der Mitglieder des Krisenstabs hatte sich im Konferenzsaal eingefunden, nur Hildebrandt und Weizenegger fehlten. Die Feeds wurden auf vier Großbildmonitore übertragen.

Ein fünfter Monitor zeigte live die seismografischen Messungsdaten der Bundesanstalt für Geowissenschaften und Rohstoffe (BGR) aus Bayern.

Hollmer überprüfte zum x-ten Mal die Berechnungen der Kollegen. Es wäre eine Katastrophe, wenn sie ein Baudenkmal von unschätzbarem Wert zerstörten, ohne den gewünschten Effekt zu erzielen.

Doch sowohl die Auswertung wie auch die getroffenen Annahmen über die Bodenbeschaffenheit und die zu erwartenden Schwingungen waren plausibel.

Zwei der Kameramänner kontrollierten die Evakuierung des Gebäudes. Da gestern noch nicht absehbar gewesen war, ob Material und Personal rechtzeitig eintreffen würden, hatten sie den Pfarrer erst kontaktiert, als die ersten Soldaten wenige Minuten entfernt waren.

Er hatte natürlich jede Zusammenarbeit abgelehnt. Ein Anruf aus dem Vatikan änderte das schlagartig.

Für die Braut, die vollkommen unerwartet aus ihren Vorbereitungen gerissen worden war, tat es Jana besonders leid.

Die anderen beiden Kameramänner übertrugen den Transport der Sprengladungen aus den Lastern in die Krypta der Kapelle. Es war wichtig, so tief wie möglich unter Grund zu gelangen. Der Sprengmeister überwachte die Ausrichtung und Verkabelung der Ladungen. Schließlich wurde eine größere Anzahl Stahlplatten oben und seitlich des Sprengstoffs positioniert.

Weil die an sich notwendigen dickeren Platten zu schwer für den Transport durch Menschen waren, mussten mehrere Schichten aufeinandergestapelt werden.

Sie würden bei der Explosion zwar weitgehend deformiert werden, dennoch konnten sie ihre Aufgabe erfüllen, die sich entladende Energie zu reflektieren und abwärts zu lenken.

Alle paar Minuten überprüfte Hollmer, ob Huang sich nicht doch noch gemeldet hatte. Der Mann war größenwahnsinnig, aber nicht wahnsinnig. Es konnte ihm doch nicht einfach egal sein, dass sein Handeln Millionen von Menschen in Lebensgefahr brachte.

Aber er rührte sich nicht.

Gebannt beobachtete sie das Geschehen auf den Bildschirmen.

Der Sprengmeister gab sein Okay. Die Vorbereitungen waren abgeschlossen.

Die Soldaten räumten eilig das Gelände.

Der Sprengmeister lief, begleitet von einem der Kameramänner, durch den Palastgarten, den *Giardino Palazzo Normanni*, hinter dem Palazzo Realo in Richtung eines kleinen Freibereichs an der Ecke Calle so Calatafimi / Piazza Indipendenza. Die zweite Kamera war vereinbarungsgemäß in der Krypta zurückgelassen worden und sendete weiterhin von dort aus.

Auf einmal entstand Unruhe auf einem der beiden Bildschirme, die die Evakuierung festhielten. Die Braut blieb stehen. Sie versuchte, sich umzudrehen und zurück zur Kapelle zu laufen. Sie prallte gegen einen der Soldaten, stürzte zu Boden. Rappelte sich wieder auf. Sie rief etwas, doch die Übertragung war ohne Ton.

Der Bräutigam versuchte, sie festzuhalten, aber sie rammte ihm den Ellenbogen in den Magen, sodass er sich krümmte und sie losließ.

Sie rannte weiter, barfuß, im Hochzeitskleid, in die Richtung, aus der sie gekommen war.

Unwillkürlich presste Jana ihre Hand vor den Mund. Entsetzt sog sie die Luft ein.

Die Kamera fuhr herum zum Bräutigam, der noch vornübergebeugt stand und nach Luft rang, schwenkte dann zurück in Richtung der Braut. Sie wurde immer kleiner.

Das Bild wackelte, wahrscheinlich, weil Fragen und Befehle gerufen wurden.

Die zweite Perspektive der Evakuierung hatte bereits das Ende des Parks erreicht, auf der gegenüberliegenden Straßenseite befand sich ein dreistöckiges Gebäude, vor dem die italienische Fahne wehte.

Per Funk oder auch durch Rufe schien dieser Kameramann mitzubekommen, dass etwas nicht stimmte, und wandte sich ebenfalls um. Nun war auf seinem Bild aus etwa fünfzig Meter Entfernung der andere Kameramann zu sehen, der der Braut nachschaute.

Der Sprengmeister hatte sein Ziel erreicht, blieb stehen, zog seinen Sender aus der Tasche.

Die Sprengung selbst musste absolut präzise zum berechneten Zeitpunkt ausgeführt werden. Um dies zu gewährleisten, würde der Impuls computergesteuert erfolgen.

Der Sprengmeister warf einen Blick auf seine Uhr, dann gab er die Ladung frei.

Auf dem Bild aus der Krypta wurde in der linken oberen Ecke der Countdown eingeblendet.

00:15

00:14

00:13

Janas Blick zuckte zurück zu Kamera drei. Die Braut war nicht mehr zu sehen. »Wir müssen …«, rief sie und deutete auf das Bild.

Fischer und Bösing schüttelten nur stumm die Köpfe.

00:08

00:07

Vielleicht würde alles gut gehen. Vielleicht würde die Frau rechtzeitig umkehren und sich in Sicherheit bringen.

Außerdem zielte die Sprengung von ihr weg in Richtung Süden und ins Erdinnere.

Die Sprengung in Kourouadi wäre vor wenigen Sekunden erfolgt. Wenn alles so klappte, wie sie es berechnet hatten, würden die Wellen ihrer eigenen Sprengung die aus Afrika abfangen und neutralisieren.

Auf dem fünften Monitor war bislang nur eine Linie zu sehen.

00:01

00:00

Für den Bruchteil eines Augenblicks wurde der Bildschirm gleißend weiß, dann riss der Feed ab.

Alle Blicke richteten sich nun auf den Monitor mit den seismografischen Messdaten aus Bayern. Die Linie wackelte ein wenig, beruhigte sich dann wieder.

Stille. Dann Jubel. Sie hatten es geschafft!

Happy Mining Co.
(Kourouadi, Tschad), 11:58 Uhr, +36,9 Grad

Mamoun schoss aus dem Aufsichtsturm eine Salve in Richtung der Aufständischen. Um die hundert Männer hatten sich hinter den Baracken verschanzt. Per Funk hatten sie Mamoun ihre Forderungen übermittelt: Lohnerhöhung, Trinkpausen, Toiletten in den Schächten, drei Schichten statt zwei, Helme. Vollkommen inakzeptabel.

Mamoun hatte gehofft, Huangs Anwesenheit sowie die

bevorstehende Erweiterung des Schürfgebietes würde die Arbeiter ruhig halten.

Er konnte nicht nachvollziehen, was diese Männer zum Widerstand motivierte. Diejenigen, die nicht bei den Kämpfen ums Leben kamen, würden ihre Jobs verlieren.

Diesmal hatten sie es immerhin geschickter angefangen als bisher. Um Punkt zwölf, als Huang, Mamoun und seine Männer damit beschäftigt waren, die Sprengung vorzubereiten, hatten sie die Arbeit niedergelegt und sich in die Deckung der Lagerhallen verzogen.

Zudem war es ihnen offenbar gelungen, Schusswaffen auf das Gelände zu schmuggeln. Zwei Wachen, die hatten eingreifen wollen, lagen tot im Sand. Helden!

Huang sah auf die Uhr. »Wir verschieben die Sprengung auf morgen«, sagte er.

Mamoun nickte. Besser, als es den ganzen Tag vor sich herzuschieben.

Er kniff die Augen zusammen. In der Ferne waren erst eine, dann zwei Staubfahnen auszumachen. Er hatte seinen Männern befohlen, die Aufständischen von hinten in die Zange zu nehmen. Deren Versteck war zwar gut gewählt – es gab keine weitere Deckung –, doch sie waren in der Unterzahl und nur unzureichend bewaffnet.

Zwei Geländewagen mit je fünf Männern an Bord näherten sich den Widerständlern von der Grenze des Areals. Mamoun konnte hören, wie sie erste Schüsse abgaben, doch die Jeeps waren noch viel zu weit weg.

»Gruppe drei«, gab er per Funk den Einsatzbefehl für zwei weitere Söldner, die bereits auf der Vorderseite der Baracke warteten, hinter der die Rebellen sich versteckt hielten.

Sie liefen los, öffneten die Tür, verschwanden im Inneren

der Halle. Sekunden später öffnete sich eine Dachluke. Mamoun beobachtete, wie die Männer hindurchstiegen. Sie legten sich flach auf den Bauch, schoben sich leise und zügig in Richtung der Gebäuderückseite.

»Gruppe eins, Gruppe zwei, Feuer«, ordnete Mamoun an.

Die Soldaten stiegen aus den Jeeps und begannen, in Richtung der Aufständischen zu schießen. Das Knattern der Maschinengewehre hallte über das gesamte Gelände.

Auch sie befanden sich zu weit weg, um den Gegnern ernsthafte Verluste zuzufügen. Doch der Schusswechsel war ohnehin nur ein Ablenkungsmanöver.

Die beiden Männer auf dem Dach robbten weiter. Etwa zwanzig Zentimeter vor der Dachkante stoppten sie. »Gruppe drei, los!«, befahl Mamoun. Synchron lösten die Männer Splitterhandgranaten von ihren Gürteln, zogen die Stifte, ließen sie über die Rückseite des Gebäudes fallen.

»Eins, zwei, drei«, zählte Mamoun langsam.

Die beiden Explosionen erfolgten zeitgleich, sodass sie wie eine klangen. Schreie hallten bis zu ihm auf den Turm, gefolgt von einzelnen Schüssen.

Die Gruppen eins und zwei stiegen wieder in ihre Jeeps, fuhren näher an die Baracke heran. Die Fahrer verlangsamten nur wenig, während sie an den durch die Handgranaten bereits dezimierten aufständischen Minenarbeitern vorbeifuhren. Die Beifahrer feuerten auf die Sterbenden.

Mamoun sah dies als einen Akt der Gnade an. Genauso gut könnten sie die Verletzten in der Hitze einfach verrecken lassen.

»Gruppe eins, Einsatz erfolgreich abgeschlossen«, meldete der Fahrer.

»Gruppe zwei, abgeschlossen.«

Die beiden Männer auf dem Dach stiegen gerade durch die Luke zurück in das Innere des Gebäudes.

»Gute Arbeit, Männer«, sagte Mamoun.

Huang beugte sich vor und sagte ins Funkgerät: »Schafft diese Dreckskerle von den Gebäuden weg und verbrennt sie.«

Berlin, 12:27 Uhr, -18,7 Grad

»Es ist keine Sprengung im Tschad erfolgt«, meldete Bösing.

Hollmer starrte die Grafiken auf ihrem Bildschirm an. Messstationen rund um das Mittelmeer hatten die Explosion in Sizilien registriert, aber keine entsprechende aus Süden.

»Das ist unmöglich«, flüsterte sie. »Das muss ein Messfehler sein.«

Mittlerweile kreisten News-Hubschrauber über Palermo und berichteten live. Die Capella Palatina war acht Minuten nach der Sprengung in der Krypta in sich zusammengebrochen. Die Erschütterung der Explosion hatte offenbar Risse in tragenden strukturellen Elementen entstehen lassen. Aus der Vogelperspektive wirkte es, als hätte sich der Schlund der Erde unter dem Weltkulturerbe aufgetan und sie halb verschlungen.

Sollte das wirklich alles umsonst gewesen sein?

»Die Daten sind eindeutig. Die angekündigte Sprengung im Tschad ist ausgeblieben«, bestätigte Franke. »Tut mir leid.«

Jana schüttelte den Kopf.

Ticheloven sagte: »Ich habe ja gleich gesagt, es wäre klüger gewesen, die Gegenseite das Gesicht wahren zu lassen.«

Waas hielt dagegen: »Und was dann? Sie plädieren damit

letztlich für das Recht des Stärkeren, gegebenenfalls das Recht des finanziell Stärkeren. Doch wir können und dürfen uns der Profitgier der Megakonglomerate nicht mehr länger unterwerfen.«

Paulina Neubaur sagte: »Auch wenn man anerkennen muss, dass manche Maßnahmen kurzfristig mehr Schaden als Nutzen mit sich bringen, so muss generell das Ziel, eine lebenswerte Welt zu erhalten, als unverhandelbar angesehen werden.«

Riemann-Dittmer konterte: »Es ist doch eine wirtschaftswissenschaftlich gesicherte Erkenntnis, dass alles und jeder seinen Preis hat.«

»*Wirtschafts*wissenschaftlich, Sie sagen es«, bemerkte Schmid spitz.

Schließlich reichte es Fischer. »Frau Dr. Hollmer. Ist damit zu rechnen, dass *unsere* Sprengung – über das erwartete und bereits bekannte Maß hinaus – Schäden angerichtet hat?«

»Ja, kommt jetzt eine Eiszeit in Ägypten?«, ätzte Riemann-Dittmer.

Jana schüttelte den Kopf. »Nein, davon ist nicht auszugehen. Die geologischen Gegebenheiten unter Mitteldeutschland sind ungewöhnlich. Im Vorhinein hätte auch niemand damit gerechnet, dass hierzulande eine solche Veränderung eintritt. Aber es ist jetzt nicht so, dass wir – außer in Palermo – Schaden angerichtet hätten.«

»Als wäre das nicht schon schlimm genug!«, warf Ticheloven ein. »Eine unwiederbringliche Kapelle, geopfert dem Gott der Wissenschaft. Und wie dankt er es uns?!« Er hob die Hände, als wollte er den Gott, den er anrief, heraufbeschwören.

»Schlimmer noch«, bemerkte Bösing nüchtern. »Wenn die

erwartete Sprengung möglicherweise nur verschoben wurde, was machen wir dann? Wir können ja nicht so weitermachen, bis ganz Palermo in Schutt und Asche liegt.«

Kourouadi (Tschad), 13:19 Uhr, +34,3 Grad

»Hier, *Sayyid*, die Paprika sind ganz frisch«, sagte die Händlerin und reichte Kito Dallami eine Plastiktüte.

Einen Stand weiter kaufte er eine Yamswurzel und etwas Reis. Das Angebot auf dem Markt wurde von Woche zu Woche magerer.

In den zwei kleinen Supermärkten, die mit Lastern aus N'Djamena beliefert wurden, gab es viele haltbare Lebensmittel und sogar manche Ware, die gekühlt werden musste. Auch Obst und Gemüse konnte man dort kaufen. Die Preise stiegen, aber da aufgrund der beiden Minen viele Männer in Kourouadi Arbeit hatten, blieb das Angebot stabil.

Die Händlerinnen auf dem Markt hatten es schon vor dem Auftreten der Dürre schwer gehabt. Mittlerweile wurden ihre Erträge immer geringer und der Anbau immer aufwändiger. Bald schon würden sie nichts mehr verkaufen können, um selbst nicht hungern zu müssen.

»*Sayyid*«, sprach ihn eine Frau an, die hinter einigen Behältern mit Gewürzen stand.

Dallami blieb stehen. Die Frau – Inaya, sie war vor einigen Tagen bereits einmal bei ihm gewesen, um seine Hilfe zu erbitten – sah sich um, dann trat sie dichter an ihn heran.

»Mein Mann fürchtet um sein Leben. Er hat mich gerade angerufen.« Sie zog ihr einfaches Handy aus der Tasche ihres Kleides. »Er sagt, heute sollte es im Hellhole eine Sprengung geben. Die Männer hatten Angst, einige haben dagegen protestiert. Sie wurden getötet. Nun soll die Sprengung morgen Mittag erfolgen. Er weiß nicht mehr, was er noch tun soll. Wir brauchen seinen Verdienst, *Sayyid*, aber so kann es nicht weitergehen. Mamoun, der Aufseher, ist ein Monster! Mein Mann ist in ständiger Lebensgefahr. Er riskiert sein Leben für mich. Ich liebe ihn, ich will nicht, dass er stirbt. Außerdem brauchen wir seinen Lohn, um zu überleben. Mit dem Verkauf der Gewürze verdiene ich schon lange nicht mehr genug für unsere Familie. Sag, *Sayyid*, was sollen wir tun?«

Bei den letzten Worten hatte sie Dallami am Ärmel seiner Jalabia gepackt. Nun schaute sie hinunter auf ihre runzeligen Finger, als wäre sie selbst überrascht darüber, was diese getan hatten. Sie ließ ihn los.

»Du musst uns helfen. Wir haben sonst niemanden, an den wir uns wenden können.«

Dallami strich über seinen Bart und nickte. »Ich werde sehen, was ich tun kann«, sagte er.

Im Haus legte er seine Einkäufe in die Küche, dann griff er zum Telefon und wählte Bushra Oduhos Nummer. Er hatte Kontakt zu einer europäischen Wissenschaftlerin. Sie konnte versuchen, sich an eine Menschenrechtsorganisation zu wenden.

Zudem war es wichtig, dass er Oduho und seinen Chef Schachtschneider wissen ließ, wie sehr sich die Lage im Hellhole von Tag zu Tag verschlimmerte. Vielleicht wären sie dann ja doch irgendwann so weit, aktiv gegen den Betreiber vorzugehen.

Kiel, 17:35 Uhr, -20,4 Grad

Lulu ging es wieder besser. Sie half Anton und Eric im Gewächshaus. »Hier, halt mal die *Aechmea*«, bat Eric, »ich will mal vorsichtig die Bienenstöcke überprüfen.«

Er hob die Plane an, mit der die Bienen gegen Feuchtigkeit, Kälte und Schädlinge geschützt wurden. Lulu stellte die Bromelie mit dem roten Stängel und der gelben Blüte beiseite.

Eric öffnete den Bienenstock. »Hörst du?«, fragte er leise.

Lulu spitzte die Ohren. Ein leises, tiefes Brummen war zu hören. »Ich dachte, sie halten Winterschlaf?«

»Eher Winterruhe. Die Bienen nehmen die Königin in die Mitte, um sie zu wärmen. Das nennt man eine Wintertraube. So erzeugen sie eine Temperatur von bis zu fünfundzwanzig Grad. So stellen sie sicher, dass die Königin überlebt.«

»Aber das ist ja richtig gemein für die am Rand, die sterben ja dann irgendwann vor Kälte.«

Eric lächelte. »Dafür haben die Bienen eine gute Lösung gefunden. Sie tauschen nämlich regelmäßig die Plätze, so ist jeder mal ganz außen und mal ganz innen. Und sie koten nicht, so bleibt der Stock sauber.«

»Ja, die Natur ist wirklich toll.« Lulu hustete. »Sagt mal, habt ihr schon darüber nachgedacht, ob wir eine Auszeit nehmen und helfen, die Grüne Mauer zu pflanzen? Nicht nur, weil es schön wäre, aus dieser Arschkälte rauszukommen. Die Grüne Mauer ist auch die letzte Chance für die Menschen dort, die totale Ver-Wüstung – wie in: Das Land wird zur Wüste – ihres Bodens zu verhindern!«

Eric schüttelte den Kopf. »Anton hat mir davon erzählt. Das ist doch Unsinn, Lulu. Also wirklich. Wir können gern deine Spenden aufstocken. Verdoppeln, okay? Das muss dann reichen. Wir können hier nicht einfach alles stehen und liegen lassen, nur weil uns danach ist. Und außerdem bringt es nichts, wenn wir dort ein Dutzend Bäume pflanzen und wieder abhauen. Die Menschen dort müssen ihre Probleme schon selbst lösen wollen.«

»Das *wollen* sie auch! Sie haben bloß keine Chance, weil die Regierung korrupt ist und sie nicht unterstützt und weil sie arbeiten müssen bis zum Umfallen, nur um etwas zu essen zu haben.«

Eric wiegte den Kopf. »Da ist was dran«, sagte er. »Bei der Ermittlung, die ich gerade durchgeführt habe – die Details unterliegen der Geheimhaltung, aber ganz grob –, wurde auch wieder klar, dass sich da unten ein paar Leute die Taschen richtig vollmachen, während die Bevölkerung zusehen muss, wie sie klarkommt.«

»Ich bin froh, dass der Job erledigt ist«, sagte Anton. »Wenn du unter Zeitdruck arbeitest, bist du wirklich unausstehlich.« Er kam zu ihnen herüber. »Aber die Zeit danach ist wirklich schön. Dann bist du viel entspannter als sonst.«

Er streichelte Eric über die Wange, küsste ihn.

»Argh!«, machte Lulu. »Nehmt euch ein Zimmer. Ist ja eklig, wie ihr immer rummacht.«

Ihre Väter lachten.

Eric zog Anton an sich. Lulu kniff sicherheitshalber die Augen zu.

Auf einmal zog ein kalter Lufthauch durch das gut geheizte Gewächshaus. Hatte sich die Folie hinter den Bienenstöcken gelöst, mit der sie das geborstene Fenster geflickt hatten?

Lulu öffnete die Augen und erschrak.

Im Gang zwischen den Tischen, auf denen die bunten Bromelien wuchsen, stand ein Mann. Hinter ihm schloss sich die Tür zum Gewächshaus.

Einen Moment lang starrte er ihr genau in die Augen. Dann richtete er den Blick auf die beiden Männer. »Wer von euch ist Eric Kimmerer?«, fragte er mit einer dunklen, warmen Stimme. Sie passte nicht zu der Bedrohlichkeit, die er ausstrahlte, und das machte die Situation noch viel beängstigender.

Die Väter fuhren auseinander.

Lulu beugte sich vor und griff langsam, langsam nach dem Topf mit der *Aechmea*.

»Lass das!«, sagte der Eindringling.

Sie erstarrte.

»Noch einmal. Wer von euch beiden ist Eric?«

»Warum wollen Sie das wissen?«, fragte Eric.

»Wer sind Sie überhaupt? Was machen Sie hier?«, legte Anton nach.

Der Mann hob die linke Hand. Darin hielt er eine Pistole.

»Eric«, wiederholte er sanft.

»Das muss eine Verwechslung sein«, rief Lulu panisch. »Er hat doch nichts …«

Der Lauf der Pistole schwenkte in ihre Richtung. Sie hatte das Gefühl, augenblicklich von dem kleinen schwarzen Loch aufgesogen zu werden. Als hätte es so unendlich viel Masse, dass nicht einmal Licht entkam. Ganz zu schweigen von ihr.

»Welcher von den beiden ist Eric?«, fragte der Mann. »Ich frage jetzt zum letzten Mal.«

Lulu schüttelte panisch den Kopf.

Eric öffnete gerade den Mund, da rief Anton: »Ich bin Eric!«

Es ploppte zweimal leise. Lulu schrie.

Wieder zog ein eisiger Hauch durch das Gewächshaus. Der Mann war verschwunden, die Tür fiel langsam zu.

Neben Lulu war Eric auf die Knie gesunken. Er presste Antons Kopf an seine Brust. Antons Gesicht war blutverschmiert und ausdrucklos. »Nein! Nein, nein, nein!«, weinte Eric. »Nein!«

Berlin, 18:11 Uhr, -19,2 Grad

Jana, Clemens und Titus saßen in einer heruntergekommenen Eckkneipe. Wie dieser Laden sich in Mitte hielt, war ein Rätsel. Aber hier konnten sie einigermaßen darauf hoffen, unter sich zu sein.

Der Tisch war klebrig.

Clemens hatte Alexandra mitgebracht. Sie lag nun unter Janas Stuhl. Die beugte sich herunter und kraulte den Beagle.

Die Diskussionen des Krisenstabs waren nach dem Desaster von Palermo völlig aus dem Ruder gelaufen. Bösing warf Jana und Franke unzureichende Informationen vor. Senwald schlug vor, das Versagen als »Kommunikationsproblem der internationalen Gemeinschaft« zu »reframen«. Ticheloven behauptete, das neokolonialistische Verhalten der übrigen Anwesenden sei »von der Geschichte ohnehin zum Scheitern verurteilt«. Martius behauptete, die Maßnahme hätte nicht schiefgehen können, wenn sie die gängigen Verwaltungsvorschriften und Verfahrenswege eingehalten hätten. Was auf eine ironische Weise vermutlich stimmte.

Kurz nach fünf hatte Fischer die Sitzung wutentbrannt beendet. »Wir treffen uns morgen früh, punkt sieben, hier wieder. Ich möchte, dass jeder und jede von Ihnen bis dahin einen *konstruktiven* Vorschlag vorbereitet«, donnerte er ihnen hinterher wie ein wütender Mittelstufenlehrer.

Jana musste nachdenken, und Clemens' Hotelzimmer würde sie dabei nur einengen. Außerdem brauchte sie Sparringspartner. Vielleicht würden sie sich auch einfach nur sinnlos betrinken – das war zusammen ebenfalls besser als allein.

Der mürrische Wirt brachte ihre Bestellung. Eine Rote Weiße für Jana, Cola Rum für Clemens (seiner Ansicht nach der einzige Drink, bei dem die Qualität der Zutaten und ihr Mischungsverhältnis vollkommen gleichgültig waren, sodass man ihn in jeder noch so schäbigen Kneipe ordern konnte), einen Weißwein für Titus. Pinot Grigio hatten sie nicht, deswegen hatte er auf einen Chardonnay ausweichen müssen.

Jana hatte den beiden Männern bereits berichtet, was geschehen war. Schweigend stießen sie an.

Jana nahm einen Schluck, stellte ihr Glas ab. »Scheiße«, sagte sie.

»*Schijt*«, ergänzte Titus mit einem Nicken.

»Nichts vertreibt die Verzweiflung so sicher wie entschlossenes Handeln«, verkündete Clemens. Jana verdrehte die Augen. »Manchmal könnte ich dich erwürgen«, sagte sie. Dann, nach einer Pause, fügte sie hinzu: »Was für eine Handlung schwebt dir denn vor gegen diese verfluchte Verzweiflung?«

Clemens zuckte mit den Schultern. »Im Actionfilm würden die Helden die Sache jetzt selbst in die Hand nehmen«, sagte er. »Die Bösen stoppen und das Unheil aufhalten.«

»Haben wir doch versucht«, sagte Jana.

»Obwohl …«, begann Titus.

»Ja?«

Er zog sein Handy aus der Tasche. »Die Flugzeit in den Tschad beträgt sechs Stunden.« Er sah auf die Uhr. »Wir könnten also easy morgen früh um sechs dort sein.«

Clemens deutete auf Titus' Weinglas. »Das ist nicht dein Erster heute, oder?«

Doch Titus ließ sich nicht so leicht aus dem Konzept bringen. »Du hast eben selbst gesagt: Wenn man will, dass es ordentlich erledigt wird, muss man es selbst machen.«

»Das ist überhaupt nicht das, was ich …«, versuchte Clemens zu korrigieren, aber Titus war noch nicht fertig.

»Wenn wir vor Ort wären, könnten wir mit diesem Irren verhandeln. Die Diplomaten trauen sich nicht. Oder wissen nicht, wie. Wenn wir es nicht probieren, werden wir uns immer fragen: Was wäre gewesen, wenn? Hätten wir Deutschland – und, wenn ich das einwerfen darf, auch die Niederlande – vor einer echten Eiszeit bewahren können?«

»Und wie stellst du dir das vor? Hast du ein Privatflugzeug? Der BER hat jedenfalls schon vor Monaten den Betrieb eingestellt.«

Jana tippte nachdenklich mit den Fingern einer Hand auf den Rücken der anderen. »Vielleicht …«, murmelte sie.

»Spinnt ihr jetzt alle?«, fragte Clemens. »Ihr wollt doch nicht im Ernst in den Tschad fliegen? Wir sind *Zivilisten*! Was sollen wir dort? Und noch mal: Wie kämen wir überhaupt hin?«

»Die Bundeswehr hat immer noch einen Stützpunkt im Sudan«, sagte Jana. »Es ist ein Blauhelmeinsatz, an dem wir mit einer Handvoll Soldaten beteiligt sind. Der Standort ist nahe der Stadt Juba. Von dort sind es« – sie wischte auf ihrem Smartphone herum –, »oh. 39 Stunden mit dem Auto nach Kaman Doxi im Tschad.«

»Zu lange«, sagte Titus. »Aber dafür lässt sich bestimmt eine Lösung finden.«

»N'Djamena, die Hauptstadt des Tschad, hat einen internationalen Flughafen«, sagte Jana. Sie startete eine weitere Abfrage. »Und es gibt im Land zahlreiche kleinere Flughäfen.«

»Für Cargo«, nickte Titus.

Clemens fühlte sich etwas ausgeschlossen von der Diskussion, obwohl er den ganzen Gedankengang in Bewegung gesetzt hatte. Jana konnte und wollte offenbar nicht aufgeben – zumal sie das Scheitern des heutigen Plans persönlich nahm, obwohl sie es nicht hätte kommen sehen können. Und für Titus war der Transport von Dingen oder Menschen von A nach B wohl eine Herausforderung, der er nicht widerstehen konnte. Außerdem stand für ihn wirtschaftlich alles auf dem Spiel.

So, begriff Clemens in diesem Moment, wie für sie alle. Würde es dauerhaft einige Grad kälter in Mitteleuropa, mussten sich die noch nicht geflohenen 75 Millionen Deutsche, darunter auch er, ein neues Zuhause suchen. Oder er müsste seine ausgebrannte Feuerwache bei der Renovierung sehr, sehr gut isolieren lassen.

»Okay, es muss vor Ort ja noch mehr Militärbasen geben«, meldete Clemens sich nun zu Wort. »Kleinere. Und ehemalige Flüchtlingslager. Stützpunkte von Hilfsorganisationen. Da muss es doch möglich sein, schnell genug nah genug an diese Mine zu kommen.«

Jana trank ihr Bier aus. »Nicht, wenn wir hier weiter rumsitzen!«

Entschlossen wählte sie eine Nummer. »Ja, Hollmer hier. Wir brauchen ein Flugzeug aus Berlin in den Tschad. Oder in den Sudan, nach Nordkamerun … das genaue Ziel können wir notfalls unterwegs klären. Wichtig ist, dass wir so schnell wie möglich starten. In« – ein Blick auf die Uhr – »achtzehn Stunden ist Deutschland, so wie wir es kennen, Geschichte, wenn wir jetzt nicht aktiv werden.«

Sie hörte zu. »Okay«, sagte sie dann. »Okay. Verstehe. Das ist gut. In dreißig Minuten.« Sie legte auf.

»In einer halben Stunde geht's los«, sagte sie aufgeregt.

»Zahlen!«, rief Clemens in Richtung Tresen.

»Noch mal dasselbe, dann zahlen!«, korrigierte Titus.

Fünf Minuten später verließen sie die Kneipe. Die Fahrt zum Militärflughafen Gatow hätte mit dem Taxi mindestens 30 Minuten gedauert, deswegen ließ Janas Kontakt sie abholen. Mit Schneeketten, Vierradantrieb, Blaulicht und Dauersignal jagten sie über die nahezu leeren Straßen.

Titus starrte zum Fenster hinaus, Jana dachte nach, Clemens fragte sich, ob er gerade die größte Dummheit seines Lebens beging. Aber Jana allein – oder gar allein mit Titus – fliegen zu lassen, kam überhaupt nicht infrage!

Alexandra hatte es sich im Fußraum gemütlich gemacht. Sie hatte es gut, das Jaulen der Sirene störte sie nicht.

In Gatow hob sich der Schlagbaum automatisch, als der Wagen sich näherte. Sie fuhren direkt aufs Rollfeld, wo ein viermotoriger Airbus A400M stand. Die Triebwerke liefen bereits warm, auf den Tragflächen sowie an den Seiten- und Höhenrudern waren Enteiser bei der Arbeit.

Jemand riss die Wagentür auf. »Dr. Hollmer?«, begrüßte sie ein Hauptmann der Luftwaffe. Das Schulterabzeichen zeigte drei silberne Sterne. »Zacharias Böcker.«

Jana schüttelte ihm die Hand.

»Prof. Günther aus Leipzig, Vizeadmiral Bösing *und* Kanzleramtsminister Fischer haben mich angerufen. Sie müssen Großes vorhaben«, rief er über das Dröhnen der Propeller hinweg in den Wagen. »So kurzfristig können wir Ihnen leider nur zwei Kollegen der KSK zur Seite stellen, Sören Döpkens, Pionier, und Malin Soyke, ABC-Abwehr. Ich war froh, dass wir den A400 so schnell in Betrieb nehmen konnten. Die Startbahn wird gerade noch geräumt, in drei Minuten sind Sie startklar. Kommen Sie!«

Er deutete in Richtung der Laderampe. Flutlichter erhellten einzelne Bereiche des Flugplatzes, andere lagen im Dunkeln.

Clemens, Titus und Jana sprangen aus dem Wagen, liefen hinter ihm her. Clemens hielt Alexandra an der Leine. Sie wirkte in der dramatischen Umgebung wie ausgewechselt – ruhig und aufmerksam trabte sie dicht neben Clemens her.

Im Inneren des Flugzeugs standen ein Aufklärungsfahrzeug sowie ein Transportpanzer. »Ein Serval, ein Fuchs, man kann nie wissen!«, rief Böcker.

Auf einer Bank an der Seite des Laderaums saßen zwei Personen. Zu ihren Füßen je eine prall gefüllte Duffelbag. In Halterungen an den Wänden waren Waffen und Kampfmittel befestigt.

Döpkens und Soyke sprangen auf und nahmen Haltung an.

»Rührt euch«, rief Jana ganz selbstverständlich. Sie war selbst keine Bundeswehrangehörige, hatte das Ritual aber oft genug miterlebt.

Für Clemens eine ganz neue Seite an ihr.

»Haben Sie Gepäck?«, fragte Döpkens

Jana schüttelte den Kopf. »Wir sind sehr spontan aufgebrochen. Es eilt ein bisschen.«

»Ein guter Reisender hat keine Pläne und denkt nicht ans Ankommen«, verkündete Clemens.

Jana verdrehte die Augen und musste dennoch grinsen.

»Uns bleiben ja noch ein paar Stunden bis zur Ankunft, in denen wir einen Plan schmieden können«, ergänzte Titus.

Clemens deutete auf den Holländer. »Was er sagt.«

»Der Hund soll mit?«, fragte Soyke.

Clemens sah Jana an. Die nickte.

»Ja«, sagte Clemens.

Böcker nahm Haltung an, salutierte, verließ das Flugzeug. Die Rampe schloss sich. Sekunden später rollte die 45 Meter lange und knapp 80 Tonnen schwere Maschine an. Sie beschleunigte brutal, stieg steil auf. Clemens klammerte sich an der Sitzkante fest, um nicht wegzurutschen. Jana stemmte die Stiefel auf den Boden. Titus grinste, als wäre er vollkommen in seinem Element.

Einige Sekunden nach dem Abheben wurde die Maschine heftig durchgeschüttelt. Vielleicht waren sie in die Wolkendecke voll eisigen Niederschlags vorgestoßen. Das unangenehm süße Brennen von Cola Rum breitete sich in Clemens' Speiseröhre aus.

Plötzlich war das Gerüttel vorbei. Sie befanden sich immer noch im Steigflug, aber die Maschine lag jetzt ruhig in der Luft. Erleichtert atmete Clemens durch. Schließlich erreichten sie Flughöhe und sanken in die Waagerechte.

»Was genau ist unser Ziel?«, fragte Soyke irgendwann.

»Wir sind – ich bin – Mitglied des Krisenstabs der Bundesregierung zur Kältekatastrophe. Morgen Mittag um zwölf soll im Tschad eine Sprengung erfolgen, die aller Wahrscheinlichkeit nach …«

»War in den Nachrichten. Ihr habt eine Kirche auf Sizilien gesprengt, aber es hat nichts geholfen«, unterbrach Döpkens.

Jana wackelte mit dem Kopf, zuckte dann mit den Schultern.

»Aller Wahrscheinlichkeit nach ist morgen jedenfalls unsere letzte Chance, eine dauerhafte Eiszeit in Deutschland zu verhindern. Die offiziellen Stellen sind zu langsam. Das EU-Parlament hat heute den Eingang unserer dringenden Bitte von vorgestern bestätigt. Die Kollegen aus dem Innenministerium sagen, es könne Wochen dauern, bis da mehr komme. Diplomatisch sind wir nicht weitergekommen. Offenbar hat die Bundesrepublik gar keine ernst zu nehmenden Vertretungen in vielen zentralafrikanischen Staaten, und diese umgekehrt auch nicht bei uns. Es gibt keinen direkten Weg. Und selbst wenn es ihn gäbe, würde die tschadische Regierung, so die Einschätzung des Außenministeriums, nichts tun. Die sagen, wer eine große Unternehmung wie diese Mine betreibt, schmiert sowieso Polizei und Politiker. Wir haben also nur noch 18 … nein, jetzt nur noch 17 Stunden, um die Mine zu erreichen, Huang zu stoppen und die Sprengung zu verhindern. Vielleicht ist es eine mörderische Schnapsidee, das zu versuchen – aber wir könnten es uns nicht verzeihen, es unversucht zu lassen.«

Döpkens und Soyke nickten. »In Ordnung. Wir haben strikte Anweisung, nur unterstützende Aufgaben zu übernehmen. Wir dürfen nicht direkt in Konflikte eingreifen. Was das genau bedeutet, werden wir vor Ort klären müssen.«

»Ihr könnt diese Dinger fahren?«, fragte Titus und deutete auf die beiden Fahrzeuge.

Döpkens zeigte das Daumen-hoch-Zeichen. »Klar.«

»Mit ’nem Panzer kommen wir jedenfalls schon mal weiter als mit einem Mofa«, sagte Titus zufrieden.

Alexandra fand die Situation, genau wie die KSK-Soldaten,

wenig beunruhigend. Der Beagle hatte sich zwischen Janas Stiefel und die Wand gequetscht und schlief.

Clemens versuchte ebenfalls, die Augen zu schließen. Doch dann strömten die Fragen auf ihn ein: Würde er sein abgebranntes Haus je wiedersehen? Würden eines Tages Kinder durch die Räume toben – oder fände sein Leben in weniger als 24 Stunden ein Ende?

Happy Ming Co. (Kourouadi, Tschad),
19:25 Uhr, +26,1 Grad

»Hier«, flüsterte Bushra Oduho. »Rühr dieses Pulver in ein Getränk für Huang.«

Er hatte sich im Schutz der Dunkelheit auf das Gelände des Hellhole geschlichen und reichte Imani, seiner Cousine, ein kleines Tütchen. Imani arbeitete für die Happy Mining Co. – bei Schachtschneider war keine Stelle für sie frei gewesen. Wenn Huang, der Eigentümer, vor Ort war, gehörte sie zu seinem persönlichen Stab. In der übrigen Zeit musste sie, wie die anderen, sämtliche anfallenden Hausarbeiten erledigen.

Oduho hatte lange mit sich gerungen, ob er sein Wissen, seine Kraft, auf diese Weise einsetzen dürfte. Die überlieferten Kenntnisse der Schamanen dienten nicht nur der Heilung – sie konnten umgekehrt auch den Tod bringen. Denn nur wer das Gift kannte, kannte auch das Gegengift.

Die Mischung seltener gemahlener Kräuter in dem Beutel war geruchs- und geschmackslos. Sie löste sich in heißem Wasser rückstandslos auf und führte, vollständig eingenommen, innerhalb weniger Minuten zum Tode.

Es gab zwei Gründe, aus denen Oduho sich entschieden

hatte, diesen Weg zu gehen. Huang ließ Hunderte von Männern unter katastrophalen, gefährlichen Bedingungen arbeiten. Jedes Jahr verletzten sich viele von ihnen oder kamen zu Tode. Darüber hinaus nahm er, wie Oduho erst vorgestern erfahren hatte, mit den massiven Sprengungen einen Temperatursturz in weiten Teilen Europas in Kauf, sodass diese auf absehbare Zeit unbewohnbar wurden.

Zwar war das Verhältnis zwischen Afrikanern und Europäern historisch nicht unbelastet. Aber aus reiner Profitgier derartige Schäden zu ignorieren, ging eindeutig zu weit.

Die Deutschen hatten ihr Bestes gegeben, um zumindest die Auswirkungen von Huangs Tun zu verhindern. Doch weil es gestern zu einem Aufstand in der Mine gekommen war, hatte Huang die Sprengung kurzfristig verschoben.

Jetzt war es an Oduho, den Mann zu stoppen. Tat er nichts, war er mitverantwortlich für das Leid und den Tod in Europa.

Imani schob das Tütchen zwischen ihre Brüste. So konnte sie es unbemerkt bei sich tragen, ohne in Gefahr zu geraten.

Um genau 20:52 Uhr goss Imani den Tee auf, den sich Huang pünktlich um 21 Uhr servieren ließ. Die chinesischen Kräuter, die er mitgebracht hatte, mussten exakt sechs Minuten ziehen. Als die Zeit um war, entfernte Imani das Sieb. Sie sah sich um, außer ihr war niemand in der Küche. Vorsichtig zog sie das Tütchen mit dem Pulver zwischen den Brüsten hervor. Sie faltete es auf, ließ den halben Teelöffel – mehr war es nicht – in den Becher rieseln.

Sie steckte das leere Tütchen wieder weg, rührte den Tee um, stellte den Becher auf ein Tablett, brachte es Huang in sein Arbeitszimmer. Dort saß er vor einem Großbildschirm, auf dem Zahlen und Graphen schimmerten.

Wortlos, wie er es verlangte, stellte sie den Becher auf die rechte vordere Ecke seines Schreibtisches.

Er sah nicht einmal auf.

Sie verließ den Raum. Im Durchgang zur Küche musste sie sich an die Wand lehnen. Das Gift, hatte Oduho gesagt, wirke innerhalb von wenigen Minuten.

Wenn sie in einer halben Stunde erneut die Räume betrat, um das Bett aufzuschlagen und den Becher abzuservieren, würde sie ihren Boss tot auffinden. Herzversagen.

Es fiel ihr schwer, sich in der Küche zu beschäftigen. Sie wischte die Oberflächen, reinigte das Geschirr, ordnete den Inhalt des Kühlschranks neu an. Immer wieder schaute sie nervös auf die Uhr.

Um halb zehn trocknete sie ihre Hände ab, kehrte zurück in Huangs Wohnbereich. Noch immer saß er vor dem Bildschirm.

Er musste im Sitzen …

Sie trat an den Schreibtisch, griff nach dem leeren Becher. Sah Huang ins Gesicht.

Er lebte.

Er atmete.

Er starrte sie an.

»Was ist?«, fauchte er.

Vor Schreck ließ sie den Becher fallen. Er zersprang auf dem Boden in mehrere Stücke. »Ich … ich …«, stammelte sie.

Huang starrte sie wütend an. »Mach das sauber«, schnauzte er. »Und dann will ich dich nie wieder sehen.«

Tränen liefen Imani über das Gesicht. Zitternd holte sie einen Besen, fegte die Scherben zusammen. Um ganz sicher zu sein, dass Huang nicht auf einen Splitter trat, wischte sie danach.

Dann wollte sie in sein Schlafzimmer gehen, um das Bett aufzuschlagen, doch er sagte, ohne dafür aufzusehen: »Raus. Du bist gefeuert. Raus.«

Imani lief in die Küche, packte ihre Sachen. Stumm ging sie zum Tor, wartete dort auf den Kleinbus, der sie zurück in den Ort brachte. Die anzüglichen Sprüche der Männer, ihre gierigen Blicke, gegen die sie sich sonst stets zur Wehr setzte, bemerkte sie heute nicht einmal.

Was war geschehen? War Huang etwas an dem Tee aufgefallen? Nein, dann hätte er sie sofort zu sich holen und umbringen lassen.

Hatte Oduho einen Fehler gemacht?

Sie wählte seine Nummer auf dem Handy und berichtete, was geschehen war.

»Im Tee, sagst du?«, fragte er nach. »In einem chinesischen Kräutertee?«

»Ja, so war es.«

»Vielleicht … vielleicht haben die chinesischen Kräuter das Gift neutralisiert«, mutmaßte Oduho.

Imani war verzweifelt. Alle, die hier arbeiteten, wussten: Es gab nichts Schlimmeres, als sich Huang zum Feind zu machen. Sie konnte sich glücklich schätzen, dass sie nur ihren Job verloren hatte.

Wie sollte es nun weitergehen? Wie sollte sie Geld verdienen – und wer würde Oduho über die Machenschaften im Hellhole informieren?

Euronews (Italien)

Bei einer Explosion aus bislang ungeklärter Ursache im Herzen Palermos auf Sizilien wurde die Capella Palatina schwer beschädigt. Zudem kam eine Person ums Leben – nach

Augenzeugenberichten die Braut, deren Hochzeit an diesem Tag in der Kapelle hatte stattfinden sollen. Die Capella Palatina wurde im Jahr 1140 geweiht und war Teil des UNESCO-Weltkulturerbes.

Gemäß unbestätigten Berichten aus politischen Kreisen wurden große Mengen Sprengstoff in die Krypta der Kapelle transportiert. Es soll sich um eine geheime militärische Aktion handeln, die in Zusammenarbeit mit nordeuropäischen Bündnispartnern durchgeführt wurde. Was die Explosion auslöste, ist bislang noch nicht bekannt. Der Bürgermeister Palermos informierte auf Twitter darüber, dass keine weitergehende Gefahr für die Bevölkerung bestehe.

WAZ

Die Stadtreinigung Rhein-Ruhr stellt mit sofortiger Wirkung die Leerung sämtlicher Abfallbehälter in den Großräumen Essen, Düsseldorf und Köln ein. Der Grund dafür ist die anhaltende Kälte, die zu Schäden an der Mechanik der Abfallsammelfahrzeuge geführt hat. »Sowohl die Rotopress-Systeme mit ihrer großen drehbaren Trommel als auch die Pressplattensysteme waren durch den anhaltenden Starkfrost unvorhergesehenen Belastungen ausgesetzt«, so der Pressesprecher der Stadtreinigung Rhein-Ruhr, Axel Schönbeck. »Aufgrund der anhaltend niedrigen Temperaturen ist eine zeitnahe Abholung anfallender Abfälle und Wertstoffe nicht notwendig. Wir bitten die Bürgerinnen und Bürger, ihre Abfälle in Säcken, die kostenfrei in allen Supermärkten und Drogerien sowie auf allen Recyclinghöfen erhältlich sind, in der Nähe der Abfallbehälter, auf dem Balkon oder im Garten zu deponieren. Dies stellt keine hygienische Gefahr dar, da die Abfälle im Freien unmittelbar gefrieren und daher auf natürliche Weise konserviert werden. Sobald die Witterung es zulässt, fahren wir Sonderschichten und werden alle Abfälle unverzüglich abholen.«

Die Stadtreinigung bittet um Verständnis für diese außergewöhnliche Maßnahme. Sie komme letztlich allen Bürgern zugute, weil so teure Reparaturen an den Müllwagen vermieden werden könnten, die ansonsten unweigerlich zu einer Gebührenerhöhung führen würden.

Sachsen-Fernsehen: Magazin am Nachmittag
»Im 18. Jahrhundert wurde der Wolf in Deutschland ausgerottet. 2000 wurden auf einem Truppenübungsplatz in der schönen Oberlausitz die ersten Wolfswelpen in Freiheit geboren. Seitdem ist der Wolf in Deutschland erneut heimisch geworden. Angeblich zählt er noch immer zu den gefährdeten Arten. Im Jahr 2020 wurden etwa 160 Rudel, 30 Paare und 20 Einzeltiere gezählt. Die meisten von ihnen in der Nordhälfte Deutschlands und hierbei wiederum die meisten in Brandenburg, Sachsen-Anhalt, Mecklenburg-Vorpommern und Sachsen.

Seitdem ist die Zahl der Wölfe rasant gestiegen. Als Hauptgrund dafür gilt die anhaltende Kälte. Wölfe gehören zur Gattung der Hunde und haben sich im Lauf der Jahrmillionen auf das Überleben bei niedrigen Temperaturen spezialisiert.

An sich sind Wölfe zurückhaltende Wesen. Doch je mehr Tiere um Nahrung konkurrieren, desto größer die Gefahr eines Aufeinandertreffens von Mensch und Tier. Wölfe dringen in Ställe ein und reißen ganze Herden, vereinzelt wird von Angriffen auf Spaziergänger – vor allem auf Mütter mit Kinderwägen – berichtet. Dazu Wolfsexperte Roland Jähn von der Uni Greifswald: ›Wölfe sind klug. Ich halte es nicht für ausgeschlossen, dass sie gelernt haben, dass in den kleinen Wägelchen, die einzeln spazieren gehende Menschen vor sich herschieben, leichte Beute liegt.‹

Der Deutsche Jagdverband hat seine Unterstützung angeboten, um die Gefahr zu verringern. Pressesprecher Lennard

Kober: ›Unsere Mitglieder stehen bereit, um die Bevölkerung vor den Wölfen zu schützen. Doch dafür müssen die strengen Naturschutzvorgaben in diesem Land endlich gelockert werden. Dies ist nach Ansicht unseres Justitiariats kurzfristig auch ohne Konflikt mit europäischen Vorgaben möglich – es fehlt nur der politische Wille.‹«

Capital

»Dass Unternehmen verschwinden, gehört dazu.«

Dr. Manuel Knoerig ist einer der erfolgreichsten Sanierer Deutschlands. Er warnt davor, wieder einmal möglichst alle Firmen zu retten.

Herr Dr. Knoerig, Krisen sind Ihr Geschäft. Wie schlimm ist die Situation aktuell? Rechnen Sie mit einer Insolvenzwelle?

Energieintensive Industrien haben es gerade besonders schwer. Grundsätzlich führt die aktuelle Situation zudem zu einem breiten Nachfragetief. Dazu kommt die Zinswende der Notenbanken. Das ist eine schwierige Lage für viele Unternehmen.

Was sollte die Regierung tun?

Nichts! Bei Corona und dem Krieg in der Ukraine bestand die Hoffnung, dass die Krise irgendwann vorbei ist. Für die Energiepreise galt das schon nicht mehr. In den letzten Jahren wurden zu viele Unternehmen zu großzügig unterstützt.

Aber ist es nicht Aufgabe der Politik, eine drohende Rezession zu verhindern?

Das ist zu pauschal. Schutzschirme sind manchmal das richtige Instrument, aber nicht immer. Wichtiger ist die grundlegende Wettbewerbsfähigkeit. Unternehmen ohne tragfähige Zukunftskonzepte lassen sich durch kurzfristige Kredite und Zuschüsse nicht dauerhaft retten.

Brechen dann nicht die Wertschöpfungsketten zusammen, an denen letztlich Millionen Jobs in anderen Branchen hängen?

Keine Volkswirtschaft kann übermäßig viele Insolvenzen verkraften. Sind exogene – externe – Faktoren die Ursache der Krise, würde eine Insolvenz das Problem nicht lösen. Hier muss die Regierung eingreifen. Andererseits müssen wir darauf achten, nicht notwendige Transformationen zu vermeiden. Das gefährdet auf die Dauer mehr Arbeitsplätze. Teil einer funktionierenden sozialen Marktwirtschaft ist auch das Scheitern ungeeigneter Unternehmenskonzepte.

Logistik heute, Fachmagazin

Lieferengpässe kosten 83 Mrd. Wertschöpfung

Probleme in der Lieferkette und dadurch verzögerte oder ganz ausgebliebene Produktion haben die deutsche Industrie in den vergangenen vier Monaten knapp 83 Mrd. Euro an Wertschöpfung einbüßen lassen. Das zeigt eine gestern veröffentlichte Studie der Hans-Böckler-Stiftung. Besonders stark betroffen ist die Autoindustrie, deren Wertschöpfung in Deutschland aufgrund des Mangels an Vorprodukten um gut 41 Mrd. Euro geringer ausfiel. Verschärft wird die Situation durch zahlreiche Stornierungen von Bestellungen. Dies ist zumindest teilweise auch auf Fehleinschätzungen in den Beschaffungsstrategien der Unternehmen zurückzuführen. In der Autobranche übersteigt der Wertschöpfungsverlust den Wert der fehlenden Komponenten, häufig Halbleiter, oft um das Zehnfache.

Kleinere Unternehmen hoffen auf einen Nachholeffekt, sobald die anhaltenden Tiefsttemperaturen gestiegen sind. Die Großindustrie hingegen rechnet damit, dass die Verluste nicht ausgeglichen werden; zahlreiche DAX-Unternehmen haben entsprechende Prognosekorrekturen vorgenommen.

Wenn wir alles täten, wozu wir imstande sind, würden wir uns wahrlich in Erstaunen versetzen. – Thomas Edison

Donnerstag, 10. März

Luftraum über Libyen, 01:17 Uhr, -43,2 Grad ◐

Jana schreckte aus einem Dämmerschlaf hoch. Sie rieb sich die Augen, schnallte sich ab, benutzte die Bordtoilette. Als sie zurückkehrte, schienen Clemens und Titus über ihren leeren Platz hinweg in eine Auseinandersetzung verwickelt. Die beiden verstummten, als Jana vor ihnen stehen blieb.

»Was ist?«, fragte sie.

»Nichts«, antwortete Clemens und schüttelte den Kopf.

»Genau«, bestätigte Titus.

Jana zog die Augenbrauen hoch.

»Er sagt, wir müssten Huang ›umlegen‹«, sagte Clemens. Das Wort »umlegen« sprach er mit deutlich hörbaren Anführungszeichen aus.

»Was denn sonst? Leute wie den kann man nicht anders stoppen!«

»Wer bist du, Rambo?«, konterte Clemens.

»Ich sage dir, wenn wir ihn nicht endgültig aufhalten, stehen wir spätestens in zwei Jahren wieder da, wo wir jetzt sind.«

Clemens schüttelte den Kopf. »Unglaublich. Wir sind doch nicht Richter und Henker in einer Person.«

Jana setzte sich zurück zwischen die beiden. »Wie wäre es, wir überlassen diese Entscheidung denjenigen, die sich mit solchen Situationen tatsächlich auskennen?« Sie nickte in Richtung der KSK-Soldaten. Die waren angeschnallt geblieben, hatten die Augen geschlossen.

Sie zog ihr Handy heraus. Kein Empfang. Nur eine alte Textnachricht von Fischer. »Bitte Rückruf sobald möglich! Anschlag auf den Krypto-Experten!«

»Funktionieren eure Handys?«, fragte sie.

Clemens und Titus überprüften ihre Geräte. Sie hatten ebenfalls keinen Empfang.

Jana sah zum Fenster hinaus. Eine schwarze Fläche – vermutlich das Mittelmeer – wurde abgelöst durch eine graue Fläche, auf der da und dort Lichter funkelten.

Sie schnallte sich erneut ab, ging an dem Geländewagen und dem Panzer vorbei zum Cockpit. »Gibt es eine Möglichkeit, mein Handy zu aktivieren? Per Funk oder über SatNet?«

Der Co-Pilot schüttelte den Kopf. »Nein. Aber Sie können unser Satellitentelefon nutzen.« Er reichte ihr das Gerät.

Hollmer kehrte an ihren Platz zurück und wählte Fischers Nummer. Er berichtete ihr von dem Mordanschlag auf den Kieler Krypto-Experten Eric Kimmerer, dem letztlich dessen Lebenspartner zum Opfer gefallen war. »Der Bundeskanzler ist ebenfalls entsetzt und sagt, wir dürfen uns das auf keinen Fall weiter bieten lassen. Wir müssten ›mit Karacho‹ – das ist ein Zitat – dagegen vorgehen. Was das politisch genau bedeutet, müssen wir allerdings morgen noch genauer diskutieren.«

Erschüttert beendete Jana das Gespräch und informierte Titus und Clemens darüber, was sie erfahren hatte.

»Siehst du«, sagte Titus über sie hinweg zu Clemens, »ich sage doch, solche Typen kennen keine andere Sprache als Gewalt.«

Clemens öffnete den Mund, um zu antworten, da platzte Jana der Kragen.

»Schluss jetzt! Alle beide! Wir suchen uns jetzt fachkundige Verbündete am Boden, und vor Ort klären wir das Vorgehen.« Mit Blick auf Titus setzte sie hinzu: »Auf keinen Fall werden wir die Werte, für die wir stehen, über Bord werfen, um sie zu verteidigen.« Dann wandte sie sich Clemens zu:

»Aber wir werden uns nicht aufhalten lassen. Es muss uns einfach gelingen, dafür zu sorgen, dass Deutschland bewohnbar bleibt.«

Die beiden Streithähne verstummten. Titus nickte, Clemens nahm Janas Hand und drückte sie. »Okay«, sagte erst Titus, dann Clemens.

»Gut.« Jana aktivierte ihr Handy, suchte die Nummer Oduhos heraus, übertrug sie in das Satellitentelefon. Im Leben hätte sie sich nicht vorstellen können, dass sie – eine Wissenschaftlerin – eines Tages einen Schamanen anrief, um mit ihm zusammen die Welt zu retten.

Happy Mining Co.
(Kourouadi, Tschad) 04:00 Uhr, +28,2 Grad

Huangs Handy klingelte. Wei Gao, sein Finanzbuchhalter in Peking – schon wieder. Wenn er mitten in der Nacht anrief, war es wohl wichtig. Huang grunzte ärgerlich, dann nahm er das Gespräch an.

»Sie haben die Kinder abtransportiert. Die Akten. Die Unterlagen. Alles«, flüsterte Gao.

»*Níng wéi tàipíng gǒu, bù zuò luàn shì rén*«, fluchte Huang, was wörtlich übersetzt bedeutete: »Mögest du in interessanten Zeiten leben!«, aber keineswegs eine Freude über diese »interessanten Zeiten« ausdrückte, sondern Empörung.

Nachdem die Schweinehunde den Kryptozahlungen gefolgt waren, hatte er fast schon damit gerechnet, dass sie die Forschungsabteilung der *Tiantan Residence* zumachten. Dennoch hatte er es nicht wirklich erwartet. Zu weit reichten sein Netzwerk und seine Macht. Er würde herausbekommen, wer die Anweisung gegeben hatte. Und derjenige würde nicht mehr lange das Blau des Himmels sehen.

Angst und die Aussicht auf Schmiergelder hatten trotzdem nicht gereicht, sein Lebenswerk zu bewahren. Nun würde er woanders von vorn beginnen müssen. Vielleicht in Indien.

Der Tschad fiel aus; ihm würde hier zwar niemand in die Suppe spucken, aber die technischen Gegebenheiten waren unzureichend.

»Und auf Sie wurde leider, was mir persönlich ganz besonders unangenehm ist, ein internationaler Haftbefehl ausgestellt«, fuhr Gao fort.

Wütend schleuderte Huang das Smartphone durch den Raum. Es prallte gegen die Wand und fiel zu Boden.

»Hallo? Hallo?«, fiepste Gaos Stimme.

Huang stand auf, ging hinüber zu der Stelle, an der das Handy lag. »Es wäre deine Aufgabe gewesen, das zu verhindern! Du hättest die Spuren verwischen und die Kinder schützen müssen! Und mich ebenfalls. Du verdammter Versager!«, brüllte er über Gaos Gewinsel hinweg, dann stampfte er wutentbrannt mit der Ferse auf das Handy, bis es knackend zerbrach.

Wenn Gao klug war, würde er untertauchen und Huang nie wieder unter die Augen treten.

Es klopfte. »Was?«, schnauzte Huang.

Mamoun öffnete die Tür. »Alles in Ordnung, Herr Direktor?«, fragte er.

»Ja. Alles läuft nach Plan«, herrschte ihn Huang an. »Hast du nichts zu tun?«

»Doch, Herr Direktor!«, entgegnete Mamoun, nahm Haltung an und verschwand.

Die Ärzte hatten Huang versichert, sie stünden kurz vor

einem Durchbruch. Bald, hatten sie versprochen, bald würde Shiyan wieder gehen können.

Aber Huang hatte das stets für eitles, verängstigtes Geschwätz gehalten. Vielleicht war es gut, wenn diese Quacksalber im Knast saßen und sie andernorts noch einmal von vorn begannen. Der Verlust hielt sich in Grenzen. Kinder, die niemand vermisste und an denen er seine Experimente durchführen lassen konnte, gab es jedenfalls an vielen Orten der Welt in ausreichender Zahl. Und Ärzte, die darauf brannten, ohne sinnlose ethische Einschränkungen forschen zu dürfen, ebenfalls.

Faya-Largeau (Tschad), 04:34 Uhr, +21,2 Grad

Bei Faya-Largeau, umgangssprachlich Faya genannt, handelte es sich um die größte Stadt im Norden des Tschad. Etwa 15 000 Menschen wohnten hier, gut sechzigmal weniger als in der 800 Kilometer entfernten Hauptstadt N'Djamena.

1975 war Faya von Libyen annektiert und 1980 vom Tschad zurückerobert worden. 1983 marschierte Libyen erneut ein, zog sich jedoch 1987 zurück. 2008 wurde die nördliche Region Bourkou-Ennedi-Tibesti in der Verordnung 002/PR/08 in drei Bereiche zerschlagen. Faya-Largeau war die Hauptstadt des größten, Borkou.

Vor allem verfügte Faya-Largeau über einen Flughafen mit einer Landebahn, die für den Airbus ausreichend groß war: 2800 Meter lang, 45 Meter breit. Ausrichtung: 06/24 – was heißt: Der Runway führte, ausgehend von Norden (0 Grad), aus 60 Grad (Nordost/Ostnordost) nach 240 Grad (Südwest/Westsüdwest).

Touchdown erfolgte um kurz nach halb sechs Uhr morgens.

Die Maschine fuhr auf die zugewiesene Parkposition.

Als die Rampe sich öffnete, rollte die Wärme wie eine Walze in das Innere des Flugzeugs. Es war noch dunkel, doch die Temperatur betrug bereits über 20 Grad.

Jana, Clemens und Titus zogen ihre dicken Winterjacken aus.

Clemens schaute auf seine gefütterten Stiefel »Das wird ja lustig«, murmelte er.

Der Pilot kam in den Frachtraum. »Schlechte Neuigkeiten«, sagte er. »Der Kommandostab hat die Einreise und den Einsatz der Kollegen vom KSK untersagt. Es soll unter allen Umständen die Möglichkeit eines globalen diplomatischen Missverständnisses vermieden werden.«

»Ich hab's befürchtet«, sagte Jana ärgerlich.

»Was für Missverständnisse?«, fragte Clemens.

»Huang ist chinesischer Staatsbürger. Und jemand seines Status' hat mit Sicherheit gute Kontakte zur Regierung. Er wird also um diplomatische Unterstützung gebeten haben«, sagte Titus. »Jedenfalls hätte ich das versucht, wenn ich irgendwo auf der Welt ins Fadenkreuz einer fremden Militärmacht geriete.«

Als wäre Titus ein milliardenschwerer Promi.

Der Pilot nickte. »Das ist das eine«, sagte er. »Das andere ist, dass die Regierung des Tschad betont hat, dass sie jedes militärische Eingreifen einer fremden Macht auf dem eigenen Territorium als kriegerischen Akt versteht.«

»Also hat Huang auch hier Verbündete«, sagte Clemens.

»Die noch dazu mit Russland im Bett sind, wie viele der zentralafrikanischen Staaten«, erläuterte Jana. »Und Russland und China gelten als widerwillige Verbündete, zumindest ziehen sie an einem Strang – je schwächer der Westen, desto besser für sie.«

»Und darin sind sie sich mit vielen arabischen Ländern einig«, ergänzte Titus.

»Und was machen wir jetzt?«, fragte Clemens.

»Wir sind Privatleute«, sagte Titus.

Jana wiegte den Kopf. »So kann man das sehen. Es ist leicht, einen Konflikt zu konstruieren, wenn Soldaten involviert sind. Ohne wird es zumindest schwieriger.«

»Ihr könntet euch gegen unsere ausdrückliche Anweisung den Serval geschnappt haben«, sagte Soyke. »Sobald ihr außer Sichtweite seid, melden wir den Verlust. Dann ist für den Tschad klar, dass die Bundesregierung offiziell mitspielt.«

Döpkens begann bereits, die Befestigungen des Geländewagens zu lösen. »Ich fahr ihn euch noch raus«, sagte er.

Vier Minuten später starteten sie in Richtung Süden. Das Rollfeld war von einem Maschendrahtzaun umgeben, doch dieser wies an zahlreichen Stellen große Löcher auf.

Ganz selbstverständlich hatte sich Titus ans Steuer gesetzt. Jana saß auf dem Beifahrersitz, Clemens hinten. Alexandra lag im Fußraum vor ihm. Er war froh, dass sie die Hündin dabeihatten. Es beruhigte ihn, sie zu kraulen.

Der Beagle hechelte.

Sie verließen die Start- und Landebahn, kreuzten über das Flughafengelände, rumpelten über den umgestürzten Zaun. Eine Straße verlief parallel zum Runway. Sie zog sich durch eine einfache Wohngegend, in der einige Bäume standen. Langsam wurde es heller. Kaum ein Mensch war zu sehen.

Jana gab die Koordinaten ihres Ziels in das Navigationssystem ein. Die Siedlung Kourouadi befand sich gute 100 Kilometer südlich. Eine schnurgerade Sandpiste führte dorthin. Westlich des Ortes lag Global Commodities, Schachtschneiders Mine, östlich Huangs Hellhole. Südlich sollte sich in wenigen Jahren die Grüne Mauer über den Kontinent ziehen.

Der Serval verfügte über 156 PS und wurde bis zu 120 km/h schnell. Seine Reichweite mit einer Tankfüllung betrug maximal 800 Kilometer. Titus fuhr Vollgas.

Nach einem besonders tiefen Schlagloch knallte Clemens mit dem Kopf an die Querstrebe über sich. »Wo hast du deinen Führerschein gemacht, auf der Pferderennbahn?«, rief er von hinten.

Titus lachte, als wäre das ein Kompliment gewesen.

Jana schaltete das Radio ein. Es rauschte. Sie tippte auf den Sendersuchlauf. Arabische Musik dröhnte durch den Wagen, viel Percussion. Auf dem nächsten kam arabischer Pop, auf einem war ein Sprecher zu hören, sie verstand kein Wort. Ein weiterer ein Musiksender, dann eine englischsprachige Station. Jemand berichtete über einen geplanten Wechsel im Kabinett der Regierung.

Sie schaltete das Radio aus.

Das Akkusymbol ihrer Smartwatch blinkte, lange würde sie nicht mehr durchhalten. Das Ladegerät befand sich natürlich in Clemens' Hotelzimmer. Sie lagen gut in der Zeit. Ihnen blieben noch fünf Stunden, um ihr Ziel zu erreichen, mit Oduho und Schachtschneider einen Plan zu entwickeln und Huang an seiner Sprengung zu hindern.

Knapp, aber machbar.

Wenn ihnen einfiele wie.

In diesem Moment hörte sie einen lauten Knall. Jana duckte sich instinktiv. Titus versuchte, den Wagen unter Kontrolle zu halten. Das Aufklärungsfahrzeug brach aus, schlingerte nach rechts, nach links, geriet von der befestigten Piste, blieb abrupt im Sand stecken. Alle drei Insassen wurden von den Sicherheitsgurten gehalten, doch der Ruck nahm ihnen den Atem.

Alexandra prallte gegen die Haltekonstruktion der Vordersitze und jaulte auf.

Clemens stöhnte und rieb sich den Nacken.

Titus schlug wütend auf das Lenkrad, riss dann seine Tür auf und sprang aus dem Wagen. »*Godverdomme!* Der Vorderreifen ist geplatzt!«

Lyon, 7:30 Uhr, +4,7 Grad

Wenn sie es heute noch nach Hause schaffen wollten, mussten sie den Zug um kurz nach halb neun nehmen, dann in Dijon umsteigen, und wären – mit Glück – am späten Nachmittag in Freiburg.

Doch Amelie konnte kaum ihre besorgte Fantasie im Zaum halten: Zugstopp auf freier Strecke, Temperatursturz, Kältetod.

Das musste sie unbedingt verhindern. Nur wie?

Vielleicht sollten sie besser Bus fahren. Oder wieder eine Mitfahrgelegenheit organisieren.

Ulrike hingegen wirkte entspannt und gut gelaunt wie lange nicht. Gestern hatte sie ungewöhnlich viel Zeit am Handy verbracht, und jetzt, beim Frühstück in einer kleinen Bäckerei, hielt sie schon wieder das Handy in der Hand.

»Wem schreibst du denn da eigentlich die ganze Zeit?«, versuchte Amelie einen Scherz. »Hattest du einen Urlaubsflirt, von dem ich nichts mitbekommen haben?«

Alarmiert schaute Ulrike auf. Sie presste die Lippen aufeinander. »Eltern haben auch ein Recht auf Privatsphäre«, sagte sie.

»Schon gut, schon gut, war nur ein Scherz«, sagte Amelie. »Tschuldigung. Die Rückfahrt macht mir Sorgen, das ist alles. Du kannst schreiben und flirten, mit wem du willst.«

Ulrike schnaufte, dann wandte sie sich wieder ihrem Handy zu.

Amelie aß ihr Croissant, holte sich noch einen Milchkaffee. Der wärmte wenigstens von innen.

30 km nordöstlich von Kidindi (Tschad), 08:47 Uhr, +27,9 Grad

Die Wüste sah aus wie in einem Kinderbuch. Rechts, links, vorne, hinten, überall gelbliche Sanddünen. Wellenlinien bestimmten das Bild, einzig die Sandpiste zog sich schnurgerade in Richtung Horizont. Die Farbskala reichte von einem hellen, zarten Gelb, das wie ein Karibikstrand fast ins Weiß tendierte, bis zu dunklem Ocker sowie Braun- und Rottönen. Darüber spannte sich der blauste und weiteste Himmel, den Jana je gesehen hatte.

Im Umland Faya-Largeaus hatten zuerst noch Bäume gestanden, dann hatte es wenigstens Büsche gegeben. Sie wichen nach etlichen Kilometern struppigem Unkraut. Und hier schien es überhaupt kein Leben mehr zu geben, keine Tiere, keine Pflanzen, nicht einmal Fliegen, Mücken, Kamele, Ziegen oder räudige Hunde.

Wenn es ihnen nicht gelang, den Serval wieder fahrtüchtig zu machen, würden sie aller Wahrscheinlichkeit nach hier sterben.

Jana stand im Schatten neben dem Fahrzeug. Sie hatte ihre Jacke und Weste ausgezogen, ebenso das Sweatshirt. Jetzt trug sie nur noch Unterwäsche und T-Shirt. Die Stiefel hatte sie ebenfalls ausgezogen, die Hose hochgekrempelt. In Strümpfen stand sie auf dem Sand – was selbst im Schatten kaum auszuhalten war.

Sie wischte sich den Schweiß mit dem T-Shirt von der Stirn. Egal wie es ausging, morgen würden sie alle Sonnenbrand haben.

Alex lag neben ihr und hechelte.

Titus und Clemens wechselten den geplatzten Vorderreifen. Der Wagenheber war im Sand zuerst eingesunken, dann weggerutscht. Schließlich knöpften sie eine Schutzplane im Heckbereich ab und legten diese unter den Wagenheber.

Das Werkzeug war gut sortiert, und nur eine Schraube hatte etwas Widerstand geleistet.

Gerade hoben sie den Reifen von der Nabe, setzten anschließend das Reserverad auf. Titus hatte mittlerweile die gesamte Oberbekleidung abgelegt. Für einen Mann seines Alters war er wirklich erstaunlich gut in Form. Mit einem Cutter aus dem Autowerkzeug hatte er seine Hosenbeine unterhalb der Knie abgeschnitten. Weil die Hitze des Bodens es nicht anders erlaubte, trug er dennoch seine Winterstiefel.

Clemens hatte noch sein T-Shirt an, dazu Jeans, war aber barfuß. Seine Sohlen waren abgehärtet. Er hielt den Reifen, während Titus die Schrauben wieder anzog.

»So. Geschafft.« Titus packte die Werkzeuge zurück in die Tasche, verstaute diese wieder am Heck. Den beschädigten Reifen schnallte er dort fest, wo der Ersatzreifen gelegen hatte.

Sie stiegen ein. Der Serval verfügte nicht über ein festes Metallchassis wie gängige Pkw, sondern wie bei einem Cabrio waren beschichtete Stoffbahnen über ein stabilisierendes Metallgestänge gezogen. Dennoch wirkte es im Inneren heißer als draußen.

Titus ließ den Motor an, trat aufs Gas. Der Motor heulte, der Wagen ruckelte, aber sie rührten sich nicht vom Fleck.

»*Kut!*«, fluchte Titus. Es klang wie »kütt«. »Ich habe es befürchtet. Der Sand ist zu weich, wir sinken ein.«

»Sollen wir schieben?«

»Das Ding wiegt Tonnen. Egal, wir müssen es versuchen.«

Clemens und Jana stiegen aus, sie stemmte sich gegen eine Strebe auf der Beifahrerseite, er gegenüber. Titus gab Gas, Sand wirbelte auf, Jana und Clemens drückten. Ansonsten passierte nichts.

Titus ging vom Gas, gesellte sich zu ihnen.

Zu dritt standen sie in der flirrenden Hitze – und es war immer noch früh am Vormittag – und starrten den Wagen an.

Sie waren so weit gekommen. Sie hatten herausgefunden, wer die Eiszeit in Deutschland verursacht hatte und dass er eine weitere Sprengung plante. Sie hatten es in den Tschad geschafft und waren mit einem geländegängigen Gefährt unterwegs zu ihren Verbündeten. Und jetzt, fünfzig Kilometer vor dem Ziel, steckten sie fest.

Titus angelte die Schaufel aus dem Heck, presste von hinten Sand gegen die Reifen. Doch jedes Häufchen, das er fertigstellte, rieselte sofort wieder auseinander.

»Vielleicht, wenn wir den Sand anfeuchten?«, überlegte er.

»Womit willst du denn …? Uh!« Jana begriff, was er meinte. Sie zuckte mit den Schultern. »Besser als abwarten.«

Sie ging um den Wagen herum, um Sichtschutz zu haben, dann pinkelte sie in den Sand. Es folgten erst Clemens, dann

Titus. »Alex, komm, Alex!«, lockte Jana die Hündin mit dem entsprechenden Handzeichen aus dem Wagen.

Alexandra hopste heraus, schnupperte an dem feuchten Fleck im Sand. Erwartungsgemäß hob sie ebenfalls ihr Bein.

Vorsichtig verteilte Titus den Sand hinter den Vorderrädern, schob ihn so weit wie möglich darunter, klopfte ihn fest.

Eilig lief er um den Wagen herum. »Bevor alles wegtrocknet!« Er stieg ein, ließ den Motor an. Jana und Clemens traten einen Schritt zurück. Alex folgte ihnen.

Gebannt beobachteten sie, ob das Manöver gelingen würde.

Langsam ließ Titus die Kupplung kommen. Die Räder stemmten sich gegen den Widerstand des Fahrzeuggewichts. Kurz sah es so aus, als würde der Serval sich in Bewegung setzen, aber dann drehten die Reifen doch nur wieder durch und ließen den Sand spritzen. Titus probierte es ein zweites Mal, dann ging er enttäuscht vom Gas.

»Ich habe eine Idee!«, sagte Clemens. »Warte kurz.«

Er lief zum Heck des Fahrzeugs, kramte in der Ladung herum.

Er packte zwei Schneeketten, lief zum vorderen Ende des Fahrzeugs, streckte sie Titus hin. »Und wenn wir die aufziehen?«

Jana trat näher. »Das dauert. Wir könnten vorher noch etwas anderes versuchen. Mal bitte kurz kein Gas geben, ja?«, sagte sie zu Titus. Sie nahm Clemens eine Schneekette ab, breitete sie direkt vor den Vorderreifen aus, schob sie ein wenig darunter. Clemens begriff, was sie vorhatte. Er tat dasselbe auf der gegenüberliegenden Seite. Dann holten sie die übrigen Schneeketten, bis vor jedem der sechs Reifen ein kleines Metallgitter im Sand lag.

»Jetzt sehr, sehr vorsichtig anrollen«, wies Jana Titus an. »Mit Gefühl.«

Er ließ die Kupplung so langsam kommen, dass der Motor stotterte und dann ausging. »Abgewürgt«, kommentierte Clemens.

»Was du nicht sagst«, zischte Titus. Er startete den Motor erneut, gab Gas, löste die Kupplung. Die Reifen begannen, sich zu drehen. »Ja, gut so, gut, nicht schneller!«, rief Clemens.

Der Vorderreifen auf seiner Seite drehte sich einfach im Sand, aber der mittlere und der hintere Reifen zogen, wie sie es erhofft hatten, die Schneeketten unter sich. Auf der anderen Wagenseite geschah offenbar dasselbe, denn auf einmal hatte der Wagen Grip. »Jetzt!«, rief Clemens, und im gleichen Moment rief Jana von der anderen Seite: »Gas! Gas! Gas!«

Kiel, 09:01 Uhr, -18,3 Grad

»Ich hasse dich! Lass mich in Ruhe, fass mich nicht an! Ich will dich nie wieder sehen!«, heulte Lulu.

Sie sprang auf und lief die Treppe nach oben in ihr Zimmer. Knallte die Tür zu.

Eric lief ihr nach. »Vielleicht solltest du besser doch in die Schule gehen«, sagte er. »Es wird dich ablenken.«

Lulu warf mit einem Kissen nach ihm. »Raus! Hau ab! Du darfst nicht in mein Zimmer! Und ich scheiß auf Schule! Ich will mich gar nicht ablenken! Mein Daddy ist tot, und du willst mich loswerden, du Arschloch! Ich geh nie wieder in die Schule, und dich will ich auch nie wiedersehen. Hau bloß ab, verdammt noch mal!«

Sie drehte sich auf den Bauch, drückte ihr Gesicht in die Decke und weinte.

Eric zögerte kurz, dann setzte er sich auf ihre Bettkante.

Sie fuhr hoch. »Wenn du nicht sofort verschwindest, rufe ich die Polizei! Ich mein's ernst! Lass mich in Ruhe, du Mörder!«

»Ich habe doch nicht …« Dann stieß er die Luft aus und schüttelte den Kopf. Er stand auf und ging. Leise schloss er die Tür hinter sich.

Eric kehrte zurück in die Küche. Lulu hatte ihr Müsli nicht einmal angerührt. Er leerte die Schale aus und stellte sie in die Spülmaschine. Dann rief er die Schule an und meldete sie bis auf Weiteres krank.

Er ging in sein Büro, kehrte wieder um. Schaute die Treppe hoch.

Wischte sich eine Träne von der Wange.

Anton hatte sich für ihn geopfert.

Er zog seine Schuhe an, schlüpfte in seine dünne Jacke und ging hinüber in das Gewächshaus. Er trat in die warme, feuchte Luft. Ließ den Blick über die vielen Bromelien streifen, die Anton so geliebt hatte.

Hier fühlte er sich seinem Mann am nächsten, aber er konnte es nicht ertragen. Er verließ das Gewächshaus wieder, blieb dann reglos auf dem Weg stehen. Vielleicht sollte er die Kälte einfach ihre Arbeit tun lassen …

Kourouadi (Tschad), 09:37 Uhr, +31,2 Grad

Titus hatte es geschafft, den Serval aus dem Wüstensand zu befreien. Auf der Piste hielt er an. Clemens und Jana sammelten die Schneeketten ein und warfen sie in den Ablageraum. Zufrieden grinsend klatschten sie einander ab, dann hob Jana den Beagle an Bord. Clemens und sie kletterten hinterher.

Eine knappe Stunde später tauchte Kourouadi am Horizont auf. Eine Ansammlung flacher, eckiger Bauten, an den Rändern sogar einige Konstruktionen aus Plastikplanen. Kleine oder gar keine Fenster. Die Außenwände waren, wie die Umgebung, staubig braun. Unter einem dürren Baum spielten Kinder. Am Straßenrand standen einzelne Ziegen und starrten ins Nichts.

Oduho hatte Jana angewiesen, den Ort auf der Westseite zu umfahren, damit Huang möglichst nicht von ihrer Ankunft erfuhr. Sie bogen also an einem allein stehenden, von der Sonne gebleichten Baumskelett nach rechts auf einen Weg, den sie ohne die Beschreibung wohl kaum bemerkt hätten.

Eine Viertelstunde später erreichten sie das Gelände der Global Commodities. Die Posten am Tor waren über ihr Kommen informiert. Per Funk gaben Sie Oduho Bescheid.

Sie warteten im Wagen. Die Klimaanlage verschaffte bei diesen Temperaturen in dem halb offenen Chassis kaum Linderung. Clemens hatte mittlerweile wieder seine Stiefel angezogen. Jana stand der Schweiß auf der Stirn, den Schultern, den Unterarmen. Alexandra hechelte. Titus wirkte von der brutalen Hitze am wenigsten beeindruckt.

Ein Jeep kam auf das Tor zugebraust und verlangsamte dann. Der Fahrer rief den Wachmännern etwas zu, woraufhin sie das Tor öffneten. Er hatte tiefdunkle Haut und trug eine bunt bestickte kreisrunde Mütze auf dem Kopf. Mehr war in dem kurzen Moment nicht zu sehen.

Oduho beschleunigte, Titus gab Gas und folgte ihm.

Links waren etliche einfache Gebäude und massive Gerätschaften zu sehen – mehrere Bagger, einige Lastwagen, zwei Container. Dahinter war ein tiefer Krater zu erahnen, eine Art Trichter von sicher mehreren Hundert Meter Durchmesser, wenn nicht mehr.

Sie bogen nach rechts ab. Staub wirbelte auf, der Boden war karg und sonnenverbrannt, nur vereinzelt gab es noch Überreste vertrockneter Büsche und Sträucher. Ein einziger Baum war zu sehen, der jedoch nur einseitig wenige Blätter trug. Die andere Seite schien bereits abgestorben zu sein.

Jana richtete den Blick wieder nach vorn. Sie fuhren auf eine kleine Ansammlung von Gebäuden zu. In der Mitte stand ein flaches, aber durchaus einladend wirkendes Haus, umgeben von mehreren Bäumen, die sogar etwas Grün zeigten. Sie fuhren direkt darauf zu. Über die gesamte Vorderseite des Hauses erstreckte sich eine Veranda. Auf der einen Seite der Haustür standen dort zwei Schaukelstühle, auf der anderen ein einfacher Esstisch mit vier Stühlen.

Etwa hundert Meter entfernt befanden sich zwei einfachere, kastenförmige Zweckbauten, ebenfalls mit Flachdächern.

Auf dem Dach des Haupthauses sowie der übrigen Gebäude standen Solarpanels. Ihre schillernde Modernität wirkte geradezu absurd in der lebensfeindlichen, harschen Szenerie.

Der Jeep stoppte rechts des Wohnhauses. Titus parkte daneben.

Die Tür zur Veranda öffnete sich, und ein älterer Herr trat heraus.

Oduho stieg aus dem Jeep. Clemens, Titus und Jana ebenfalls. Jana nahm Alexandra auf den Arm.

Die Hitze umschlang sie. Die Luft schien ihnen einen Widerstand entgegenzusetzen. Ihre Bewegungen fühlten sich an, als gingen sie durch Wasser.

Oduho führte sie auf die Veranda. Er trug ein einfaches, am Kragen mit einem verschlungenen Muster besticktes Gewand aus einem steifen Stoff. Seine Füße steckten in Plastiklatschen.

Der ältere Herr trug ein hellblaues Hemd, eine Stoffhose, Turnschuhe. Er stützte sich leicht auf einen Gehstock, strahlte aber dennoch eine deutliche Autorität aus.

Sein Haar war weiß und kurz geschnitten.

»Schachtschneider«, begrüßte er erst Jana, dann Clemens, schließlich Titus.

Er deutete in Richtung des Esstisches. Eine junge Frau kam aus dem Haus. Sie trug ein Tablett mit Gläsern und einer Karaffe darauf. »Karkanji«, sagte Schachtschneider. »Hibiskustee. Setzen wir uns.«

Er nahm Platz. Die Haushälterin schenkte ein, dann ging sie zurück ins Haus. Jana, Titus und Clemens setzten sich ebenfalls. Oduho blieb stehen. Die Haushälterin kehrte mit einer Wasserschale für Alexandra zurück. Die Hündin schlabberte durstig, dann legte sie sich in den Schatten vor der Hauswand.

Jana sah auf die Uhr. »Noch vier Stunden«, sagte sie.

»Bushra und ich haben uns beraten«, begann Schachtschneider. »Der Konflikt zwischen Happy Mining und uns besteht bereits, seit die andere Mine den Betrieb aufgenommen hat. Sie werden es nicht glauben, aber dort« – er deutete auf die Freifläche neben seinem Haus – »war einst fruchtbares Land. Die Menschen hier konnten anbauen, was sie zum Leben brauchten. Doch die Sahelzone breitet sich nach Süden aus, der Boden vertrocknet, es wächst kaum mehr etwas.«

»Schrecklich«, sagte Jana leise. Um die Tatsache der dramatisch beschleunigten Zunahme der Wüstengebiete hatte sie natürlich gewusst. Dennoch war es selbst für sie unvorstellbar, dass hier vor nicht allzu vielen Jahren Landwirtschaft hatte betrieben werden können und Schachtschneider es selbst erlebt hatte,.

»Happy Mining brachte Arbeit an diesen Ort, wo viele Menschen zu hungern drohten. Doch der Preis ist hoch. Die Arbeiter dort werden schrecklich behandelt. Sie haben Angst vor dem Boss, Huang, und seinem Handlanger, Mamoun. Sie wollen nicht mehr so leben. Erst gestern kam es zu einem Aufstand, der mit Waffengewalt niedergeschlagen wurde. Unsere Informationen besagen, dass alle, die um ein besseres Leben kämpften, den Tod fanden.« Seine welken Hände lagen auf der Tischplatte. Einen Moment lang sah er sie schweigend an.

Dann hob er den Kopf. »Es reicht!«, sagte er entschlossen. »Wir haben lange genug tatenlos zugesehen. Ich hatte gehofft, der Bogen des moralischen Universums würde sich letztendlich der Gerechtigkeit zuneigen. Aber das tut er nicht, jedenfalls nicht von alleine.«

»MLK«, sagte Clemens anerkennend. Schachtschneider hatte sich auf eine Aussage des Freiheitskämpfers Martin Luther King Jr. bezogen.

»Wir haben daher beschlossen«, fuhr Schachtschneider mit einem Blick auf seinen Berater und Freund Oduho fort,

»unsere Bedenken über Bord zu werfen. Wir stellen Ihnen alle unsere Mittel zur Verfügung. Und wir haben bereits einen Plan entworfen.«

Er erklärte, wie sie das Hellhole einnehmen und Huang stoppen könnten.

Kourouadi (Tschad), 11:46 Uhr, +36,9 Grad

Bushra Oduho steuerte einen Landrover direkt auf das Tor von Huangs Happy Mining Co. zu. Neben ihm saß Frank Schachtschneider, auf dem Rücksitz Kito Dallami.

Hinter ihnen folgten in mehreren Trucks mit offenen Ladeflächen zahlreiche Arbeiter aus Schachtschneiders Mine.

Etwa hundert Meter vor dem Tor bremste Oduho. Die übrigen Fahrzeuge hielten rechts und links von ihm.

Die Männer stiegen aus. Wie besprochen nahmen sie ihre Positionen neben den Autos ein. Die meisten von ihnen waren bewaffnet, einige mit Schusswaffen, andere mit Messern oder Macheten.

Die Europäer würden versuchen, Huangs für zwölf Uhr geplante Sprengung aufzuhalten. Damit sie auf der Rückseite auf das Gelände gelangen konnten, würden Schachtschneider, Dallami und er am Tor für Verwirrung sorgen und möglichst viele von Huangs Männern binden.

Er konnte sehen, wie die Wachen nach ihren Funkgeräten griffen und Verstärkung orderten.

Zwei Minuten später näherten sich zwei, drei, vier Jeeps über das Gelände der Happy Mining Co. Sehr gut, es lief alles nach Plan.

Sie blieben einfach stehen und warteten.

Die Wachleute stiegen aus ihren Wagen, berieten sich. Vier von ihnen stiegen zurück in einen der Jeeps, fuhren langsam auf Oduho und Schachtschneider zu. Ausgezeichnet!

Happy Mining Co.
(Kourouadi, Tschad), 11:48 Uhr, +37,1 Grad

»Es wird knapp«, sagte Jana.

»Keine Sorge, wir schaffen es«, entgegnete Titus.

Langsam näherten sie sich der Südseite des Geländes der Happy Mining Co. Titus achtete darauf, dass sie keinen Staub aufwirbelten und dass der Motor möglichst geräuscharm arbeitete. Sie hatten kugelsichere Westen aus dem Laderaum des Serval angelegt. Eng, heiß, aber sie waren sowieso in der Unterzahl und mussten jedes Risiko minimieren.

Auf dem Boden waren da und dort kleine struppige Büschel zu sehen – die Tamariskensträucher, von denen Oduho berichtet hatte. Eine unscheinbare Pflanze, die auf der ganzen Welt nur noch hier wuchs.

Wie Schachtschneiders Mine war das Hellhole nicht komplett umzäunt. Warum auch? Niemand würde freiwillig herkommen – und wer abhaute, würde ohnehin in der Wüste umkommen.

Zwei kleine Wachtürme markierten rechts und links vor ihnen die Grenzpunkte des Geländes. Titus verlangsamte.

Schachtschneiders Leute, angeführt von Oduho, sorgten am Tor im Norden seit drei Minuten für Verunsicherung.

Die Camouflage-Bemalung des Serval brachte ihnen auf dem hellen Sand wenig. Sie konnten nur hoffen, dass die meisten Wachtposten zum Eingang gerufen worden waren oder jedenfalls per Funk ihre Aufmerksamkeit dorthin abgelenkt wurde.

Die Luft über dem festgebackenen Sand flimmerte.

»Stopp!«, donnerte eine Lautsprecherstimme ihnen entgegen, direkt gefolgt von einer Maschinengewehrsalve.

Jana und Clemens zogen die Köpfe ein. Alex rührte sich nicht. »Die haben nur in die Luft geschossen«, sagte Titus zufrieden. Er gab Vollgas und rief: »Festhalten!«

Clemens rutschte in die Mitte der Sitzbank, dann richtete er sich auf und packte den Griff der Granatmaschinenwaffe, die mittig montiert war. Ihr Magazin fasste 32 Patronen, die Schussweite betrug 1500 Meter. Mithilfe des Abzugshebels begann er in die Luft zu feuern. Sie hofften, dass eine derartige Drohgebärde die Wachmänner von einem direkten Beschuss des Wagens abhielt.

Das Geländefahrzeug schlingerte ein wenig, und Titus zerrte am Lenkrad.

Die Granatmaschinenwaffe knatterte wie ein aufgemotztes Moped. Clemens umklammerte die Griffe der Waffe mit aller Kraft und stemmte den linken Fuß gegen die Wagentür, um nicht den Halt zu verlieren. Der Rückstoß ließ seinen ganzen Körper beben, als holperten sie über Kopfsteinpflaster.

Er schoss und schoss, und sie rasten immer weiter auf das Gelände. Vor ihnen ragte zwischen mehreren flachen Baracken, die Wohn- oder Lagerräume sein konnten, ein Turm knapp zehn Meter in die Höhe. Von dort oben aus war das gesamte Gelände zu überblicken. Oduho ging davon aus, dass Huang und Mamoun sich dort aufhielten, um die Sprengung auszulösen. Spätestens wenn klar wurde, dass ein Angriff auf die Mine erfolgte, würden sie sich verschanzen. Es war der am schwersten erreichbare Ort auf dem gesamten Gelände.

Wie abgemacht nagelte Titus ungebremst auf den Turm zu. Von oben kamen nun ebenfalls Schüsse. Der Sand neben dem Geländewagen spritzte auf. Titus riss das Lenkrad herum, steuerte den Wagen hinter eine der Baracken. Das Manöver gelang nur knapp, Jana und Clemens mussten sich an ihren Sitzen festhalten. Nur wenige Zentimeter weiter, und sie hätten die Gebäudeecke touchiert.

Eine Sirene begann zu heulen.

»Was machst du denn?«, rief Jana.

»Ich komme von hinten! Wie geplant!«

Sie erreichten das Ende der Baracke, und Titus lenkte scharf nach rechts. Sie schossen an der Schmalseite des Gebäudes vorbei, über eine Freifläche von gut zehn Metern, direkt auf die Stirnseite eines Gewächshauses zu, das hinter dem Turm stand.

In diesem befand sich laut Oduho die zentrale Wasserversorgung für das gesamte Gelände. Schüsse peitschten ihnen entgegen, einige hämmerten in Motorhaube und Kotflügel des Bundeswehrfahrzeugs. Titus raste weiter, ohne zu zögern. Sie durchbrachen eine dunkel getönte Glaswand, Scherben regneten auf sie herunter. Alle drei zogen die Köpfe ein.

Sie mähten Tomatenstauden, Himbeerbüsche, Paprika und Kartoffelpflanzen nieder, zermalmten Salatköpfe und Traubenranken. An der Wand, die das Gewächshaus mit dem Aufsichtsturm teilte, führte ein armdickes Rohr in die Höhe, an dem auf etwa einem Meter Höhe ein Hebel befestigt war.

Auf Clemens' Gesicht erschien unwillkürlich ein breites Grinsen. Hatte dieser Huang sein Haus in Berlin in Brand stecken lassen? Vermutlich nicht. Aber irgendwie hing der Verlust doch mit diesem Saukerl zusammen, und so empfand Clemens große Freude über den Schaden, den sie hier anrichteten.

Mittlerweile war nicht mehr zu unterscheiden, ob der Lärm durch die Zerstörung der Pflanzen, Schüsse aus dem Turm oder das Einstürzen des Gewächshauses entstand.

Clemens schloss die Augen, Jana klammerte sich an ihren Sicherheitsgurt. Titus zielte auf die linke Seite der Rückwand. Als er sie erreichte, wurde der Wagen ruckartig gestoppt, zugleich war ein Knacken zu hören, als bräche der Knochen eines Riesen. Es begann zu zischen.

Was hatten diese Verrückten vor? Wer war das?

Mamoun starrte zum Fenster hinaus. Das Militärfahrzeug hatte die Geländegrenze an der Südseite passiert, war hinter einer Baracke verschwunden.

Was war da los? Die Armee konnte es nicht sein, die Landespolizei ebenso wenig. Dafür sorgten die regelmäßigen großzügigen Schmiergelder, die er in Huangs Auftrag zahlte.

Über Funk redeten seit Minuten alle möglichen Stimmen durcheinander. Am Nordtor war es zu einem Zwischenfall gekommen.

»Raus, raus!«, rief Mamoun und schob seinen Boss vor sich her Richtung Treppe. Jetzt mussten sie erst mal in Sicherheit gelangen, um alles andere konnten sie sich später kümmern.

Die Wachleute auf der Südseite konnten sich auf eine Menge Ärger gefasst machen.

Sie hasteten die Holztreppe hinunter, raus in die Hitze, rannten zum nächstliegenden Gebäude.

Hinter ihnen war ein lautes Klirren zu hören, dann ein heftiges Krachen. Mamoun schaute über die Schulter. Glassplitter lagen auf dem Sand, ein Zischen war zu hören.

Er blieb stehen, kniff die Augen zusammen. Er musste sich irren!

Langsam, schien ihm, ganz langsam neigte sich der Turm, aus dem sie eben geflohen waren, zur Seite.

»Was ist los?«, schnaubte Huang wütend.

Der Boss hatte die Tür zur Baracke aufgerissen und war hineingelaufen.

Mamoun folgte ihm.

»Ich weiß es nicht«, sagte er und schüttelte den Kopf.

»Dann finde es heraus. Und zwar schnell!«

Von draußen war ein lautes, lang anhaltendes Krachen zu hören.

Geduckt lief Mamoun zum Fenster. »*Merde*«, flüsterte er.

Der Turm war in sich zusammengebrochen.

Clemens schüttelte benommen den Kopf. Dann schob er vorsichtig die Finger unter den Sicherheitsgurt. Der Aufprall hatte die Schnauze des Geländefahrzeugs deutlich gestaucht.

»Alles okay?«, fragte er Jana.

Die nickte.

Der gezielte Crash des tonnenschweren Fahrzeugs hatte zwei Ziele erreichen sollen. Sie wollten das Wasserrohr beschädigen, sodass das Gelände geflutet wurde. Da der Boden trocken und porös war, würde das Wasser schnell versickern und die mit Sprengsätzen versehenen Stollen fluten. Die Explosivstoffe waren feuchtigkeitssensitiv, sodass bereits diese Maßnahme bei Erfolg die geplante Sprengung verhindern oder zumindest ihre Dimension verringern würde.

Um es Huang unmöglich zu machen, die Sprengung sofort auszulösen, hatten sie zudem einen der Stützpfeiler des hölzernen Aufsichtsturms ins Visier genommen. Und tatsächlich war das Manöver gelungen.

Innerhalb von Sekunden stürzte der Turm um, die Verkleidung und Streben an der Südseite rissen auf, Holzsplitter schossen durch die Luft.

Der Boden bebte leicht, als der komplette Turm aufschlug.

Dann wurde es still. Der aufgewirbelte feine Sand sank zu Boden. Clemens rieb vorsichtig über seine Augen.

Der Aufsichtsturm, in dem sich aller Wahrscheinlichkeit nach Huang und Mamoun aufhielten, war zerstört. Nun mussten sie die beiden nur noch finden und endgültig außer Gefecht setzen, falls sie nicht bereits bei dem Sturz ums Leben gekommen waren.

Titus reichte Clemens und Jana je eine Waffe. Jana gab Alexandra das Zeichen für »Komm!«, dann sprangen alle vier aus dem Wagen. Dies war der gefährlichste Moment ihres Angriffs. Sie konnten nur hoffen, dass keine weiteren Wachleute auf dem Gelände waren.

Titus ging vor, dann folgten Jana und Alex, schließlich Clemens. Geduckt schlichen sie den umgestürzten Turm entlang.

Kurz bevor sie das obere Ende des Turms erreichten, stoppten sie. Lauschten. Kein Laut außer dem Gurgeln des Wassers.

Auf einmal blieb Jana stehen, bückte sich, hob einen Gegenstand auf. Sie zeigte ihn den beiden anderen: ein Funkauslöser.

Sie schob ihn in ihre Hosentasche.

Titus stieß mit dem Lauf seines Schnellfeuergewehrs einige Latten beiseite. Jana ging hinter ihm vorbei. Alex folgte ihr. Clemens trat neben Titus. Er beugte sich vor. Irgendwo mussten Huang und Mamoun ja sein.

Er entdeckte eine Baseballmütze mit der Aufschrift *PEKING*.

Wo steckten diese Kerle?

Ratlos sah er sich um. Das Gelände lag reglos in der Mittagshitze. Keine Spur von Leben.

Jana nahm Clemens die Mütze aus der Hand, hielt sie Alex hin. »Such«, sagte sie. »Such.«

Die Hündin stand einen Moment lang wie erstarrt da. Dann schien sie sich daran zu erinnern, was von ihr erwartet wurde, wenn man ihr einen Gegenstand vor die Nase hielt.

Sie senkte den Kopf, nahm Witterung auf. Lief an der Längsseite des umgestürzten Turms entlang.

Auf einmal bog sie scharf ab und trabte quer über das Gelände. Jana, Titus und Clemens hinterher.

Ein Schuss ließ den Sand aufwirbeln.

Alex jaulte und zuckte zurück.

Titus schoss seinerseits auf eine der Baracken, die vor ihnen lag.

»Bist du verrückt?«, rief Clemens.

»Was die können, kann ich schon lange!«

Clemens schüttelte frustriert den Kopf.

Alex hatte sich von ihrem Schreck erholt und setzte die Suche fort.

Jana, Clemens und Titus fächerten sich hinter der Hündin auf, um möglichst kein einheitliches Ziel abzugeben.

Kurz bevor sie die erste Baracke erreichten, kurvte der Beagle scharf nach rechts, blieb auf einmal irritiert stehen. Reckte die Nase in die Luft, senkte sie wieder auf den Boden.

Bellte zweimal.

Jana beugte sich vor und hielt Alexandra erneut das Käppi hin. »Such, Alex, such«, sagte sie angespannt.

Titus und Clemens sicherten nach rechts und links.

Alex schnupperte erneut an der Baseballmütze, dann senkte

sie die Nase, kehrte um und lief entschlossen auf das Gebäude links von ihnen zu. Vor der Tür hielt sie an und begann zu bellen.

Das Trio folgte ihr. Jana beugte sich vor und streichelte Alex. »Das hast du gut gemacht«, flüsterte sie. Dann vollführte sie das Zeichen für »Still«, den ausgestreckten Zeigefinger.

Die Hündin schnaufte einmal unzufrieden, dann verstummte sie.

Konnte Jana es riskieren, die Tür zu öffnen?

Sie würden ihren Gegnern direkt in die Arme laufen.

Aber was blieb ihnen anderes übrig?

Noch bevor sie sich über das weitere Vorgehen verständigen konnten, schoss ein hagerer Schwarzer in einer zerknitterten Tarnfarben-Uniform um die Ecke. Er schob sich in einer flüssigen Bewegung hinter Titus und drückte ihm den Lauf einer Pistole an die Schläfe.

Kiel, 11:57 Uhr, -19,2 Grad

Eric hörte Lulu die Treppe herunterkommen, ganz langsam. Sie ging zuerst in die Küche, dann öffnete sie die Tür zu seinem Büro. Schließlich kam sie ins Wohnzimmer.

Er saß auf dem Sofa und starrte an die Wand. Auf das Bild, das Anton und er gemeinsam ausgesucht hatten.

Lulu kam auf ihn zu. Setzte sich neben ihn.

Rutschte näher heran, bis ihr Oberarm seinen berührte.

Ohne ein Wort zu sagen, schmiegte sie sich dichter an ihn, legte ihren Kopf auf seine Schulter. Er zog sie an sich.

So saßen sie da, zusammen allein.

Er wusste nicht, wie das Leben weitergehen sollte. Weder

Lulus noch seines. Wie sollte das gehen, ein Tag ohne Anton, eine Woche, ein Monat – ein Jahr?

Ihm war klar, dass er für Lulu da sein musste, ihre Tochter. Er dürfte sie jetzt nicht im Stich lassen.

So wie Anton.

Dieser feige Hund.

Eric wusste natürlich, dass er seinem Mann dankbar sein sollte. Anton hatte sich für ihn geopfert. Er war gestorben, damit Eric leben konnte.

Aber das war nicht okay. Eric hatte ihn nicht darum gebeten. Die ganze Nacht hatte er wach gelegen, verheult an die Decke gestarrt und sich gefragt, was er in der umgekehrten Situation getan hätte.

Er wusste es nicht.

Anton hatte es sicher gut gemeint. Wie immer. Doch Eric wäre es lieber gewesen, sie hätten gestern seine eigenen sterblichen Überreste abgeholt. Dann müsste er jetzt nicht diesen beschissenen Schmerz ertragen.

Lulu rutschte noch dichter an ihn heran. Vergrub ihr Gesicht an seiner Brust.

Und ihren beschissenen Schmerz müsste er dann auch nicht ertragen.

Anton konnte so ein Arschloch sein.

Happy Mining Co.
(Kourouadi, Tschad), 12:03 Uhr, +37,8 Grad

Huang beobachtete das Geschehen durch das Seitenfenster der Baracke. Noch nie in seinem Leben war er so wütend gewesen. Weder auf seinen Sohn noch auf das Schicksal, das ihm seine Schwester genommen und seine Nichte gelähmt hatte.

Wer hatte damit rechnen können, dass diese Irren allen Ernstes hier auftauchten? Sie hatten den Turm und sein Gewächshaus zerstört! Was bildeten diese Wichte sich eigentlich ein, was glaubten sie, gegen wen sie angetreten waren?

Als es Mamoun endlich gelungen war, einen von ihnen in seine Gewalt zu bringen, hielt er es nicht mehr länger aus. Er rannte zur Tür und stürzte hinaus. »Ich bring euch um, ich bring euch alle um!«, brüllte er und tastete mit der rechten Hand an seiner Hüfte nach einer Waffe. Doch er trug keine. Warum hätte er an einem ganz normalen Tag vor einer läppischen Sprengung ein Holster anlegen sollen, nur weil die verweichlichten Europäer die Auswirkungen seiner Macht fürchteten?

Seine Wut wuchs weiter, er stieß einen Schrei aus und stürzte sich mit bloßen Händen auf die nächstbeste Person, eine Frau mit einer blonden Flechtfrisur. Er schlug auf sie ein, traf ihr Gesicht, ihren linken Oberarm, die rechte Schulter. Sie schien wie erstarrt. Der Köter neben ihr begann erst zu winseln, dann zu bellen. Mit einem harten Kick stellte Huang das Viech ruhig.

Auf einmal erwachte etwas in der Frau, und sie ging frontal auf ihn los. Sie trat gegen sein Schienbein, boxte ihm in den Bauch, gegen die Brust, versuchte, seinen Hals und seinen Kopf zu treffen. Ihre Schläge kamen schnell und hart. Sie streckte die Arme aus, packte seine Ohren, riss daran. Huang schrie auf.

Sie versuchte, seinen Kopf auf ihr Knie zu ziehen, doch er stemmte sich dagegen und das Manöver misslang.

Er hob die Arme, schob sie zwischen ihre, bewegte sie

ruckartig auseinander. Sie ließ seine Ohren los, taumelte rückwärts.

Huang lachte und kam ihr nach.

Die Frau geriet aus dem Gleichgewicht, stützte sich auf den Boden. Huang trat einen Schritt auf sie zu. Er wollte gerade zu einem Kick gegen ihren Kopf ansetzen, da warf sie ihm zwei Hände voll Sand ins Gesicht.

Er kniff die Augen zusammen, aber es war zu spät.

Auf einmal spürte er einen schmerzhaften Hieb in die Körpermitte. Er würgte, bekam keine Luft mehr.

Eine Sekunde geschah nichts, dann bekam er einen Stoß in den Rücken. Er stolperte, verlor den Halt, kippte vornüber.

Huang schlug auf den Boden, die verbliebene Luft wurde aus seinen Lungen gepresst. Sein Kinn begann zu bluten. Er hustete, rang nach Atem, bekam Sandstaub in die Lunge. Noch immer brannten seine Augen.

Die Frau starrte auf ihn herunter. Ein Mann trat neben sie. Er zog einen Kabelbinder aus der Tasche und beugte sich vor, um Huang auf die Seite zu drehen und zu fesseln.

Da rief Mamoun: »Stopp! Einen Schritt zurück! Langsam und vorsichtig. Dann noch einen. Oder ihr könnt eurem Freund hier *Goodbye* sagen.«

Er hielt den dritten Eindringling in einem Würgegriff und drückte ihm den Lauf seiner Pistole an die Schläfe.

Der Mann neben Huang richtete sich auf. Er und die Frau entfernten sich einen Schritt, dann einen zweiten.

Huang rollte sich auf die Seite, stemmte sich dann auf die Knie. Alle drei würden den nächsten Tag nicht erleben.

Die Frau und der Mann hatten die Hände auf Schulterhöhe erhoben. Die Frau ließ jetzt langsam eine Hand sinken, schob sie in ihre Hosentasche.

Würde sie eine Waffe herausziehen und angreifen? War ihr das Leben ihres Kollegen egal? Mamoun würde sie umlegen, ohne zu zögern.

Oder wollte sie ihre Waffe ablegen und sich ergeben? Das würde ihr Leben auch nicht mehr retten.

Sie zog jedoch keine Waffe aus der Tasche. Staunend sah Huang zu, wie sie eine kleine Fernbedienung herausholte – und mit einer schwungvollen Bewegung in Richtung des Einstiegsschachtes schleuderte, der sich zwischen dem eingestürzten Turm und der Baracke befand.

Reflexhaft starrte Huang in seine Handflächen. Er hatte den Sender für die Auslösung der Sprengung verloren!

Sein Kopf zuckte herum, als ein leises Platschen zu hören war.

Erst jetzt sah er, dass die Überreste des Gewächshauses unter Wasser standen. Die Versorgungsleitung war abgerissen und sprudelte frei. Er schaute in die andere Richtung. In der Öffnung des Schachts schwappte Wasser.

Diese Dreckschweine hatten seine Mine überflutet!

Huang hätte nicht sagen können, woher die Kraft auf einmal kam. Er sprang auf, rannte in Richtung des Schachts, sprang hinein. In gut einem Meter Tiefe befand sich eine breite Holzplattform, von der aus der Abstieg begann. Dort würde der Auslöser liegen, er musste ihn nur zu fassen bekommen.

Er holte tief Luft und tauchte.

Happy Mining Co., Nordseite,
(Kourouadi, Tschad), 12:03 Uhr, +38,0 Grad

In der Ferne war der Turm, von dem aus das gesamte Gelände der Mine observiert werden konnte, langsam eingestürzt. Die Entfernung war zu groß, sodass die Bewegung lautlos zu erfolgen schien.

Mehrere der Männer stießen Rufe der Überraschung aus und deuteten in Richtung des Geschehens. Daraufhin hatten sich etliche der Wachmänner umgedreht, um festzustellen, was sich hinter ihrem Rücken abspielte.

Einige griffen nach ihren Funkgeräten. Offenbar gelang die Verständigung nicht wie erwartet. Unruhe breitete sich aus.

Etwa die Hälfte der Wachmänner sprang in zwei der Jeeps und brauste davon.

Die Übrigen sammelten sich vor dem Tor, sie rückten langsam zu Oduho, Dallami, Schachtschneider und deren Männern vor.

»Sie haben es geschafft«, flüsterte Schachtschneider Oduho zu.

»Ja. Und hier riecht es nach Ärger. Hauen wir ab.«

Schachtschneider nickte.

In Richtung der Wachmänner hob er langsam die Hände. »Wir ziehen uns zurück!«, rief er und stieg in den Wagen.

Oduho nahm erneut am Steuer Platz.

Auf einmal fiel ein Schuss. Er sah sich um. War es einer seiner Leute gewesen, der sich nicht hatte zurückhalten können? Oder einer von Huangs Männern?

Es blieb keine Zeit, das zu klären.

Eine MP begann zu knattern.

Oduho konnte sehen, dass einer der Wachmänner in die Luft schoss.

»Los!«, rief er. »Wir müssen weg hier!«

Er sah, wie die Männer auf die Transportflächen der nebenstehenden Fahrzeuge sprangen. Dallami hielt sich am Autodach fest und stieg gerade hinter Schachtschneider in den Wagen, da ertönte ein weiterer, diesmal wesentlich lauterer Knall.

Das Steuer in Oduhos Händen zuckte.

Dallami schrie auf.

Oduho brauchte einen Moment, um zu begreifen, was geschehen war. Jemand hatte durch das Blech der Autotür auf den Ältesten geschossen.

Wut brandete in ihm auf. »Steig ein, steig ein!«, rief er.

Dallami stöhnte, rollte sich auf die Seite, zog die Türe hinter sich zu.

Kurz war Oduho in der Versuchung, Vollgas zu geben und ein paar dieser Dreckschweine einfach über den Haufen zu fahren. Doch sein Chef legte ihm die Hand auf den Unterarm.

»Nein«, sagte Schachtschneider nur.

Oduho zögerte einen Augenblick, dann legte er den Rückwärtsgang ein.

Happy Mining Co.
(Kourouadi, Tschad), 12:07 Uhr, +37,9 Grad

Jana starrte dem Söldner, der die Pistole an Titus' Kopf hielt, direkt in die Augen, während sie die linke Hand hob und die rechte langsam senkte und schließlich in ihre Hosentasche schob. Sie legte den Zeigefinger auf den Knopf der Fernbedienung und drückte zu.

Erst geschah nichts und sie fürchtete schon, falsch gedacht zu haben.

Dann war ein fernes Rumpeln zu hören. Gefolgt von einem scharfen Krachen. Der Boden, auf dem sie standen, hob sich ruckartig.

Titus nutzte die Gelegenheit. Er stieß seinen Ellenbogen nach hinten und traf den Mann, der ihn bedrohte, im Solarplexus.

Der riss den Mund auf, brachte keinen Ton heraus. Mit drei Schritten war Clemens an Titus' Seite und nahm dem Söldner die Waffe ab.

Dann wandten sie sich beide Jana zu. Die grinste erleichtert.

Sie deutete auf den Minenschacht, in dem Huang verschwunden war. »Seht mal«, sagte sie erleichtert. »Eis.«

Clemens schlang Kabelbinder um Mamouns Hände, dann zerrte er ihn hinter sich her. Sie traten an den Rand des Schachts und blickten hinein.

Huang war perfekt im Eis konserviert. Mit großen Augen schaute er himmelwärts. Er hielt etwas in der Hand und war offenbar gerade beim Auftauchen gewesen, als sich das Wasser schlagartig in Eis verwandelt hatte.

In der großen Hitze der Wüste begann die oberste Schicht bereits wieder zu tauen. Doch das Gesicht des reichsten Mannes der Welt befand sich zehn, zwanzig Zentimeter unter der Oberfläche.

Er war gefangen wie eine Fliege in Bernstein.

Huang starrte sie an, noch hatte er einen Rest Luft in den Lungen, er lebte. Man konnte meinen, Panik und Angst in seinem Blick zu sehen. Es war ihm unmöglich, sich zu bewegen, der Sauerstoffgehalt in seinem Blut nahm mit jeder Sekunde ab, und nach einer halben Minute mochte man sich einbilden, dass sein Blick sich trübte und er das Bewusstsein verlor.

»Wie … wie …?«, fragte Titus entgeistert.

Clemens kniete sich an den Rand des Schachts und berührte das Eis mit den Fingern. »Es ist eiskalt«, sagte er. Dann legte er die Hände in das Tauwasser, strich es sich genüsslich ins Gesicht, auf die Schultern, in die Haare.

Titus starrte Jana weiter fragend an.

»Salz kühlt Wasser ab. Hat Wasser unter null Grad und wird einer Erschütterung ausgesetzt, gefriert es schlagartig. Die Sahelzone hat sich hierher ausgebreitet, aber vor nicht allzu langer Zeit war der Boden fruchtbar. Er musste also Mineralsalze enthalten. Das Wasser, mit dem wir die Mine geflutet haben, hat diese gelöst. Manche Salze, zum Beispiel Salmiaksalz, sind in dieser Hinsicht besonders effektiv. Und immerhin stecken hier unter der Erde wertvolle Rohstoffe. Da bestand eine realistische Chance, dass auch genug Salze im Boden sind. Das hatte ich gehofft, und es hat geklappt.«

Titus sah hinunter zu Huang. »Und wenn du den Sender für die Auslösung der Sprengung hattest – was hat er denn in der Hand?«

Jana grinste. »Die Fernbedienung für Alexandras Vibrationshalsband.«

Dijon, 13:02 Uhr, +1,4 Grad

Der Zug aus Lyon nach Dijon hatte Verspätung gehabt. Immer wieder hatte Amelie nervös auf die Uhr geschaut. Sie würden ihren Anschluss verpassen. Dann konnten sie sich entweder erneut eine Unterkunft suchen – oder versuchen, den nächsten (und letzten) Zug nach Freiburg zu kriegen.

Langsam rollte der Zug in den Bahnhof ein.

Ihnen blieben genau sieben Minuten Umsteigezeit. Der Anschlusszug stand schon zwei Gleise weiter bereit.

»*Voyageurs en Allemagne, dépêchez-vous.* Reisende nach Deutschland beeilen sich bitte«, verkündete eine Lautsprecherdurchsage.

»Komm«, sagte Amelie und griff nach ihren Reisetaschen. »Steck jetzt bitte mal kurz das Handy weg. Wir müssen zur Tür.«

Ulrike schaute sie streng an, dann schob sie ihr Handy wortlos in die Manteltasche.

Die Türen öffneten sich. Amelie stellte die Taschen auf den Bahnsteig, half dann ihrer Mutter beim Aussteigen.

»Komm!«, sagte sie. »Wir müssen uns beeilen.«

Sie ging vor, ihre Mutter folgte.

Bis diese auf einmal stehen blieb.

»Fahr du ohne mich weiter«, sagte Ulrike.

Amelie wirbelte herum. »Was?«

»Fahr ohne mich weiter. Lass mir meine Tasche da und fahr ohne mich weiter.«

»Aber …«

»Ich kehre um. Ich fahre zurück nach Marseille.«

»Was …«

»Faheem und ich haben alles besprochen. Er hat einen Freund, der mir eine Wohnung vermieten kann, er hat ihn gerade erreicht, und …«

»Mit *dem* hast du die ganze Zeit geschrieben? Du *spinnst* doch!« Amelie packte ihre Mutter am Arm und zerrte sie hinter sich her. »Komm schon! Unser Zug fährt gleich!«

Ulrike kam zwei Schritte mit ihr mit, dann blieb sie wieder stehen. Wie ein bockiger Esel. Wie ein verliebter Teenager.

»Du musst dir echt keine Sorgen machen«, versicherte sie. »Es ist alles in Ordnung. Ich weiß, das kommt jetzt überraschend für dich. Ich habe in den letzten zwei Tagen viel darüber nachgedacht. Und, ja, wir haben viel geschrieben. Er tut mir gut. Ich weiß, es sieht auf den ersten Blick unvernünftig aus. Das ist es aber nicht. Wir sind beide erwachsen, Faheem und ich. Und ich stürze mich da nicht in etwas, das ich nicht überblicken kann. Ich habe … wir haben …« Sie errötete. »Ich weiß nicht, was das ist zwischen uns. Aber es ist nicht nichts. Und ich möchte nicht mehr vorsichtig leben. Ich habe nicht mehr viele Jahre. Wenn ich jetzt nichts riskiere, wann dann?«

»Wie willst du …«, begann Amelie.

Ulrike schüttelte den Kopf. »Nein. Du fährst jetzt weiter nach Hause«, sagte sie entschlossen. »Und ich zurück zu Faheem nach Marseille. Ich habe dort eine eigene Wohnung. Wir möchten uns in Ruhe besser kennenlernen. Ich muss es probieren«, sagte sie. »Wir werden sehen, was daraus wird. Fahr weiter, es ist alles in Ordnung, ich schaffe das.«

Amelie sah ihrer Mutter in die Augen. Da brannte tatsächlich ein Flämmchen, das sie lange nicht gesehen hatte. Eine Lebensenergie, die sie von früher kannte.

»Aber …«

»Ich komme klar ohne dich. Ich bin dir sehr dankbar für deine Unterstützung in den letzten Jahren. Jetzt ist es Zeit, dass ich wieder Verantwortung für mich selbst übernehme. Und du hast dein eigenes Leben zu leben. Dafür war viel zu lange kein Raum, und das tut mir leid. Lauf, sonst verpasst du deinen Zug!«

Ulrike drückte ihre Tochter fest an sich. »Los! Geh!«

Amelie zögerte, dann hörte sie auf ihr Herz. »Okay«, sagte sie. »Okay.« Sie nahm ihre Tasche und rannte.

Im Zug entdeckte sie ihr Spiegelbild in der Fensterscheibe. Eine Träne lief ihr über die Wange, aber sie lächelte dabei.

Happy Mining Co.
(Kourouadi, Tschad), 13:34 Uhr, +38,1 Grad

Das Eis taute schnell genug, sodass schon nach kurzem zwei Arbeiter Huangs Hände packen und seine Leiche aus dem Schachteinstieg ziehen konnten. Nun lag er reglos im Staub.

Alexandra schnupperte an dem Toten, gab ein leises »Wuff« von sich, zog sich dann in den Schatten zurück.

Mamoun versuchte, als er begriff, dass sein Boss tot war, die Seiten zu wechseln. Er wäre bereit, gegen Huang auszusagen. Er wäre bereit, die Mine für Schachtschneider weiterzuführen.

Schachtschneider starrte ihn nur an wie ein widerwärtiges Insekt, dann wandte er sich ab.

Die lokale Polizei nahm Mamoun in Gewahrsam. Jetzt, wo Huang die Vorgesetzten nicht mehr in der Tasche hatte, konnten die Beamten ihren Aufgaben nachkommen.

Jana rief Fischer an und erstattete Bericht. Die Gefahr für Deutschland und Europa war neutralisiert.

Den Nachmittag verbrachten sie auf Schachtschneiders Veranda. So schrecklich der Tag und so anstrengend die letzten Wochen gewesen waren – es wurde ein erleichtertes und manchmal sogar heiteres Beisammensein. Die Anspannung und der Druck fielen von ihnen ab.

Das einzige alkoholische Getränk, das der Minenbetreiber im Haus hatte, was das tschadische Bier »33 Export«, unter Zusatz von Mais gebraut. Es schmeckte süßlich-wässrig und konnte »nicht einmal Titus«, wie Clemens spottete, überzeugen.

Jana musste mehrfach erklären, wie genau es ihr gelungen war, die Mini-Eiszeit mitten in der Wüste zu erzeugen.

Oduho erkundigte sich telefonisch nach Dallami. Der Arzt hatte seine Wunde gereinigt, genäht und ihm ein Antibiotikum gegeben.

Schachtschneider hatte Gästezimmer für sie herrichten lassen. Eines für Titus, eines für Clemens und Jana. In der Ecke stand für Alex ein kleines Bastkörbchen mit einer weichen Decke darin.

Am folgenden Vormittag holten die zwei KSK-Kameraden sie mit dem Fuchs ab. Zwei Stunden später sahen sie Faya-Largeau hinter sich zurückbleiben, als der A400M wieder abhob.

Den Großteil des Rückflugs ließen sie die vergangenen vierundzwanzig Stunden Revue passieren. Sie hatten einen Menschen getötet und zahllose Arbeiter einerseits befreit, andererseits um ihre kärgliche Verdienstmöglichkeit gebracht, hatten mit etwas Glück *Tamarix dallamii* vor dem Aussterben gerettet und eine Verschlimmerung der Kaltzeit in Deutschland verhindert. War es das wert gewesen, hätte es andere Möglichkeiten gegeben, das Ziel zu erreichen?

»Wenn die Guten nicht kämpfen, siegen die Schlechten«, sagte Clemens.

Instagram

@Kachelmannwetter

Schneehöhe Donnerstag, 07 Uhr (in Klammern: Vorjahr)

42 cm (21 cm) Eibenstock-Carlsfeld (SN)
36 cm (20 cm) Braunlage (NDS)
28 cm (18 cm) Philippsreut (BY)
24 cm (25 cm) Neuhaus am Rennweg (TH)
24 cm (12 cm) Dewichow/Usedom (MV)
19 cm (16 cm) Berchtesgaden/Jenner (BY)
13 cm (0 cm) Putbus/Rügen (MV)

Teile von #Ruegen und #Usedom können bei der #Schneehöhe mit Mittelgebirgen und #Alpen mithalten. #winter #rekord #eiszeit #klimahashtag

ADAC motorwelt, online

Interview mit Verkehrsminister Rudolf Solies (CSU)

ADAC: Wie stehen Sie zu der vorgestern in Kraft getretenen Einschränkung der innereuropäischen Reisefreiheit?

Solies: Deutschland hat sich nachweislich dagegen ausgesprochen, ich halte es für undemokratisch und falsch.

ADAC: Durchgesetzt haben das Verbot die südeuropäischen Länder, die so die Einreise von Wetterflüchtlingen aus Mitteleuropa beschränken wollen.

Solies: Es kann nicht angehen, dass viele Deutsche italienische, spanische oder auch skandinavische Autos fahren, aber mit diesen nicht nach Italien, Spanien oder Skandinavien einreisen dürfen!

ADAC: Welche Forderungen stellen Sie?

Solies: Die Einreise für E-Autos sowie sämtliche nachhaltig betriebenen Fahrzeuge muss unverzüglich ermöglicht werden. Denn Klimaschutz trumpft Grenzschutz! Wenn wir in diesem Bereich nicht zusammenhalten, sind Erfolge kaum zu erwarten.

Darüber hinaus muss die zeitliche Befristung der Grenzschließungen in eine temperaturabhängige umgewandelt werden. Sobald in Deutschland wieder normale Temperaturen herrschen, müssen die Einschränkungen automatisch aufgehoben werden!

ADAC: Ist denn damit zu rechnen, dass die Kaltzeit bald endet? Experten befürchten, das Klima in Deutschland habe sich längerfristig verändert.

Solies: Ach, Experten sagen mal dies, mal das. Auf den Winter folgte noch immer der Sommer – daher warten wir die Entwicklung erst mal ab, bevor wir weitreichende Entscheidungen treffen.

Abmahnung

Sehr geehrte Damen und Herren, verehrter Herr Bundeskanzler,

unter Aufforderung zur Abgabe der beiliegenden strafbewehrten Unterlassungserklärung weisen wir darauf hin, dass unsere Mandantin, ein internationaler Konsumgüterkonzern, bereits im vergangenen Jahr Markenschutz für die Bezeichnung WHITE ZERO angemeldet hat. Unter diesem Namen soll in den kommenden Monaten weltweit ein Niedrigtemperatur-Waschmittel an den Markt kommen. Daher müssen wir darauf bestehen, dass die Bundesregierung in ihrer Krisenkommunikation die Bezeichnung nicht weiter nutzt. Unter der Annahme, dass die Nutzung in gutem Treu und Glauben erfolgte, wird von der Erhebung einer Schadenersatzforde-

rung abgesehen. Wir sehen Ihrer Antwort innerhalb von fünf Arbeitstagen entgegen und verbleiben
mit freundlichen Grüßen
Merz, Warburg und Scholz; Anwaltskanzlei

CNN Africa News

Laut Korrespondentenberichten kam es im Verlauf des heutigen Tages zu einem Zwischenfall in einem Minenort im Nord-Tschad. Der Konflikt zwischen zwei verfeindeten Betreibern von Minen, in denen Seltene Erden gefördert wurden, eskalierte. Es gab mehrere Verletzte und nach ersten Meldungen möglicherweise auch einen Toten. Zur Wiederherstellung der Sicherheit der Bevölkerung hat der Militärdirektor des Landes Soldaten entsandt.

Der Tschad steht auf der Liste der wichtigsten Handelspartner der USA auf Platz 165.

Es ist nicht gesagt, daß es besser wird,
wenn es anders wird. Wenn es aber besser
werden soll, muß es anders werden. –
Georg Christoph Lichtenberg

Vier Wochen später

Happy Mining Co.
(Kourouadi, Tschad), 7:15 Uhr, +28,1 Grad

Kito Dallami ging langsam über das Gelände der ehemaligen Happy Mining Co. Er zog das rechte Bein leicht nach. Im Kampf um das Hellhole wurde ihm in die Wade geschossen. Die Wunde heilte in seinem Alter nur langsam, aber sie heilte.

Oduho, Schachtschneider und er hatten mehrfach lange über das weitere Vorgehen debattiert. Oduho hatte sich für den Weiterbetrieb von Huangs Mine eingesetzt, um die Arbeitsplätze zu erhalten. Schachtschneider war in dieser Hinsicht jedoch nicht verhandlungsbereit gewesen. Huang hatte zwar das Land gekauft, seine Mine war aber nie genehmigt gewesen. »Außerdem müssten wir dann noch eine Schule bauen, und wir sollten besser Kito bei der Erhaltung der Grünen Mauer unterstützen. Wenn Landbau und Viehzucht wieder möglich werden, müssen die Menschen weder unter Tage schuften noch in die Stadt ziehen. Das muss unser Ziel sein: den Ort wieder lebenswert zu machen. Und vergesst nicht die Kraft des Kapitalismus: Wenn es hier nicht mehr zwei Minen gibt, sondern nur eine, steigen die Preise und ich kann die Löhne erhöhen. Und die Welt braucht sicher nicht mehr Raubbau, sondern weniger.«

Schachtschneider hatte Huangs Arbeiter dafür bezahlt, die Schächte mit dem Aushub wieder zu versiegeln. Das taten die meisten von ihnen, zu Oduhos Erstaunen, voller Freude und Zuversicht. Sie waren erleichtert, diesem fürchterlichen Ort den Rücken kehren zu können.

Die Baracken und Hallen konnte Dallami ab sofort als Lager nutzen für Dünger, Werkzeug, Schösslinge.

Seine Wade schmerzte, als er sich auf den Boden kniete, aber er lächelte. Mit den Fingerspitzen strich er zärtlich über die ersten feinen Triebe, die aus dem kargen Sand sprossen. *Tamarix dallamii* breitete sich nach so kurzer Zeit bereits wieder aus. Das struppige Kraut eroberte seinen Lebensraum zurück.

Er seufzte tief. Bald würde er diese Erde verlassen. Doch vielleicht war noch nicht alle Hoffnung verloren. Möglicherweise würde sein Lebenswerk überdauern.

»Fahren wir bald? Mir wird heiß!«, rief das Mädchen aus dem Pritschenwagen. Auf dem Weg zur Pflanzung waren sie einen kleinen Umweg gefahren zum ehemaligen Hellhole, um nach dem Rechten zu sehen.

Ihr Vater, Eric, saß am Steuer. Das Mädchen, Lulu, war aus dem Norden. Sie hatte schon vor längerer Zeit über das Internet Kontakt zu Dallami aufgenommen und seine Aktionen durch Spenden und ehrenamtliches Engagement unterstützt.

Vor drei Wochen hatte sie gefragt, ob sie vor Ort mit ihm zusammenarbeiten könnte. Er hatte nicht geglaubt, dass sie wirklich käme. Aber eine Woche später standen der Vater und sie vor seinem Haus. Sie hatten von einem Bekannten einen alten Unimog geliehen und waren die gesamte Strecke mit dem Auto gefahren. An den Grenzen half ihnen ein Schreiben der deutschen Bundesregierung.

Untergebracht hatte Dallami die beiden Ehrenamtlichen mit Oduhos Hilfe in einem von Schachtschneiders Gästehäusern.

Der Mann und seine Tochter arbeiteten hart. Sie pflanzten bis zu dreißig Bäume am Tag, und der Mann hatte Dallami zudem Geld gegeben, um mehrere Hundert weitere Setzlinge zu bestellen.

Auf der Ladefläche standen auch diesmal wieder zwanzig kleine Akazien sowie etliche Wasserkanister.

Seit die Deutschen die Wasserleitung beschädigt hatten, kam das Wasser für den Ort wieder mit dem Lastwagen und war ein weit kostbareres Gut geworden. Immerhin hatte die Bundesregierung eine schnelle und unbürokratische Prüfung möglicher Finanzierungszuschüsse für eine Reparatur zugesagt.

Dallami stieg ein. In einvernehmlichem Schweigen fuhren sie 20 Kilometer nach Süden. Mittlerweile arbeiteten sie gut und ohne viele Worte zusammen.

Jedes Mal, wenn sie einen neuen Baum setzten, wässerten, den Wurzelballen mit Erde bedeckten, hielten Vater und Tochter einen Moment inne und schlossen die Augen.

Manchmal liefen einem von ihnen Tränen über die Wangen.

Dallami wusste, wie Trauer und Verlust sich anfühlten und dass Worte nicht halfen, sondern nur das Tun und die Zeit. Er wünschte den beiden, die er ebenso ins Herz geschlossen hatte wie sie ihn, dass ihr Aufenthalt in der Wüste ihnen Frieden bringen möge.

Freiburg, 9:30 Uhr, -13,1 Grad

Auf der Bahnfahrt nach Freiburg hatte Amelie die unterschiedlichsten Emotionen durchlebt. Erleichterung, Freude, Sorge, Mitleid, Angst, Freude.

Ulrike hatte ihr Vorhaben umgesetzt und war, glücklicherweise ohne Zwischenfälle, zurück nach Marseille gefahren. Faheem hatte sie dort am Bahnhof abgeholt. Ein Bekannter von ihm vermietete Ulrike sehr günstig eine Unterkunft, wie abgemacht.

Die erste Woche hatte Amelie damit gerechnet, dass ihre Mutter in Tränen aufgelöst anriefe und sie sie abholen musste.

Sie standen regelmäßig über Video in Kontakt, und tatsächlich schien Ulrike sich in Marseille, und mit Faheem, wohlzufühlen.

Amelie gönnte es ihr.

Nach zwei Wochen hatten sie beschlossen, dass Amelie die persönlichen Gegenstände ihrer Mutter aus deren Wohnung holte und einlagerte. Dann würde sie die Wohnung möbliert vermieten. In den letzten Tagen hatte Amelie die Räume drei möglichen Interessenten gezeigt. Der Bedarf an bezahlbarem Wohnraum war groß. Am besten hatte ihr ein junges Pärchen gefallen, beide Studenten. Sie konnte sich gut vorstellen, ihnen regelmäßig zu begegnen. Vielleicht ergab sich sogar eine Freundschaft.

Allerdings wollten die beiden – verständlicherweise – etliche von Ulrikes Möbeln nicht nutzen. Amelie musste nun entscheiden, ob es sich lohnte, diese ebenfalls einzulagern, oder ob sie doch einen anderen Mieter wählen sollte.

Es klingelte an ihrer Tür. Hoher Besuch hatte sich angesagt – ein ihr persönlich gut bekannter Kardinal aus dem Vatikan. Amelie öffnete. Arrigo Fiore lächelte sie an.

Sie umarmten einander lange.

Später startete Amelie einen Videoanruf bei Ulrike. Fiore saß neben ihr. »Amelie hat mir von deinem großen Liebesabenteuer in Südfrankreich berichtet«, sagte er. »Ich wünsche dir und euch alles Gute! Du hast es verdient.«

Faheem tauchte neben Ulrike im Bild auf. Er gab ihr einen Kuss auf die Wange, und sie lächelte.

Peking, 17:00 Ortszeit
(Zeitzone Berlin: 10:00 Uhr), +8,1 Grad

»Shiyan!« Bo beugte sich zu seiner Cousine herunter und schlang die Arme um sie.

»Bo, wie schön, dich zu sehen!«

Beide strahlten. Sie waren im Büro der MZH Holding zusammengekommen, um die nötigen Dokumente für die Abwicklung von Huangs Firmen und die weitere Verwendung des verbliebenen Vermögens zu besiegeln.

Wei Gao begrüßte die beiden herzlich. Er wusste, er würde heute seinen Job verlieren. Aber zugleich würde er sich von den Sünden der Vergangenheit befreien.

»Bist du sicher, dass du nicht mehr Mittel benötigst?«, fragte Bo Shiyan.

Die lächelte. »Ja, es ist mehr als genug. Huang war mir gegenüber – bei allem Unrecht, das er getan hat, von dem wir jetzt wissen – mehr als großzügig.«

Gao nickte. Nach dem Tod seiner Schwester Lien hatte Huang sämtliche Kosten für die Lebenshaltung und die medizinische Versorgung ihrer Tochter – seiner Nichte – getragen. Darüber hinaus hatte er hundert Millionen Dollar in eine Stiftung in ihrem Namen überschrieben. Der Ertrag stand ihr lebenslang zu, danach würde er an die Quadriplegiker-Forschung gehen.

Trotz aller Meinungsverschiedenheiten hatte er dieselbe Vorsorge für seinen leiblichen Sohn Bo getroffen.

Die chinesische Notenbank hatte versucht, Huangs Gesamtvermögen zu beschlagnahmen, doch Gao hatte erfolgreich Widerspruch eingelegt. Gemeinsam mit der Weltbank und der UNDP, dem Entwicklungsprogramm der Vereinten Nationen, hatten Bo, Shiyan und er verhandelt, dass aus der bevorstehenden Liquidation der MZH Holding Restitutionszahlungen an den Tschad in doppelter Höhe der entnommenen Summen geleistet werden würden.

Der gesamte weitere Veräußerungsgewinn fiel laut Testament jeweils hälftig Bo und Shiyan zu. Diese hatten jedoch beschlossen, das Vermögen wohltätigen Zwecken zuzuführen. Jedes der noch lebenden, von Huang geschädigten Kinder erhielt lebenslang Zahlungen in Höhe von hunderttausend Dollar monatlich. Der verbliebene Erlös in einer zu erwartenden Höhe von knapp hundert Milliarden Dollar käme zur Hälfte der medizinischen Forschung zugute, die andere Hälfte sollte in Entwicklungshilfemaßnahmen investiert werden.

»Wei Gao«, sagte Bo nun, »mein Vater, Shiyans Onkel, war kein schlechter Mensch, nur fehlgeleitet. Daher haben wir uns entschlossen, die zu gründende Organisation in seinem Gedanken Huang Foundation zu nennen. Würden Sie uns die Ehre erweisen, weiter die Geschäfte zu führen?«

Gao zögerte einen Moment, dann stimmte er zu. »Ich danke Ihnen«, sagte er. »Ich werde mich Ihres Vertrauens würdig erweisen.«

»Dessen sind wir sicher«, sagte Shiyan, und Gao begriff, wie raffiniert es von den beiden gewesen war, den Posten mit ihm zu besetzen. Sie wussten, was er für ihren Vater und Onkel getan hatte – und konnten ihn jederzeit, wenn etwas nicht nach ihrem Wunsch liefe, den Behörden überstellen.

Er schob einen Vertrag über den Tisch und rief die beiden Zeugen für die Unterzeichnung durch Shiyan herein.

»Shiyan, sind Sie mit dem Inhalt des Ihnen vorliegenden Dokuments einverstanden und willens, es zu unterzeichnen?«

»Ja, das bin ich«, erklärte sie.

Die beiden Zeugen – Shiyans Krankenpfleger und Gaos Assistentin – unterschrieben und kehrten zurück ins Vorzimmer.

»Bo?«

Bo zog ein weiteres Dokument aus der Tasche. »Ich möchte neunzig Prozent der jährlichen Zahlungen an mich weiterleiten an die jeweils aggressivste Umweltschutzorganisation, die wir finden können«, sagte er.

Dann zog er einen Füllfederhalter aus der Tasche und unterschrieb beide Dokumente.

Berlin, 18:00 Uhr, -14,1 Grad

Clemens zupfte nervös an seinem Anzug, als die Bundespräsidentin auf das Podium trat. Jana nahm seine Hand. Sie saßen zusammen mit allen Mitgliedern des Krisenstabs sowie Titus in der ersten Reihe des großen Saals im Schloss Bellevue. Jana hatte Alex mitgebracht, die den ganzen Trubel misstrauisch beäugt und sich dann aber vertrauensvoll unter Janas Stuhl zusammengerollt hatte.

Die Bundespräsidentin hielt eine kurze Rede, in der sie sich für den großen Einsatz der Anwesenden bedankte. »Nun gilt es, nach vorne zu schauen«, endete sie. »Das Wetter in Deutschland wird auf absehbare Zeit nicht mehr so werden, wie es einmal war. Wir werden uns anpassen müssen, und das kann nur als gesamtgesellschaftliche Anstrengung gelingen. Nötig sind eine Offenheit für das, was kommt, Solidarität im Miteinander sowie Einfallsreichtum im Finden neuer Wege. Ich bitte nun Dominic Fischer zu mir auf die Bühne.«

Sie überreichte dem Kanzleramtsminister das Bundesverdienstkreuz.

Anschließend erhielten die übrigen Mitglieder des Krisenstabs ihre Auszeichnung. Ticheloven blieb kurz stehen und schien etwas sagen zu wollen, doch die Bundespräsidentin kannte ihren Pappenheimer und blockierte das Mikrofon.

Zuletzt wurden Jana, Clemens und Titus aufgerufen. »Für Ihren ganz besonderen Einsatz unter Inkaufnahme großer persönlicher Risiken ebenso wie für Ihr Verantwortungsbewusstsein der Bundesrepublik gegenüber darf ich Ihnen das Verdienstkreuz am Bande aushändigen«, erklärte die Bundespräsidentin.

Sie überreichte den dreien jeweils ein Etui, in dem sich die Auszeichnung befand – sozusagen ein Bundesverdienstkreuz plus. Dann ging sie in die Hocke. »Und du bekommst auch eins«, sagte sie zu Alexandra und hängte dem Beagle eine Miniversion des Bundesverdienstkreuzes an einem kleinen Samthalsband um.

Alex schaute verwirrt zu Jana, aber die lächelte und streckte der Hündin die Handfläche entgegen, das Zeichen für »Bleib«.

Im Anschluss an die Verleihung gab es im Saal nebenan Fingerfood und Sekt. Clemens brachte Jana ein Glas und sagte: »Auf eine, wie immer, ungewisse Zukunft.«

Jana entgegnete mit einem Lächeln: »Da ist etwas, das ist nicht ganz so ungewiss.« Sie reichte ihm das Sektglas zurück. »Haben die auch etwas Nichtalkoholisches?«

»Nicht dein Ernst!«, sagte Clemens.

Langsam breitete sich ein dickes Grinsen auf seinem Gesicht aus.

Jana zuckte mit den Schultern. »Ich glaube schon. Ganz

sicher kann man natürlich erst …« Da stellte Clemens schon beide Gläser zur Seite und nahm sie ganz fest in die Arme.

»Wie wundervoll«, hauchte er ihr leise ins Ohr. »Ich freue mich riesig.«

»Auch wenn die Zukunft im Moment ganz besonders ungewiss ist?«, fragte Jana.

»Gerade deshalb«, sagte er. »Das Leben ist ein andauerndes Staunen über das Wunder zu leben. Ich muss dann nur den Handwerkern bei der Renovierung der alten Feuerwache echt ein bisschen Dampf machen, damit sie rechtzeitig vor dem nächsten Winter fertig werden und wir es kuschelig warm haben.«

Titus kam zu ihnen. »Hey, darf ich euch meine Frau Aneke vorstellen? Aneke, das sind Jana und Clemens. Wir waren gemeinsam auf dem kleinen Ausflug.«

Aneke begrüßte erst Jana, dann Clemens. Sie musterte Jana dabei ein wenig zu lang. »Ich habe Sie mir älter vorgestellt«, sagte sie dann. Und zu Clemens: »Bleiben Sie ihr treu, es wird sich lohnen.«

Sie verabschiedete sich in Richtung Bar, Titus zog die Augenbrauen hoch und folgte ihr.

»Was hat die denn gebissen?«, war auf einmal eine tiefe Stimme zu hören.

»Bakir! Denise! Wie schön, dass ihr kommen konntet.« Clemens und Jana umarmten ihre Freunde. »Ich weiß auch nicht, was mit denen los ist«, sagte Clemens dann. Er wandte sich Jana zu. »Du?«

Die zuckte mit den Schultern. »Keine Ahnung.«

Sie sah sich um. »Kommt, da drüben sind meine Schwester und ihre Familie!« Sie zog Clemens hinter sich her, Bakir und Denise folgten.

»Pia!« Jana umarmte ihre Schwester, dann ihren Schwager, schließlich ihre Nichte. Sie trat dicht neben ihre Schwester und sagte leise: »Da vergisst man *einmal* die Pille, weil es brennt, und auf Kondome ist offenbar auch kein Verlass mehr …«

Pia riss die Augen auf.

Clemens grinste.

Pia schaute Jana gespielt vorwurfsvoll an. »Wirklich? Du hast es ihm erzählt, bevor du es mir sagst?«

Jana zuckte mit den Schultern. »Gewöhn dich dran.«

»Was erzählt?«, fragte Bakir.

<u>Ticheloven live</u>

Ticheloven: Herr Bundeskanzler, wir sind gemeinsam aus dem Schloss Bellevue, wo ich das Bundesverdienstkreuz erhalten habe, hierher ins Studio gefahren. Bitte erläutern Sie doch den Zuschauern noch mal, wofür ich und einige andere Personen ausgezeichnet wurden.

Bundeskanzler: Wir alle haben die letzten Monate unter den schrecklichen Witterungsbedingungen gelitten. Den Mitgliedern des von mir eingesetzten Krisenstabs, zu denen auch mein Gastgeber heute Abend gehörte, ist es gelungen, eine mögliche Verschlimmerung der Situation vorherzusehen und die Bedrohung zu eliminieren. Das war Bombe! Und dafür gibt es natürlich ein Bundesverdienstkreuz!

Ticheloven: Und ich darf hinzufügen, dass es mir natürlich eine große Ehre war, diesem illustren Kreis anzugehören. Es war ein gutes Gefühl, zu wissen, dass ich meinen kleinen Beitrag zur Rettung der Republik leisten konnte.
Nun aber, Herr Bundeskanzler, lassen Sie uns nicht mehr zurück, sondern nach vorne schauen: Wie wird es weiter-

gehen bei uns im Land? Mit welchen Einschränkungen werden die Menschen leben lernen müssen – und welche Unterstützung hat Ihre Regierung anzubieten?

Bundeskanzler: Jetzt freuen wir uns erst einmal auf den Sommer! Nach den letzten Jahren, in denen viele Bürgerinnen und Bürger beklagten, es sei zu heiß und trocken geworden, ist dieses Jahr mit einem kühleren und daher eher feuchteren Wetter zu rechnen.

Ticheloven: Und dann? Wie wird der nächste Winter?

Bundeskanzler: Experten versichern mir, dass sich darüber zurzeit noch keine endgültigen Aussagen treffen lassen. Wir werden jedoch dafür Sorge tragen, dass die Arbeitsplätze sicher bleiben.

Ticheloven: Und, wenn mir diese Bemerkung erlaubt ist, man sollte auch die Eigenverantwortung der Menschen nicht unterschätzen. Sie gehört zu den wichtigsten Elementen einer freiheitlichen Demokratie.

Der Freitag, Online-Kommentar

In der soeben ausgestrahlten Folge von Ticheloven live erwies sich der Moderator wieder einmal als kenntnisloser Libertärer, und der Bundeskanzler fand offenbar weder den Mut noch den Verstand, ihm zu widersprechen. Natürlich hat es schon immer Klimaveränderungen gegeben. Doch erstens ist damit noch lange nicht gesagt, dass die Menschheit eine solche überleben würde. Wir kommen nicht ohne Erde klar, aber die Erde gut ohne uns. Und zweitens handelt es sich bei der extremen Kaltzeit der letzten Monate bekanntermaßen um eine durch menschliches Handeln – genau genommen: durch einen entfesselten, unregulierten Megakapitalismus – verursachte Problematik. Daher ist die Abwälzung der Folgen ins Private argumentativ nicht haltbar. Schade, dass die beiden angeblich führenden Intellektuellen dieses Landes das nicht begreifen. (Oder lehnen sie die offensichtliche Erkenntnis etwa aus taktischen Gründen oder gar zum persönlichen Vorteil ab? Der Bundeskanzler überraschte in den vergangenen Jahren unerfreulich oft durch enge Beziehungen zu Superreichen, und Ticheloven sieht sich einfach gern in der Rolle des Predigers.)

Flora

Die deutsche Durchschnittstemperatur ist um drei Grad gesunken – was bedeutet das für Ihren Garten?

Es gibt ausgesprochen robuste Pflanzen, denen Temperaturschwankungen nicht viel ausmachen. Derzeit ist davon auszugehen, dass die Temperaturen hierzulande in den kommenden Jahren, vielleicht auch Jahrzehnten, deutlich niedriger liegen werden als bisher. Andererseits werden verschiedene Möglichkeiten diskutiert, die überraschende Senkung der Temperaturen auszugleichen oder die Ursache zu beseitigen.

Für den Pflanzenfreund stellt diese Situation eine große Unsicherheit dar. Wir raten daher bei der Auswahl zur Vorsicht und empfehlen bezaubernde Gewächse, denen ein paar Grad mehr oder weniger nichts ausmachen.

Philosophie Heute: Phil.Kids

Kleine Menschen wissen oft mehr als große. Wir fragen, Kinder antworten.

Hast du Angst vor der Zukunft?

»Früher wollte ich Schneemann werden. Aber jetzt mag ich keine Schneemänner mehr. Ich will jetzt Schmetterling werden. Wenn man seine Pläne nicht ändern könnte, würde mir die Zukunft Angst machen. Zum Glück bin ich flexibel.«

Elias, 9

Berlin Greetings, Bestellvorschau

Jetzt schon der Liebling der Redaktion, bald sicher auch der Ihrer Kunden: unsere neue Serie »Good News!«.

In freundlichen, warmen Farben gehalten und mit motivierenden Sprüchen wie

Wenn dich dein Leben nervt, streu Glitzer drauf!

(Sonderausstattung: Extratütchen Glitzer im Umschlag)

Angst beginnt im Kopf. Mut auch!
Liebe bedeutet nicht, dass es immer einfach ist.
Liebe bedeutet, dass es die Mühe wert ist.

Nachwort

Ja, in Deutschland und Mitteleuropa hat es früher wirklich schon Eiszeiten gegeben. Es besteht allerdings nach aktuellem Wissensstand keine Gefahr, dass dies in der absehbaren Zukunft erneut geschieht.

Die in ›White Zero‹ geschilderte Gefahrenlage ist vielmehr als Metapher dafür zu verstehen, was wir Menschen in unserer technikverliebten Hybris alles anrichten (können).

Ein gutes, lebensnahes und reichhaltiges Buch streift viele Themen. Dennoch darf es seinen Fokus nicht verlieren. Ich hoffe, dieser Balanceakt ist gelungen.

In einem Thriller muss es krachen. Deshalb wird es in ›White Zero‹ streckenweise sehr, sehr kalt. Für eine Kleine Eiszeit wäre in Wahrheit bereits ein Temperatursturz von nur wenigen Grad Celsius ausreichend. Genau wie eben schon 2 Grad Anstieg der Durchschnittstemperatur über das vorindustrielle Zeitalter dramatische Konsequenzen haben werden, unter anderem einen Anstieg des Meeresspiegels um mehrere Meter.

Drei Aspekte waren mir beim Schreiben am wichtigsten.

Erstens, die Herkunft der Dinge, für die wir unser Geld geben, darf uns nicht länger egal sein. Hierfür sind die Verhältnisse in den Minen Afrikas nur ein Beispiel. In manchen Staaten graben die Menschen Löcher in der eigenen Küche, steigen ohne Schutzkleidung hinab und kratzen mit bloßen

Händen Rohstoffe aus der Erde. Diese werden von Zwischenhändlern preiswert aufgekauft und mit Waren aus offiziellen Quellen vermischt, sodass die in der Kette nun folgenden Großunternehmen (wie Handyhersteller oder Autobauer) ehrlich sagen können: Weiter zurückverfolgen können wir den Warenfluss nicht.

Zweitens müssen wir mögliche Einflüsse unseres Handelns auf die Umwelt ernster nehmen. Schlicht, weil die Reichweite unseres Tuns oft viel größer ist als die Verantwortung, die wir übernehmen können.

Und drittens müssen wir die Handlungsfreiheit und Macht von Superreichen eingrenzen. Megajachten, Privatjets, Weltraumausflüge und zig Villen auf der ganzen Welt sind extrem umweltschädlich. Die reichsten 10 Prozent pusten pro Jahr neunmal mehr Treibhausgase in die Welt als für eine sichere Zukunft vertretbar. Das reichste 1 Prozent sogar 30 Mal so viel. Dieses 1 Prozent ist für 16 Prozent der globalen Gesamtemissionen verantwortlich*. Die Egotrips von Superreichen müssen unbedingt klimakompensiert werden.

Im Pandemiejahr 2020 nahm das Vermögen der gut 2000 Milliardäre weltweit um 1,9 Billionen Dollar zu. (Eine Billion hat zwölf Nullen.) Klar waren wir in dieser Zeit dankbar für alles Mögliche, zum Beispiel Lieferdienste, Impfstoffe, Videotelefonie. Und Leistung soll sich gerne lohnen. Trotzdem haben diese Zahlen etwas Obszönes an sich. Bernard Arnault, bei Abgabe des Manuskriptes gerade zum reichsten Mensch der Erde avanciert, macht sein Geld mit Luxus-

* Oxfam Studie: https://taz.de/Emissionen-durch-Milliardaerinnen/!5890405/, https://www.zeit.de/gesellschaft/2021-11/oxfam-treibhausemissionen-studie-reiche-arme-co2-ungleichheit, https://www.sueddeutsche.de/politik/klimawandel-cop-glasgow-superreiche-1.5456856

gütern. Er ist Boss von Louis Vuitton, Hennessy, Moët-Chandon, Dior. Andere Superreiche lassen in seinen Shops bei einem einzigen Besuch durchaus mal ein paar Hunderttausend Euro. Wäre mir alles egal, würden diese Leute mit ihrem Überkonsum keinen Schaden anrichten.

Tun sie aber.

Der durchschnittliche Treibhausgas-Ausstoß pro Person liegt weltweit bei knapp 5 Tonnen. Ein durchschnittlicher Europäer erzeugt 8 Tonnen, ein US-Amerikaner 15 Tonnen. Unpraktischerweise sind 2 Tonnen pro Kopf und Jahr das Maximum, um eine Klimakatastrophe zu vermeiden.

Die 20 reichsten Menschen der Welt sind pro Kopf für je gut 8000 (achttausend!) Tonnen Treibhausgas-Ausstoß verantwortlich. Der allergrößte Teil davon entsteht durch ihre Super-, Mega- und Gigayachten. Weniger – wenn auch immer noch zu viel – durch Privat- und Hubschrauberflüge.

Zugleich kontrollieren die Milliardäre dieser Welt zahlreiche Medien und, noch problematischer, über Beziehungen und Lobbyorganisationen politische Narrative und Entscheidungen. Ich will nicht behaupten, dass Demokratie stets zu den besten Ergebnissen führt. (Leider.) Doch nichts spricht für die Annahme, dass Superreiche für die Menschheit langfristig günstige Entscheidungen favorisieren. (Man könnte hingegen vermuten, dass sie die für eine kurzfristige Vergrößerung ihres Reichtums auf Kosten aller anderen günstige Entscheidungen favorisieren.)

Es geht nicht um Neid. Es geht darum, dass diejenigen, die zu viel Ressourcen verbrauchen, alle anderen schädigen. Sie tun all das aus einem einfachen Grund: Es ist nicht verboten.

Notwendig ist daher, eine Möglichkeit zu finden, die Verantwortlichen diese Schäden beheben zu lassen. In jeder Ausgabe – egal für wen, für die Superreichen ebenso wie für alle anderen – müssen die bislang nicht berechneten und daher von der Gemeinschaft getragenen Umweltkosten enthalten sein.

Maximale Freiheit für alle bedeutet in Wirklichkeit leider nur maximale Freiheit für wenige. Noch schlimmer: Es ist in Wahrheit vor allem die Freiheit, ungestraft auf Kosten der anderen zu agieren.

Das muss nicht so sein. Wirtschaft ist nicht zwangsläufig ein Nullsummenspiel. Es gibt zahlreiche vielversprechende Ideen, um Marktkräfte zum Besten aller nutzen zu können.

Welches Gremium das umsetzen und durchsetzen soll, und wie, weiß ich auch nicht. Ich hoffe jedoch, mit ›White Zero‹ einen Beitrag dazu geleistet zu haben, dass ihr

- ab sofort jeden Euro, den ihr ausgebt, als strategisches Investment in die Zukunft der Welt anseht. Was macht der Empfänger mit dem Geld und will ich das finanzieren?
- Und dass ihr bei den nächsten Wahlen für diejenigen stimmt, die bereit sind, den mühevollen Weg zu gehen, die notwendigen Regeln für ein würdevolles Miteinander aller Menschen in Worte und Gesetze zu fassen.

Zu behaupten, dass immer nur die anderen schuld sind am Klimawandel, wäre Unsinn. Diese Doppelmoral von uns Mittelschicht-Ökos ist bequem, aber nicht haltbar. Auch die meisten von uns verbrauchen zu viele Ressourcen. Der Verweis auf globale Sündenböcke ist eine schöne Ablenkung. Er wird kontraproduktiv, wenn es dabei bleibt.

Wer ist dafür verantwortlich, wie wir tagtäglich handeln? Und wer ist für die gesetzlichen Rahmenbedingungen verantwortlich? Fassen wir uns an die eigene Nase!

Alles aussichtslos? Hoffentlich nicht! Gute erste Schritte:

- Ressourcen sparen, Konsum reduzieren
- das Nötige lokal und nachhaltig kaufen
- verbleibenden Treibhausgas-Ausstoß kompensieren. Ähnlich wie Firmen ihre Produkte als »klimaneutral« zertifizieren lassen können, indem sie die bei der Herstellung entstehenden Treibhausgase durch Baumpflanzungen ausgleichen, können Privatpersonen den verbliebenen eigenen ökologischen Fußabdruck durch Investitionen in Umweltschutzprojekte reduzieren oder neutralisieren.

Strukturelle Veränderungen entwickeln sich nur, wenn wir sie gleichzeitig politisch einfordern *und* selbst bereits zu leben beginnen. Auf diese Weise entstehen Mehrheiten für eine zukunftsfähige Politik.

Zurück zum Buch. Manche Elemente in ›White Zero‹ sind frei erfunden, andere entsprechen der Realität, vieles bewegt sich zwischen diesen beiden Polen. Wer mehr wissen möchte darüber, was gerade schiefgeht und was getan werden müsste, sollte Eckard Christianis Sammelband ›Wie wir morgen nachhaltiger leben wollen‹ lesen. Empfehlen kann ich außerdem ›Two-Mile Time Machine: Ice Cores, Abrupt Climate Change, and Our Future‹ von Richard B. Alley: Ein Mann, der für seinen Job richtig brennt. Es geht um die Eisbohrkerne aus Grönland und ihre Deutung.

Eiszeiten in Mitteleuropa hat es schon mehrfach gegeben, Temperaturen deutlich unter den hier geschilderten sind ohne Weiteres möglich. Tatsächlich können Eiszeiten überraschend schnell hereinbrechen – allerdings nicht *so* rasant wie in ›White Zero‹ geschildert.

Erschütterungen haben Auswirkungen auf die Umwelt, die nicht vollständig vorhersehbar sind. Sie können nicht nur durch Sprengungen oder Bohrungen, sondern beispielsweise auch durch Fracking entstehen. Dabei wird Gestein unter Druck hydraulisch aufgebrochen, um beispielsweise Öl zu fördern. Kann auf diese Weise die Dicke und Zusammensetzung der Erdkruste verändert werden? Das ist bisher nur der Stoff, aus dem die Albträume (und Klimathriller) sind …

Minen, in denen unter entsetzlichen Bedingungen und teilweise vollkommen illegal insbesondere Rohstoffe zur Herstellung von Computerteilen, Handys und Autobatterien abgebaut werden, gibt es in Afrika in großer Zahl. Die beschriebenen Minen habe ich erfunden, weil sie aus dramaturgischen Gründen nah an der »Grünen Mauer« liegen sollten. Die Grüne Mauer ist ein echtes Projekt, das tatsächlich in großen finanziellen und politischen Schwierigkeiten steckt.

Der Ort Kourouadi lag günstig für die Story. Ich habe mir nur den Namen und die Location geborgt, alles andere ist fiktiv.

Tamarix dallamii habe ich erfunden. Ihr Schicksal wurde inspiriert durch *Eriogonum tiehmii*. Das seltene Kraut ist durch den Lithium-Abbau in einer US-Mine gefährdet, die sich aktuell im Besitz einer australischen Holding befindet.

Wie geht es nun weiter, in der fiktiven Welt von ›White Zero‹ und in unserer Wirklichkeit? Um es mit Clemens zu sagen: »Im Leben kommt es nicht darauf an, ein gutes Blatt in der Hand zu haben, sondern mit schlechten Karten gut zu spielen.«

Alles Gute, euer *Thilo Falk*